EL HOMBRE EN LLAMAS

UN ESCALOFRIANTE THRILLER POLICIAL CON UN GIRO IMPACTANTE

LA INSPECTORA STEPHANIE BROADBENT: SERIE DE THRILLERS POLICÍACOS
LIBRO 3

JACK PROBYN

CLIFF EDGE PRESS

eBook ISBN: 978-1-80520-236-3

ISBN: 978-1-80520-237-0

Primera Edición

Visite el sitio web de Jack Probyn en www.jackprobynbooks.com.

CAPÍTULO
UNO

Cuando Nigel Hadlow abrió los ojos por primera vez, una aguda punzada de dolor le estalló en la nuca, relampagueando como una tormenta eléctrica, y lo dejó aturdido y desorientado. Al abrirlos de nuevo, mientras la vista se le despejaba, abarcó su entorno con la mirada y se dio cuenta de que estaba encerrado entre cuatro paredes de madera que parecían estrecharse a su alrededor.

El aire de mediados de noviembre era frío y cortante, húmedo por el olor a heno y a estiércol en descomposición que llegaba de fuera, pronto dominado por un hedor químico que se le adhería al fondo de la garganta como si fueran astillas y le revolvía el estómago.

Intentó moverse.

No ocurrió nada.

Lo intentó de nuevo, tensando los brazos y las piernas, y fue entonces cuando se dio cuenta de que tenía las manos extendidas a ambos lados, fuertemente atadas por las muñecas con lo que parecía una cuerda, ancladas a algo en el suelo de hormigón. Estiró el cuello para mirarse el cuerpo y, a la débil luz, vio que también tenía los tobillos atados juntos, sujetos con una cuerda a algo frío y duro.

Estaba en una película de terror.

El pánico afloró en su pecho.

Intentó gritar, pero la voz le salió débil y rota, como si hubiera estado chillando durante un tiempo sin darse cuenta.

¿Qué demonios estaba pasando? ¿Cómo había acabado allí?

Cerró los ojos e intentó recordar.

Había parado en el arcén tras oír un ruido extraño en los neumáticos. Había dejado el motor en marcha y se había bajado del coche para inspeccionarlos por la parte delantera. Entonces, otro coche se había detenido, de forma brusca y en ángulo, con los neumáticos chirriando como si el conductor tuviera prisa. Una figura había salido y se había dirigido hacia él. Estaba oscuro —eran más de las siete—, por lo que la visibilidad era escasa, salvo por los faros que iluminaron brevemente los rasgos de la figura. Y, sin embargo, había habido algo familiar en aquel rostro, ¿no?

Sí.

Pero no conseguía ubicarlo. Un rostro perdido hacía mucho tiempo. Perdido en el tiempo, perdido hasta convertirse en menos que un recuerdo.

Y luego, la oscuridad.

No se había dado cuenta de que la pistola táser salía del bolsillo de la figura. Su cerebro se había desconectado por completo. Y ahora estaba allí, en medio de un lugar frío y oscuro, atado al suelo como si estuviera en una cruz.

El sonido de la pistola táser resonó de nuevo en sus oídos, furioso y eléctrico.

Pronto fue reemplazado por otro ruido. Algo cercano. Más repetitivo. Más áspero.

Acercándose. Cada vez más fuerte.

Vislumbró algo por el rabillo del ojo. Un destello naranja, rojo, amarillo. Pequeño al principio, pero inconfundible. Una llama, asomando por debajo de la pared de madera.

Tan pronto como lo registró en su delirio, el cuerpo de Nigel tembló contra las cuerdas. Tiró con todas sus fuerzas, pero las ataduras no cedieron. Cuanto más forcejeaba, más se le clavaban las fibras en la piel, abriéndole surcos en las muñecas y los tobillos. La sangre goteaba, cálida e inútil.

En cuestión de segundos, una línea de fuego reptó por la base de una de las paredes, consumiendo con avidez la paja y los restos de madera como si fueran papel seco, escupiendo ascuas al aire. Las vigas de madera de arriba gimieron y crujieron, sus estructuras ampollándose bajo el calor.

Nigel gritó.

Puro terror animal.

El fuego avanzó, arrastrándose por el suelo hacia él. El denso humo se espesó, envolviéndole el rostro y llenándole los pulmones. Tosió y tuvo arcadas, con la garganta atenazada mientras el oxígeno abandonaba su cuerpo.

Su pecho se convulsionaba, cada inhalación era una agonía, como si fragmentos de cristal le desgarraran la tráquea.

—¡Socorro! —graznó, con la voz quebrada. Fue poco más que un susurro.

Las llamas continuaron su avance, como un depredador acechando lentamente a su presa. Podía sentir el calor, abrasador, achicharrante, chamuscándole el vello del cuerpo. La espalda se le arqueó instintivamente, tratando de liberarse de sus ataduras, pero las cuerdas se mantuvieron firmes.

Se retorció. La piel le escocía. Luego, le hervía.

El fuego besó primero sus botas, derritiendo las suelas. Las llamas estallaron alrededor de sus tobillos, luego se enroscaron en las corvas, devorando las cuerdas hasta carbonizarlas y partirlas. El dolor llegó rápidamente. Grandes oleadas de agonía brotaron en su interior. Poco después, la carne se le ampolló y luego reventó. La agonía era candente, trepándole por las piernas como plomo fundido. Volvió a gritar, pero el humo le robó el sonido de la garganta, igual que estaba a punto de robarle la vida.

Su cuerpo se convulsionó.

Y entonces llegó la peor parte. Darse cuenta de que no iba a morir al instante.

De que sería lento y deliberado, diseñado para hacerle sufrir, para hacerle sentir cada segundo atroz.

El fuego le subió por el estómago, extendiéndose sobre su pecho y enroscándose bajo sus brazos. Su camisa prendió: una llamarada como una cerilla en ramas secas. La piel se le despellejó. Los ojos se le desorbitaron. Sus labios se separaron, pero ya no pudo gritar. Solo el sonido del ahogo. Asfixiándose en el humo.

Sobre él, la estructura del edificio volvió a gemir.

Giró la cabeza en un último acto instintivo, esforzándose por mirar hacia la puerta que nunca se abriría. Hacia el aire que nunca respiraría. Hacia la luz que nunca llegaría.

Y entonces, la oscuridad, y el dolor cesó.

CAPÍTULO
DOS

El huevo se agitaba violentamente en el agua hirviendo, rebotando contra las paredes del cazo Tefal nuevo que había comprado el fin de semana como si intentara escapar. Stephanie se apoyó en la encimera de la cocina, con los brazos cruzados, observando cómo las burbujas estallaban y saltaban como si estuvieran en un concierto. Quedó hipnotizada, absorta en las burbujas, mientras sus ojos se esforzaban por seguir el huevo, que rebotaba y danzaba sin parar. Inclinándose hacia delante, acercó la cara al agua. El calor era intenso y se retiró rápidamente cuando unas gotas de agua le salpicaron el brazo. Sintió un fogonazo de dolor en la piel desnuda y se la enjuagó bajo el grifo. Unos instantes después, el dolor remitió, sustituido por una sensación sorda y de adormecimiento. Cerró el grifo y se quedó mirando el pequeño verdugón rojo que florecía en su antebrazo. Un pinchazo de dolor.

Se quedó allí un momento, apoyada en el fregadero, mirando hacia fuera. Aquella mañana había empezado a caer una ligera llovizna que repiqueteaba contra la ventana.

Entonces el agua del cazo empezó a desbordarse y a chisporrotear en la vitrocerámica, distrayéndola. Reaccionó al instante, retirando con cuidado el pesado cazo por el asa con ambas manos. El vapor se enroscaba desde el recipiente, alzándose como dedos fantasmales. Manteniendo una mano en el asa, apagó la vitrocerámica con la otra. Justo cuando empezaba a verter el agua en el colador que había encontrado olvidado al fondo de uno de los armarios, su teléfono empezó a sonar, vibrando con furia sobre la encimera. Sus ojos se desviaron hacia la pantalla y, en esa breve décima de segundo, inclinó el cazo demasiado deprisa y un poco de agua le salpicó el antebrazo.

—¡Joder!

Dejó caer el cazo con estrépito en el fregadero. Una oleada de dolor le subió por la piel y maldijo varias veces en voz baja sin apartar la vista de la pantalla.

Reconoció el número de inmediato.

Estaba llamando otra vez. La vigésima vez en las últimas cinco semanas. ¿O eran más? Había perdido la cuenta.

Por no hablar de que había perdido el interés.

No tenía ningún deseo de hablar con él. Había entrado en su vida hacía poco y ya sentía que intentaba imponérsele, moviéndose a su propio ritmo cuando, en su opinión, debería haber sido al revés. Claro, era él a quien se le acababa de morir el padre y el que acababa de descubrir que tenía dos hermanastras de las que no sabía nada. Claro, era él quien acababa de averiguar que su padre era en realidad su tío y que su verdadero padre lo había dado al nacer. Y sí, se había criado como hijo único mientras que Stephanie tenía a su hermana, Kimberley. ¿Y qué? ¿Dónde quedaba la consideración por lo que *ella* había pasado? Se había pasado los últimos treinta años intentando liberarse del dominio asfixiante que su padre ejercía sobre ella. Era ella la que había sufrido sus abusos y malos tratos. No Kimberley. Y, desde luego, no Jordan. Por lo que parecía, él había tenido una infancia feliz que solo se había agriado en los últimos años. Pero aun así, no había ninguna consideración hacia ella.

Finalmente, la llamada terminó. Apretó la mandíbula cuando apareció en la pantalla la notificación de llamada perdida. Continuó mirándola, esperando a que apareciera la notificación del buzón de voz.

Un momento después, apareció.

Otro más. Sin duda, similar a los demás.

Hola, Steph, soy yo. Quería saber si estabas libre este fin de semana para tomar un café, ¿quizá? Sé que Kim mencionó que hay un sitio que le gusta, y creo que también quería venir. Estaría bien verte y que charlemos por fin. Bueno, ya sabes dónde encontrarme...

Cuando la pantalla se puso en negro, su rostro apareció en el reflejo. Hizo una mueca y un escalofrío le recorrió el cuerpo. Daba miedo lo mucho que Jordan se parecía a él..., a su padre. La mirada oscura y maliciosa. El rostro afilado y anguloso. Incluso la forma en que el pelo empezaba a clarearle en las sienes.

No podía quitarse de encima la sensación espeluznante que le recorría el cuerpo.

Afortunadamente, su cerebro le recordó que había algo más de lo que debía ocuparse: el dolor en la muñeca que parecía empezar a extenderse hacia la parte superior del brazo. Volvió a abrir el grifo del agua fría, dejando que el agua helada corriera sobre su antebrazo, ofreciéndole cierto alivio al caer en cascada sobre su piel. Por un momento, cerró los ojos y se concentró únicamente en el agua corriente que chapoteaba contra el fregadero de acero inoxidable y en el lejano repiqueteo de la lluvia contra el cristal.

Una vez que el dolor se atenuó, cogió un paño de cocina y secó la quemadura con suaves toques. Peló el huevo distraídamente, la cáscara crujía como corteza seca bajo las yemas de sus dedos, y lo echó en un plato con un puñado de hojas de ensalada mustias, un chorrito de aceite de oliva y una pizca de sal marina Maldon.

No era precisamente un desayuno de campeones, pero le bastaría para superar la retahíla de reuniones que tenía esa mañana.

Se sentó a la mesa, acercó el plato y ensartó el huevo con un tenedor. Justo cuando iba a darle un bocado, su teléfono empezó a sonar de nuevo.

Esta vez no era Jordan.

Central.

Gimió y se limpió la boca con el dorso de la mano, con el pulgar suspendido sobre el icono verde antes de deslizarlo para responder.

—Broadbent.

La voz al otro lado era profesional, tranquila.

—Inspectora, disculpe que la moleste. Hemos recibido una llamada de los bomberos de Guildford. Han recibido informes esta mañana de un granero que podría haber sido incendiado durante la noche.

—De acuerdo. ¿Están ya los equipos de bomberos allí?

—Sí, señora.

—Entonces, ¿por qué llama a la Brigada de Investigación Criminal?

—Porque creen que han encontrado restos humanos entre los escombros, señora.

CAPÍTULO
TRES

Los restos calcinados del granero se encontraban en medio de unas tierras de cultivo en Chilworth, a un corto trayecto en coche desde Guildford, y solo se podía acceder por una estrecha carretera rural de un solo carril. Stephanie divisó la estructura quemada a media milla de distancia, una mancha de negrura contra el mosaico de colinas verdes y marrones que la rodeaban. Detuvo el coche a unos cien metros, detrás de una larga fila de coches de policía y camiones de bomberos, antes de recorrer el sendero hasta la escena del crimen.

Estaba segura de que era algo psicológico, pero notaba cómo subía la temperatura, cómo el calor residual del edificio le calentaba las mejillas y la frente, como si se estuviera acercando a un fuego que ya no existía. Entonces inspiró; el olor acre de la combustión, de la madera quemada y del caucho chamuscado le llenó las fosas nasales.

Cuando llegó al final del sendero y los restos aparecieron a la vista, redujo la marcha hasta detenerse, protegiéndose los ojos del sol bajo de principios de otoño.

Entonces el mundo se tambaleó.

El olor. La imagen. Plástico quemado, madera carbonizada y algo casi dulce pudriéndose debajo. El mismo olor amargo le había perdurado en el pelo, en la piel y en las fundas de las almohadas durante semanas en su infancia.

Apartó la mano de los ojos y pronto el sol se desvaneció. Ya no estaba en Chilworth, ya no estaba frente a la escena de un crimen con agentes uniformados y bomberos. Volvía a tener cinco años, de vuelta en aquella casa pareada, fuera en el jardín con el columpio oxidado y las plantas mustias.

Y él estaba allí.

Su padre.

Era principios de primavera y Stephanie había estado sentada fuera en el patio, jugando con su muñeca Barbie favorita, Jenny. Jenny, la del pelo rubio y rizado y la sonrisa feliz. Jenny, que nunca se enfadaba ni gritaba. Jenny, con la que podía hablar y reír siempre.

En un momento la tenía en brazos. Al siguiente, había desaparecido, arrebatada por su padre.

—Mira —dijo él, con la voz pastosa por el alcohol—. Mira lo que pasa cuando no obedeces.

Recordaba haber dicho que no. Suplicar. Rogarle que no lo hiciera.

Pero él sonrió —aquella sonrisa insidiosa de dientes amarillos— y dejó a Jenny en el suelo antes de encender el mechero y colocar la llama bajo la mano de la muñeca. La reacción fue lenta al principio: un dedo ennegrecido, un ligero retorcimiento del plástico. Luego, un repentino *puf*. El brazo se encendió en un naranja brillante, retorciéndose y derritiéndose como la cera. Las hebras de pelo fueron lo siguiente en prenderse, chamuscándose y encogiéndose hasta desaparecer. Stephanie gritó y se abalanzó hacia delante, pero él le dio un revés sin mirar, con la fuerza suficiente para estamparla contra la pared de la casa.

Luego la agarró, acercándole la cara a las llamas. El calor. El hedor. Sintió como si la mismísima muerte le estuviera echando el aliento. Vio cómo el cuerpo de Jenny se derretía lentamente, su cabeza mareada por los vapores. Recordaba el calor en su cara, las puntas de su pelo suelto chamuscándose junto con las de Jenny mientras veía la pierna de su mejor amiga retorcerse en una espiral ennegrecida.

La risa malvada e insulsa de su padre resonó en su mente mientras la escena se desvanecía y el granero volvía a enfocarse.

Parpadeó con fuerza, una, dos veces, para volver a la realidad.

El fuego se había ido, pero la quemadura seguía allí.

Avanzó unos pasos, asimilando su entorno. Lo que una vez había sido un almacén agrícola de dos plantas ahora era un armazón esquelético y derruido. Sus vigas estaban ennegrecidas hasta convertirse en un carbón quebradizo, como costillas rotas. Una masa de ceniza, ennegrecida y húmeda, se adhería al suelo. Un cordón de cinta azul y blanca ondeaba suavemente en el borde del campo. Dos agentes uniformados montaban guardia en la entrada. Dentro del cordón, la gente se movía con una urgencia silenciosa. Varios bomberos con chalecos de alta visibilidad se agrupaban cerca del muro sur del granero, mientras que los investigadores de la escena del crimen, ya enfundados en sus monos blancos de papel, fotografiaban cada centímetro ennegrecido del interior.

Stephanie se registró en el cordón, se puso uno de los monos y luego se agachó para pasar por debajo de la cinta. No pudo avanzar más; las piernas se le habían vuelto de plomo y no tenía fuerzas para acercarse más a los escombros. Había experimentado algo parecido solo unos meses antes, cuando una estudiante universitaria había muerto quemada viva en su coche. Stephanie también se había quedado atrás entonces, parada a una distancia segura, incapaz de acercarse.

—¿Su primera escena del crimen? —preguntó un hombre, deteniéndose a su lado.

Stephanie giró la cabeza hacia la voz y lo miró dos veces.

El hombre que estaba a su lado era alto y de hombros anchos bajo su camiseta roja de bombero. En la parte inferior llevaba sus pantalones ignífugos, con las bandas de alta visibilidad brillando al sol. Un tapiz de cicatrices marcaba su piel, recorriendo sus musculosos brazos, así como su cuello y su cara, restos de un incendio que le había dejado graves quemaduras. Él se percató de que su mirada se detenía en sus cicatrices, pero no se inmutó, no dijo nada ni intentó ocultarlas. Al contrario, aceptó las miradas como si estuviera acostumbrado a ellas.

—¿Mi..., mi primera escena del crimen? —repitió ella, balbuceando—. Sabía que era de mala educación mirar fijamente, pero había algo a la vez atractivo y extraordinario en sus heridas que le mantuvo la mirada—. He asistido a unas cuantas en mi carrera.

Él le sonrió con calidez, riendo entre dientes. —Yo también.

—Esta es mi primera escena de un incendio en bastante tiempo, eso sí. Sobre todo una como esta.

—¿No le gustan?

Ella negó con la cabeza. —Posiblemente las que menos.

—¿Miedo al fuego?

Se encogió de hombros. —Se podría decir que sí.

—Yo lo tuve durante un tiempo... —empezó él.

Stephanie le estudió los brazos y el cuello, intentando hacerlo sin llamar la atención. —¿Por sus...? ¿Sus...? —No pudo terminar la frase.

El hombre se miró las heridas. —El coche se incendió cuando era un crío. Conducía mi padre; chocamos contra la mediana en la autovía y la cosa esa ardió en llamas. Lo único que recuerdo es a alguien sacándome de los restos mientras estaba ardiendo.

—Dios mío. ¿Qué edad tenía usted?

—Trece. Los médicos dijeron que tuve suerte de seguir con vida. Pero al final hicieron maravillas conmigo.

—¿Y pensó que qué mejor carrera que la que casi le mata?

—Podría haberme pasado la vida amargado por ello, pero, en lugar de eso, decidí no dejar que me definiera. La mejor manera de enfrentarse a tus miedos es lanzándote de cabeza a por ellos.

Stephanie reflexionó sobre aquello un momento, asimilándolo y considerándolo.

—Por cierto, soy Elias. —Le tendió la mano—. Elias Thorne. Soy el jefe de guardia de la estación de bomberos de Guildford.

—Inspectora Stephanie Broadbent —replicó ella.

—Supongo que necesita saber ante qué tipo de escena del crimen nos encontramos.

—Es un buen punto de partida.

Él le sonrió, mostrando una dentadura blanca, y a ella le pareció extrañamente encantador. —¿Se encuentra bien para venir a echar un vistazo?

Lanzó una mirada al granero, inspiró profundamente y luego espiró con lentitud.

—¿Qué es lo peor que podría pasar? —preguntó él, señalándose los antebrazos.

—Así se habla.

Mientras avanzaban, Elias habló con voz baja, tranquila y mesurada. Ella había usado ese mismo tono práctico cuando transmitía información. —Este lugar no ha visto a nadie en años, creo. El aviso llegó esta mañana a las ocho, cuando un ciclista de montaña vio el humo.

—¿Nadie lo vio antes?

—No.

—¿Y τις llamas?

Él negó con la cabeza. —El fuego empezó en mitad de la noche. Justo antes de la medianoche.

—¿Cómo lo sabe?

—Podemos deducirlo por lo quemada que está la madera. Al menos, nos da una estimación.

—¿Y qué tan precisa es?

—Tan precisa como puede serlo una estimación —dijo Elias encogiéndose de hombros—. Tendremos que analizar el asunto más a fondo, pero confío en ese margen de tiempo.

—El de Central dijo que había un cuerpo dentro.

Se detuvieron justo fuera de lo que presumiblemente había sido la fachada del granero, pero que ahora estaba reducido a un montón de madera chamuscada. Elias señaló un punto en el centro de la planta del granero.

—Ahí es donde se encontró el cuerpo. Por lo que queda de la víctima, suponemos que es un hombre. De mediana edad, posiblemente. Entre los treinta y los sesenta. Sé que no acota mucho, pero... no queda gran cosa de él. Está carbonizado en su mayor parte. El fuego consumió la mayoría de los tejidos blandos —Elias habló con tono clínico y respetuoso—. Creemos que estaba tumbado cuando el fuego alcanzó la combustión súbita generalizada. Basándonos en los patrones de carbonización, es probable que ocurriera rápido. En minutos, quizá menos.

Se movieron entre los escombros, caminando con cuidado hasta llegar al cuerpo. Elias se agachó junto a lo que quedaba: una silueta ennegrecida, con las extremidades encogidas hacia dentro, un brazo en ángulo por encima del cráneo como en una grotesca pose de baile. Stephanie se quedó a su lado, con el mono de papel ya pegado a sus brazos por el sudor.

—El cuerpo está en lo que se llama la postura pugilística; ¿ve cómo los brazos y las piernas están flexionados así? —señaló con una mano enguantada—. Eso lo causa la contracción muscular durante la exposición a un calor intenso. El calor deshidrata los músculos, los encoge y tira de las extremidades hasta dejarlas en esta postura defensiva. A veces se le llama la «postura del boxeador».

Stephanie se agachó junto a él, con cuidado de no alterar las marcas de pisadas dispuestas por el equipo de la científica. Su cuerpo temblaba de miedo, pero de algún modo mantuvo la compostura.

—La piel ha desaparecido por completo —dijo en voz baja.

Elias asintió. —Sí. La mayoría de las capas de la epidermis y la dermis han sido incineradas por completo. Lo que está viendo ahora es tejido carbonizado y hueso. En algunas zonas, la superficie externa de los huesos se ha partido debido al calor; esto se conoce como fractura por calor. —Señaló suavemente el torso, o lo que quedaba de él—. Las fibras de la ropa se han quemado, pero los restos se han fundido con la piel y los músculos, creando esta masa carbonizada. Los materiales sintéticos, especialmente el nailon y el poliéster, no solo arden; se derriten y se pegan. Casi como el napalm.

Stephanie tragó para contener las náuseas que subían, pero de poco sirvió.

Elias continuó. —Si estaba vivo cuando empezó el fuego, habría pasado por varias fases de trauma. Primero, la inhalación de humo: los pulmones se llenan de gases sobrecalentados, causando inflamación en las vías respiratorias. La respiración se vuelve imposible. El propio humo provoca desorientación, confusión e incluso la pérdida de conocimiento. —Señaló hacia la cavidad torácica—. No lo sabremos con certeza hasta la autopsia, pero si hay hollín en la tráquea o en los pulmones, indicará que todavía respiraba cuando ocurrió. Si no hay hollín, puede que estuviera inconsciente, o muerto, antes de la ignición.

Stephanie se quedó mirando el cráneo ennegrecido. —¿Hay algún indicio de que estuviera atado, inmovilizado o sujeto al suelo de alguna manera?

Elias negó con la cabeza, luego se detuvo a mirar el cuerpo antes de responder. —Nada que podamos ver claramente por ahora. Aparte de algunos clavos derretidos y unas cuantas bisagras, que de todas formas podrías encontrar en un lugar como este, no hay nada que se parezca a unas esposas o grilletes. Lo que hay podría haber formado parte de la estructura original del granero.

—¿Así que es posible que viniera aquí voluntariamente? —preguntó Stephanie—. ¿Un suicidio?

—Quizá. Su posición no sugiere un forcejeo, pero eso no quiere decir que no lo hubiera. No lo sabremos hasta que hayamos tenido tiempo de sobra para evaluar la escena.

Stephanie hizo una pausa y examinó el interior carbonizado del granero, asimilando la devastación que la rodeaba. Su mirada se posó en el esqueleto de la víctima, centrándose en los dientes cubiertos de hollín de su mandíbula.

Las palabras de Elias resonaron en su mente: No hay mejor manera de enfrentarse a tus miedos que lanzándote de cabeza a por ellos.

¿Acaso este hombre había estado confrontando literalmente sus miedos, o estaba huyendo de ellos? Fuera como fuese, sus acciones lo habían llevado a la muerte.

—¿Cuánto tardaremos en poder sacarlo de aquí?

—Para mediodía a más tardar.

Eso les daba algo de tiempo para intentar averiguar quién era y por qué estaba allí.

CAPÍTULO
CUATRO

En momentos como aquel, agradecía llevar la mascarilla, aquella fina capa de tela que lo aislaba de la mayoría de las toxinas y del hedor que amenazaban con envenenarle los pulmones y dejarle un residuo negro en las fosas nasales.

Derry Oscar se abría paso con cuidado a través del esqueleto ennegrecido de lo que antaño había sido un granero, avanzando con cautela junto al muro este. El suelo era un lúgubre manto de cenizas y escombros, con maderas carbonizadas, metales retorcidos y algún que otro bulto irreconocible que podría haber sido una herramienta agrícola o algo más preocupante.

Derry rebuscaba entre los restos metódicamente, con movimientos diestros y pacientes. Veintitrés años en el oficio le habían enseñado que las escenas del crimen revelaban sus secretos despacio, a regañadientes. Solo había que coquetear un poco con ellas y al final acababan soltando prenda.

Lástima que esa misma filosofía nunca le hubiera funcionado en su vida personal.

Al llegar al final del muro, se dirigió a la esquina donde se unía con otra pared y apartó un trozo de madera carbonizada cuando un destello metálico le llamó la atención. Allí, semi-enterrada bajo una viga derruida y cubierta por una gruesa capa de hollín, había una pequeña lata rectangular. El pulso de Derry se aceleró mientras retiraba los escombros con cuidado. Siempre le había encantado descubrir pequeños objetos, fragmentos de las vidas de las víctimas que ofrecían pistas sobre quiénes eran y qué tipo de personas habían sido.

No había esperado encontrar nada en esta escena del crimen.

Hasta ahora.

La lata era antigua, del tipo que se solía usar para guardar tabaco o caramelos, y estaba sorprendentemente intacta a pesar del infierno que había consumido todo a su alrededor.

La levantó con ambas manos, sorprendido por su peso, y la abrió con cuidado, forzando las bisagras con extrema cautela. Dentro, protegida de las llamas por la carcasa metálica, encontró la fotografía del rostro y los hombros de un adolescente de no más de trece o catorce años, que sonreía levemente con inocencia juvenil. Era una instantánea de un momento feliz. Derry la sacó para examinarla más de cerca. La fotografía parecía haber sido recortada apresuradamente, lo que sugería que formaba parte de una imagen más grande y completa.

Un milagro que no se hubiera consumido en el incendio.

Al darle la vuelta para examinar el reverso, Derry se fijó en una inscripción en el fondo de la lata, un mensaje que había sido grabado en el metal con algo afilado.

Limpió una capa de polvo y suciedad, revelando un breve mensaje:

El día que viene los abrasará, dice el Señor de los ejércitos. - Malaquías 4:1

Derry se quedó mirando el versículo con la mente a toda velocidad. Había visto muchas cosas a lo largo de su carrera — muchísimas, de hecho— pero aquello, por encima de todo, sin duda le venía grande.

CAPÍTULO
CINCO

Media hora después, tras abrirse paso entre el tráfico matutino del centro de Guildford, Stephanie llegó a la comisaría y aparcó en la plaza que tenía asignada. No sabía quién se la había asignado, pero estaba segura de que había sido una broma pesada, porque era la que más lejos estaba de la entrada y la única que no quedaba al abrigo de los árboles ni a la sombra del edificio. No le apetecía nada pensar en el intenso calor del verano que caería a plomo sobre el salpicadero dentro de seis meses.

Justo cuando salía del coche, empezó a sonarle el móvil.

Kimberley.

Contestó a la llamada, sujetándose el móvil entre la oreja y el cuello mientras cruzaba el aparcamiento.

—Buenos días, hermana.

—¡Ah, o sea que el móvil *te* funciona!

Stephanie soltó un profundo suspiro. —Ya te lo he dicho, no estoy preparada.

—Pero eso no significa que puedas seguir ignorándolo. Es nuestro hermanastro, Stephanie.

—*Tu* hermanastro. A ti no te ha importado acogerlo en tu familia. Pero yo aún no he llegado a ese punto.

—¿Por qué no?

Se detuvo delante de la entrada, apartándose de los pequeños escalones que llevaban a la puerta de dos hojas.

—Porque es parte de papá —respondió.

—Nosotras también.

—Pero nosotras también tenemos a mamá. Y eso equilibra la balanza. Él tiene una madre que no lo quería y lo dio en adopción, y un padre que tampoco lo quería.

Kimberley bufó, claramente molesta por el comentario. —No siempre somos el producto de nuestros padres —dijo—. Él no ha dejado que eso lo defina. Ha tenido una vida muy dura.

—¿Más dura que la nuestra?

Kimberley farfulló, incapaz de responder.

—Eso me parecía. —Se dirigió a la entrada y apoyó una mano en la puerta del edificio—. Tengo que irme. Estoy en el trabajo. Y puedes decirle que deje de llamarme y de enviarme mensajes. Los he visto y no quiero responder. Si eso cambia alguna vez, seré *yo* quien se lo haga saber a *él*. Tengo su número de móvil.

Stephanie colgó antes de que su hermana pudiera responder. Luego entró en Mount Browne, la sede de la policía de Surrey, y subió a la oficina del Equipo de Investigación de Delitos Graves, en la primera planta. Empujó la puerta y la recibió el brillo familiar de las luces fluorescentes, el silencioso tecleo y el suave murmullo de las conversaciones mañaneras. El espacio era grande, pero estaba abarrotado, lleno de escritorios desordenados y archivadores a rebosar que no se habían vaciado en años. A la izquierda, una hilera de mesas se alineaba junto a unas ventanas con vistas al aparcamiento y a la vegetación en la distancia. A la derecha estaba la sala de incidentes graves, un espacio que ocupaba la mitad de la oficina. De las paredes colgaban varias pizarras blancas, cada una detallando diferentes investigaciones en diversos grados de avance. Buscó una pizarra libre y la encontró en la esquina más alejada de la sala.

—Buenos días a todos —dijo en voz alta. Su voz cortó el ruido como un latigazo—. Reunión en un par de minutos, por favor.

Unos minutos más tarde, como una versión mediocre de los Vengadores —sin los trajes elegantes, los abdominales marcados ni los superpoderes—, el equipo se había reunido, arrastrando las sillas de sus escritorios al espacio. El primero en llegar fue el sargento Noah Mackenzie, que parecía un extra perdido de una convención de ciencia ficción de los setenta, vestido con un abrigo de terciopelo de color berenjena oscuro, una camisa de botones rosa pálido, un chaleco color óxido y unos pantalones mostaza. Sostenía una taza de café junto a la boca, y su expresión atormentada sugería que no había dormido desde los años setenta.

A su lado se sentó el sargento Devon Lafferty, que se había cambiado el peinado de su espeso pelo oscuro para que ahora le cayera hacia la izquierda. Justo delante de ella estaba el agente Giles Swinger, terminando los últimos bocados de su cruasán, cuyas migas reposaban pulcramente sobre su pecho. A su derecha estaban las otras mujeres del equipo, la agente Fiona Singleton y la agente Olivia «Wellard» Willard; Stephanie se fijó en que esta última estaba sentada tan al fondo que casi no la había visto. Fiona estaba sentada más adelante, jugueteando con el cordón de su acreditación; una táctica para no morderse las uñas.

Stephanie se acercó a la pizarra en blanco, se metió las manos en los bolsillos y los miró a todos a los ojos. Se dio cuenta de inmediato de que Olivia desviaba la mirada hacia la moqueta.

—Esta mañana se ha descubierto un cadáver en un granero calcinado en Chilworth —dijo Stephanie—. Un varón. Identidad desconocida. De entre treinta y sesenta años. El cuerpo se encontró en el centro.

Noah garabateó algo en su bloc. Giles emitió un sonido parecido a un carraspeo.

Stephanie continuó: —De momento, se trata como causa indeterminada. No hay acelerantes evidentes. Y las ataduras, si es que existían, quedaron destruidas en el incendio. Así que, oficialmente, todavía no hay pruebas de la participación de terceros.

—¿Incendio provocado? —preguntó Giles.

—Has sugerido eso en cada incidente con fuego que hemos tenido este año —replicó Fiona.

—Solo porque todavía busca a los que prendieron fuego a la puerta de su garaje —comentó Devon.

—¡Eso me costó un dineral! Y esos malditos cabrones sabían

que era mi garaje. —Giles se cruzó de brazos y soltó un fuerte resoplido que hizo volar las migas de cruasán al suelo.

—Quizá lo hicieron *precisamente* porque sabían que era tu garaje —murmuró Fiona, lo bastante alto para que los demás la oyeran—. Yo desde luego lo haría.

Noah no levantó la vista de su bloc. —¿Sabemos cuánto tiempo llevaba el cuerpo allí, inspectora?

Stephanie negó con la cabeza. —La estimación preliminar del jefe de bomberos es que el fuego comenzó alrededor de la medianoche. Un ciclista de montaña vio el humo sobre las ocho de esta mañana. Los bomberos llegaron poco después. El cuerpo y el granero debieron de arder durante al menos ocho horas antes de que alguien lo encontrara.

—¿Alguna identificación? —preguntó Devon, reclinándose en su silla con un tobillo cruzado sobre la otra rodilla, como si estuviera viendo una serie en lugar de hablar de un cadáver carbonizado.

—Todavía no —respondió Stephanie—. Pero lo intentaremos a través de los registros dentales y el ADN. La policía científica espera poder obtener algo utilizable de los restos.

—¿Ropa? —preguntó Fiona—. ¿Etiquetas de marca, costuras, algo así?

—Calcinada hasta ser irreconocible, me temo. Lo que queda del cuerpo está... bueno, en su mayor parte ha desaparecido.

—¿Pudo haber sido un suicidio? —preguntó Noah, levantando finalmente la vista—. ¿O alguien que quiere que pensemos que lo fue?

—Exacto —dijo Stephanie, señalándolo con el dedo—. Tenemos que mantener la mente abierta. Hasta que no sepamos más, podría ser cualquiera de las dos cosas.

Se giró y garabateó *¿SUICIDIO/ASESINATO?* en la pizarra blanca con un rotulador negro grueso. Luego añadió *¿VÍCTIMA?* debajo.

—¿Alguna cámara de seguridad? —preguntó Giles, sacudiéndose las últimas migas de cruasán del pecho y luego inspeccionándose las yemas de los dedos en busca de los últimos restos.

—No hay mucha cobertura por allí —dijo Stephanie—. Es una zona agrícola. La casa más cercana está a casi un kilómetro.

—¿Sabemos de quién es el granero? —preguntó Devon.

—No. Tenéis que averiguarlo. Por el aspecto del lugar, lleva un tiempo abandonado. Todos los caminos y el hormigón de los alrededores estaban cubiertos de maleza. Tendréis que encontrar a alguien que sea dueño del terreno o lo conozca, quizá uno de los vecinos, antiguos inquilinos o gente de la zona que haya utilizado los senderos de los alrededores.

—Podría ser un buen sitio para drogadictos o adolescentes que buscan un lugar para beber donde nadie los vea —añadió Fiona—. Ese tipo de espacios se usan mucho.

—Parece que hablas por experiencia —bromeó Giles.

Stephanie ignoró el comentario. —Normalmente estaría de acuerdo, pero no vi ninguna señal de actividad reciente. Ni basura. Ni latas de cerveza. Ni jeringuillas. No parecía que nadie hubiera estado allí desde hacía tiempo.

Todos se quedaron pensando en eso un momento.

Excepto Olivia, que no había dicho ni una palabra.

Stephanie se quedó mirándola. —¿Está bien, Wellard?

La agente parpadeó, sorprendida por la atención. —Sí, inspectora. Solo escucho.

—Ha estado usted muy callada —dijo Noah con amabilidad—. No es habitual en usted.

Ella esbozó una sonrisa frágil. —Lo siento. Estoy bien. Solo asimilándolo todo, manteniéndome en mi sitio.

Fiona le lanzó una mirada de reojo, pero no dijo nada.

Stephanie dejó que el silencio se prolongara y luego continuó: —Lo siguiente será establecer una cronología. Noah, usted investigue la propiedad del terreno y consulte con el ayuntamiento el historial del edificio. Fiona, quiero que peine la zona. Las propiedades más cercanas, averigüe si alguien oyó o vio algo anoche. Giles, busque cámaras de seguridad y compruebe si alguien de por allí vio u oyó algo. Y, Devon, quiero que se encargue de las redes sociales y la prensa.

Noah levantó la mano como si estuviera en clase. —¿Y usted qué va a hacer, jefa?

—Esperar a que llegue algo interesante a mi bandeja de entrada. Me ha llamado el responsable de la escena del crimen para decirme que uno de los agentes de la científica ha sacado un recipiente metálico de entre los escombros. Puede que haya algo dentro. No sabremos más hasta que nos llegue el registro de pruebas. ¿Todos lo han entendido?

El equipo respondió con un gruñido casi al unísono, como un equipo de fútbol, y luego volvieron a sus escritorios para ponerse a trabajar. Justo cuando Olivia empezaba a levantarse de su silla, Stephanie la llamó.

—Wellard, ¿tiene un minuto? ¿En mi despacho? ¿O prefiere que demos un paseo?

CAPÍTULO
SEIS

Olivia entró en el despacho de Stephanie con la misma desgana que un niño al que le ordenan echar su ropa en el cesto de la ropa sucia. Cerró la puerta con cuidado a su espalda, como si cualquier ruido fuerte o movimiento brusco pudiera hacer que la habitación se derrumbara. De pie, con las manos a la espalda, recorrió con la mirada el espacio que, en las últimas semanas, se había transformado de una estancia neutra a algo más personal, atractivo y acogedor. Ahora había plantas en las esquinas, purificando el aire para Stephanie, junto con fotografías de sus mejores recuerdos de su servicio en la policía y unos cuantos adornos coloridos que había comprado en el centro comercial de la ciudad para alegrar un poco el lugar.

Stephanie retiró la silla de su escritorio y se acomodó en ella, haciéndole un gesto a Olivia para que se sentara frente a ella. La agente se acercó de mala gana. Olivia era como la madre de la oficina. Cariñosa, considerada; siempre estaba pendiente del resto del equipo y preguntando si necesitaban algo. Siempre anteponía las necesidades del equipo a las de todos los demás. Pero Stephanie se preguntaba cuántas veces hacían los demás lo mismo por ella. Si le preguntaban si estaba bien o si algo le quitaba el sueño por la noche.

Stephanie apoyó los antebrazos en el escritorio y se inclinó un poco hacia delante.

—Bueno —dijo en voz baja—. ¿Qué pasa?

—¿A qué te refieres? —preguntó Olivia, ocultándose tras una sonrisita que no denotaba convicción alguna. Bajó la mirada hacia sus manos.

—Pasa algo. Lo noto. Es mi trabajo. Has estado muy callada hace un momento. Normalmente no paras de soltar comentarios antes de sugerir tú misma que es hora de callarte.

—¿Ah, sí?

—Venga, Wellard. ¿Está todo bien?

Olivia respondió encogiéndose de hombros. Luego, en voz baja, contestó: —Es solo que... que tengo uno de esos días.

Stephanie permaneció en silencio un momento, permitiendo que el silencio llenara la habitación de una forma que resultaba segura en lugar de incómoda.

—¿Nada más? ¿En casa? ¿Los niños?

Olivia suspiró, hinchando ligeramente las mejillas. —Me están dando mucha guerra últimamente. Están en esa edad en la que contestan, se creen la pera limonera y me dan un montón de problemas solo por intentar cuidar de ellos. Harry se cree demasiado guay para todo, y Josh ha estado portándose fatal últimamente. Ayer me llamaron del colegio porque le dijo a su profesor de matemáticas que... bueno, ya sabes, que se fuera a la mierda, básicamente.

Stephanie hizo una mueca. —Qué encanto.

—Y solo me hablan cuando quieren algo —dijo Olivia con una risa cansada—. Los chicos adolescentes son como compañeros de piso que no pagan alquiler y te tratan como a una máquina expendedora. Es... agotador, a veces.

—Suena agotador.

—Lo es. Y aquí... me encanta este trabajo, de verdad que sí. Pero últimamente, he sentido que estoy... desapareciendo un poco en el fondo. Solo registrando declaraciones y actualizando el HOLMES, día sí, día también. Es para volverse loca. Quiero sentirme útil otra vez. Quiero hacer algo más que introducir datos y corregir las faltas de ortografía de la gente.

Stephanie la estudió. No era una queja, era una confesión, una petición de ayuda. Stephanie no deseaba otra cosa que hacer progresar a todo su equipo. Eso es lo que hacían los líderes. Si una persona prosperaba, todos lo hacían. Si una persona se quedaba atrás, todos se unían para apoyarla.

—Has sido un pilar fundamental desde el día que llegué —dijo Stephanie—. Haces que las cosas sigan funcionando, nos mantienes cuerdos y estaríamos metidos en un buen lío sin ti. Pero si quieres más, si *de verdad* quieres más, te apoyaré. ¿Te interesa asumir un papel más importante en este caso?

Olivia parpadeó. —¿Como cuál?

—Como el que tuvo Giles antes. ¿Viste el cambio en él?

—Se le subió a la cabeza. No callaba con el tema.

—Bueno, pues ahora puede ser tu turno. ¿Qué me dices?

—No sé... No sé lo que hago.

Stephanie sonrió con suficiencia. —Esa es la gracia. Ninguno de nosotros lo sabe. Pero encontramos la manera de que funcione. — Echó un vistazo a su pantalla—. Lo primero en la lista sería la autopsia. Ponte en contacto con el equipo de bomberos y con Leanna, averigua cuánto tiempo lleva muerta nuestra víctima y mira a ver si puedes conseguir su identidad.

Olivia dudó, y luego se enderezó ligeramente. —¿Quieres que vaya *yo*?

Stephanie asintió. —Creo que eres más que capaz. Y si quieres progresar, necesitarás exponerte a cada parte del proceso. ¿Te animas?

—Sí —dijo Olivia, con una pequeña pero creciente sensación de determinación emergiendo—. Sí, creo que sí.

—Bien. Y puedes seguir registrando cosas en el HOLMES si eso te calma el espíritu.

Olivia soltó una carcajada sincera y la tensión se desvaneció de sus hombros. —La verdad es que no.

Stephanie sonrió de oreja a oreja. —Bienvenida al siguiente nivel, entonces.

—Qué suerte la mía.

—Algunos sueñan con una mañana rodeados del olor a formol.

—Esa gente necesita unas vacaciones.

Stephanie se puso en pie. —Vale. Te reenviaré los detalles y me aseguraré de que Leanna sepa que vas a asistir. Y si el colegio vuelve a llamar, pásamelos a mí. Estaré más que encantada de quitarte esa carga de encima.

Ambas se rieron, y el momento se alargó hasta que Olivia se levantó y se dirigió a la puerta.

—Gracias, jefa.

—Cuando quieras —respondió Stephanie—. Y, Olivia...

Ella se detuvo, a medio salir.

—No vuelvas a dudar de ti misma, por favor. Tú y yo no estaríamos teniendo esta conversación si no pensara que no solo eres capaz, sino que te lo mereces. Trabajas duro por el equipo y yo quiero trabajar duro por ti a cambio. Pero si se te sube a la cabeza tanto como a Giles, o más, entonces tendré que devolverte a tu sitio.

CAPÍTULO
SIETE

En cuanto Olivia salió del despacho de Stephanie, lo sintió. Un cambio. Como si algo en su interior se hubiera reajustado. No es que estuviera flotando ni radiante de alegría, pero sentía una sutil ligereza en el pecho, una silenciosa oleada de energía en los huesos. Su paso tenía un brío que no había tenido en semanas, o incluso meses. Y el mundo había adquirido un matiz más brillante y cálido al salir del edificio. Por primera vez en mucho tiempo, se fijó en los colores de los coches, de los árboles, de las hojas. Hasta el cielo se había vuelto un poco más azul, un poco más acogedor.

Y por primera vez en muchísimo más tiempo, se sintió útil. Vital.

Fuera, caminaba con paso ligero mientras cruzaba el aparcamiento, llegó a su Peugeot 208, que le costaba un dineral al mes, y abrió la puerta con el mando a distancia. Al entrar en el coche, la golpeó el olor del ambientador de lavanda que se había comprado en un intento de calmarse. El aroma parecía más intenso de lo habitual, revoloteándole en la cabeza.

Colocó el móvil en el soporte del salpicadero y arrancó el motor. Justo cuando se disponía a salir del aparcamiento, el teléfono empezó a sonar. En la pantalla apareció una imagen de Josh haciendo una mueca en un restaurante durante sus vacaciones familiares en Menorca. Respondió la llamada.

—¿Josh? ¿Va todo bien?

—Necesito dinero.

Directo. Al grano. Ni un «hola». Ni un «¿cómo estás?». Ni siquiera un «por favor». ¿Cuándo había perdido el control de sus hijos hasta el punto de que se convirtieran en los pequeños mocosos que eran?

—¿De qué hablas? —preguntó.

—Necesito dinero para comer hoy.

—¿Qué ha pasado con el dinero que te di a principios de semana?

Hubo una pausa.

—He... He tenido que comprar una calculadora nueva en la tienda.

—¿Por qué? ¿Qué le ha pasado a la tuya?

—Se ha roto.

—¿Cómo?

—Pues que se ha roto.

—Las calculadoras no se rompen sin más, Josh.

—Ayer en clase de matemáticas se la lancé a alguien y se rompió.

Ella suspiró profundamente. Los colores del aparcamiento se atenuaron un poco.

—El dinero que te di era para comida. Me prometiste que te duraría.

—Lo sé, pero...

—No, Josh. No vas a tener más. Estoy trabajando y no puedo estar mandándote dinero cada vez que te quedas sin él. Tienes que encontrar ese billete de diez euros o quedarte hoy sin comer. O a ver si puedes devolver la calculadora. Quizá la próxima vez te lo pienses dos veces antes de tratar así las cosas y recuerdes que el dinero no crece en los árboles.

Hubo un silencio al otro lado de la línea. Casi podía oír su enfurruñamiento a través del micrófono.

—Vale —masculló.

—Te quiero —dijo ella por inercia.

Él colgó sin responder.

Olivia se quedó mirando la pantalla un segundo, mientras la imagen del rostro de su hijo era reemplazada por una foto familiar en su pantalla de bloqueo. Suspiró. Se dijo a sí misma que no dejara que eso la afectara.

Que se enfurruñara. Que se las apañara él solo. Ella se merecía esto. Una victoria. Un momento. Algo para ella.

Y, por primera vez en mucho tiempo, no se sentía sola como una madre que intentaba sobrevivir a su trabajo. Se sentía como una detective.

CAPÍTULO
OCHO

Olivia alzó la vista hacia la entrada trasera de ladrillo gris del depósito de cadáveres, mientras agarraba su placa de policía con una mano y el móvil con la otra. Empujó la puerta y entró en un pasillo de un frío clínico. El olor a desinfectante era tan fuerte que le escocían las fosas nasales. Sus zapatos chirriaban sobre el linóleo mientras recorría el pasillo, buscando con la mirada la sala correcta. Pronto se hizo evidente que no tenía ni la más remota idea de lo que hacía ni de adónde iba. Stephanie le había dicho el número de la sala que tenía que buscar, pero Olivia era de esas personas que se pierden hasta en una línea recta y que no tienen ningún sentido de la orientación. Deambuló por el lugar, recorriendo pasillos, abriendo con cautela puertas batientes hasta que, finalmente, una voz la llamó a su espalda.

—¿Te has perdido?

Olivia se giró hacia la voz y vio a una mujer alta con pijama quirúrgico, apoyada en una puerta de doble hoja al fondo del pasillo. Era Leanna Moore, la forense. Llevaba el pelo oscuro recogido en una coleta alta y unas gafas de montura negra apoyadas a media nariz.

—Soy la detective Olivia Willard —dijo, mostrándole su identificación—. He venido por la autopsia de la víctima del granero de Chilworth.

—Ah, sí. El achicharrado. Venga, que lo tenemos a medio asado.

—¿A medio... qué?

Leanna abrió las puertas. —Ya lo verás —dijo, desapareciendo tras ellas. Olivia se apresuró a recorrer el pasillo y entró en la sala. Dentro, la temperatura bajó aún más. El acero inoxidable dominaba el espacio, con dos camillas alineadas en el centro; una de ellas sostenía un cuerpo cubierto con una sábana. Al otro lado de la sala había una mesa de trabajo equipada con instrumentos, básculas y un monitor digital.

—Este está churruscado —dijo Leanna alegremente, retirando la sábana con un gesto teatral—. Te presento a nuestro desconocido. O lo que queda de él.

El cuerpo estaba ennegrecido y encogido. Los brazos, doblados por los codos, los puños, cerrados, y las rodillas, ligeramente flexionadas. Olivia se quedó paralizada al verlo, apenas consciente de que se había quedado con la boca abierta.

—¿Estás bien? —preguntó Leanna, ladeando la cabeza—. No te me irás a desmayar, ¿verdad? Una vez se me desmayó un detective. Se dio con la cabeza en mi nevera. Tuve que coserle antes siquiera de tocar el cadáver.

—Estoy bien —dijo Olivia, forzando una sonrisa tensa mientras entraba en el espacio estéril, dejando que la puerta se cerrara tras ella con un silbido ahogado.

El cuerpo estaba peor de lo que había imaginado. Lo que quedaba era poco más que un conjunto de extremidades acurrucadas en posición fetal, con la piel como el carbón, agrietada y fragmentada, y los rasgos faciales derretidos hasta ser irreconocibles.

—Varón, probablemente de entre cuarenta y cinco y sesenta años —empezó Leanna, señalando varias partes del cuerpo de la víctima—. Complexión media, entre metro setenta y cinco y metro ochenta y dos. Sabremos más cuando rehidratemos el tejido y midamos los huesos largos. Tenemos más del noventa y cinco por ciento de la superficie corporal quemada. Piel, tejido blando, músculo... todo calcinado. Lo que estás viendo aquí es, bueno, un buen trozo de carbón humano.

Olivia tomó una nota, intentando mantener los ojos en su cuaderno en lugar de en el cuerpo abrasado y agrietado.

—¿Algo externo que destacar? —preguntó.

Leanna asintió, despegando un trozo derretido de lo que una vez pudo ser ropa. —Material sintético quemado aquí, en los muslos. Probablemente pantalones. El resto está fusionado al cuerpo. No tenemos piel intacta, ni marcas distintivas, y desde luego, ningún tatuaje. Sin embargo... —Señaló las muñecas y los tobillos—. ¿Ves estas zonas? Ligeramente más lisas. Menos carbonización. Esto sugiere que posiblemente tenía algo atado alrededor: cuerdas, esposas, quizá bridas. Protegió la piel del contacto directo con las llamas durante un tiempo.

—Entonces... ¿estaba maniatado?

—Posiblemente. O posiblemente no. No es concluyente, me temo. Si era una cuerda, habría ardido más rápido que la yesca. Sin fibras residuales ni marcas de ligaduras, estamos en el terreno de las suposiciones, y ese no es un lugar que me guste pisar.

Olivia garabateó a toda prisa. —¿Algún signo de traumatismo previo al incendio?

—Nada visible. Ni heridas por arma blanca. Ni por objeto contundente. Y atenta a esto... —Leanna retrocedió y cogió un informe impreso de la bandeja que tenía al lado—. Tenía los pulmones llenos de hollín. Tráquea, bronquios, incluso una leve congestión pulmonar. Los niveles de carboxihemoglobina están al sesenta y dos por ciento.

—¿Lo que significa?

—Que estaba vivo cuando empezó el incendio. Estaba inhalando el humo como un fumador empedernido. Probablemente se desmayó en cuestión de minutos por el calor y la exposición al dióxido de carbono, y murió poco después. Fue relativamente rápido, pero no indoloro. Definitiva, definitivamente no fue indoloro.

El rostro de Olivia palideció.

Leanna se ablandó un poco. —Lo sé. Es horrible. Me temo que no hay una manera fácil de describir lo que el fuego le hace al cuerpo. Pensamos que es algo dramático... bum, envuelto en llamas. Pero es lento, consumidor. Todo lo blando se quema primero. El cuerpo se contrae. Los órganos se encogen. El cerebro, básicamente, se cuece. Y dependiendo de lo que llevara puesto, la tela podría haberse derretido sobre su piel y seguir ardiendo mucho después de que perdiera el conocimiento.

—Joder —murmuró Olivia.

—Además, durante el proceso hay un delicioso aroma a cerdo quemado, por si te lo estabas preguntando.

—Pues no —respondió Olivia automáticamente—. ¿Y el contenido del estómago?

—Bien visto —dijo Leanna—. Había comido. Hay comida parcialmente digerida en el estómago, aunque es particularmente difícil discernir el qué. Calculo que comió varias horas antes de morir, pero fue solo una comida ligera. Así que, quizá a la hora del almuerzo. Y... —levantó un dedo—, también hay líquido en el estómago. Sabremos más cuando lleguen los resultados de toxicología, pero podría ser cualquier cosa, desde cerveza hasta Fanta o agua.

Olivia se mordió el interior de la mejilla, observando lo que una vez había sido un rostro. —Así que, si no podemos identificarlo visualmente... ¿por dónde empezamos?

Leanna se quitó los guantes y se acercó a una pequeña mesa de acero, sacando un portapapeles con varios documentos sujetos a él. —Hay varias opciones.

—Dispara —dijo Olivia, sin estar muy segura de querer oírlo.

Leanna fue enumerando con los dedos. —Primero: huellas dactilares, pero en este caso, descartado. Demasiado daño térmico. Las crestas papilares han desaparecido. Aunque lo intentáramos, es poco probable que consiguiéramos una huella que valiera la pena cotejar. Segundo: la dentadura. Esa es nuestra mejor baza. Hemos recuperado varios dientes. Algunos están fracturados por el calor, pero unos cuantos molares sobrevivieron intactos. Los limpiaré y organizaré que les hagan unas radiografías, pero no sirven de mucho a menos que encontremos algo con lo que compararlos. Si este tipo ha visto a un dentista en el Reino Unido y tienen su historial archivado, puede que tengamos suerte.

—¿Cuánto se tarda en eso?

—Entre unos días y un par de semanas. Depende de lo rápido

que podamos acceder a los historiales y de si siquiera existe un archivo con el que comparar. Hay muchas variables. Si tenía un seguro dental privado o cambió de consulta varias veces, eso puede ralentizar las cosas.

Olivia asintió, escribiendo furiosamente en su cuaderno.

—También haremos un análisis de ADN —continuó Leanna—. Podemos extraer una muestra del fémur o de los molares. De nuevo, el proceso es lento, podría llevar hasta un par de semanas, especialmente si no hay nada con qué compararlo. Pero se introducirá en la base de datos nacional. Puede que la unidad de Personas Desaparecidas encuentre algo si alguien ha sido dado por desaparecido recientemente.

Olivia dejó escapar un suspiro. —Así que, básicamente... esperamos.

—Así es la criminalística. Aquí jugamos a largo plazo, nena. Pero como te he dicho, si llega cierta información antes, podría acelerar las cosas. Te enviaré por correo electrónico el informe completo en cuanto esté listo. Si tienes más preguntas, ya sabes dónde encontrarme.

CAPÍTULO
NUEVE

Stephanie llamó a la puerta y entró sin esperar a que le dieran permiso. El inspector jefe Clive McGowan estaba quitándose las gafas cuando ella abrió la puerta.

—¿Está ocupado, señor?

—Pues parece que ya no. Pase.

El inspector jefe bloqueó la pantalla del ordenador y apartó el teclado, como para eliminar la tentación de iniciar sesión y revisar sus correos electrónicos mientras hablaban.

—¿Qué le preocupa, inspectora?

—Wellard —respondió ella, sentándose.

—¿Ah, sí?

—Esta mañana la he notado rara. Estaba más callada de lo habitual, no tenía mucho que decir. Con la cabeza gacha, como si no quisiera estar ahí. La he llevado a mi despacho y me ha comentado que se sentía un poco perdida y cansada del mismo trabajo de siempre.

—Entiendo —respondió Clive, asintiendo pensativamente.

—También tiene problemas en casa con los críos. Están en esa edad adolescente en la que todo lo que hacen se vuelve complicado.

—Las hormonas.

—Y para qué contar más. Creo que en general se pondrá bien, pero la he puesto a trabajar codo con codo conmigo en el caso del incendio, la operación Windbreaker. Quizá eso le dé un renovado sentido de propósito y la anime un poco.

Más asentimientos pensativos. —Bien pensado. ¿Alguien tiene algún problema con ello?

Stephanie frunció los labios y negó con la cabeza. —No que yo sepa. Pero, si lo tienen, les recordaré que todos formamos parte del mismo equipo.

—Buena idea. ¿Necesita que haga algo?

Otra negativa sacudiendo la cabeza. —Por ahora no, señor. Solo quería ponérselo en su conocimiento por si usted nota algo que a mí se me escape.

Y para su propia validación. Una pequeña palmadita en la espalda para recordarse a sí misma que estaba haciendo un buen trabajo.

—Me gusta cómo piensa —dijo él, como si le leyera la mente—. Es bueno dar al equipo más responsabilidad fuera de sus funciones habituales.

—Eleva el nivel de todos —añadió ella.

—Exacto. —El inspector jefe volvió a colocar las manos sobre el teclado—. ¿Algo más? ¿Cómo va la operación?

—Acabamos de empezar, señor. Todavía estamos intentando identificar a la víctima. Sin embargo, uno de los de la científica ha encontrado una pequeña lata con una fotografía y una inscripción religiosa. El equipo está investigando ambas cosas ahora mismo, pero no podemos hacer mucho hasta que identifiquemos a la víctima.

Antes de que McGowan pudiera responder, llamaron a la puerta. Ambos se giraron hacia ella.

—Adelante —invitó Clive con voz grave.

Un instante después, una vacilante Fiona asomó la cabeza por la puerta del despacho, con una expresión incómoda, como si acabara de interrumpir una discusión entre sus padres.

—Siento interrumpir. Yo... Es sobre la operación Windbreaker, inspectora.

—Continúe —dijo Stephanie.

—En realidad, viene de la unidad de desaparecidos. Han recibido una denuncia esta mañana de una mujer de Bracknell. Por lo visto, su marido tenía que haber vuelto anoche de un congreso de trabajo, pero nunca llegó.

Stephanie se enderezó al instante. —¿Cuánto tiempo lleva desaparecido?

—Unas dieciocho horas más o menos, calculo.

Ella ya se estaba levantando de la silla. —¿Y su descripción?

—Coincide vagamente con la de nuestra víctima. Más o menos la misma edad, la misma altura, aunque ya sé que para empezar no es mucho con lo que trabajar.

—Buen trabajo. Consígame la dirección de la esposa, voy para allá ahora mismo. ¿Dónde está Olivia? Quiero que venga conmigo.

CAPÍTULO
DIEZ

Jennifer Hadlow las condujo al salón con un aire de contenida compostura, los labios apretados en una sonrisa educada pero tirante. Stephanie entró primero, con Olivia justo detrás, y el calor de la casa las envolvió al instante. La estancia estaba inmaculada, dispuesta con la precisión de alguien que se enorgullecía de las apariencias, como si recibiera visitas casi a diario. Un sofá de color azul marino intenso y dos sillones a juego formaban una pulcra herradura alrededor de una mesa de centro de cristal sobre la que reposaba una pila de revistas *Country Living* y una planta cuidadosamente podada. Sobre la repisa de la chimenea eléctrica había fotografías enmarcadas: una pareja joven en una boda, dos niños pequeños con uniforme escolar y un perro que ya había fallecido hacía mucho. Todo en la habitación tenía su lugar; era el tipo de hogar donde nunca se permitía pasar del recibidor con los zapatos puestos y las tazas vacías no se quedaban en el fregadero.

Jennifer se sentó en el borde del sofá, con las manos pulcramente apoyadas en el regazo, completamente erguida. Su pelo, teñido de un suave rubio, le enmarcaba el rostro con sutil elegancia. Stephanie calculó que rondaría los cincuenta y tantos y se desenvolvía con una energía que desmentía su edad.

Stephanie y Olivia se sentaron en los sillones a juego, con sus cuadernos de notas apoyados en el regazo. Los dedos de Jennifer se entrelazaron mientras miraba alternativamente a las dos inspectoras, con la postura rígida y los hombros erguidos.

—Gracias por recibirnos en su casa —empezó Stephanie, con voz suave y delicada—. Comprendemos que este es un momento muy difícil para usted. Mi compañera y yo somos del Equipo de Investigaciones Especiales.

—¿Investigaciones Especiales? Por teléfono hablé con el departamento de personas desaparecidas... —dijo Jennifer con un hilo de voz, en el que se percibía un matiz de acusación.

—Eso es porque estamos investigando otro incidente que tuvo lugar anoche.

—¿Qué incidente?

—Hubo un incendio en Chilworth. Se encontraron unos restos. Desde luego, no quiero precipitarme y dar por hecho que su marido estuviera implicado; sin embargo, en este momento estamos teniendo dificultades para identificar el cuerpo. Así que necesitamos determinar la probabilidad de que su marido esté involucrado.

Jennifer se llevó la mano a la boca. —¿Un incendio? ¿Creen que Nigel tuvo algo que ver con un incendio?

—Esperamos que no —respondió Olivia. Su tono era más suave, más delicado que el de Stephanie. De madre a madre—. En última instancia, esperamos descartarlo de nuestra investigación y que aparezca sano y salvo. Pero tenemos que preguntar...

Sin decir nada, Jennifer se levantó de un salto del sofá, desapareció en la cocina y regresó un momento después con una caja de pañuelos de papel, pasándose uno con delicadeza por el rabillo del ojo. Volvió a dejarse caer en el sofá, mientras su compostura tranquila y recatada se desmoronaba a ojos vistas.

—¿Qué puede decirnos sobre los movimientos de su marido ayer?

Jennifer miró el reloj de la repisa de la chimenea y luego a Stephanie. —Se suponía que iba a estar en un congreso todo el día —dijo, con la voz más clara ahora—. En Farnborough. Una de esas grandes ferias de promotores inmobiliarios a la que va todos los años. Me mandó un mensaje a las seis menos diez para decirme que ya venía de camino.

—¿Fue en coche o en tren?

—En coche. No soporta ir en transporte público.

Stephanie tomó una nota. —¿Cuándo esperaba que llegara a casa?

—Más o menos una hora después. A esa hora, habría mucho tráfico.

—¿Y cuándo sospechó que algo iba mal?

—Dieron las nueve y no había sabido nada de él. Intenté mandarle mensajes y llamarlo, pero no contestaba. Siempre usa el móvil para avisarme si está en un atasco. Pero nada. Entonces pensé que había tenido un accidente. Busqué en las noticias y en las webs de tráfico, pero no encontré nada. —Jennifer empezó a juguetear con el pañuelo que tenía en los dedos—. Estuve llamando a amigos que viven cerca, por si se le había averiado el coche y había ido a pedirles ayuda, pero tampoco lo habían visto ni sabían nada de él. Todos me dijeron que no me preocupara, que probablemente estaría atascado o perdido en algún sitio y que acabaría llegando a casa. No pegué ojo en toda la noche. Estaba demasiado preocupada por él. Y como esta mañana seguía sin haber noticias, fue cuando denuncié su desaparición.

Stephanie tomó otra nota. Miró brevemente a Olivia y luego de nuevo a Jennifer. Se inclinó ligeramente hacia delante. —Señora Hadlow, ¿puedo preguntarle si en los últimos días o semanas ha notado algo inusual en el comportamiento de su marido? ¿Lo ha notado diferente?

Jennifer exhaló lentamente y asintió. —Ha estado estresado, sí. Seco, a veces. En su mundo. Pero tiene un proyecto enorme pendiente de aprobación en este momento —todavía están esperando los contratos para una nueva promoción en una iglesia abandonada— y ha tenido que lidiar con los inversores, el ayuntamiento, con todo el mundo. He leído algo sobre que está parado o que se ha retrasado. Creo que eso lo ha superado un poco, pero él... él simplemente sigue adelante.

—¿Dijo si había algo en concreto que le preocupara o le quitara el sueño?

—No. Nunca lo hace. —Soltó una risita amarga, como si recordara una conversación que habían tenido—. Es el típico hombre en ese sentido. Se lo guarda todo para adentro, nunca habla de lo que de verdad le pasa por la cabeza. Yo le preguntaba, pero siempre le restaba importancia. Nada ha cambiado en los veinticinco años que llevamos juntos.

—¿Ha hecho algo recientemente que se saliera de su rutina? —preguntó Olivia—. ¿Cambios en su horario? ¿Reuniones a las que no soliera ir, quizá?

Jennifer se frotó las sienes. —No sé. Supongo que hubo un par de noches que llegó tarde, pero no me concretó nada. Era un hombre ambiguo, la verdad. Solo me contaba las cosas cuando se las sacaba con sacacorchos.

Stephanie notó la tristeza contenida en su tono, asintió con suavidad y luego echó un vistazo a sus notas antes de continuar. —¿Su marido era religioso, señora Hadlow?

Jennifer levantó la vista, con el ceño fruncido. —¿Nigel? No. Para nada. Que yo sepa, nunca fue a la iglesia, a menos que fuera una boda o un funeral. —Negó con la cabeza, muy segura—. ¿Por qué?

Stephanie dudó un instante, luego metió la mano en su carpeta y sacó una funda de plástico transparente. Dentro había una copia de la fotografía que habían encontrado en la lata en la escena del crimen.

—Encontramos esto —dijo Stephanie con cautela— en el lugar del incendio. —Se la pasó a Jennifer—. ¿Reconoce al niño de esta foto? ¿Cree que podría ser su marido?

Jennifer cogió la funda con manos temblorosas y estudió la foto detenidamente. Entrecerró los ojos y se la acercó más a la cara. —No..., no estoy segura —admitió tras una larga pausa—. No creo que sea Nigel. La nariz parece diferente. Y el pelo. Pero casi no he visto fotos suyas de niño. ¿Dice que encontraron esto en el incendio?

Stephanie asintió.

Algo cambió en la expresión de Jennifer, y la tristeza dio paso a un atisbo de esperanza. —¡Entonces quizá no era él! Quizá no estaba allí. Quiero decir... no se parece a él. A mí no me lo parece. ¿Y por qué iba a tener él algo así?

Stephanie no respondió de inmediato. Quería tener cuidado de no darle falsas esperanzas, pero, al mismo tiempo, reconoció el clavo ardiendo al que Jennifer acababa de aferrarse.

—Estamos barajando todas las posibilidades —dijo con delicadeza—. Mientras tanto, ¿sería posible recoger algunos objetos personales que puedan ayudarnos con la identificación? Un cepillo de dientes, quizá, o una cuchilla de afeitar.

Jennifer asintió de inmediato y se puso en pie. —Sí, sí, por supuesto. Hay uno en el baño de arriba.

—Y si pudiera darnos también el nombre de su dentista —añadió Olivia—, nos ayudaría a conseguir el historial dental para compararlo con los restos. Solo como precaución.

Jennifer se detuvo al pie de la escalera y se volvió para mirar. —¿Solo son indagaciones rutinarias, verdad?

—Sí —respondió Stephanie, al notar la creciente esperanza en la voz de Jennifer—. Solo indagaciones rutinarias.

CAPÍTULO
ONCE

En cuanto las puertas del coche se cerraron con un golpe seco, Stephanie reclinó la cabeza en el reposacabezas y exhaló. El interior estaba frío, a pesar de que el sol de la tarde entraba a raudales por el salpicadero. Olivia se abrochó el cinturón de seguridad.

—Bueno —murmuró—, podría haber ido peor.

—Se la está jugando todo a que esa foto es de otra persona —respondió Stephanie mientras arrancaba el motor.

—¿*Tú* crees que es él?

—Es posible. Pero tenemos que confirmarlo antes de poder hacer nada.

—Muy diplomática —comentó Olivia.

—Quizá debería haberme metido a política.

—No. A ellos se les da bien mentir. A ti no.

Olivia le dedicó una sonrisa cómplice mientras Stephanie sacaba el móvil y repasaba su agenda de contactos. Encontró el número de Leanna, la llamó y le pidió a la forense el nombre y los datos de contacto de un odontólogo forense. Tras recibir los datos, Stephanie dejó el móvil en el salpicadero y marcó el número.

El teléfono sonó dos veces antes de que respondiera una voz enérgica. —Unidad de Odontología Forense, le atiende el doctor Sam Heaney.

—Doctor Heaney, soy la inspectora Stephanie Broadbent, de la

Brigada de Delitos Graves de Surrey. Tenemos una posible identificación de los restos de Chilworth y necesitamos que se realice una comparación dental con urgencia.

Hubo una breve pausa, seguida de: —Entendido. ¿Ya tiene el historial dental?

—Lo tendremos para el final del día. Su mujer acaba de darnos el nombre de su dentista: la clínica dental Winnaker en Bracknell. Solicitaremos el historial directamente.

—¿Y el cuerpo?

—Ya está en la cola de su departamento. Debería haber recibido una llamada de la patóloga forense, Leanna Moore, esta tarde.

—Así es —confirmó Heaney—. Se realizó una evaluación dental post mortem, pero hasta ahora no se había solicitado ninguna identificación.

—Pues considérelo oficial. El nombre del sujeto es Nigel Hadlow. Le enviaremos el archivo dental en cuanto lo tengamos. ¿Puede darle prioridad?

Una pausa. —*Puedo*, pero necesitaré una autorización por escrito.

—Le enviaré un correo electrónico en cuanto llegue a la oficina, en la próxima hora, más o menos.

—Entonces me aseguraré de que la comparación esté hecha para mañana por la mañana a más tardar. Posiblemente antes, si hay una coincidencia clara.

—Gracias, doctor Heaney.

La línea se cortó. Stephanie tocó la pantalla para finalizar la llamada. Olivia recolocó las carpetas que tenía en el regazo, dejando a la vista la imagen del chico.

—¿Crees que es él?

Stephanie no respondió de inmediato. La miró un rato. —Me preocupa más *por qué* está ahí que *quién* es.

CAPÍTULO
DOCE

Quedaba poco que hacer durante el resto del día, aparte de esperar; la peor parte del trabajo, la que Stephanie más odiaba. Tal como habían prometido, ella y Olivia enviaron el historial dental de Nigel Hadlow al odontólogo forense al volver a la comisaría, y el doctor Heaney había vuelto a confirmar que les haría llegar los resultados lo antes posible.

Ahora solo era cuestión de esperar. Así que, para no caer en la tentación de llamar al número del trabajo de Heaney cada hora, en punto, Stephanie se despidió, se subió al coche y puso rumbo a casa.

Ya era noche cerrada cuando llegó. Principios de noviembre. Uno de los meses que menos le gustaban. De hecho, todo el final del otoño y el invierno eran sus épocas menos favoritas. La primavera, ahí era cuando sentía la felicidad, la estación del rejuvenecimiento, del renacer y del nuevo crecimiento. Una época en la que no hacía ni demasiado calor ni demasiado frío; para ella, era simplemente perfecta. La estación ideal.

Una lluvia fina caía del cielo, moteando suavemente su impermeable mientras salía del coche y abría la puerta trasera del copiloto para coger un puñado de expedientes y el maletín del portátil.

Mientras se lo echaba al hombro, la puerta de la casa de su vecino se abrió. Un fino haz de luz partía en dos el camino de entrada que compartían, y de ella salió Jimmy, vestido con una camisa elegante y unos vaqueros Levi's. En la mano, llevaba una bolsa de basura negra. Se quedó paralizado cuando posó los ojos en Stephanie.

—Buenas noches, inspectora —dijo él, depositando la bolsa en el contenedor que había delante de su casa.

Stephanie esbozó una sonrisa de medio lado y cerró la puerta del coche de un portazo. —Vamos a tener que dejar de vernos así. La gente va a empezar a hablar.

Jimmy soltó una carcajada en la oscuridad. —Dejé de preocuparme por lo que la gente pensara de mí allá por los ochenta, querida. Hay cosas más importantes por las que preocuparse.

«Vaya si era verdad», pensó Stephanie. Aunque sabía por experiencia que era mucho más fácil decirlo que hacerlo. Todavía no había conocido a nadie que pudiera apagar sus pensamientos como si tuvieran un interruptor.

—¿Un día ajetreado en la oficina? —preguntó Jimmy, y continuó antes de que ella pudiera responder—. He visto en las redes sociales lo del incendio.

—¿Las redes sociales? —Stephanie enarcó una ceja—. No sabía que las usabas.

—Estoy tan sorprendido como tú, pero apenas me apaño con lo básico. Aunque es espantoso lo que ha pasado. Solía visitar ese granero y algunos de los otros cercanos cuando era niño. Un par de amigos y yo íbamos con las bicis por esa zona y lanzábamos piedras al otro lado del campo para ver quién llegaba más lejos. —Se le iluminó el rostro al recordarlo—. En fin, como muchos sitios ahora, supongo que acabó abandonado y descuidado. ¿Sabes si ha sido provocado?

Steph relajó un poco los hombros; él sabía lo del incendio, pero no lo del cuerpo que habían encontrado dentro. Ella y su equipo aún no habían hecho pública esa información.

—Todavía no estamos seguros —respondió ella.

—Qué cosa más horrible. ¿Por qué la gente siente la necesidad de hacer algo así?

Se encogió de hombros. —Sabes tanto como yo.

—Espero que el responsable reciba su merecido.

—Si de mí depende, lo recibirá. —Hizo una pausa—. Por casualidad, ¿no has vuelto a ver a ningún hombre sospechoso merodeando cerca de mi puerta o por la calle? —le preguntó—. Parece que cada vez que te veo hay algo sospechoso pasando por aquí.

Jimmy levantó un dedo en el aire. —Ahora que lo dices...

Se le demudó el rostro y su cuerpo se tensó.

—Ahora que lo dices, no he visto nada de nada —dijo en broma.

Stephanie soltó un suspiro corto y brusco que liberó la tensión de su cuerpo. Su primer pensamiento había sido para Jordan, su hermanastro, rondando por su casa, intentando de más de una manera meterse con calzador en su vida.

—Quizá la próxima vez —bromeó ella—. Y si lo haces, asegúrate de hacer una foto. Me facilita mucho la vida a la hora de localizarlos.

Empezó a caminar hacia la puerta de su casa, buscó a tientas las llaves en el bolso y se despidió de él. Esperó a que Jimmy hubiera entrado para abrir la puerta. Al deslizarse sobre el felpudo, la puerta empujó un pequeño montón de correspondencia. Haciendo malabares con las carpetas y el maletín del portátil, se agachó a recogerlas, ojeando distraídamente una oferta de tarjeta de crédito, un folleto de comida para llevar y una carta de la inmobiliaria local preguntando si había considerado vender su propiedad. Entonces...

Sus dedos se detuvieron en el último sobre. Una carta dirigida a ella. Escrita a mano. Sello de segunda clase. Se le revolvió el estómago. Se quitó el maletín del hombro de un tirón, cerró la puerta de una patada y se llevó el correo a la cocina. La lluvia repiqueteaba suavemente contra las ventanas. La casa estaba en silencio, salvo por el zumbido de la nevera y el leve tictac que hacía de vez en cuando.

Rasgó el sobre. Dentro había una única hoja de papel de rayas doblada, con un lado irregular, como arrancada de un bloc de notas.

Steph:

Espero que no te moleste la intromisión, pero ya he agotado todas las formas posibles de contactar contigo, excepto, supongo, enviarte una carta en una botella que puedas encontrar un año de vacaciones o mandarte algo en código morse.

Solo quería ponerme en contacto. Si alguna vez te apetece charlar o conocerme, ya sabes cómo localizarme. Suelo estar disponible a cualquier hora, así que no tienes que preocuparte por molestar.

Estoy tan sorprendido como tú con todo esto. He hablado con Kim y, por lo que parece, no tenemos la mejor conexión familiar —siento mucho lo que Colin te hizo pasar—, pero solo quiero decir que no me parezco en nada a él, y nunca lo haré.

Sé que es difícil para ti. Pero también lo es para mí. ¿Quizá podríamos afrontarlo juntos?

Espero tus noticias.

Jord x

Stephanie leyó la nota dos veces, y luego una tercera. Una abrumadora mezcla de preocupación y frustración creció en su interior, teñida por una pizca de culpa. Todo era muy confuso. Por un lado, él se había tomado el tiempo de sentarse, escribir y enviar la carta a su dirección, una acción que requería reflexión, tiempo y esfuerzo. Pero, por otro lado, era extraño e inapropiado. En resumidas cuentas, ella no quería volver a verlo, no quería conocerlo. No había formado parte de su vida durante los últimos cuarenta años, así que ¿por qué pensaba que podía formar parte de los próximos cuarenta?

Y entonces recordó el mensaje del buzón de voz que le había dejado esa mañana; tenía razón, realmente había agotado todos los métodos disponibles para contactar con ella. ¿Llegaría un momento en que fuera demasiado? ¿Ya habían superado ese punto?

¿Acabaría ella por ceder y dejarle entrar, o su preocupación seguiría creciendo?

En ese momento, solo había una cosa en su mente.

—¿Cómo demonios ha conseguido mi dirección? —se preguntó en voz alta.

Sacó el móvil y se desplazó hasta sus favoritos. Su pulgar vaciló. Luego pulsó el nombre de Kimberley.

El teléfono sonó dos veces antes de que una voz exhausta respondiera: —¿Steph?

—Hola. Siento molestar —dijo Stephanie, intentando mantener la voz firme—. Acabo de llegar a casa y he encontrado una carta en el felpudo.

—¿Una carta?

—Sí. De *él*.

Una pausa. Stephanie podía oír ruido de fondo: el lavado rítmico del lavavajillas, el murmullo apagado de la tele, un tintineo de cubiertos.

—Ah... claro —dijo Kimberley, sonando ya culpable.

Stephanie frunció el ceño. —Tenía mi dirección, Kim. ¿Cómo crees que ha pasado eso?

Kimberley no respondió de inmediato. Luego suspiró. —Me la pidió. Pensé que... no sé. Pensé que ayudaría.

—¿Ayudar a qué? ¿A que irrumpa en mi vida?

—Es nuestro hermano, Steph.

—Es un desconocido —espetó Stephanie—. Es un desconocido con nuestra sangre, eso es todo. Eso no le da derecho a saber dónde vivo. Esa es una línea que no te corresponde cruzar por mí.

—No pensé que fuera para tanto...

—Ese es el problema, Kim. Que no pensaste.

La voz de Kimberley se quebró, cansada y tensa. —Solo intentaba hacer lo correcto.

Stephanie se paseó por la cocina, pasándose una mano por el pelo. —Pues no lo era. No quiero que me escriba, ni que me mande mensajes, ni que me llame. Y no lo quiero en la puerta de mi casa.

—No es una amenaza...

—No es bienvenido. Eso debería bastar. —Stephanie tomó aire, intentando contener la rabia que le arañaba la garganta—. Te pido, como hermana mía que eres, que no vuelvas a dar mi información. A nadie.

Kimberley se quedó en silencio, y finalmente dijo, en voz baja: —Vale. Lo siento.

Stephanie colgó antes de que la voz la traicionara.

Se quedó de pie en la cocina, mirando la carta sobre la encimera, mientras la lluvia seguía repiqueteando suavemente en las ventanas. Por un momento, el silencio de la casa le pareció asfixiante. Entonces, con un movimiento decidido, dobló la carta por la mitad, la metió en el cajón que había junto a la nevera y lo cerró.

CAPÍTULO
TRECE

El olor a café flotaba denso en el aire y envolvía a Stephanie como una cálida manta de lana. El Coffee Culture, enclavado en el pintoresco callejón adoquinado que conectaba la calle mayor de Guildford con la más concurrida North Street, era uno de esos rincones perfectos: unas lámparas de estilo *vintage* colgaban a baja altura sobre mesas de madera, las paredes de ladrillo visto le daban carácter y una serie de baldosas estampadas, cada cual más singular que la anterior, adornaban el suelo. De fondo sonaba una suave música *indie*, ahogada de vez en cuando por el siseo del vapor de la máquina del barista, el roce de los cubiertos en la cerámica y las conversaciones en voz baja.

Era la clientela de media mañana. Un grupo de mujeres de unos sesenta años ocupaba la mesa junto al ventanal, saboreando sus capuchinos sin prisa. Tenían los bolsos pulcramente colocados en las sillas libres y los abrigos doblados con elegancia sobre las rodillas. Una de ellas remató su anécdota con una sonora carcajada que hizo que varias cabezas se giraran. Cerca del fondo, un par de mamás con sillitas de paseo charlaban tranquilamente, sorbiendo sus *flat whites* mientras sus hijos pequeños mordisqueaban trozos de plátano. Dos estudiantes universitarios con sudaderas holgadas y auriculares estaban sentados frente a sus portátiles, concentrados en sus trabajos. En la barra, un hombre vestido de licra no perdía de vista la bicicleta que había aparcado fuera mientras esperaba un *matcha latte* para llevar.

Stephanie estaba sentada sola en una mesa en un rincón, de espaldas a la pared y con una vista clara de toda la sala. El plato rústico de color marrón que tenía delante estaba artísticamente preparado con aguacate machacado, un huevo escalfado y una pizca de escamas de guindilla sobre una tostada de pan de masa madre. Tenía una pinta deliciosa, pero no lo había tocado, salvo para cortar el huevo por la mitad y ver cómo se derramaba la yema.

Jugueteaba con un trozo de aguacate en el tenedor, haciéndolo girar distraídamente antes de dejarlo de nuevo. Le rugían las tripas, pero su mente le decía que no. No estaba de humor para una batalla, pero aun así se estaba librando. Apretó la rodilla con fuerza contra la parte inferior de la mesa en un intento de distraerse, pero los pensamientos no la dejaban en paz.

La carta seguía doblada en el cajón de casa. Su hermanastro, un hombre de cuya existencia acababa de enterarse, había invadido su vida como una gotera en el techo. No podía dejar de pensar en ello. En él. En lo que él quería. En lo que ella quería. A veces deseaba no tener familia; de esa manera, todo el estrés y el dolor de su vida desaparecerían. Pero entonces recordaba que tampoco tendría nada de la belleza, la calidez, la felicidad y los recuerdos que compartía con su hermana.

Salvo que Kimberley había dado su dirección, la había traicionado de esa manera. La había decepcionado.

Stephanie exhaló bruscamente por la nariz y finalmente le dio un bocado, masticando lentamente, como si probara la reacción de su cuerpo. De momento, todo bien.

Entonces sonó su teléfono, que vibró con fuerza sobre la mesa. Sobresaltada, cogió el aparato y contestó.

Era Olivia.

—¿Tiene un minuto?

—Estoy en la hora de comer. ¿Qué pasa?

—Tenemos una coincidencia con los restos del incendio. El odontólogo lo ha confirmado hace diez minutos. Es él. Es Nigel Hadlow.

Stephanie se pellizcó el puente de la nariz. El nombre resonó en su mente. El marido desaparecido. El hombre cuya mujer pensaba que simplemente estaba en un atasco.

—¿Estás segura?

—Completamente.

Steph se reclinó en la silla y su apetito se disolvió como el azúcar en el té caliente. Tenían una víctima. Un nombre para su desconocido. Mucho más rápido de lo previsto.

—¿Qué hacemos ahora, inspectora?

Stephanie bajó la mirada.

—Espera un momento —dijo, levantándose de la mesa y la silla—. Vuelvo a la comisaría.

Cogió el abrigo y se dirigió a la salida, dejando el plato de comida casi intacto.

CAPÍTULO
CATORCE

En cuanto Stephanie cruzó las puertas de la sala de crisis, el ambiente cambió. Las conversaciones cesaron, las cabezas se giraron y el chirrido de algunas sillas al arrastrarse indicó que el equipo se enderezaba.

Toda la maquinaria se había puesto en marcha.

Stephanie fue a su despacho a grandes zancadas, se quitó el abrigo y tiró el bolso debajo del escritorio antes de volver a la sala de crisis.

—Bien —dijo, dando una palmada para atraer la atención de todos—. Nos han confirmado que el cuerpo recuperado del incendio de Chilworth ha sido identificado como Nigel Hadlow. Eso no significa que sepamos todavía lo que ha pasado, así que quiero que se investiguen todas las posibilidades. —Señaló a Giles y a Noah—. Ustedes dos. Hadlow fue en coche a la conferencia ese día, así que empecemos por ahí. Encuentren su coche. Tracen su ruta desde el centro de conferencias hasta el granero. Cámaras de seguridad, de tráfico, gasolineras; quiero cada fragmento de grabación desde el momento en que se fue hasta el momento en que se le perdió la pista. Averigüen si se reunió con alguien, si se detuvo en el arcén para echar una meada o para dejar entrar a alguien. Queremos conocer cada centímetro de su ruta. ¿Entendido?

Noah garabateaba furiosamente en su bloc de notas.

—A la orden, mi capitán.

De Giles:

—Suena apetecible, inspectora.

—Bien. —Se volvió hacia Fiona—. Quiero que hable otra vez con su mujer. Dele la noticia. Sea sincera, pero no la abrume. Necesitamos una cronología clara de los movimientos de Nigel, cualquier cosa fuera de lo común, cualquiera que mencionara, cualquier cosa que pueda explicar por qué acabó en ese granero.

Fiona asintió con un gesto tenso y se llevó la punta del dedo meñique a la boca.

—Entendido.

—Y vea qué puede descubrir sobre cualquier problema en su matrimonio. Infidelidades, problemas económicos... ese tipo de cosas. Si hay una grieta bajo la superficie, tenemos que encontrarla.

Miró alrededor de la sala, sus ojos se movieron de un miembro del equipo al siguiente, deteniéndose en Devon.

—Revise sus registros telefónicos y financieros. Vea si hay algo ahí que pueda indicar que alguien fue a por él o si las cosas se pusieron tan mal que se lo hizo a sí mismo.

—¿Sigue pensando que podría ser un suicidio, inspectora? —preguntó Devon en voz baja, con un tono falto de confianza.

—Hasta que no tengamos el informe completo del incendio y pruebas de lo contrario, quiero que mantengamos la mente abierta.

—Ese informe debería llegarnos pronto —dijo Giles, levantando la mano—. Lo último que sé es que Elias y su equipo lo estaban redactando esta mañana.

Stephanie asintió y miró su reloj. Podía sentir la adrenalina empezar a acumularse tensamente en sus músculos. Todo lo que necesitaba ahora era canalizarla.

—Métales prisa —dijo—. A ver si pueden enviárnoslo antes de que Olivia y yo volvamos.

—¿Volvamos? —preguntó Olivia.

—Tú y yo vamos a hablar con la última persona que lo vio con vida: su jefe.

—¿Qué quiere que hagamos con la prensa, inspectora?

La pregunta vino de Devon. Stephanie se volvió hacia él, lo estudió por un momento y luego respondió:

—Eso se lo dejo a usted. Pero espere a que su familia haya sido notificada primero. Cíñase a los hechos. Nada más.

—Inspectora —respondió Devon con un asentimiento.

—Muy bien. Pongámonos a ello. Averigüemos qué demonios le pasó a Nigel Hadlow.

El tráfico se intensificó a medida que entraban en el corazón de Guildford y Stephanie redujo la marcha hasta casi detenerse detrás de un autobús. La lluvia brillaba en el asfalto como purpurina. Delante de ellas, unos andamios trepaban por el esqueleto de un rascacielos a medio construir y una grúa imponente se cernía sobre la ciudad como un ave rapaz al acecho.

—Eso antes era un aparcamiento —masculló Olivia, con los brazos cruzados firmemente sobre el pecho—. Uno muy concurrido y conveniente, además. Nadie se quejaba de él, pero alguien en algún sitio tuvo la brillante idea de levantarlo y poner otro bloque de pisos carísimos encima. Una genialidad.

Stephanie emitió un gruñido breve y evasivo, con la atención puesta en un ciclista que zigzagueaba demasiado cerca de su retrovisor.

Pasaron junto al antiguo solar de Debenhams, o lo que quedaba de él. Los antiguos grandes almacenes habían sido reemplazados por pulcros paneles de cristal y una pancarta gigante que prometía apartamentos de lujo por tan solo 500.000 libras. Medio millón de libras por vivir al lado de una carretera concurrida en una animada ciudad universitaria. A Stephanie se le ocurrían mejores formas de gastar su dinero, suponiendo que tuviera medio millón de sobra por ahí, cosa que no era el caso.

—Y ahí tienes *otro* —masculló Olivia, su voz cargada de disgusto.

Stephanie resopló. Como no llevaba mucho tiempo viviendo en la zona y todavía se sentía una extraña en algunos aspectos, no tenía motivos para estar tan agraviada como Olivia.

—Parece que tienes cien años.

—Y así me siento. Es que es una pena, ¿sabes? Simplemente le entregan las llaves a estos promotores a los que todo el mundo les importa una mierda menos ellos mismos y les dicen: «Haced lo que queráis con esto, no nos importa».

A lo lejos, dos bloques residenciales más nuevos se alzaban detrás de la estación de tren. Limpios, definidos, modernos.

—Y se está extendiendo —añadió Olivia, señalando hacia el parabrisas con el pulgar—. ¿Has visto Woking últimamente?

Stephanie sonrió con suficiencia.

—Difícil no verlo. Lo veo desde Chantries Ridge. Parece que alguien ha tirado un montón de cajas de IKEA en mitad de Surrey. Pero la gente necesita casas, Liv.

—Ya, ya. ¿Pero sabes cómo las consiguen? Vi en redes sociales el otro día que muchos de estos edificios antiguos a los que los promotores les echan el ojo..., bueno, de repente se incendian y arden hasta los cimientos.

—¿Una conspiración, quieres decir?

Olivia se encogió de hombros.

—Solo digo que da que pensar, ¿no?

Lo único que consiguió fue que Stephanie se preguntara si el granero donde había muerto Nigel Hadlow estaría destinado a un posible acuerdo inmobiliario, pero se dio cuenta de que era muy poco probable dada la lejanía de su ubicación. No podía imaginar a nadie queriendo vivir en un bloque de pisos a varios kilómetros de los servicios locales.

—Dale otros diez años —dijo Olivia con un suspiro—. Apuesto a que todos viviremos en sitios con códigos QR en las puertas.

—Y con robots de vecinos.

—No pueden ser peores que los que tengo ahora.

Stephanie se rio entre dientes y giró por una callejuela estrecha mientras salían de Guildford en dirección a Basingstoke. Era hora de dejar de quejarse del panorama urbano y empezar a escarbar en la vida de un hombre que podría o no haberse quemado hasta la muerte.

CAPÍTULO
QUINCE

Solo un pensamiento le rondaba por la cabeza: Stephanie. A pesar del dolor físico que sentía en el estómago y en el resto del cuerpo, solo podía pensar en lo único que le estaba causando dolor emocional, sufrimiento emocional. Su relación con su hermana mayor no había vuelto a ser la misma desde la revelación que había hecho añicos su concepción del mundo. Ya no podía confiar en Stephanie, no podía creerse ni una palabra de lo que salía de su boca. Stephanie le había mentido durante toda su vida, y ella presentía que había más cosas que no le estaban contando; una premonición, una intuición de hermanas.

Hubo un tiempo en que habían sido como uña y carne, unidas por su historia en común, pero ese vínculo se había construido sobre mentiras. Durante treinta y tres años, Kimberley había creído que siempre estarían juntas, hermanas para toda la vida. Se había imaginado a Stephanie como la primera persona a la que llamaría en una emergencia, posiblemente incluso antes que a su marido, Jason. Sin embargo, cuando más los necesitaba, ninguno de los dos le había cogido el teléfono. Ambos estarían demasiado ocupados con el trabajo como para preocuparse por ella, para dejarlo todo y apoyarla.

Qué curioso, su marido y su hermana, las personas a las que una vez les había confiado su vida, no estaban por ninguna parte. La habían abandonado, enseñando su verdadera cara.

Una oleada de náuseas la invadió cuando una figura se movió de un lado a otro de la sala de espera, arrancándola de sus pensamientos. Se removió incómoda en la silla de respaldo rígido, ajustó el abrigo que tenía doblado sobre el regazo y se aferró el bolso contra la tripa como si fuera un salvavidas. Al otro lado de la sala, un niño pequeño chillaba, tirando de la manga de su madre mientras esta le susurraba algo con severidad entre dientes. Otra mujer embarazada ojeaba un folleto sobre el embarazo sin leer ni una palabra, con la mirada perdida y distraída.

Kim se quedó mirando la pared de color azul pálido que tenía enfrente, donde se exhibían folletos sobre las diferentes etapas del embarazo y productos de limpieza seguros. Sin embargo, no veía nada de eso. Su mente regresó a la mancha de sangre que había visto esa mañana. Tenue, sí. Pero inconfundible. El dolor en el bajo vientre tampoco había desaparecido. No llegaba a ser dolor, sino más bien una opresión que la preocupaba.

La figura a su lado se movió en su asiento. Ella se giró para mirarlo.

Jordan. La persona que le había cogido la llamada de inmediato. El que lo había dejado todo para venir con ella.

Jordan estaba sentado con calma, con las piernas abiertas, como si el sitio fuera suyo, y los codos apoyados ligeramente en los brazos de la silla. Llevaba una sudadera negra con capucha debajo de una chaqueta vaquera, con las mangas arremangadas hasta la mitad del antebrazo, dejando al descubierto unas muñecas delgadas y una piel pálida y pecosa. El pelo, rubio oscuro, lo llevaba revuelto hacia atrás, como si hubiera estado pasándose los dedos por él toda la mañana. Tenía una suavidad en el rostro que le daba un aire casi juvenil, pero la mandíbula y la forma de la boca eran un reflejo del hombre del que ninguno de los dos quería hablar.

Su padre.

A Kim le disgustaba lo mucho que Jordan se le parecía, tanto como a su hermana. Pero mientras que su padre siempre había parecido cruel, Jordan parecía... normal. Cansado. Como un adulto que roza los cuarenta e intenta encontrarle sentido a su vida.

Había sentido esperanza, emoción al descubrir que tenía un

nuevo hermano. No solo porque tuviera a alguien nuevo en su vida, sino porque Jordan se sentía como una segunda oportunidad. Un nuevo comienzo. Alguien que podía entender las complejidades de su infancia sin juzgarla por cómo la había sobrellevado, o por cómo no había sabido sobrellevarla últimamente. Ya se habían hecho la prueba de ADN, la habían enviado por correo y habían recibido los resultados apenas unos días antes: una coincidencia del 99,97 %. Medio hermanos. Había algo extrañamente emotivo en ello. La prueba científica de que el desconocido que estaba a su lado era carne de su carne, que le pertenecía a ella y ella a él, de una manera extraña y enrevesada.

Por eso, cuando más lo necesitaba, lo había llamado. Y él había respondido.

La ausencia de Stephanie le dolía en el pecho como un moratón que no dejaba de apretar.

—¿Estás bien? —preguntó Jordan, rompiendo el silencio mientras le ponía una mano en el brazo.

Ella fingió una sonrisa de confianza.

—Nerviosa.

—Seguro que todo va bien.

Ella forzó otra sonrisa.

—Por cierto, gracias por venir.

—Ni lo menciones. Para eso está la familia. —Señaló con la cabeza la tripa de Kim—. Nunca pensé que tendría un hermano o una hermana. Y nunca pensé que me convertiría en tío. Ahora podré tratar al pequeño como el hermano que nunca tuve.

Ella soltó una risita y luego se masajeó el vientre al sentir una pequeña punzada. Asintió, pero no dijo nada, temiendo que se le quebrara la voz si lo intentaba.

Una matrona con pijama sanitario azul marino salió por una puerta lateral y dijo su nombre:

—¿Kimberley Taylor?

Se levantó con cautela, agarrando el abrigo y el bolso con una mano, mientras que con la otra se cubría instintivamente la tripa. Dudó un largo momento.

Luego se giró hacia Jordan.

—¿Puedes entrar conmigo?

—Por supuesto.

Juntos, siguieron a la enfermera a través de la doble puerta y entraron en la Unidad de Maternidad.

CAPÍTULO
DIECISÉIS

Las oficinas de Hadlow & Templeton se encontraban en la primera planta de un pequeño rascacielos de Basingstoke. El edificio era exactamente como Stephanie había previsto: moderno, espacioso y bañado en blanco. Como si hubieran cogido un trozo de Londres y lo hubieran plantado en mitad de Hampshire. Durante las últimas dos décadas, la empresa se había forjado una reputación transformando terrenos baldíos en rentables promociones inmobiliarias por todo el sur de Inglaterra, con Nigel y su socio, Vinnie, al timón.

Una recepcionista con auriculares las guio por un pasillo acristalado hasta una sala de reuniones larga y de techos altos. La mesa era descomunal y estaba rodeada de sillas angulosas, más elegantes que cómodas. Una de las paredes era un ventanal que ofrecía una vista panorámica de Basingstoke y de las urbanizaciones de obra nueva de las afueras, que hacían que la ciudad pareciera una maqueta de Lego. Al fondo de la sala estaba sentado Vinnie Templeton, que se levantó cuando entraron. Alto, de unos cincuenta y pocos años, como Nigel, y con el pelo plateado y bien peinado, lucía un moreno intenso que sugería una multipropiedad en España y viajes de golf frecuentes al extranjero. Llevaba un traje azul marino de corte italiano combinado con una camisa rosa pálido desabrochada en el cuello. Todo en él, desde el Tag Heuer de su muñeca hasta sus caros mocasines de piel, rezumaba una riqueza pretenciosa.

Stephanie se presentó y presentó a Olivia.

—Tengo entendido que habló con mi compañera por teléfono, señor Templeton —dijo.

Vinnie asintió. —Así es. Es una noticia terrible, terrible. No he podido concentrarme en nada desde entonces. Por favor, tomen asiento.

Stephanie y Olivia obedecieron y retiraron sus sillas en el extremo opuesto de la mesa.

—¿Les ofrezco un café? ¿Agua?

—Estamos bien —dijo Stephanie—. Gracias. Y le agradecemos que nos haya dedicado su tiempo.

—Por supuesto, faltaría más. Cualquier cosa que necesiten, estamos a su entera disposición. —Se pasó los dedos por el pelo—. Es que... es que no puedo... ¿Y están seguras de que es Nigel?

Stephanie respondió con un sutil pero firme asentimiento. —Las pruebas de ADN lo han demostrado más allá de toda duda razonable.

Vinnie dejó escapar un largo suspiro y resopló varias veces, como si contuviera las lágrimas o, tal vez, como si fingiera hacerlo. —Una parte de mí esperaba que fuera otra persona, ¿saben? Que fuera una broma. Sé que es horrible decirlo, pero... ¿saben ya qué le pasó?

—Por eso estamos aquí —respondió Olivia, dejando su bloc de notas y su bolígrafo sobre la mesa—. Estamos intentando reconstruir sus movimientos la noche que murió.

—Claro. Claro.

Olivia dejó pasar un momento antes de hablar. —¿Cuál era la función de Nigel en la empresa?

Vinnie se echó hacia atrás, cruzándose de brazos. —Nigel supervisaba el desarrollo estratégico. Él era el que trataba con las autoridades locales, presionaba a los planificadores del ayuntamiento, se encargaba de la adquisición de terrenos, de las negociaciones de planeamiento y de los obstáculos legales... el tipo de trabajo que la mayoría de los promotores intentan evitar. Se le daba bien. Encantador cuando hacía falta, y menos cuando la situación lo requería. —Señaló el paisaje urbano tras el cristal—. La mitad de las urbanizaciones que veis desde aquí no existirían sin él.

—¿Así que tenía relaciones con funcionarios del Gobierno?

—¿Relaciones? —Templeton soltó una risita—. Prácticamente vivía en las oficinas del ayuntamiento. Se sabía el nombre de todos los planificadores jefes al sur de la M-25. Siempre estaba al teléfono, organizando comidas de trabajo, visitas a las obras, cafés para ponerse al día. Le caía bien a mucha gente, y a mucha otra, no. Parte del proceso, sin más. Pero tenía esa... esa sensación de calma incluso cuando las cosas se torcían, ¿me entienden?

Olivia miró a Stephanie y luego de nuevo a Vinnie. —¿Se habían torcido las cosas últimamente?

Hubo una pausa. Vinnie se frotó la barbilla con el pulgar. —No de forma drástica. Pero hemos tenido un contratiempo con una de nuestras próximas obras, una promoción cerca de Guildford. Es la reconversión de una antigua iglesia en un terreno en desuso a las afueras de la ciudad. Un sitio precioso. Habría hecho feliz a mucha gente joven viviendo allí. Pero la obra se convirtió en un punto de fricción en la comunidad. Nigel se estaba encargando de ello. Hubo un par de problemas iniciales y se plantearon algunas dudas a nivel interno, pero cada vez que le preguntaba, me decía que estaba todo controlado y que no me preocupara.

—¿Usted se preocupó?

—Al cien por cien —admitió—. Mi trabajo es preocuparme. Pero confiaba en él. Lo último que supe es que estábamos estancados.

—¿Diría que estaba bajo presión? —preguntó Olivia.

Vinnie levantó la vista, soltando una risa ahogada. —Claro que lo estaba. Los dos lo estamos. Tenemos accionistas e inversores a los que responder al fin y al cabo. Pero nunca le afectó. Sabía manejar la presión. —Vincent hizo una pausa, sumido en sus pensamientos—. Pero... ahora que lo pregunta, *había* vuelto a fumar. Lo pillé fuera un par de veces en la última quincena, echando humo como si tuviera veinticinco años otra vez. Llevaba años sin probarlo. Le pregunté, pero se limitó a restarle importancia.

—¿Era un comportamiento inusual en él? —inquirió Stephanie.

Vinnie se removió en su asiento. —Sí. Y no. Nigel interiorizaba el estrés. Era lo suyo.

—¿Qué nos puede contar sobre el congreso de la noche en que murió?

—¿El Foro de Infraestructura y Regeneración del Sudeste? Es el evento del año. Nigel y yo fuimos los dos días para hablar con representantes de los ayuntamientos, otros promotores, asesores legales, un par de financieros para ver qué decían del sector y cómo iban las cosas.

—¿A qué hora terminó el evento?

—Oficialmente, a las cuatro de la tarde. Pero no nos fuimos hasta las seis, más o menos.

—¿Se fueron por separado?

—Sí.

—¿Y qué tal parecía cuando se despidió de él?

Vinnie frunció los labios. —Completamente normal. Relajado, incluso. Desde luego, no parecía angustiado en absoluto.

—¿Mencionó algún plan para después del evento?

—No. —Vinnie negó con la cabeza lentamente—. Solo dijo que me vería en la oficina al día siguiente.

Stephanie se reclinó ligeramente. —¿Diría usted que eran cercanos?

—Todo lo cercano que se puede ser de un socio después de veinte años.

—¿Le mencionó alguna vez algo que le preocupara? ¿Llamadas? ¿Mensajes?

La sonrisa de Templeton se desvaneció. —No especialmente. Hemos tenido problemas a lo largo de los años. Residentes, ecologistas, la prensa, manifestantes acampados a las puertas de nuestras obras, cosas de ese tipo. Incluso algunas amenazas de muerte... todo gajes del oficio. Pero no me había contado nada últimamente.

—¿Y *dentro* de la empresa? —preguntó Olivia—. ¿Alguna tensión? ¿Alguien que no estuviera contento con él?

—No que yo supiera. Él y yo teníamos nuestros desacuerdos, naturalmente. No se puede levantar un negocio juntos sin chocar de vez en cuando. Pero no había nada fuera de lo normal. —Dudó

—. De lo contrario, estoy seguro de que me lo habría mencionado. Éramos socios. Lo que le afectaba a él me afectaba a mí.

Stephanie asintió. —Nos gustaría tener acceso a su agenda, su teléfono de empresa y sus correos electrónicos.

—Puedo autorizarlo —dijo Vinnie—. Haré que el departamento de informática lo prepare. Es posible que parte de ello requiera una solicitud formal, pero si ayuda a averiguar qué pasó...

Stephanie le dio las gracias, le entregó una tarjeta de visita y luego hizo ademán de marcharse. Mientras se dirigían a la puerta, Vinnie las llamó. —¿Creen que fue un asesinato?

Stephanie se detuvo, con una mano en el pomo de la puerta.

—Mantenemos todas las hipótesis abiertas —respondió.

Luego salió, dejando a Vinnie Templeton solo al final de la mesa, con la mirada perdida en el tablero de Monopoly a escala real que él y Nigel habían construido.

CAPÍTULO
DIECISIETE

Mientras Stephanie se subía al asiento del conductor, cerró la puerta de un portazo para protegerse del viento cada vez más fuerte y se recostó con un suspiro. El cielo sobre Basingstoke se había oscurecido, cargado de nubes de lluvia, y el tráfico de primera hora de la tarde ya empezaba a intensificarse en las carreteras. Olivia se abrochó el cinturón a su lado, ocupada garabateando algo en sus notas. Justo cuando iba a hablar con la agente, el móvil le vibró en el bolsillo del abrigo. Lo sacó y vio el nombre de Giles en la pantalla.

—Señor Swinger —dijo, colocando el teléfono en el salpicadero.

Un suspiro llegó a través del micrófono.

—Por favor, no diga mi nombre así.

—Pero *es* su nombre, ¿verdad?

—Sí, pero lo odio. No se imagina usted la de veces que se metieron conmigo en el colegio.

—Oh, sí que me lo imagino. Sé lo crueles que pueden ser los niños.

Recordó una escena de su infancia: una fría tarde de febrero en el patio del colegio. Tenía doce años, vestía unos zapatos de segunda mano y el uniforme del colegio, y estaba de pie junto al parque de juegos, aferrada a su libro de bolsillo para consolarse mientras un grupo de niñas la rodeaba, señalándola y riéndose de algo gracioso que había dicho Ellie McFadden. Se había quedado helada, con las mejillas ardiendo, apretando el libro con tanta fuerza que los nudillos se le habían puesto blancos. Y entonces...

—¿Inspectora? —La voz de Olivia la trajo de vuelta.

Parpadeó, dándose cuenta de que estaba agarrando el volante con más fuerza de la necesaria, y luego miró a la detective, que la observaba con una expresión de preocupación maternal.

—Perdone. ¿Qué decía, Giles?

—Nada. Pensé que me había colgado.

—Se me ha ido el santo al cielo. ¿En qué podemos ayudarle?

—En el informe de Elias. Acaba de llegar.

—¿Y?

Giles inspiró ligeramente, como si se preparara para un gran discurso.

—Ha preguntado por usted. Por usted, específicamente.

—Ya.

—Dijo que quería entregar el informe en mano. La verdad es que pareció bastante triste cuando le dije que no estaba usted aquí.

Percibió su tono y lo desaprobó al instante.

—Estuvo merodeando un rato por si aparecía. ¿A qué viene eso, inspectora? ¿Pasa algo entre ustedes?

Sintió que se le hacía un nudo en la garganta.

—No. Y es la última vez que volverá a mencionar algo así. Mi vida amorosa es *mi* vida amorosa, y ahora mismo está tan muerta como las pistas en esta investigación, así que preferiría que centrara sus esfuerzos en conseguirlas antes siquiera de pensar en meter las narices en mi vida personal, que siempre permanecerá fuera de su alcance.

Pudo sentir su sonrisa a través del teléfono.

—Bueno, ¿y qué quiere que haga con los documentos que le ha dejado?

—¿Documentos?

—Sí. Me ha dado unos folletos y material sobre cómo superar el miedo al fuego.

Miró a Olivia, incómoda.

—Déjelos en mi mesa. Les echaré un vistazo cuando volvamos. Y ahora, ¿podemos volver al tema? ¿Qué decía su informe?

Giles se aclaró la garganta.

—Bien, pues se ha confirmado que el punto de origen está en el suelo de la esquina delantera derecha del granero. Elias dice que la fuente de ignición era compatible con un cigarrillo caído o un objeto similar.

—¿Un cigarrillo?

Stephanie y Olivia intercambiaron una mirada.

—O similar —confirmó Giles—. Según el patrón de quemado y los residuos. Está casi seguro de que fue un cigarrillo encendido. También ha mencionado que el fuego se propagó increíblemente rápido. El granero estaba lleno de paja seca, latas de pintura viejas y algo de madera antigua. En cuanto prendió, aquello ardió como la yesca. Calcula que desde la ignición hasta que todo estuvo en llamas pasaron menos de tres minutos.

Stephanie hizo una mueca.

—Elias también ha dicho que han encontrado restos de acelerante en el suelo.

—¿Dónde?

—En el suelo, inspectora.

—Sí. Eso ya lo sé. Pero ¿dónde *exactamente*? ¿Por todas partes? ¿En una zona pequeña? ¿Siguiendo un patrón? Sea específico.

Hubo una pausa mientras Giles consultaba las notas.

—No lo especifica.

—¿Puede averiguarlo?

—¿Qué más da, inspectora? ¿No sugiere la presencia de un acelerante que alguien se lo hizo?

—No necesariamente —respondió ella lentamente—. Si el acelerante estuviera por todo el granero, me indicaría que fue él mismo, roció el lugar con gasolina, luego se sentó en medio y se fumó un último cigarrillo. Si solo estuviera en una esquina del granero, entonces quizá alguien lo movió hasta el centro y prendió fuego a la esquina, dándole tiempo suficiente para escapar. Por último, si estuviera dispuesto de una forma determinada, como un círculo alrededor de su cuerpo, por ejemplo, eso también indicaría que había alguien más presente. En cualquier caso, no hay nada seguro. La presencia de un acelerante *no* determina si se suicidó o fue asesinado.

—Entendido —dijo Giles—. Pediré que me lo aclaren.

Stephanie asintió para sí misma.

—Bien. Tenemos que ser meticulosos con este caso.

—Perfecto. La mantendré informada en cuanto sepa algo.

La línea se cortó.

Por un momento, ninguna de las dos mujeres habló. Fuera del coche, el tráfico avanzaba a paso de tortuga. Los limpiaparabrisas cobraron vida con un golpeteo cuando empezaron a caer las primeras gotas de lluvia.

—Entonces —dijo Olivia, mirando de reojo a Stephanie—, ¿sigue pensando que podría ser un suicidio?

Stephanie exhaló por la nariz.

—No lo sé. Quizá. Quizá no. Pero, de cualquier modo, a este hombre lo silenciaron. Y quiero saber por qué.

Mientras metía las llaves en el contacto y lo giraba, Stephanie sintió la mirada de Olivia, que le dedicaba una sonrisa socarrona. Su expresión decía más que mil palabras.

—Ni se te ocurra decirlo. No pasa nada. Son tonterías de Giles.

—Vamos, inspectora. No tiene que mentirme. A mí me parece un hombre muy atractivo. Y es bombero, lo que lo hace aún más sexi.

—¿De verdad?

La sonrisa en el rostro de Olivia se acentuó.

—A mí me encanta un hombre de uniforme. Si a usted no le interesa, a lo mejor a mí sí.

CAPÍTULO
DIECIOCHO

Durante su ausencia, el tablón del caso de la Operación Windbreaker se había llenado de fotografías de la escena del crimen, imágenes de la cara sonriente de Nigel Hadlow sacadas de la web de la empresa, numerosas notas y declaraciones de testigos, y un mapa que destacaba los lugares clave: el centro de conferencias de Farnborough, el lugar del incendio y el domicilio de Nigel.

El equipo ya se había reunido en la sala de operaciones cuando regresaron, pues Stephanie les había avisado. Ella se dirigió al frente y dejó que Olivia tomara asiento junto a Fiona.

—Bien —empezó, dejando caer una carpeta sobre la mesa—. Acabo de recibir una llamada de Giles; el informe de Elias confirma que el incendio se originó por lo que parece ser un cigarrillo que cayó en una zona altamente inflamable del suelo, pero esto no indica necesariamente un acto delictivo. También hay pruebas de un acelerante, lo que plantea serias dudas sobre cómo se inició el fuego y quién estaba presente en ese momento.

Devon se enderezó.

—¿Así que pensamos en un incendio provocado?

—Mantenemos abiertas ambas posibilidades hasta que tengamos más información. Podría ser un suicidio o alguien borrando sus huellas. En cualquier caso, quiero que se investigue cada ángulo como si fuera una investigación de asesinato. ¿En qué punto está lo de la propiedad del terreno?

—He consultado el Registro de la Propiedad y he descubierto que el terreno pertenece a los propietarios de la granja donde se encuentra el granero —respondió Devon.

—¿Habéis hablado con ellos?

—Sí.

—¿Y?

—Están preocupados, pero no son sospechosos.

—¿Por qué no?

—Porque ahora mismo están fuera del país.

Stephanie asintió, asimilando la información. Luego se volvió hacia Noah.

—¿Cuál es la situación del coche de Nigel?

—Sigue sin aparecer —respondió él—. Aunque recibimos un aviso del ANPR sobre las seis y veinte de la tarde en dirección norte por la A31, pero nada después de eso. O le cambiaron las matrículas o lo abandonaron en algún lugar sin cámaras a la vista.

—Haced un barrido completo del ANPR en un radio de cincuenta kilómetros alrededor del centro de conferencias —ordenó—. Y cruzadlo con las grabaciones de las cámaras de seguridad de las gasolineras. Alguien tiene que haberlo visto. ¿Qué coche conduce?

—Un Jaguar F-Pace.

—No entiendo de coches. ¿Es bastante moderno y sofisticado?

—Sí.

—Entonces, ¿no tendrá algún tipo de sistema de seguimiento o monitorización por GPS? ¿No podrían localizar dónde está o ha estado el coche?

Noah pareció como si acabara de despertarse.

—Lo averiguaré.

—Gracias. ¿Y qué hay del móvil de Nigel? ¿Sus mensajes, llamadas? ¿Información de seguimiento?

Devon se inclinó hacia delante, agarrando un fajo de papeles impresos.

—He revisado sus mensajes de texto, llamadas, correos electrónicos y mensajes en varias plataformas de las últimas semanas. Encontré una serie de mensajes de un número oculto que empezaron hace unas tres semanas. Se hicieron más frecuentes a medida que se acercaba la fecha de su muerte. El último mensaje llegó a las cinco y ocho de la tarde de la noche en que desapareció.

Le pasó los papeles a Stephanie. Ella los ojeó rápidamente:

Crees que puedes hacer lo que te da la gana, ¿verdad?

La gente va a querer saber de verdad cómo lo conseguiste, ¿no crees? Corrupción al más alto nivel.

Tengo los correos, Nigel. Las transferencias bancarias. Las fotos. Me das asco.

No deberían permitir que te salieras con la tuya.

O esto se para, o lo hago público. Tic, tac.

Stephanie sintió que se le erizaba el vello de los brazos.

—¿Chantaje?

—Eso parece —confirmó Devon—. Pero no hay nombre, ni información de contacto. Ninguna indicación de a qué se refieren. Y los mensajes se enviaron desde un móvil de prepago. Tampoco hay registros de llamadas de ese número. Solo estos mensajes. He solicitado a la compañía telefónica que vea qué podemos recuperar del número. Después de ver esto, pedí al equipo de delitos financieros que investigara las cuentas personales y de la empresa de Nigel, y han detectado dos pagos inusuales a una cuenta privada en el extranjero. Uno fue a una consultora privada que no parece existir, y el otro... bueno, todavía lo estamos rastreando.

—¿De cuánto dinero estamos hablando?

—De una cifra elevada de cinco dígitos. Ambas transacciones se produjeron en los últimos seis meses. No han sido declaradas como gastos por la empresa, y tampoco figuran en su declaración de la renta.

—Dinero para comprar su silencio —murmuró Stephanie—. ¿Alguien sabe el estado actual del proyecto de la iglesia?

Fiona miró su pantalla.

—Hadlow and Templeton solicitaron el permiso para remodelar St Clement's, una iglesia desacralizada en Chertsey, el otoño pasado. La solicitud se enfrentó a la resistencia de grupos conservacionistas, residentes locales y el diputado de la zona. Sin embargo, se aprobó con una rapidez inusual, en seis semanas. La razón oficial que se dio fue «necesidad económica y preservación del patrimonio».

Stephanie enarcó una ceja antes de mirar a Olivia.

—¿Preservarlo demoliéndolo?

—Básicamente —respondió Fiona—. Planeaban convertir parte en pisos de lujo y demoler el resto.

—Me sorprende que no planearan reducirla a cenizas —intervino Olivia en voz alta.

—¿Qué? —preguntó Fiona, con una confusión que se reflejaba en los rostros de sus compañeros.

—Nada, olvídalo —dijo Olivia, restándole importancia al comentario—. O sea, que estaba metido en algún chanchullo con sobres marrones y alguien se enteró.

—O sabían lo suficiente como para amenazarlo —sugirió Devon, dando un golpecito en la página—. Y lo suficiente como para amenazar con hacerlo público. O pensó que pagándoles resolvería el problema, o...

—O entró en pánico —terminó Stephanie. Volvió a mirar el tablón, a la cara sonriente de Nigel—. Lo estaban amenazando. El asunto le venía grande. Pero si se quitó la vida, ¿por qué hacerlo en un lugar tan remoto?

Nadie respondió.

—No parece un suicidio —añadió, negando con la cabeza—. Parece que alguien está enviando un mensaje, haciendo que la muerte sea lo más truculenta posible para que su cuerpo apenas sea reconocible.

—Tenemos que averiguar si alguien lo siguió o si se reunió con alguien allí —dijo Noah.

Stephanie se volvió hacia Fiona.

—Ponte en contacto con el ayuntamiento. Quiero saber todos los implicados en la recalificación de esa iglesia. Nombres, datos de contacto, todo.

—Lo haré.

—Devon, rastrea esas transferencias bancarias. Quiero saber quién recibió los pagos, cómo y cuándo. Si hay una empresa fantasma involucrada, también la rastrearemos. Tenemos que determinar quién conocía los secretos de Nigel y quién quería silenciarlo.

Regresó al tablón del caso y colgó los mensajes amenazantes, escritos en tinta roja, debajo de la foto de Nigel.

Se volvió de nuevo hacia Devon.

—Necesitamos un nombre y un número vinculados a esos mensajes de texto. Sea lo que sea, quienquiera que esté detrás, es probablemente la razón por la que Nigel se quitó la vida o fue silenciado. Quiero saber por qué lo estaban chantajeando y quién era el responsable.

CAPÍTULO
DIECINUEVE

Stephanie cerró la puerta de la nevera con cuidado y se dirigió hacia el sofá, con una manzana en la mano. Se acomodó en su rincón, que se había hundido por el uso, y se abrazó las piernas contra el pecho.

La televisión estaba encendida; daban la reposición de un documental de naturaleza de David Attenborough. Por la pantalla desfilaban imágenes de sabanas e incendios forestales, con llamas de un rojo anaranjado que lamían los troncos de árboles centenarios.

Parpadeó. Tragó saliva.

Le dio un mordisco a la manzana.

Apenas registró el sabor. El sonido del fuego se le metió bajo la piel. El pulso le martilleaba en la garganta. Se obligó a mirar la pantalla. Las llamas, la ceniza, el humo.

Era uno de los mecanismos de afrontamiento que Elias le había aconsejado: la terapia de exposición. Solo que no era exactamente lo mismo. El fuego estaba al otro lado de la pantalla del televisor. Aun así, notó que la habitación se volvía más calurosa, húmeda, agobiante.

Bajó la manzana, la observó un instante y la dejó a medio comer sobre la mesita de centro. Se puso en pie, se secó las manos en los pantalones de chándal y apagó el televisor.

Silencio, salvo por el martilleo de su propio corazón en los oídos. Se alejó de la pantalla y vio su reflejo. Apareció el rostro de su padre, acercándose un mechero a la mejilla. Una pequeña llama prendió y le devolvió el parpadeo, iluminando sus facciones.

Y entonces notó el calor trepándole por la espalda.

El más leve olor a quemado.

Inspiró con fuerza por la nariz. El olor se intensificó. Recorrió el salón con la mirada, pero no vio ninguna señal de humo, llamas o calor. Estaba todo en su cabeza, el fuego saliendo del televisor como en una escena de *Poltergeist*. Estaba todo en su cabeza, pero su cuerpo no lo sabía. Algo impedía que el mensaje llegara a su cerebro, y se agarró el bajo de la camiseta y se la quitó de un tirón. Acto seguido, se quitó los pantalones de chándal. Sentía la piel rara, incómoda. Le picaba, como si estuviera ardiendo, como si alguien la estuviera pintando con un pincel de fuego. La asfixiaba, a pesar de que ahora estaba medio desnuda en mitad del salón.

El rostro de su padre la miraba fijamente, con una mirada implacable. El fuego de la pantalla creció con ferocidad.

Subió corriendo al cuarto de baño.

La ducha se puso en marcha con un chirrido, y se metió bajo el chorro antes de que al agua le diera tiempo a templarse, dejando que el chorro helado la golpeara con toda su fuerza. Soltó un grito ahogado, pero no se movió. Se quedó completamente quieta. Contuvo la respiración mientras el agua le corría por los hombros y la espalda, pegándole el pelo a la cara.

«No es real», se dijo. «No es real. No es real».

El fuego no estaba ahí, igual que la cara de *él* tampoco estaba realmente ahí.

Al cabo de unos minutos, una sensación de entumecimiento se apoderó de su cuerpo y el pánico empezó a irse por el desagüe con el agua. Stephanie alargó el brazo hacia el grifo y cerró el agua. El piso volvió a quedar en silencio. Salió de la ducha, cogió una toalla y se secó aturdida antes de vestirse y regresar al salón. El pelo húmedo le goteaba sobre los hombros y la espalda. Se puso una camiseta y los pantalones de chándal antes de volver al sofá. La manzana seguía en la mesita de centro. Entonces reunió las fuerzas necesarias para mirar la pantalla del televisor.

Por suerte, la cara de su padre había desaparecido, y lo único que vio fue la negrura y su propio reflejo borroso mientras la escena cambiaba a la imagen de un animal que escapaba del incendio.

CAPÍTULO
VEINTE

Olivia maldijo entre dientes mientras abría el paraguas con un tirón y cerraba la puerta del coche de un portazo con la cadera. Una niebla baja y cargada de lluvia había descendido sobre Surrey, y el paraguas era todo lo que tenía. Había salido de casa con tanta prisa esa mañana que se le había olvidado el impermeable. Y los chicos también habían olvidado los suyos. Por no mencionar que Josh se había olvidado la bolsa de deporte por tercera vez consecutiva. Estaba claro que la reunión de la noche anterior con su tutor no había servido de nada para cambiar su actitud ni sus ganas de enmendarse. Olivia se había visto obligada a escuchar al señor Kapoor explicarle sus preocupaciones sobre el comportamiento de su hijo mientras ella solo podía pensar en cómo iba a castigarlo.

El castigo aún no había llegado. Pero llegaría. Cuando menos se lo esperase.

Paraguas en mano, se acercó a la pequeña fila de coches de policía que se habían detenido a un lado de la carretera. El Jaguar de Nigel Hadlow había sido encontrado esa misma mañana. Un puñado de informes, junto con la información del sistema de seguimiento del fabricante, indicaban que lo habían abandonado a un lado de una tranquila carretera comarcal, no muy lejos del granero.

Al acercarse, se dio cuenta de que el coche había corrido la misma suerte que Nigel. Lo que una vez había sido un Jaguar elegante y moderno no era ahora más que un esqueleto blanco, destrozado por un incendio brutal. El techo se había hundido ligeramente hacia dentro por el calor, deformando el chasis. La pintura había desaparecido, dejando el metal al descubierto. Los neumáticos habían reventado. Las ventanillas habían estallado, dejando fragmentos de cristal esparcidos por el arcén y la hierba mojada. El leve contorno de la matrícula confirmaba que era el coche de Nigel.

Un par de investigadores de la policía científica fotografiaban los restos del vehículo. Detrás de ellos estaba Elias, de brazos cruzados, observando todos sus movimientos. El mal humor de Olivia, que había empezado a disiparse al ver el Jaguar calcinado, se desvaneció por completo en cuanto lo vio a él.

Un hombre de uniforme siempre tenía algo especial.

Cuando se giró y la vio, sintió un nudo en el estómago. La saludó con un brevísimo gesto de cabeza. Sin sonreír. Firme. Seguro. Imponente.

Rodeó los escombros y se puso a su lado.

—Buenos días —dijo, presentándose.

—Inspectora. —Señaló los restos del coche—. Como puede ver, tenemos otro lío entre manos.

Elias hablaba, pero ella apenas le prestaba atención. Bajó la mirada y se fijó en las cicatrices que tenía en el cuello y en la mano derecha, que desaparecía bajo el puño de la chaqueta.

Un hombre de uniforme con las heridas que lo demostraban tenía algo especial.

Tragó saliva.

—Parece que lo han achicharrado bien.

—Quemado de dentro hacia fuera —explicó Elias—. El fuego se originó en algún punto de la zona de los pies del copiloto. Podría haber sido un acelerante o un artefacto incendiario improvisado, pero no lo sabré con certeza hasta que hayamos tenido la oportunidad de examinarlo en detalle.

Olivia frunció el ceño y examinó el armazón carbonizado.

—¿Alguna prueba forense...?

—Si había ADN, huellas, sangre o fibras, ahora son cenizas. Lo mismo con la electrónica. El ordenador de a bordo del vehículo se ha derretido hasta quedar irreconocible. Podría haber estado ardiendo medio día, o quizás más.

Olivia se giró lentamente, inspeccionando los alrededores. La carretera era poco más que un camino de un solo carril, resguardado por los árboles y sin casas a la vista.

—¿Alguna prueba de que lo movieran después de que terminara de arder?

Elias negó con la cabeza.

—No. Se quemó aquí mismo. Se ve dónde se han derretido los neumáticos sobre el asfalto.

Olivia sacó su cuaderno y lo abrió por una página en blanco.

—¿A qué distancia está el granero de aquí?

—A poco menos de cuatrocientos metros.

—Entonces, ¿por qué abandonarlo aquí? —murmuró.

Elias soltó una risa seca.

—Ese es su trabajo, averiguarlo. Yo solo le digo los hechos.

CAPÍTULO
VEINTIUNO

—¿**S**igue pensando que podría ser un suicidio, inspectora?

No fue la pregunta en sí lo que la irritó, sino la entonación, el *tono* que había detrás. Como si la respuesta fuera obvia y ella una estúpida por sugerir que mantuvieran la mente abierta.

—Como he dicho una y otra vez, mantendremos la mente abierta hasta que tengamos pruebas concretas que sugieran que a Nigel lo mataron —replicó, fulminando a Giles con la mirada—. ¿Que si me parece extraño que el coche de Nigel se encontrara a unos cuatrocientos metros de donde murió? Sí. ¿Que si me parece extraño que ambos hayan sido destruidos por el fuego? Sí. Pero no hay nada que sugiera que no aparcó el coche, le prendió fuego y luego se fue al granero para hacerse lo mismo a sí mismo.

—¿Pero por qué iba a prenderle fuego al coche para luego quitarse la vida poco después?

Se encogió de hombros. —Por desgracia, la única persona que sabe con certeza qué pasó exactamente es el propio Nigel. Y como su cuerpo no es más que un amasijo calcinado, no nos podemos dar el lujo de preguntárselo. A ver, ¿es posible que alguien lo detuviera en el arcén, interactuara con él, quemara el coche y luego lo trasladara al granero? Por supuesto que sí; es una posibilidad muy real, pero hasta que no reunamos pruebas que corroboren una u otra teoría, no podemos saber qué ocurrió. Por eso quiero que investiguemos ambas vías para que no se nos pase nada por alto.

El ambiente en la sala se enrareció y Stephanie se cruzó de brazos. Giles se hundió en el asiento y volvió a dirigir la atención a su pantalla.

—Cambiando de tema...

La voz era de Devon. Se giró en su silla y miró a Stephanie con un gesto de esperanza y optimismo.

—¿Sí?

—¿Qué quieres: las buenas noticias o las buenas noticias?

Le frunció el ceño, poco impresionada.

—Dímelo ya, por favor, Devon. ¿Qué es?

—Creo que he encontrado a la persona que envió los mensajes y los correos electrónicos a Nigel antes de morir.

Relajó ligeramente los brazos sobre el pecho. —Sigue.

Devon se giró por completo en la silla, con las piernas muy abiertas y los dedos crispados mientras cogía una hoja impresa del escritorio.

—Verás, hice unos cuantos rastreos avanzados en los metadatos de los correos. La cuenta que enviaba los mensajes estaba cifrada y rebotó a través de varios servidores internacionales. Al principio, no encontré nada. Pero luego pensé: «¿Y si esta persona no es tan lista como se cree?». Así que miré la configuración de la propia dirección de correo y, al compararla con los datos de contacto históricos del móvil de Nigel, descubrí un número de prepago que coincidía con uno de sus registros de llamadas borrados. Ese número estaba registrado a nombre de una SIM de prepago comprada el mes pasado en un quiosco de Woking.

Alzó la hoja impresa como si fuera un trofeo.

—¿Y? —lo apremió Stephanie.

La sonrisa de Devon se ensanchó. —Y ese mismo número estuvo vinculado una vez a un perfil temporal de una red social en el que se etiquetó una protesta urbanística el pasado otoño. Investigué los metadatos de esa publicación, con un poco de ayuda de Facebook, y lo rastreé hasta una dirección IP.

Stephanie enarcó una ceja. —¿Dónde?

—En algún lugar de Woking. Pertenece a una tal Tina Keel.

Quien, curiosamente, trabaja para el Ayuntamiento de Woking, en el departamento de vivienda y urbanismo.

Stephanie hizo una pausa, tomándose un momento para sopesar las implicaciones. —Muy bien —dijo.

—Y para hacer las cosas más interesantes, su nombre estaba en la lista de la conferencia a la que asistió Nigel. Llamé a los organizadores y me confirmaron que se había registrado con el correo electrónico del ayuntamiento.

—Buen trabajo. ¿Y has hecho todo esto tú solo?

Él se rio entre dientes, como si se contuviera. —No exactamente. Conté con un poco de ayuda de los equipos de informática forense. Pero ayudé a presentar las solicitudes y me encargué del seguimiento.

—¿Qué haríamos sin ti? —Esbozó una sonrisa—. De acuerdo, creo que es hora de que le hagamos una visita a la señorita Keel.

—Siempre y cuando vuelvas a tiempo para ir al pub después del trabajo —dijo Fiona.

—¿Al pub?

—Ese sitio al que vas para olvidarte de todas tus penas y preocupaciones. A unos cuantos nos apetecía tomar algo.

Stephanie bajó la mirada hacia Devon, que estaba delante de ella. Él le dedicó un gesto tranquilizador. —Yo también iré —dijo—. El alma de la fiesta. —Luego le lanzó una mirada que decía: *no te preocupes por mí, estaré bien.*

CAPÍTULO
VEINTIDÓS

Cuando conoció a Devon al principio de una investigación sobre un asesino en serie, le pareció detestable y un tanto matón. Sin embargo, ahora que había llegado a conocerlo y que había visto una faceta diferente de él —una dolida, emocionalmente rota y vulnerable que últimamente se había refugiado en la bebida—, había empezado a sentir compasión por él. Lo consideraba un igual, un amigo. Lo había visto en un pozo de alcohol y había sido ella quien lo había ayudado a salir. Por eso sentía que era la más indicada para expresar sus preocupaciones.

Stephanie lo miró en el asiento del conductor.

—¿Estás seguro de lo del pub esta noche?

Devon mantuvo la vista en la carretera.

—Pareces mi terapeuta.

—Lo digo en serio —dijo ella—. Simplemente, no creo que sea la mejor idea. Sobre todo en un sitio como ese.

Él asintió lentamente.

—Lo pillo. Y te agradezco la preocupación, de verdad que sí. Pero me ha ido bastante bien. No he probado ni una gota en... —hizo una pausa como si consultara un reloj interno— tres semanas y media.

—Eso está bien —dijo ella, con sinceridad—. Muy bien.

—Ayuda que últimamente he estado viendo más a Finn —añadió él, con voz más suave—. Los fines de semana, algunas tardes.

Incluso pude llevarlo al cole el jueves pasado. Hace que las cosas parezcan un poco más normales. Como si volviera a tener algo que perder.

Stephanie soltó un pequeño gruñido.

—Solo ten cuidado, Devon. Es todo lo que digo.

—Siempre, jefa.

El navegador sonó cuando entraban en el aparcamiento del Ayuntamiento de Woking.

Veinte minutos después, Tina Keel por fin estaba lista para recibirlos.

Una mujer de casi setenta años estaba de pie en la puerta, parpadeando tras unas gafas gruesas. Su escaso pelo rubio platino estaba peinado en un moño bajo, y llevaba una chaqueta de punto sobre una blusa de flores que le quedaba un poco tirante en la cintura.

Se volvió hacia su ayudante, confundida, como si acabara de oler algo desagradable.

—Janie, ¿qué es esto? Esta no es mi cita de las tres.

Janie, la recepcionista a quien Stephanie y Devon habían estado molestando durante los últimos veinte minutos, se giró para mirarlos. Abrió la boca para hablar, pero Stephanie se le adelantó.

—Somos de la policía de Surrey, señora Keel. Nos preguntábamos si podríamos hacerle algunas preguntas.

—¿La policía? ¿Y eso por qué?

—¿Podríamos hablar de esto dentro? —preguntó Stephanie, señalando el despacho.

—Yo... Sí.

Stephanie y Devon le dieron las gracias a Janie y luego siguieron a Tina a su despacho. El espacio era modesto, con todo lo esencial. Sobre la mesa había una taza llena de té de menta, cuyo olor flotaba en el aire. Un cuadro enmarcado del horizonte de Woking colgaba sobre su escritorio, aunque el cristal estaba roto por una esquina. Tina se dejó caer lentamente en una silla de oficina que chirriaba y les ofreció los asientos de enfrente.

—No esperaba que la policía viniera —dijo.

—Casi nadie nos espera —replicó Stephanie, mientras ocupaba una de las sillas de enfrente.

—¿De qué se trata? ¿Un asunto de urbanismo?

—Estamos aquí en relación con Nigel Hadlow.

La expresión de Tina se congeló.

—Ah. Ya. ¿Por qué?

—Ha muerto —respondió Stephanie sin rodeos.

La cara de Tina se desencajó por la conmoción mientras el resto de su cuerpo permanecía paralizado, incluso el subir y bajar de su pecho.

—¿Muerto?

—Por desgracia.

—¿Cómo?

—Su cuerpo fue descubierto después de un incendio.

Soltó un jadeo audible.

—Pero ¿qué...? ¿Por qué...? —rio con torpeza mientras de repente volvía en sí y se removía en el asiento, evitando sus miradas —. ¿Qué tiene que ver eso conmigo? Quiero decir, ¿por qué están aquí?

Stephanie se echó hacia atrás, cediéndole la palabra a Devon para que continuara.

—Tenemos entendido que ustedes dos han tenido algunos encontronazos en el pasado, ¿sería justo decir eso?

Tina se pasó un dedo por la oreja, apartándose unos mechones de pelo.

—No... No sé a qué se refiere.

Stephanie abrió la carpeta y sacó un fajo de mensajes impresos y grapados. Los dejó sobre el escritorio.

—¿Envió usted estos mensajes?

Tina entrecerró los ojos para mirarlos. Sus mejillas se arrebolaron. Se inclinó para verlos mejor.

—Sí —dijo tras una pausa—. Sí, de acuerdo. Los envié yo. Pero no es lo que parece. No lo estaba *amenazando*, no de verdad. Solo... Solo quería que parara.

—¿Que parara de hacer qué? —preguntó Devon.

—De ser tan... *corrupto*. La mitad de los edificios que ve en el horizonte ahora son de su empresa. Y todos han sido tratos turbios con sobornos y maletines. Conozco las conversaciones que tuvo con algunos de los jefes de departamento de este lugar y de otros. Se hablaba de él como si fuera una especie de Brad Pitt, y él creía que podía salirse con la suya —negó con la cabeza, asqueada—. Cuando me enteré de lo del solar de la iglesia, St Clement, intenté intervenir, pero para entonces ya era demasiado tarde.

—Eso no le impidió amenazarlo por ello.

Tina ignoró la insinuación.

—Intenté plantearlo internamente, pero nadie me escuchó. Lo cual no es una sorpresa, cuando las personas a las que rindo cuentas son a las que les están untando la mano. Simplemente, no creo que lo que él y su empresa estaban haciendo fuera correcto. Y entonces... entonces descubrí que hay otra iglesia en su lista. St. Mary, en Shalford. Lleva ahí décadas, acumulando polvo, así que le envié un mensaje anónimo al respecto. Pensé que si lo asustaba un poco, si le hacía sudar, quizá se alejaría del solar de esa iglesia. Quizá confesaría. Debió de funcionar, porque no he visto ninguna noticia ni proyecto sobre ello desde entonces.

El asunto que le había estado quitando el sueño a Nigel Hadlow. El asunto que lo había hecho recaer en el tabaco.

Stephanie estudió a Tina un momento más.

—¿No estuvo usted implicada en absoluto en lo que le ocurrió?

Tina levantó la vista, con los ojos brillantes de pena e inocencia.

—En absoluto. Yo no lo quería muerto. Quería que rindiera cuentas. Hay una diferencia.

—Tenemos entendido que asistió a la conferencia en Farnborough —continuó Devon.

—Así es. En cuanto terminó, me fui a casa. Cené. Vi la tele con mi marido y el perro. Lo juro, no tuve nada que ver con lo que le pasó.

Stephanie intercambió una mirada con Devon y luego asintió levemente.

—De acuerdo. Gracias, señora Keel. Necesitaremos una lista de todas las personas con las que habló de esto. Y puede que necesite volver a llamarla.

—Por supuesto. Cualquier cosa que pueda hacer para ayudar.

Cuando se levantaban para irse, Tina añadió:

—Era una mala persona. Pero no se merecía lo que le pasó.

CAPÍTULO
VEINTITRÉS

El pub The Weyside bullía con el murmullo de entresemana, cálido y ruidoso, y ofrecía un acogedor refugio de la llovizna de principios de invierno que caía fuera. El aroma a carne asada y su salsa se escapaba de la cocina y se mezclaba con el conocido regusto de la cerveza y el alcohol. Stephanie se recostó en el reservado junto a la ventana, con el abrigo amontonado a su lado y una Guinness a medio beber delante. Había elegido un sitio con vistas despejadas del pub y sus ojos se desviaban con frecuencia hacia Devon, sentado a unas pocas sillas de distancia, acunando una pinta de Coca-Cola Light. Los cubitos de hielo tintinearon suavemente cuando dio un sorbo.

Frente a ellos, Giles y Noah estaban en pleno apogeo, a mitad de una historia que ya habían contado dos veces desde que ella se unió al equipo.

—No, no, escuchad —dijo Giles, gesticulando efusivamente con las manos—. Acabamos de terminar una visita, ¿vale? Una casa llena de gatos. Y cuando digo llena, es que estaba *abarrotada*. Entro y una pequeña amenaza pelirroja se me lanza desde la nevera directa a la cabeza. Como un misil.

—Gritaste —dijo Noah, sonriendo de oreja a oreja.

—Exclamé. Hay una diferencia.

—Tío, *chillaste* como un crío en un parque de bolas.

Las risas estallaron en la mesa.

Mientras se lanzaban a contar otra historia, cautivando rápidamente al resto del grupo, Fiona le dio un golpecito en el hombro a Stephanie.

—Quería decírtelo antes, pero se me ha ido de la cabeza —dijo, dejando su copa de vino en la mesa.

Stephanie desvió la atención, girándose a medias en su asiento.

—Dime.

Fiona bajó la voz.

—He contactado con la madre de Nigel Hadlow por la foto que se encontró en la escena del crimen, ¿la del niño?

A Stephanie se le encogió el estómago.

—¿Y?

—No tiene ni idea de quién es. Dice que no es Nigel, ni nadie de la familia. Ni sobrinos, ni primos, ni vecinos. Ha sido bastante tajante, de hecho. Ha dicho que no había visto a ese niño en su vida.

Stephanie dejó su vaso con un tintineo suave y se quedó mirando al otro lado de la sala un instante, con la mente a toda velocidad. La calidez de su pecho se disipó, reemplazada por un frío que le fue calando lentamente.

—¿Cómo que no sabe quién es?

Fiona se encogió de hombros.

—Dice que no le suena de nada.

La mirada de Stephanie se posó en la mesa.

—Entonces, ¿quién demonios es?

CAPÍTULO
VEINTICUATRO

Un dolor, inconmensurable y abrumador, le nació en la cabeza. Destellos blancos estallaban ante su vista cada vez que movía los ojos, sin iluminar nada en la oscuridad que lo rodeaba. Dios, cómo le dolía la cabeza. Jamás había sentido nada igual. Se vio obligado a mantener los ojos cerrados, dependiendo de sus otros sentidos mientras las náuseas le rebotaban en el cráneo.

Sabía que estaba sobre una superficie sólida, un suelo duro. Que el hombro, el codo, la cadera y los tobillos —los puntos de contacto con el suelo— le latían con un pulso sordo y profundo, como si llevara allí días. Intentó moverse, pero no tardó en darse cuenta de que no tenía adónde ir. Las yemas de sus dedos rasparon una superficie de madera, lisa y lijada. Se le cortó la respiración. Estiró más los dedos, palpando en todas direcciones. Una pared. Y otra. Y otra. Encima de su cabeza. Detrás de él. A su lado. Estiró las piernas, pero se detuvo en seco antes de extenderlas del todo. Otra pared.

El pulso se le empezó a acelerar. No... no, no, no.

El pánico lo invadió, rápido y salvaje. Se retorció, golpeándose las rodillas contra algo duro. Se dio con la cabeza en la tapa, a solo unos centímetros de la cara. Volvió a alzar las manos, recorriendo la parte superior. Madera. Bordes. Esquinas. Clavos.

Estaba en una caja.

Atrapado.

Abrió los ojos con la vana esperanza de despertar de la pesadilla, de aquel sueño infernal, pero todo lo que vio fue una negrura profunda y cavernosa.

Golpeó el techo de la caja con las palmas de las manos. Descargas de dolor le recorrieron las muñecas y le llegaron hasta los codos.

—¡Hola! —gritó con voz ronca; el sonido le fue devuelto como un eco cruel que se burlaba de él—. ¿Hola? ¡Alguien! ¡Socorro! ¿Hay alguien ahí?

Contuvo el aliento, aguzando el oído. Ni voces. Ni pasos. Ninguna posibilidad de rescate. Solo el sonido de su propio pánico creciente, de su respiración agitada. Una gota de sudor le resbaló por el rostro y apretó la mandíbula con fuerza. Al cabo de unos segundos, los ojos empezaron a acostumbrarse a la luz. En algún punto del techo había una pequeña rendija, un agujero tallado en la madera. Un respiradero, nada más. Pronto distinguió la silueta borrosa de sus manos, de su camiseta y de su cuerpo acurrucado dentro de la caja.

Entonces lo oyó. Un sonido. Tenue. ¿Una pisada? ¿Una tos? ¡El sonido de la vida! Tal vez alguien venía a rescatarlo.

Pero entonces percibió otro sonido y se dio cuenta de lo equivocado que estaba. Un crepitar bajo. Como el de un papel que se arruga lentamente. Lejano, pero cada vez más fuerte.

Y luego llegó el olor. Algo espeso, empalagoso. Humo.

Al poco tiempo, se coló en la caja. Lo estaba inhalando, asfixiándose con él. Tosiendo, convulsionando. El cuerpo se le sacudía con cada movimiento doloroso, y se golpeaba el hombro y la frente contra los confines de la caja.

El humo seguía filtrándose por el agujero, denso e implacable.

Recobrando la compostura, aporreó la tapa con las palmas de las manos.

—¡Por favor! ¡Que alguien me ayude! ¡Sacadme de aquí!

Fijó la vista en el agujero, deseando que apareciera alguien: un héroe, un rescatador. Entonces, una sombra se movió al otro lado, breve y parpadeante. Pasó rápidamente por el poco de luz que había y luego se desvaneció en la penumbra.

—¡Esperad! ¡Volved! ¡Deteneos! ¿Hola? ¡Por favor, no me dejéis aquí dentro!

Embestió la tapa con los hombros. Pateó las paredes con los talones. La caja no se movió ni un ápice. Quienquiera que la hubiera construido, la había hecho para que durase.

Se agotó rápidamente y jadeó, deteniéndose para recuperar el aliento. No sirvió de nada. El humo entraba ahora a toda prisa, más pesado y denso. Y entonces llegó el resplandor. En el agujero. En los bordes. Filtrándose por las rendijas de la madera.

Fuego.

Omnipresente, devorador. Ardiendo a su alrededor. El crepitar se amplificó, como un subwoofer de fondo. Lentamente, empezó a sentir el calor. El fuego se acercaba a gran velocidad, el humo lo asfixiaba. El aire dentro de la caja era denso y viscoso, y cada inspiración se hacía más difícil que la anterior. Sus pulmones pedían oxígeno a gritos, pero solo encontraban veneno. El humo acre le arañaba la garganta y se le metía en el pecho, ahogándolo desde dentro.

Se retorció violentamente, arañando la tapa, las paredes, las esquinas. Las uñas se le engancharon en la veta y se le partieron una a una, y la sangre embadurnó la madera. Pateó y empujó con las fuerzas que le quedaban, pero no había adónde ir. Todas las superficies lo repelían. Las paredes parecían más cercanas. Más estrechas. Como si la propia caja se estuviera encogiendo a su alrededor.

—Por favor... —carraspeó—. No hagáis esto.

Su voz estaba rota. Apenas podía oírla por encima del rugido de las llamas.

Una súbita sacudida de calor recorrió la base de la caja. Las plantas de los pies se le ampollaron. Gritó, encogiendo las piernas, como si eso fuera a servir de algo. La caja crujió sobre él. Fuerte, amenazadora. La madera estaba cediendo, deformándose bajo la presión.

Podía oírlo: el fuego lamía los costados, subiendo, hambriento e implacable.

Otro destello de luz cruzó el respiradero. Clavó la vista en él. Otra sombra. Más cerca esta vez. Flotó en el aire. Observando.

—¡Por favor! —sollozó—. ¡Haré lo que sea, pero sacadme de aquí!

Pero la sombra volvió a desaparecer.

Y entonces llegó un sonido que no se esperaba: clavos que saltaban. Madera que se resquebrajaba. La caja ya no era solo una prisión. Se estaba convirtiendo en su pira. Chilló cuando una línea de un naranja incandescente se extendió por una de las paredes. El interior empezó a brillar. Pequeñas lenguas de fuego asomaron por las grietas, intentando alcanzarlo.

El calor era ya insoportable. El sudor le chorreaba por la cara y chisporroteaba sobre la madera.

Volvió a patear, en un último esfuerzo salvaje y desesperado, pero sus piernas encontraron resistencia. No cedía. No había salida.

Iba a morir ahí dentro.

Quemado.

Vivo.

Abrió la boca para gritar de nuevo, pero ya no le quedaba aire con el que gritar.

Solo humo. Solo fuego.

Y luego, la oscuridad.

CAPÍTULO
VEINTICINCO

La iglesia de Todos los Santos, catalogada de Grado I, se encontraba en Ockham, un pequeño pueblo al este de la A3, la carretera que conectaba Guildford con Londres y la M25. Estaba ligeramente apartada de la calzada, rodeada por un murete y una verja de hierro, ambos ahora ennegrecidos por el calor, con los goznes de la verja deformados y quebradizos. El edificio, originalmente achaparrado y anguloso, tenía ahora un tejado de pizarra que se hundía cerca del centro, visiblemente dañado por el infierno que se había desatado la noche anterior. Alrededor de la iglesia, las lápidas cercanas estaban cubiertas de ceniza, con las inscripciones ocultas, e inclinadas en dirección opuesta al edificio, como si intentaran escapar del fuego.

Original del siglo XIII, la iglesia había sido objeto de varias ampliaciones a lo largo de los años, incluida la capilla del Rey en el lado norte. Era un lugar cargado de historia, donde generaciones enteras habían acudido a rezar y a guardar luto. Ahora, sin embargo, en otra gris y lúgubre mañana de noviembre, no era más que un cascarón ennegrecido: silencioso, en ruinas y con un denso hedor a humo.

Stephanie se detuvo ante el cordón exterior y salió del coche. Dos camiones de bomberos ocupaban el centro de la carretera, con sus dotaciones recogiendo el equipo tras extinguir el incendio. Stephanie se detuvo al contemplar el edificio que tenía ante sí. Ya sabía lo que iban a encontrar dentro: otro cadáver. Quien la había llamado desde la central no lo había mencionado, pero en cuanto oyó a la mujer hablar de un incendio, reconoció la cruda realidad. No se trataba de un incendio provocado cualquiera. No era un accidente. Era premeditado. Y, en su opinión, si había un cuerpo dentro, no era un suicidio.

Le tembló ligeramente el cuerpo cuando sus ojos se posaron en los escombros. Durante el trayecto había intentado armarse de valor para enfrentarse a las ruinas, pero de poco le había servido. Lo único que podía ver y en lo que podía pensar era en su padre y en la quemadura del antebrazo que le escocía bajo el jersey.

Sintió lástima por el edificio y su importancia histórica. Un trozo de historia, como Notre Dame en París, reducido a cenizas y perdido para siempre. Antes de que pudiera moverse (y no es que quisiera), vio a Elias acercarse al camión de bomberos. Él la vio y se acercó, echando un vistazo a la pequeña carpeta que ella había cogido del asiento del copiloto.

—¿Así que has cogido los recursos que te di? —preguntó él, señalándolos.

—¿Esto? Es otra cosa. Pero sí, los he cogido. Muchas gracias, has sido muy amable. —Inspeccionó los alrededores y luego bajó la voz—. Pero de verdad que no tenías por qué.

—¿Los has usado ya?

Ella dudó antes de responder. —Les eché un vistazo anoche, después de ver un documental. Ya noto que estoy procesando este lugar mejor de lo que lo habría hecho el otro día.

Él enarcó una ceja, claramente escéptico ante su afirmación. Ni siquiera ella se la creía del todo.

—¿Cuánto tiempo llevas ahí parada? —le preguntó.

—Acabo de llegar.

—Claro. ¿Y puedes poner un pie delante del otro?

Ella se miró los pies. —Al final sí.

Él resopló. —¿Quieres que te cuente lo que ha pasado o prefieres verlo por ti misma?

Las imágenes de su última visita a la escena de un crimen le inundaron la mente: el olor, el humo, los restos carbonizados, el cuerpo ennegrecido y arrugado de Nigel Hadlow. Si podía evitarlo, lo haría.

—No veo por qué malgastar un EPI en perfecto estado —respondió con franqueza.

Elias soltó una risa seca antes de indicarle con un gesto que lo siguiera un poco más lejos del cordón exterior, lejos del ruido de los camiones de bomberos y de la dotación presente.

—Nos han avisado poco antes de las cinco de la madrugada —empezó, con voz queda—. Un vecino se ha despertado por el olor a humo y ha visto el resplandor desde la ventana de su dormitorio. Para cuando han llegado las dotaciones, el lugar ya estaba totalmente en llamas. Por lo que hemos podido determinar, el fuego se ha originado en la nave central y se ha extendido rápidamente por el tejado hasta el presbiterio. Hemos tardado más de una hora en controlarlo. Lo que queda es... sobre todo escombros y un desastre.

Stephanie asintió, con la mirada fija en un árbol cercano. Elias continuó.

—Afortunadamente, gracias a toda la lluvia que hemos tenido, no se ha extendido a ninguno de los árboles o campos cercanos, así que ha quedado contenido.

—¿Ha entrado alguien?

Elias asintió. —Solo para una rápida comprobación de seguridad.

—¿Y?

Elias exhaló pesadamente y se giró un poco, señalando a través de las ventanas tiznadas. —Los primeros miembros de mi equipo en llegar han encontrado un cadáver.

Ella guardó un momento de silencio para reflexionar.

—Pero esta vez lo han encontrado en una caja.

—¿Una caja?

—Lo que ha quedado de ella sin quemarse. La hemos encontrado delante del altar, donde el pasillo se une con el presbiterio, oculta bajo los restos del atril. Las llamas ya la habían consumido cuando el equipo ha empezado a echarle agua.

Stephanie se volvió para mirarlo. —¿Un ataúd?

—No exactamente. —Se frotó la nuca, con la mirada ensombrecida—. Quiero decir, era más o menos del mismo tamaño, lo bastante grande para un adulto, pero eran solo seis tablas de madera unidas, fabricada a mano y clavada desde fuera.

—¿En qué estado está el cuerpo?

Elias vaciló, lo que le dijo a ella todo lo que necesitaba saber. —Igual que tu víctima del otro día: carbonizado hasta quedar irreconocible. Quemaduras del cien por cien en el cien por cien del cuerpo. Necesitaremos los registros dentales o el ADN para identificarlo. Quedaba muy poco... estructuralmente.

Stephanie inspiró lentamente por la nariz.

—Por lo que hemos podido determinar, no parece que el fuego se iniciara en la caja. Lo prendieron alrededor y las llamas avanzaron hacia dentro.

—¿Acelerante?

—Posiblemente. No lo sabremos hasta que hagamos los análisis. Hemos encontrado un único agujero para respirar en una esquina de la tapa, lo que sugiere que quienquiera que estuviera dentro estaba consciente, o al menos respirando, cuando empezó el incendio.

Stephanie sintió que se le hacía un nudo en la garganta. —¿Alguna pista de quién era?

Elias negó con la cabeza. —Nada. Pero seguiremos buscando.

Stephanie cerró los ojos un instante. Otro cuerpo, quemado vivo. Encerrado. Parecía simbólico. Pero ¿por qué?

Antes de que pudiera seguir reflexionando, un miembro de la dotación de bomberos se acercó arrastrando los pies. Un hombre de unos treinta y pocos años, en forma y activo como el resto de su equipo, que se quedó rondando al margen de la conversación, esperando aprobación.

—¿Qué ocurre? —preguntó Elias.

—Un coche —dijo el hombre—. Hemos encontrado un coche que está en el mismo estado que la iglesia.

CAPÍTULO
VEINTISÉIS

—¿Dónde? —preguntó Elias, enarcando una ceja.

—A unos cien metros al este de la iglesia, en el campo que hay detrás de esa hilera de árboles. Parece que lo abandonaron y le prendieron fuego anoche. Aún estaba caliente cuando hemos llegado; no ha sido difícil verlo en cuanto ha salido el sol. Debió de pasársenos por alto con todo el jaleo.

Stephanie le echó un vistazo a Elias.

—¿Marca y modelo?

El bombero asintió.

—Parece un Audi Q5.

—¿La matrícula?

—Está muy quemado, pero la matrícula se ve perfectamente.

Eso fue un alivio. Si podían conseguir la matrícula, podrían consultarla en la base de datos y encontrar al propietario más rápido de lo que se tardaba en solicitar los registros dentales.

—Vamos —dijo ella, echando a andar.

Elias se puso a su lado y la guio a través de un estrecho hueco en el seto que daba a un amplio campo de hierba aplastada y barro revuelto. El cielo de noviembre se cernía sobre ellos, bajo, gris y amenazador, y el olor la golpeó antes de que viera los restos del coche.

El vehículo se encontraba en una hondonada poco profunda, en un ángulo extraño en mitad del campo. El fuego lo había devorado por completo. Su esqueleto estaba ennegrecido y lleno de ampollas; la pintura, antes lujosa, se había desintegrado, dejando al descubierto paneles deformados y un chasis abrasado. Todas las ventanillas habían estallado, dejando dientes de sierra en los marcos. De los neumáticos no quedaba más que la goma fundida, y las llantas de aleación se habían deformado por el calor, hundiéndose bajo su propio peso. Stephanie se asomó a lo que una vez fue el lado del conductor. Los asientos de cuero habían desaparecido y el salpicadero se había derretido formando regueros.

—Igual que el vehículo de Nigel Hadlow —masculló—. Solo que esta vez está más cerca. Está a un paso del lugar de los hechos.

—A menos de unos minutos —convino Elias, echando un vistazo a la lejana silueta de la iglesia en ruinas—. Lo que significa que, o bien trajo él mismo el coche hasta aquí y le prendió fuego, o bien lo hizo otra persona.

—¿No decías que solo presentabas los hechos? —dijo ella con una sonrisita irónica—. No creo que esto sea otra cosa que un asesinato. No, si había clavos en el ataúd. Alguien tuvo que ponerlos ahí, y tuvo que meter el cuerpo primero. —Inspeccionó el terreno a su alrededor—. Tenemos que acordonar este sitio y buscar huellas en el barro. No deberíamos estar aquí.

Elias se alejó con cuidado del vehículo, sin apartar la vista del suelo.

—¿Crees que arrastraron a la víctima hasta aquí o que estaba consciente cuando llegó?

—Mi instinto me dice que la arrastraron. No lo sé.

Regresaron lentamente a través del campo mientras el viento arreciaba y tiraba del abrigo de Stephanie. Empezó a llover de nuevo, finas y gélidas gotas que le pinchaban las mejillas. La temperatura había descendido, a juego con el macabro entorno.

Al salir de detrás del seto y entrar en el camposanto, Stephanie vio a un puñado de agentes de la policía científica y peritos de incendios repartidos por el perímetro del edificio. Algunos fotografiaban las marcas de quemaduras en la pared, mientras que otros marcaban los escombros con señalizadores de pruebas amarillos.

Elias aminoró el paso a su lado, limpiándose el barro de los guantes.

—Sugiero que saquemos algunas tomas con el dron del lateral, para ver si hay marcas de neumáticos en el campo y determinar de dónde vino el coche.

—Buena idea —respondió ella.

Elias estaba a punto de contestar cuando alguien gritó a lo lejos.

—¡Señora! ¡Elias! ¡Aquí!

Se volvieron y vieron a uno de los peritos de incendios haciéndoles señas desde la pared sur de la iglesia. Estaba agachado junto a una pequeña hondonada en la hierba, justo debajo del arco chamuscado de una ventana, gesticulando con urgencia.

Stephanie aceleró el paso, con los pies chapoteando en el suelo mojado.

—¿Qué pasa? —preguntó al llegar.

—Rápido. Creo que querrán ver esto...

CAPÍTULO
VEINTISIETE

Stephanie recorrió a toda prisa la corta distancia hasta el borde del edificio. A medida que se acercaba, el olor se intensificaba, suspendido alrededor del edificio como una burbuja. Se esforzó por no pensar en los escombros y se centró exclusivamente en el perito de incendios, que vestía el uniforme completo y sostenía un objeto entre las manos.

Lo reconoció de inmediato, pero no quiso hacerse ilusiones hasta que lo viera bien..., hasta que posara los ojos en los objetos de su interior. El perito de incendios era un hombre alto, de algo más de un metro ochenta, y de aspecto rudo. Sus anchos hombros llenaban el abrigo y una profunda cicatriz le marcaba la barbilla. La miró con expectación cuando ella se detuvo frente a él.

—No estuve en el último incidente, pero he oído hablar de él —empezó el perito, bajando la vista hacia el objeto.

Lentamente, abrió las manos enguantadas para revelar una pequeña caja de metal, casi idéntica a la que se había descubierto en la escena del crimen de Nigel Hadlow. A Stephanie se le cortó la respiración al mirar. La caja era del mismo tamaño, estaba chamuscada por los bordes, con la tapa ligeramente deformada por el calor, las bisagras quebradizas y ennegrecidas, y con motas de hollín todavía adheridas a su superficie como ceniza sobre la piel. El perito de incendios la acunaba con delicadeza, como si el más mínimo movimiento en falso pudiera hacer que se desintegrara.

Elias se acercó por detrás de ella, en silencio.

—La encontré metida justo debajo de un saliente —continuó el perito—. Estaba escondida, encajada en un hueco entre dos piedras. Aún estaba caliente.

Stephanie se agachó para verla mejor mientras él abría la tapa despacio.

Dentro había una fotografía.

Igual que la vez anterior. Pero ahora la estaba viendo en persona, de verdad.

La imagen estaba descolorida, con los bordes curvados, pero casi intacta, protegida por el cierre hermético de la caja. Mostraba el rostro de un chico de unos trece o catorce años que miraba directamente a la cámara con una leve sonrisa, como si deseara que la fotografía terminara lo antes posible. El fondo era borroso a primera vista, pero al acercarse, Stephanie distinguió una forma detrás del hombro del chico. Una línea curva. Una silueta sombría. Posiblemente el hombro o el brazo de otra persona, parte de algo más grande. Quizá una imagen más amplia, como si la foto hubiera sido recortada o arrancada de una foto de grupo. La pieza que falta de un puzle.

Cerró los ojos, tratando de recordar la fotografía encontrada en la escena del crimen de Nigel Hadlow. ¿Eran iguales? ¿Similares? ¿Sacadas de la misma imagen más grande?

Su memoria la evocó; el chico de la foto anterior estaba de pie frente a un fondo que parecía el borde del telón de un escenario. Esta tenía la misma iluminación y la misma sombra sobre la mejilla del niño. ¿Una foto de un hermano, o quizá un niño completamente diferente, tomada con momentos de diferencia?

Stephanie abrió los ojos e hizo un gesto al perito de incendios.

—¿Puede meter eso en una bolsa? *Con cuidado*. Necesitaremos compararla con la primera lo antes posible.

El hombre asintió y se la entregó a un agente de la científica que estaba cerca.

—Hay algo más —dijo, todavía sosteniendo la caja. La giró ligeramente para que Stephanie pudiera ver el interior de la tapa. Grabado en el metal, con una escritura pulcra y precisa, ponía:

Porque el SEÑOR tu Dios es fuego consumidor, Dios celoso. Deuteronomio 4:24

Stephanie sintió que se le encogía el estómago y se le secaba la boca. Otro críptico mensaje religioso.

Miró a Elias. —¿Qué probabilidades hay de que encontremos dos cajas con fotografías y mensajes religiosos similares en dos escenas del crimen parecidas, y que no estén relacionadas de alguna manera?

La pregunta era retórica, pero Elias respondió de todos modos.

—Si fuera jugador, diría que muy pocas, señora.

Ella asintió pensativa, incapaz de apartar los ojos de las letras de la caja. Los engranajes de su mente empezaron a girar, a procesar, a concebir los siguientes pasos. El perito de incendios cerró la caja y se la entregó a otro agente de la científica, que la guardó dentro de una bolsa de pruebas estéril.

Una brisa agitó lo que quedaba de la hiedra cerca del borde del edificio, esparciendo hollín por el aire como si fuera nieve.

Necesitaba averiguar quiénes eran esos chicos. Antes de que apareciera otro cadáver.

CAPÍTULO
VEINTIOCHO

—¿Sigue pensando que es un suicidio, señora?

La pregunta la formuló Giles de nuevo y, una vez más, se percibía en su voz esa entonación petulante de *«ya te lo decía yo»* que la sacaba de quicio.

Se cruzó de brazos y resopló antes de volverse a medias hacia el panel de la investigación que tenía a sus espaldas. A esas alturas, ya habían colgado algunas instantáneas de la segunda escena del crimen en el panel, incluidas las fotografías que la policía científica había tomado del chico y de la lata.

—No, en absoluto —empezó, devolviendo su atención al equipo; todos la miraban pacientemente—. El modus operandi de la muerte de Nigel Hadlow y esta última son casi idénticos. La misma causa de la muerte. El mismo coche calcinado. Las mismas latas con fotografías similares de los chicos y las inscripciones religiosas. Ya tenemos pruebas suficientes para suponer que ambos casos están conectados, aunque todavía queda mucho trabajo por hacer. —Señaló la fotografía del segundo chico—. Los forenses se pondrán a trabajar en la escena en cuanto reciban luz verde del equipo de bomberos. No obstante, mientras tanto, tenemos que confirmar la identidad de la víctima. Por suerte, esta vez hemos podido leer parte de la matrícula. Quiero que la rastreéis y que consigáis un nombre asociado a ella. Esa es nuestra máxima prioridad. Además, estad atentos a las denuncias de desaparición que lleguen durante la noche, por si se repite lo de Nigel Hadlow. —Agarró el collar de su madre y lo recorrió con el dedo, pensando en ella—. Nadie parece reconocer al chico de la primera imagen, así que, cada vez que habléis con amigos, familiares o compañeros de cualquiera de las víctimas, quiero que les enseñéis ambas fotografías. Tienen que reconocer al menos a uno de ellos.

—¿Volvemos a hablar con los amigos y la familia de Nigel Hadlow? —preguntó Devon.

—Cien por cien —respondió ella bruscamente—. No hace falta que les contéis lo que ha pasado, solo que hemos encontrado otra foto en nuestra investigación y que nos preguntábamos si podrían identificar al niño que aparece en ella. —Lanzó otra rápida mirada a las dos fotos, una al lado de la otra—. Algo me dice que las han sacado de la misma imagen y que forma parte de algo más grande. —Se volvió hacia el equipo y bajó la voz—. Algo también me dice que esto es el principio de algo gordo. Tenemos que adelantarnos antes de que aparezca alguien más. Mientras esperamos la confirmación de la identidad de la víctima, quiero que busquéis grabaciones de las cámaras de seguridad del vehículo y de la zona circundante. Elias y el equipo sospechan que el incendio tuvo lugar en mitad de la noche, posiblemente después de la una. Lo encontraron poco antes de las cinco de la madrugada. Esa es nuestra ventana. Cinco horas para rastrear el coche de la víctima, así como el del posible asesino.

—¿En mitad de carreteras comarcales? Pan comido —replicó Fiona.

—Enhorabuena —dijo Stephanie, lanzándole a la agente una mirada mordaz—. Con ese comentario, acabas de ofrecerte voluntaria para encargarte de los interrogatorios puerta a puerta. Bien hecho.

Un pequeño vítores y una ronda de aplausos por parte de Devon se extendieron por el equipo. Era el trabajo que más tiempo consumía y el menos agradable, y a menudo daba muy pocos frutos, pero también era uno de los más necesarios e importantes. Porque, en esa única vez de cada diez que conseguías una pepita de información, era una pepita de oro que podía ayudar a abrir una puerta en la investigación.

—Gracias, señora. Entendido.

Stephanie respondió con una sonrisa irónica. —Una vez que sepamos la identidad de la víctima, quiero saberlo todo sobre su vida. Dónde trabajaba, a qué hora se acostaba, a qué hora se levantaba por la mañana, a qué hora iba al baño... y dónde. También quiero conexiones... —Se volvió hacia la pizarra, cogió un rotulador rojo y, con tinta gruesa, garabateó una línea entre las dos fotografías, repasándola varias veces—. Quiero saber qué conecta a estas dos personas. Hay algo; lo siento en el alma. Solo tenemos que identificar qué es. ¿Alguna pregunta?

El silencio se apoderó del equipo. Todos asintieron educadamente, absorbiendo la información y procesando cómo serían sus próximas doce horas.

—Fantástico, pues manos a la obra.

Al instante, se levantaron de sus sillas y se apresuraron a volver a sus mesas, moviéndose con una sensación de optimismo vacilante. Stephanie se quedó rezagada un momento, observando sus movimientos antes de dirigirse a su despacho. Cuando cerró la puerta tras de sí, su móvil empezó a sonar.

Número desconocido.

Se quedó helada. La angustia brotó en su interior, naciendo en la boca del estómago y subiéndole rápidamente a la garganta. Su primer pensamiento fue que era su hermanastro, pillándola por sorpresa con una llamada desde un número que no conocía.

Se quedó mirando la pantalla hasta que saltó el buzón de voz. Si era importante, dejarían un mensaje.

Un momento después, apareció uno. Su dedo se detuvo sobre el botón un instante más de lo habitual. Lo pulsó y luego le dio a reproducir.

—Hola, Steph. Soy yo. Llámame cuando oigas esto.

CAPÍTULO
VEINTINUEVE

Por qué hacía eso la gente? ¿Llamar e ignorar la devolución de la llamada justo después? Como si, nada más dejar el mensaje de voz, hubieran apagado el móvil a toda prisa. ¿Es que temían que les devolvieran la llamada?

«No tiene sentido», masculló para sí mientras recorría su despacho. Se detuvo junto a la ventana y miró el campo que se extendía al otro lado. Sobre la hierba, un pequeño equipo de seis guías caninos charlaba en un corrillo, mientras sus perros campaban a sus anchas, olisqueando y disfrutando de su breve descanso.

Justo cuando estaba a punto de soltar una sarta de improperios por el teléfono, la persona al otro lado descolgó.

—Louis —dijo ella—. ¿Qué has estado haciendo? He intentado devolverte la llamada y me has ignorado.

—Yo... he ido al baño —respondió él a la defensiva—. ¿Es que en tu oficina no está permitido? Aquí la gente puede ir al servicio las veces que quiera.

—Me alegra saber que el *Surrey Live* sigue abriendo nuevos caminos en los derechos de los trabajadores —dijo Stephanie, sonriendo con suficiencia mientras apoyaba la cadera en el escritorio.

Louis resopló.

—Somos pioneros, ¿qué te puedo decir?

—Podrías empezar por decirme por qué has llamado.

—¿Directa al grano? De acuerdo. Hemos oído rumores sobre otro incendio, ¿esta vez en la iglesia de Ockham?

Ella vaciló.

—¿Qué me estás preguntando exactamente, Louis?

—Si es verdad...

—Podría ser. Depende de quiénes sean tus fuentes.

—No me hagas suplicar, Steph. ¿Sabes lo humillante que es para un hombre en mi posición?

—¿Te refieres a estar de pie en los baños fingiendo que no evitas mis llamadas?

Él se rio entre dientes.

—Touché. Mira, no intento presionar. Puedo mandar a uno de mis chicos a que vaya a echar un vistazo, pero la gasolina no está barata últimamente y los billetes de tren, todavía menos.

—¿Así que es una medida de recorte de gastos?

—Solo un pequeño ajuste de cinturón. ¿Están relacionados? ¿Qué ha pasado?

Stephanie suspiró profundamente y le explicó brevemente lo que habían descubierto esa mañana.

—¿A quién pertenece el segundo cuerpo? —preguntó él.

—Estamos en ello.

—¿Están conectados los dos casos? No todos los días le prenden fuego a la gente, Steph. A no ser que sea un caso de incendio provocado que ha salido muy, muy mal.

—Lamentablemente, no creo que estemos ante eso.

—Entonces, creo que tienes que prepararte para que esto se convierta en noticia nacional. La gente se va a volver loca con este tema. El interés será altísimo y, antes de que te des cuenta, tendrás hordas de periodistas y reporteros a las puertas de las escenas del crimen.

—¿Como hacen los tuyos a veces?

Él zanjó la pregunta con un gruñido.

—Lo único que digo es que me gustaría adelantarme y obtener los datos de ti antes de que alguien cite un rumor erróneo.

Hubo una breve pausa. Stephanie recordó el acuerdo al que habían llegado cuando se incorporó a la policía de Surrey. Ella había querido que su relación fuera mutuamente beneficiosa, un enfoque de «hoy por ti, mañana por mí». Él se había portado bien con ella en el pasado, especialmente durante el caso del Bogeyman unas semanas antes, cuando se negó a publicar imágenes suyas que comprometían su profesionalidad, demostrando que podía confiar en él.

—De acuerdo —dijo ella—. Pero no saldrá nada a la luz hasta que hayamos hecho la identificación. Si publicas algo antes de tiempo, estarás limpiándote carbón de la boca durante semanas, ¿entendido?

—Palabra de boy scout —dijo él, aunque ella estaba bastante segura de que nunca había pasado de lobato.

Ella le puso al día de lo esencial: dos víctimas, un modus operandi similar, cuerpos carbonizados y las latas a juego con las crípticas inscripciones y fotografías. Él no la interrumpió, aunque ella podía oír el rasgueo de un bolígrafo sobre el papel.

—Esto es gordo —dijo él finalmente.

—Dime algo que no sepa.

—No han metido a nadie en una caja ardiendo desde la Edad Media. E incluso entonces, solían reservarlo para las brujas.

—Gracias por la lección de historia, profesor.

—Estoy pensando en añadir una columna a la plataforma: «Las pequeñas lecciones de Louis». ¿Qué te parece?

Stephanie sonrió con ironía.

—Necesitarías que alguien te la escribiera. Tu ortografía es atroz.

—Eso es una calumnia.

—He visto tus correos. Son como rompecabezas para descifrar. La mitad de las veces tengo que reenviarlos al equipo para que los traduzcan. Es un milagro que la revista vaya tan bien.

—Bueno, pues a lo mejor dejo de enviarte mensajes. A ver qué te parece.

—Tentador —dijo ella, deslizando un dedo por el costado de su taza de café. Su sonrisa se desvaneció ligeramente al volver a mirar la pizarra cubierta con las notas del caso—. De todas formas, todavía hay mucho que no sabemos, y ya te he contado todo lo que puedo.

Louis dejó escapar un largo suspiro.

—¿Crees que es el mismo asesino?

—Sí. Creo que sí. Y creo que no ha hecho más que empezar.

Siguió un breve silencio, y cuando volvió a hablar, su voz se había suavizado ligeramente.

—Bueno, ya sabes cómo localizarme si quieres hablarlo. O, ya sabes, simplemente quejarte de mi ortografía otra vez.

Ella se rio entre dientes.

—Puede que te tome la palabra.

—Mantenme informado. ¿Y, Steph?

—¿Sí?

—Intenta no acabar en la tercera caja.

—Lo haré lo mejor que pueda —dijo ella.

CAPÍTULO
TREINTA

Poco más de dos horas después, ya tenían un nombre.

Los restos del Audi Q5 pertenecían a un hombre llamado Carlos Vazquez.

Carlos tenía cincuenta y tres años, residía en Surrey desde hacía mucho tiempo y había pasado la mayor parte de su vida adulta trabajando en la construcción. Según la investigación preliminar de sus antecedentes, se especializaba en promociones residenciales de lujo y supervisaba la preparación del terreno y la gestión de obra para una empresa con sede en Croydon. Estaba casado con una mujer llamada Ana, su esposa desde hacía veintidós años, y tenían una hija ya adulta que vivía en Manchester. Sin antecedentes penales. Un hombre que pagaba sus impuestos, iba a lo suyo y, hasta esa mañana, nunca había tenido ningún altercado con la policía. A todos los efectos, era un ciudadano modelo.

Su nombre había salido a la luz poco después de que el equipo de forenses terminara de examinar el Audi calcinado. La matrícula, aunque parcialmente derretida, había proporcionado suficientes caracteres para que Noah y el equipo la buscaran en la base de datos de la DGT. Y así fue como habían llegado hasta Carlos.

Menos de media hora después, Stephanie y Olivia se encontraban frente a un edificio de ladrillo de aspecto vetusto a las afueras del centro de Woking, con los brazos cruzados para protegerse del viento cada vez más fuerte. El letrero sobre la entrada rezaba: Clínica Dental Cloverfield. El lugar de trabajo de Ana Vazquez. Entraban y salían pacientes cada pocos minutos, niños que se frotaban las mandíbulas adormecidas, arropados en los brazos de sus madres mientras agachaban la cabeza para resguardarse de la llovizna.

Stephanie odiaba esta parte. La confusión educada antes del derrumbe por el dolor. Nunca se hacía más fácil, pero no tenía sentido retrasar lo inevitable.

—Vamos.

Se apresuraron hacia la entrada. Una mujer en la recepción levantó la vista con una sonrisa profesional que se desvaneció en cuanto se presentaron.

—La señora Vazquez está en el despacho. Le avisaré de que están aquí.

Esperaron en la zona de recepción apenas un minuto antes de que apareciera una mujer de algo más de cincuenta años. Era menuda, con el pelo oscuro y rizado recogido en una coleta pulcra, y llevaba una túnica azul marino bajo una bata blanca. Se quedó paralizada en cuanto vio a Stephanie y a Olivia, y la expresión de su rostro le confirmó el motivo por el que estaban allí. Se llevó una mano a la boca e inspiró bruscamente.

—Oh, Dios mío —dijo en un susurro.

Stephanie dio un paso al frente. —¿Señora Vazquez? Soy la inspectora Broadbent; ella es la agente Willard. ¿Podríamos hablar con usted en privado?

Ana parpadeó rápidamente, negando ya con la cabeza. —¿Es Carlos? —preguntó, con el pánico atenazándole la garganta—. ¿Está bien?

Stephanie suavizó el tono de voz. —Si pudiéramos sentarnos un momento.

Las lágrimas asomaron al instante a los ojos de Ana, pero asintió y se giró con rigidez para guiarlas por un pasillo corto y estrecho flanqueado por varias consultas. Al final estaba su pequeño despacho. En el escritorio había una foto enmarcada de una adolescente con toga de graduación. Ana cerró la puerta tras ellas, pero no se sentó. Se quedó de pie junto al escritorio, con los brazos cruzados sobre el pecho como si intentara prepararse para lo que estaba a punto de suceder.

—¿Qué ha ocurrido? —preguntó de nuevo, con la voz más débil—. Por favor. Díganmelo y ya está.

—Esta mañana hemos encontrado un coche a nombre de su marido cerca de la iglesia de All Saints en Ockham.

Ana abrió los ojos de par en par, sin decir nada.

—El coche estaba calcinado y oculto detrás de la iglesia.

Se llevó la mano a la boca. Stephanie tragó saliva.

—Su marido no estaba en el coche..., sin embargo, hubo un incidente *en* la iglesia que implicó otro incendio. Hemos encontrado un cuerpo. En estos momentos, no podemos confirmar si era su marido; no obstante, las pruebas nos llevan a creer que sí lo es.

Por un momento, Ana no dijo nada. Su rostro se contrajo como si su cerebro luchara por procesar la información, como si le hubieran hablado en otro idioma. Le fallaron las piernas y se desplomó en la silla que había detrás de su escritorio.

—No, no, no —murmuró, mientras las palabras se le agolpaban en la boca y miraba fijamente al suelo—. Es él, ¿verdad? Por eso no volvió a casa anoche. Me he estado volviendo loca intentando localizarlo, ponerme en contacto con él. Yo... ¿Cuánto tardarán en saber si es él?

Olivia se acercó a ella, se agachó y le puso una mano tranquilizadora en el hombro.

—Se han llevado el cuerpo para la autopsia. Tardarán un tiempo en identificarlo; sin embargo, nos ayudaría mucho tener acceso a su historial dental y también una muestra de ADN.

Ana sorbió un moco. —Están en el lugar indicado. —Señaló un ordenador al otro lado de la sala—. Todos los historiales de mi familia están ahí.

Stephanie miró el ordenador y luego de nuevo a Ana. Olivia le devolvió la mirada y Stephanie la captó, respondiendo con un gesto seco de la cabeza.

—Gracias por eso —continuó Olivia—. Nos llevaremos las pruebas. Mientras tanto, para ayudar en nuestra investigación... —

buscó algo en su bolsillo trasero—. Nos preguntábamos si podría decirnos qué estuvo haciendo su marido anoche.

—Estaba trabajando —respondió Ana, sorbiendo por la nariz repetidamente—. Se quedó hasta tarde. Un par de personas de su equipo estaban en la obra, y él en la oficina.

—¿A qué hora se le esperaba en casa?

—No tenía una hora fija. Me manda un mensaje cuando sale.

—¿Y le mandó un mensaje anoche?

Ana negó con la cabeza. —Ahí fue cuando empecé a asustarme. No era propio de él. No fue hasta las nueve o las diez, al no tener noticias suyas, que intenté llamarle al móvil.

—¿Qué pasó?

—Saltó directamente el buzón de voz.

«Debía de estar apagado», pensó Stephanie. O lo había apagado él y había conducido hasta la iglesia por la noche, o alguien se lo había apagado.

Olivia sacó un papel que contenía copias de las dos fotos encontradas en las escenas del crimen. Se lo pasó a Ana y la dejó mirar.

—Tenemos que preguntárselo —dijo—. ¿Reconoce a alguno de los chicos de estas fotos? Tómese el tiempo que necesite.

Pero Ana no lo necesitó. Inmediatamente, señaló la imagen de la izquierda, la encontrada en la primera escena del crimen, donde estaba Nigel Hadlow.

—¿Quién es? —preguntó Olivia.

—Ese es Carlos —respondió—. Es mi marido.

Stephanie se acercó con aprensión. Le quitó la hoja a Ana y la sujetó con la punta de los dedos como si fuera radiactiva.

—¿Está segura de que es su marido?

—Claro que sí. Está exactamente igual ahora. No ha cambiado nada en los treinta y tantos años que hace que lo conozco.

Mientras Ana cogía un pañuelo de papel del sillón del dentista, Stephanie se detuvo en una reflexión silenciosa. La explicación era clara para ella. La identidad de la segunda víctima se había encontrado en la primera escena del crimen. El asesino les había dicho exactamente quién sería el siguiente. Lo que significaba...

Sus ojos se posaron en la segunda foto.

Lo que significaba que estaba mirando a la tercera víctima.

CAPÍTULO
TREINTA Y UNO

Devon llevaba tanto tiempo escuchando el tono de la llamada que acabó tarareándolo.

Mmm-mmm.

Mmm-mmm.

La llamada se cortó. Seguía sin responder nadie. Colgó el teléfono fijo de un golpe en la base y volvió a intentarlo, esta vez llamando al móvil de Olivia.

Movía la pierna arriba y abajo con impaciencia mientras esperaba. «Venga, vamos. Venga, vamos», pensaba al ritmo del tono. ¿Por qué tardaban tanto?

Justo cuando estaba a punto de colgar, por fin contestaron.

—¿Devon?

—¡Por fin! Estás viva. Creía que te había pasado algo malo.

Olivia soltó una risita. —Pues no vas del todo desencaminado. Steph casi se mete delante de un coche en un cruce.

—Es igual de mala que la gente de la que se queja.

—Solo porque estaba intentando contestar tu llamada.

—Se lo tiene merecido. Ya conoce las normas. ¿Desde cuándo la llamas Steph? ¿Cuándo te ganaste *ese* privilegio?

—Siempre lo he hecho. Es lo que tiene ser amable con la gente.

Se recostó en la silla. —Sí, sí. Amable, qué amable ni qué ocho cuartos.

—¿Llamas solo para picarme o tenías algo concreto en mente?

Como si de repente recordara el motivo de su llamada, Devon se inclinó hacia delante en la silla y movió el ratón para reactivar la pantalla del ordenador.

—Por mucho que me encantaría quedarme aquí escuchando tu voz todo el día, llamaba para deciros..., bueno, para decirle a Steph, en realidad..., que tengo algo que creo que podría merecer la pena investigar.

—Qué listo. Bien hecho. —Hubo una pausa mientras Olivia apartaba el teléfono de la oreja y ponía la llamada en altavoz. Los sonidos del motor del coche y del tráfico se filtraron por el micrófono.

—Casi haces que me estrelle, Devon —llegó la voz lejana de Stephanie, como si hablara desde otra dimensión—. Más te vale que sea importante.

—¿Qué te parece una conexión entre Nigel Hadlow y Carlos Vazquez?

—Me parece que has captado mi atención.

—He estado rebuscando en las redes sociales de Carlos y de Nigel, y los he visto a los dos muy amiguitos en el club de golf de Pyrford.

—Excelente trabajo. Gracias por avisar. Vamos para allá ahora mismo.

—No, no iréis —replicó él—. Ya he llamado. Me esperan dentro de una hora.

Era mentira, pero Stephanie no tenía por qué saberlo.

—Ah —respondió ella.

—No podéis quedaros con toda la diversión, ¿no? Hay que dejar algo de lo bueno para los demás.

CAPÍTULO
TREINTA Y DOS

Devon se desvió de la carretera principal y siguió el estrecho y sinuoso camino de entrada que conducía al Pyrford Golf Club. La lluvia golpeaba con insistencia el parabrisas, cayendo de la uniforme losa gris que cubría el cielo. El campo de golf tenía un aspecto impecable, con exuberantes *greens* de terciopelo que se negaban a dejarse vencer por el mal tiempo; muy parecidos a los jugadores que en ese momento recorrían el campo. Aparcó en una de las plazas de visitante señalizadas y apagó el motor. A Devon nunca le había gustado el golf; le parecía un deporte pretencioso, engreído y lleno de gilipollas. Era una opinión que se había formado hacía mucho tiempo, cuando se topó en una investigación con un sospechoso que era aficionado al golf y lo trató con tal desprecio que Devon sintió un fuerte impulso de detenerlo, a pesar de la evidente inocencia del hombre. Desde entonces, le había cogido manía tanto al deporte como a sus jugadores, a saber: hombres blancos de mediana edad con más dinero que sentido común; una categoría en la que él mismo estaba cayendo rápidamente, aunque sin el dinero, por supuesto.

Se preparó para el tipo de imbécil que podría encontrarse y exhaló su descontento por la nariz antes de abrir la puerta de un empujón. El viento la atrapó de inmediato, abriéndola de par en par. La agarró, la cerró de un portazo y encogió los hombros para protegerse de las ráfagas mientras recorría la corta distancia hasta la casa club. Dentro, una pared de aire cálido lo envolvió, acompañada del bajo murmullo de conversaciones tranquilas. Un par de hombres de unos sesenta años estaban sentados en una mesa junto a la ventana, mirando sus móviles con bebidas a medio terminar a su lado y el descontento grabado en sus rostros.

Devon se acercó a la recepción, donde una joven levantó la vista de la pantalla de un ordenador.

—Buenas tardes —dijo él, mostrando su placa—. Busco al propietario o al gerente de servicio. No te robaré mucho tiempo.

Los ojos de la chica se abrieron de par en par, presa del pánico. Abrió y cerró la boca, incapaz de articular palabra. Parecía que no había visto a un policía en su vida.

—Claro. ¿La policía? Eh... —Miró a su alrededor en la recepción, como si estuviera perdida—. Vale. Eh, será el señor Walker. Voy a... Perdona. Voy a llamarlo. No, espera, no. Ya sé dónde está. —Se dio la vuelta para alejarse de él, y luego giró de nuevo, con una mano levantada—. Perdona, estoy hecha un lío.

—No pasa nada —replicó él, dedicándole una sonrisa tranquilizadora.

La recepcionista desapareció tras una puerta. Mientras esperaba, Devon miró por la ventana el tapiz de verdor en la distancia, observando al grupo de hombres con su equipo de golf, decididos a que nada interrumpiera su merecido tiempo lejos de sus mujeres y familias.

Un instante después, su atención se apartó de la ventana cuando apareció un hombre que parecía recién salido de un catálogo de Ralph Lauren, vestido con un polo metido por dentro de unos pantalones chinos blancos.

—Usted debe de ser el señor Walker —dijo Devon.

—Y usted debe de estar perdido —replicó el señor Walker—. No hemos tenido ningún problema recientemente que justifique una visita de la policía.

«Ya empezamos —pensó Devon—. Otro gilipollas empeñado en buscarme las cosquillas».

Forzó una sonrisa. —¿Perdido? No. Aunque si alguna vez me encuentro en uno de estos sitios en una visita personal, entonces sí, estaré muy perdido y le recomiendo que llame a la policía de inmediato.

El señor Walker parpadeó, sin hacerle ninguna gracia. —Encantador.

Devon respondió en el mismo tono. —¿Le importa si hablamos en privado?

El hombre resopló y luego le indicó con un gesto rígido que lo siguiera. Lo guio más allá de la recepción y por un corto pasillo flanqueado por fotos enmarcadas del club, con jugadores sosteniendo copas y trofeos. El pasillo desembocaba en un pequeño despacho que apestaba a limpiador de cuero, con un desgastado sofá Chester en una esquina y más recuerdos de golf colgados en las paredes.

El señor Walker le señaló una silla. Devon se quedó de pie.

—Quería preguntarle por dos de sus socios: Carlos Vazquez y Nigel Hadlow. ¿Le suenan de algo esos nombres?

Walker entrecerró los ojos, pensativo. —No me suenan.

Devon sacó una hoja doblada del bolsillo de su abrigo y la extendió sobre el escritorio. Mostraba una foto sacada del perfil de Carlos en las redes sociales en la que salían tanto él como Nigel Hadlow en el *green*, con los palos de golf en la mano.

Walker se inclinó para verla mejor. Tan pronto como su mirada se posó en la foto, un destello de reconocimiento cruzó su rostro.

—Ah. Ellos. Sí, ahora sé a quiénes se refiere. Vienen una vez por semana, a veces más en verano. Suelen empezar a media mañana, sobre todo entre semana.

—¿Vienen juntos?

—Siempre. Son compañeros de golf.

—¿Suele haber alguien más con ellos? —preguntó Devon.

El señor Walker asintió. —Hay alguien más con quien probablemente debería hablar. Siempre jugaban en un trío, ocasionalmente en un cuarteto si traían a un invitado. —Se giró hacia la esquina del despacho y tecleó en un modernísimo ordenador iMac. Apareció la señal de las cámaras de seguridad: una pantalla dividida en directo de los terrenos, el aparcamiento y la zona del bar.

Devon estaba a punto de preguntar el nombre del tercer

jugador cuando Walker señaló la pantalla. —Hablando del rey de Roma.

Un BMW X5 plateado entró en el aparcamiento, y sus neumáticos salpicaron agua al pasar por los charcos poco profundos. La puerta del conductor se abrió y de ella salió un hombre de unos cincuenta y tantos años, bien peinado y vestido con ropa impermeable, ya con los zapatos de golf puestos.

Devon enarcó las cejas y luego miró su reloj. Era mediodía en mitad de la semana. «¿Es que nadie trabaja en este puto país?», pensó.

—¿Cómo se llama? —preguntó.

—Terry Houghton. Uno de nuestros clientes más habituales. Tenía su propia empresa de contratación. La vendió hace unos años. Se jubiló anticipadamente, pero todavía finge que trabaja a tiempo parcial.

Devon sonrió con suficiencia. —Perfecto. Hablaré con él.

CAPÍTULO
TREINTA Y TRES

Terry Houghton era de esa clase de hombres que llenan una habitación antes siquiera de cruzar el umbral. Alto, corpulento y con la complexión de un labrador sobrealimentado, tenía el porte pesado de alguien que una vez fue atlético, pero que hacía tiempo que había sucumbido a las comodidades de la edad, la bebida y una nevera bien surtida. El estómago le apretaba la cremallera del abrigo impermeable, como si fuera a reventar si se reía con demasiada fuerza, y una papada gruesa le colgaba bajo una piel bronceada que sugería demasiadas sesiones de rayos UVA o frecuentes viajes al Mediterráneo.

Estaba sacando la bolsa de golf del maletero cuando Devon se puso a su lado. El hombre gruñó con desagrado, mirándolo con recelo.

—¿Puedo ayudarle en algo?

—¿Señor Houghton?

—Sí...

Devon le enseñó su placa en las narices. —¿Podría hablar un momento con usted en algún sitio? Preferiblemente, resguardados de la lluvia.

La expresión del hombre no reveló nada, como si no fuera la primera vez que se encontraba con alguien en la situación de Devon. O eso, o era un excelente jugador de póquer.

—En el coche hay sitio de sobra —respondió Terry.

—Estupendo. ¿Conduce usted?

Terry le lanzó una mirada de desdén antes de volver a meter la bolsa de golf en el maletero y cerrarlo de un portazo. Devon fue hacia el asiento del copiloto y entró, fijándose en el reloj y las pulseras caros que colgaban de la muñeca de Terry. Cuando Terry finalmente se reunió con él, el coche se hundió unos centímetros bajo su peso.

—No puedo decir que haya tenido antes una reunión con un policía como esta —dijo.

—¿Pero sí ha tenido reuniones con nosotros?

—Algunas, sí —respondió Terry, quitándose los guantes de un tirón y arrojándolos a la consola central—. Nada del otro mundo.

Devon se reclinó en el asiento, impasible ante el ego del hombre. —Simplifiquemos las cosas, entonces. Estoy investigando a dos hombres: Nigel Hadlow y Carlos Vazquez. ¿Usted los conocía?

Terry resopló y buscó una caja de puros en el reposabrazos. —Se podría decir que sí. Echaba unos hoyos con ellos de vez en cuando. Una vez a la semana, más o menos, cuando nuestras agendas coincidían. No éramos íntimos, pero los conocía mejor que a la mayoría de los hombres que vienen aquí. —Abrió la caja y se detuvo —. ¿Le importa que fume?

—Sí —dijo Devon, tajante—. Estoy intentando dejarlo —mintió.

Terry gruñó y cerró la caja. —No sabía que los maderos pudieran permitirse el lujo de ser tan tiquismiquis hoy en día.

Devon sonrió sin pizca de humor. —Lo reservamos para ocasiones especiales. Como cuando queman vivos a dos hombres.

Eso bastó. Una sombra de incomodidad cruzó el rostro de Terry. —Oí algo sobre eso en las noticias.

—Eran ellos las víctimas.

Terry resopló, con la mirada perdida en la llovizna. —Joder.

—Como sin duda imaginará, señor Houghton, hemos estado investigando un poco la vida de Nigel y Carlos.

—Y por eso está usted aquí.

—Y por eso estoy aquí.

Terry se volvió lentamente, entrecerrando los ojos. —¿Esa es su teoría, entonces? ¿Cree que tiene algo que ver conmigo?

—No —replicó Devon, cortante—. A no ser que me dé una razón para pensarlo.

Terry soltó una risa hueca. —Tengo mejores cosas que hacer.

—Hábleme de ellos. ¿Alguna idea de por qué alguien querría verlos muertos? ¿Notó algo extraño últimamente? ¿Mencionó alguno de los dos que lo estuvieran siguiendo, o que alguien hubiera entrado en su vida y no lo quisieran pululando por ahí?

Terry no tardó en pensar. —Nigel era un agonías, de los que se preocupan por todo. Sobre todo por su trabajo. No sabía desconectar. Siempre estaba mirando el móvil. Carlos, en cambio, era callado, un poco soso, la verdad. Pero nos llevábamos bien. Y ninguno de los dos me mencionó nada. Esto es golf, detective. No un club de lectura. No nos ponemos a hablar de nuestros pensamientos y sentimientos. Venimos aquí a desconectar, a alejarnos de la vida por un rato y, lo que es más importante, a mejorar nuestro juego.

—Y, sin embargo, alguien se tomó molestias extremas para asegurarse de que sufrieran —dijo Devon—. Si tuviera que adivinar... deudas, discusiones, negocios turbios... ¿se le ocurre algo?

Terry se rascó el borde de la mandíbula. —Nigel... mencionó algo hace unos meses. Dijo que andaba corto.

—¿Corto?

—De dinero.

—¿Corto para qué?

—Dijo que necesitaba algo de dinero para ayudar a que algo en lo que estaba trabajando saliera adelante.

El acuerdo con el ayuntamiento.

Devon enarcó una ceja. —¿Y usted lo ayudó?

Terry se removió en el asiento. —Solo algo de efectivo. Cincuenta mil. Sin intereses. No le vi nada de malo. Dijo que me los devolvería para Navidad.

Devon lo estudió. —¿Le contó a alguien más lo de este préstamo?

—Se lo dije a Hacienda, si es a lo que se refiere. Si Nigel lo hizo o no, es cosa suya.

Devon asintió, mientras los engranajes de su cerebro empezaban a girar. —¿Y Carlos sabía lo del préstamo?

—Lo dudo. Como le he dicho, jugábamos al golf. Y ya está.

Devon alargó la mano hacia el tirador de la puerta. —Le agradezco su tiempo, señor Houghton. Si se le ocurre cualquier otra cosa, avíseme.

Terry volvió a gruñir.

Mientras Devon salía de nuevo a la lluvia, murmuró para sí: —Parece que ya nadie trabaja, pero todos tienen cincuenta mil pavos para ir prestando por ahí.

CAPÍTULO
TREINTA Y CUATRO

Stephanie movía la pierna arriba y abajo sin parar, dándole vueltas a sus pensamientos.

La fotografía del niño encontrada en la primera escena del crimen era de la segunda víctima.

No podía creerlo. El asesino estaba jugando con ellos. Diciéndoles quién sería el siguiente en morir quemado vivo.

Se quedó mirando la pantalla del ordenador, la imagen que habían descubierto en la segunda escena del crimen —la del niño sin nombre de la foto—, hasta que los píxeles parecieron fundirse en uno solo. Estaba convencida de que las habían sacado de una misma foto más grande. De que los dos hombres, Carlos y Nigel, estaban conectados por algo más tangible, más histórico que ser socios de un club de golf. Si no, ¿por qué iba el asesino a usar fotos de su infancia? ¿Para que fuera más difícil identificarlos? ¿Para ir un paso por delante?

Cerró los ojos. Empezaba a sentir un dolor punzante en la cabeza y, por primera vez en semanas, sus papilas gustativas hormigueaban con el antojo de algo graso y grasiento. Un kebab. De pollo, para ser exactos. Con los bordes carbonizados, embadurnado en salsa de ajo, envuelto en pan de pita caliente y cargado de ensalada crujiente. Casi podía sentir el aceite goteándole por las yemas de los dedos, saborear el toque avinagrado de las guindillas encurtidas en la lengua...

Exhaló bruscamente por la nariz y se echó hacia atrás, apartando el pensamiento a la fuerza. El estómago le gruñó suavemente, el eco de sus antojos resonándole en los oídos. *Ahora no. Hoy no*. Volvió a concentrarse en la foto de la pantalla, reprimiendo el hambre, apartándola de la parte de sí misma que necesitaba pensar.

El fondo de la imagen seguía carcomiéndola. Esa forma. Algo en su mente arañaba en la superficie. ¿Una pancarta? ¿Una cuerda de gimnasio? ¿Un tablón de anuncios del colegio?

Dejó de mover la pierna.

Se levantó bruscamente y la silla arañó el suelo al arrastrarse.

Un momento después, encontró a Olivia en su mesa, con los auriculares puestos y la mirada saltando entre dos pantallas llenas de los extractos bancarios de las víctimas. Levantó la vista cuando Stephanie se acercó, quitándose un auricular.

—¿Puedes buscar algo por mí? —preguntó Stephanie.

—Por supuesto.

—Carlos Vazquez y Nigel Hadlow... Quiero saber si fueron al mismo colegio. Uno de por aquí, probablemente. De secundaria o quizá de primaria. De finales de los ochenta a principios de los noventa. A ver qué sale.

Olivia enarcó una ceja, pero no hizo preguntas.

—Dame un segundo...

Stephanie observaba por encima de su hombro, con los dedos temblándole a los costados del cuerpo. El corazón había empezado a acelerársele de nuevo; no por ansiedad esta vez, sino por expectación.

Menos de un minuto después, Olivia se recostó en la silla.

—Bingo. Ambos figuran en el registro del colegio St Jude de Oxshott. Incluso en el mismo curso. De 1981 a 1986.

Stephanie soltó un largo suspiro.

Ahí está.

—Se conocían —dijo—. Mucho antes del golf. Mucho antes de ahora.

Olivia frunció el ceño.

—Entonces, ¿qué los conecta con el asesino?

—No lo sé. Pero me parece que es un buen punto de partida.

CAPÍTULO
TREINTA Y CINCO

El colegio St Jude's, un centro privado para chicos de entre once y diecinueve años, se encontraba en Oxshott, escondido tras una estrecha hilera de robles. Unos muros de hiedra cubrían la mansión victoriana que hacía las veces de edificio principal. Unos anchos caminos de grava conducían a la entrada, flanqueados por céspedes meticulosamente cuidados por un dedicado equipo de jardineros. Al fondo se veía un pequeño bosque, donde la melodía del canto de los pájaros luchaba contra el zumbido lejano de un cortacésped. A pesar de las opresivas nubes grises que se cernían sobre ellos, el lugar parecía lleno de color y esperanza, como si la matrícula de los niños pagara una pintura de color más vivo o un césped de calidad superior.

Al llegar, Stephanie sintió una punzada de familiaridad. El edificio se parecía mucho a su antiguo colegio, donde, siendo una adolescente problemática de un hogar desestructurado, había deambulado por los pasillos durante las clases, escondiéndose de los profesores y colándose en las aulas vacías siempre que podía. Le recordó las veces que abandonaba el recinto escolar cuando le apetecía para visitar el colegio de primaria de Kimberley y observar sus clases a través de la ventana. Le recordó una época de agravios, de dolor, de sufrimiento, de pedir atención a gritos de la única manera que conocía... y de guardar rencor a todo el que se la ofrecía.

Habían sido años difíciles. Años en los que había pensado,

durante mucho tiempo, que podría haber seguido el mismo camino que su padre. Una vida de delincuencia. Drogas. Alcohol. Viviendo de un sistema roto y maltrecho. Pero entonces algo había cambiado. No recordaba muy bien el qué. Una conversación. Una discusión. Algo que había visto o presenciado. Había habido un punto de inflexión —un momento crudo y perceptible en su vida— en el que todo dio un vuelco y la llevó a luchar por su educación y su carrera.

Stephanie salió del coche y contempló el escudo del colegio, tallado en el arco de arenisca sobre la entrada. Dos ciervos se encabritaban a cada lado de un blasón, con las astas entrelazadas con laureles. Debajo, en latín: *Virtus per Scientiam*. La fuerza a través del conocimiento. Resopló por lo bajo; era el tipo de patraña diseñada para que los padres ricos se sintieran mejor por comprar el futuro de sus hijos.

Olivia se unió a ella y examinó los terrenos.

—En mi instituto había más embarazos de adolescentes que alumnos aquí.

Stephanie se rio entre dientes mientras subían los escalones de piedra y entraban en el edificio principal. Dentro, el vestíbulo era amplio y de techos altos, con el eco de unos pasos lejanos. Viejas fotografías de chicos vestidos de críquet, obras de teatro del colegio y un futuro campeón de esgrima adornaban las paredes revestidas de madera. A lo lejos, sonó un timbre.

Una secretaria de pelo plateado y cárdigan azul marino las saludó desde un estrecho escritorio.

—¿Vienen a ver al señor Forester?

Stephanie asintió.

—La inspectora Broadbent y la detective Willard.

La mujer no pidió ninguna identificación. Se apartó del escritorio y las guio por un pasillo flanqueado por puertas de aulas cerradas. Unos cuantos alumnos curiosos se asomaron por unos estrechos paneles de cristal, pero nadie habló.

El despacho del director estaba detrás de una pesada puerta de roble al final del pasillo. La secretaria llamó una vez, esperó y las hizo pasar. El señor Forester se puso en pie cuando entraron. Era un hombre alto y delgado de unos sesenta y pocos años que vestía un traje gris oscuro con el cuello de la camisa abierto. Llevaba un par de gafas a medio camino de la nariz y miró por encima de ellas para saludarlas. Consultó su reloj.

—Si algo valoro, es que la gente sea puntual —dijo con voz lenta y deliberada—. Es una parte fundamental de lo que enseñamos aquí.

—Si no llegas pronto, llegas tarde —replicó Stephanie con frialdad.

El rostro del señor Forester se enterneció.

—Una mujer de las mías.

—No exactamente. Se lo oí a alguien que se lo oyó a otro.

La sonrisa se desvaneció casi tan rápido como había aparecido.

—Ah. Bueno. No importa. Aun así, ¡por favor, tomen asiento, tomen asiento! —Señaló dos sillones tapizados en una tela rígida de color verde bosque que crujió ligeramente cuando Stephanie se sentó. Los brazos de madera mostraban décadas de desgaste por los codos. El escritorio, de caoba maciza, brillaba bajo la luz amarillenta de una antigua lámpara de biblioteca, con libros encuadernados en piel apilados en una esquina. Stephanie se sintió como si hubiera entrado en una habitación de Hogwarts.

Forester se acomodó en su propia silla de respaldo alto y juntó las manos.

—Bien —dijo, ajustándose las gafas—. Mi mujer me ha comentado que están aquí por un asunto muy preocupante. Dos antiguos alumnos, ¿verdad?

Stephanie asintió.

—Carlos Vazquez y Nigel Hadlow. Estudiaron aquí en los ochenta. ¿Le suena de algo?

Forester frunció el ceño, pensativo. Sacudió la cabeza lentamente.

—Me temo que no. Solo llevo once años como director.

—Creemos que estudiaron juntos aquí.

—En St Jude's se forjan muchas amistades, lazos para toda la vida. La red de antiguos alumnos es muy amplia y muchos siguen manteniendo el contacto. De hecho, estamos muy orgullosos de ello.

A Stephanie no le interesaba que le vendieran la moto. Antiguos alumnos esto. Perspectivas profesionales aquello.

—¿Podríamos echar un vistazo a algunos de los anuarios antiguos o a los expedientes de los alumnos? —preguntó Stephanie.

—Por supuesto —Forester se levantó—. Síganme. Conservamos archivos que se remontan a finales del siglo XIX. No puedo garantizar que encuentren las respuestas que buscan, pero son bienvenidas a echar un vistazo. Solo les pedimos que devuelvan todo a su sitio y que manipulen con cuidado algunos de los artículos más antiguos.

Las sacó del despacho, las guio por una escalera trasera y, a través de un corto pasillo, llegaron a una pequeña habitación de techo bajo en el otro extremo del edificio. El olor a humedad y a moho era intenso allí abajo. Unos armarios de madera revestían las paredes y, en el centro de la sala, había una larga mesa cubierta de archivadores y álbumes de fotos.

Forester se dirigió a uno de los armarios y abrió un cajón con un gruñido.

—Aquí están. Años 1980 a 2005. Sírvanse ustedes mismas. Las dejaré a solas, ¿a no ser que necesiten ayuda?

—Le avisaremos si nos perdemos —dijo Olivia, que ya estaba cogiendo el álbum más cercano.

Forester asintió y las dejó a lo suyo; sus pasos resonaron en el suelo de piedra mientras desaparecía por el pasillo.

Stephanie sacó un grueso anuario con la etiqueta «1983» y lo dejó sobre la mesa central. Abrió el libro de cuero con cuidado. La doble página central contenía una fotografía panorámica en blanco y negro de toda la promoción, colocada en filas en la escalinata principal del colegio. Chicos con americanas y corbatas, algunos con sonrisas burlonas, otros entrecerrando los ojos por el sol, mientras los profesores permanecían a cada extremo, con las manos entrelazadas por delante.

—Ahí —dijo Olivia, golpeando con la uña una cara cerca del centro de la segunda fila—. Ese es Hadlow.

Stephanie se inclinó, examinando a los estudiantes que estaban a su lado.

—Carlos —murmuró.

Vazquez estaba a la izquierda de Nigel, con un aspecto más joven que en la fotografía encontrada en la escena del crimen. Tenía el pelo más espeso, los rasgos más redondeados, pero era él sin lugar a dudas. Los mismos ojos oscuros, la misma postura. Los dos chicos estaban hombro con hombro.

—Vale, ya los tenemos *a ellos* —dijo Stephanie—. Ahora solo necesitamos todos los nombres del resto de la promoción.

Pasaron la siguiente media hora ojeando el resto del anuario, examinando los retratos individuales de cada estudiante, anotando los nombres que aparecían debajo y haciendo fotografías con sus móviles como referencia.

Luego pasaron a la sección de profesores.

—La mayoría de estos tipos parecen nacidos en la Edad de Piedra —murmuró Olivia.

Stephanie bufó.

—No te equivocas. Mira a este. El señor Harrow, jefe del departamento de Latín. Ese bigote podría asfixiar a un niño.

—Seguro que era una pesadilla en la cama.

Stephanie le lanzó a su compañera una mirada de desaprobación antes de volver a la tarea. Durante los diez minutos siguientes, revisaron la lista del personal, anotando nombres que merecían la pena cotejar. Un archivador aparte contenía noticias recientes de antiguos alumnos, en las que se detallaban jubilaciones, esquelas y alguna que otra mención de honor.

—Fallecido, fallecido, se mudó a España, fallecido —dijo Olivia, ojeando una sección—. Parece que no quedan muchos a los que preguntar.

Stephanie suspiró y se reclinó en la silla, con los ojos irritados de tanto examinar nombres y caras.

Justo en ese momento, la puerta se abrió con un crujido y apareció Forester, ajustándose los gemelos.

—¿Han tenido suerte? —preguntó, entrando en la habitación.

—Algo —respondió Stephanie—. Hemos confirmado que eran compañeros de clase.

—Me alegro de que hayamos podido ser de alguna ayuda. Puso las manos en la espalda—. He hecho algunas comprobaciones por mi cuenta y he pensado que esto podría ser relevante. Uno de los estudiantes de esa misma promoción, la de 1983, es ahora profesor aquí.

Stephanie se enderezó.

—¿De verdad? ¿Cómo se llama?

Forester hizo una pausa y luego sonrió como si revelara un secreto.

—Matthew Kynaston. Enseña química. ¿Quieren que le llame?

Stephanie cruzó una mirada con Olivia.

—Por favor.

CAPÍTULO
TREINTA Y SEIS

atthew Kynaston entró en la sala de archivos con la cautelosa inquietud de quien no está acostumbrado a que lo hagan llamar. Rondaba la cincuentena, la misma edad que Carlos y Nigel, con una complexión delgada envuelta en una chaqueta de tweed que había conocido tiempos mejores. Llevaba la corbata floja y el puño del jersey que asomaba por la chaqueta estaba mugriento.

—¿Querían verme? —preguntó con voz suave pero precisa.

Stephanie se apartó de la mesa, cerrando la carpeta que tenía delante. —¿Señor Kynaston? Soy la inspectora de policía Broadbent. Y esta es la agente Willard. Gracias por venir.

Él asintió una vez, acercándose mientras mantenía las manos en los bolsillos. —Puede llamarme Matthew —dijo—. El director Forester me ha comentado que se trataba de algunos de mis antiguos... compañeros. Supongo que no se trata de una reunión de antiguos alumnos, ¿verdad?

Una leve sonrisa asomó a sus labios, pero Stephanie no se la devolvió. —Carlos Vazquez y Nigel Hadlow. Ambos de su misma promoción, del ochenta y uno al ochenta y seis. ¿Los recuerda?

Los nombres parecieron despertar algo tras los ojos de Kynaston. Se tomó un momento para mirar el anuario, todavía abierto sobre la mesa, inclinándose ligeramente sobre él como si temiera los recuerdos que evocaban los rostros que tenía ante sí.

—Sí... los recuerdo —dijo esta vez en voz baja, apenas un susurro.

Stephanie esperó, observando el sutil cambio en su postura. La tensión se instaló en sus hombros y en la parte alta de la espalda, y apretó los puños.

—¿Y bien? —le apremió ella con suavidad, consciente por su expresión de que algún tipo de trauma empezaba a aflorar a la superficie.

Matthew exhaló por la nariz y se enderezó. En ese instante, pareció más viejo; las arrugas de su rostro, más profundas y marcadas. —Eran unos acosadores —dijo sin rodeos—. Carlos y Nigel. No solo conmigo. Había un puñado de nosotros a los que señalaban. Cualquiera que fuera más pequeño, más callado. Cualquiera que no encajara en su mundo.

Olivia miró a Stephanie y dio un paso al frente. —¿Qué hacían?

Matthew dudó, con la mirada de nuevo fija en la imagen granulada en blanco y negro del anuario. —¿Qué no hacían? La crueldad de siempre, supongo que podría llamarse así. Nos tomaban el pelo constantemente, ponían motes crueles. Solían quitarme las gafas y pasárselas de unos a otros como si jugaran al baloncesto. Una vez, las encontré pegadas a la parte inferior de mi pupitre. La única forma de que pararan fue poniéndome lentillas. Otra vez me llenaron la taquilla de barro. Y luego me humillaron bajándome los pantalones en los vestuarios.

A Stephanie se le encogió el estómago. Ella no había sido víctima de acoso en el colegio —sus abusos se habían limitado al ámbito doméstico—, pero lo había visto, y había sido testigo del impacto que tenía en los afectados, cómo no podían confiar en nadie, cómo estaban enfadados con el mundo, a menudo canalizando esa ira contra las personas equivocadas, y cómo perdían la fe y la confianza en sí mismos.

Eran víctimas, tanto como lo había sido ella.

—¿Lo denunció? —preguntó.

Matthew rio entre dientes. —¿A quién? Por aquel entonces eran otros tiempos. La mitad de los profesores pensaba que un poco de acoso te venía bien. Que forjaba el carácter, te hacía más fuerte y te preparaba mejor para el mundo. Los otros, o se emborrachaban o se acostaban entre ellos. Y además, Carlos era hijo de alguien que donaba dinero al colegio con regularidad, y el padre de Nigel era un alto cargo en política o algo así, por lo que esos chicos eran básicamente intocables. No se habría conseguido nada.

—¿Cuáles eran los nombres de los otros chicos a los que acosaban? —preguntó Olivia.

—Había unos cuantos. Un chico llamado Tom Latchford. Y David Reece. Y Jonathan Hale. Dios, hace años que no pensaba en ellos, pero sus nombres se te quedan grabados, sabe.

—¿Recibían el mismo tipo de maltrato o era peor?

—Fue *todo* horrible, inspectora. Nadie se considera afortunado por haberse librado de lo que *usted* podría llamar algo «leve».

—Entiendo —dijo Stephanie, sintiendo la necesidad de disculparse. Lo que era peor para una persona podía no ser nada para otra—. ¿Sabe a qué se dedican ahora?

Matthew frunció los labios y negó con la cabeza. Se metió las manos en los bolsillos del pantalón. —Me temo que no. No éramos precisamente íntimos. Lo único que nos unía era lo que pasamos, pero no teníamos un grupo; no hablábamos de ello. De lo contrario, eso solo habría empeorado las cosas. Habrían venido a por nosotros con más saña.

—¿Había alguien más? ¿Nigel y Carlos actuaban como un dúo o eran más? —preguntó Olivia en voz baja.

Matthew bajó la vista al suelo mientras el silencio se apoderaba de la sala de archivos. Durante un largo momento, nadie habló. Entonces, dijo: —Tenían una pequeña pandilla. Cuatro en total. Anthony Shore y Darren Fairhurst eran los otros dos. Todos parecían seguir a Nigel a todas partes como sus pequeños discípulos, sus esbirros.

La voz de Matthew estaba cargada de desdén.

Stephanie garabateó los nombres en su cuaderno. —¿Y estos chicos, eran tan malos como Nigel?

—Peores, en cierto modo —dijo Matthew, frotándose la nuca—. Darren una vez encerró a un chico en el cuarto del material deportivo durante medio día, y Anthony solía escribir cosas obscenas en las paredes de los baños; él fue el responsable de todos los rumores que se extendieron por el colegio sobre mí. Eran todos culpables por igual.

Stephanie intercambió una mirada con Olivia y luego volvió a mirar a Matthew. —Carlos y Nigel están muertos.

Matthew levantó la cabeza de golpe. —¿Qué?

—Fueron asesinados en incidentes separados con pocos días de diferencia —dijo ella con calma—. Quemados vivos. Creemos que sus muertes están relacionadas.

A Matthew se le fue el color de la cara. —Dios santo —murmuró, parpadeando con fuerza—. N-no lo sabía. Quiero decir, vi algo en las noticias sobre un incendio, pero no sabía que eran ellos.

Stephanie lo estudió con atención. La conmoción parecía real. La incredulidad. El horror.

—¿Conoce a alguien que quisiera hacerles daño, o a alguien que sea capaz de esto? —preguntó Olivia.

Matthew no respondió de inmediato. Se mordía el interior de la mejilla, con la mente a toda velocidad.

—Quiero decir, podría haber sido cualquiera —dijo finalmente—. Si me lo hubiera preguntado hace cuarenta años, le habría dicho que todos nosotros. Pero de eso ha pasado una vida. Y-yo no lo sé, inspectora. No he hablado con ninguno de ellos desde que terminé el colegio, así que me es imposible decírselo.

Stephanie asintió lentamente. —Es comprensible. Sin embargo, tengo que preguntarle... ¿dónde estaba usted las noches de sus muertes?

Matthew abrió la boca, incrédulo. —¿Cree que *yo* tuve algo que ver con esto?

—Es una pregunta rutinaria. Nada más.

Hizo una pausa, procesando la información. —Estaba en casa. Con mi mujer. Y nuestra hija. Tiene siete semanas.

Stephanie hizo el cálculo mentalmente. Matthew debió de ver la confusión en su rostro porque añadió: —Mi mujer es mucho más joven que yo.

Eso era quedarse corto, pensó Stephanie para sí, pero no dijo nada. Al final, Olivia intervino para felicitarle por la recién nacida.

—Gracias —dijo él, con timidez—. Ha sido un torbellino. Ojalá alguien me hubiera dicho desde el principio lo poco que se duerme.

—Si lo hicieran, nadie los tendría. —Olivia echó un vistazo a su cuaderno—. ¿Podría su mujer corroborar dónde se encontraba?

Matthew respondió asintiendo una vez. —Por supuesto. Apenas hemos salido de casa. Y tengo fotos. Con la hora marcada. Lo estamos documentando todo: su primera sonrisa, su primer baño, su primer *poonami*.

Olivia hizo una mueca. —No siga. Me está trayendo todos los recuerdos. Mis hijos eran una pesadilla. Quiero decir, lo siguen siendo. Pero... —meneó la cabeza con una mueca de asco—. Todavía puedo olerlo.

Matthew rio entre dientes, y su rostro recuperó algo de calidez.

Stephanie cerró su cuaderno. —Eso es todo por ahora, Matthew. Gracias por su tiempo. Y por su sinceridad.

Él asintió levemente y se dirigió hacia la puerta, pero se detuvo. —¿Inspectora?

—¿Sí?

—Quienquiera que haya hecho esto... si fue alguien de aquel entonces... espero que lo encuentren. Y espero que reciba ayuda. Porque a nosotros nunca nos la dieron.

Luego se marchó, y la pesada puerta se cerró tras él con un clic.

CAPÍTULO
TREINTA Y SIETE

Tom Latchford, uno de los nombres que Stephanie le había dado como víctima del acoso de Nigel y Carlos, trabajaba en una tienda de telefonía en la calle principal. Cuando Fiona cruzó las puertas, una ráfaga de aire caliente del aparato de aire acondicionado de la entrada le golpeó la cara con tanta fuerza que casi la dejó sin aliento. El interior de la tienda, como gran parte de la calle principal hoy en día, estaba completamente vacío, a excepción de una anciana que intentaba recargar el saldo del móvil y a la que acababan de informar de que tenía que hacerlo por teléfono.

Fiona inspeccionó el resto de la tienda y contó cinco dependientes por cada dos clientes. Una proporción totalmente desmesurada. Pero no era de extrañar; hoy en día, todo se podía hacer desde la comodidad de la cama o el sofá. No recordaba la última vez que había entrado en una tienda de telefonía para renovar el móvil; solía hacerlo durante la hora de la comida las pocas veces que se presentaba la ocasión.

Fingió mirar las estanterías un rato, esperando a ver si alguien la abordaba como solían hacer. Pero no se acercó nadie. Los dependientes estaban de pie detrás del mostrador o sentados en escritorios al fondo, mirando el móvil, absortos en sus mundos. Todos eran jóvenes, de entre dieciocho y veintipocos años, y ninguno parecía querer estar allí; más bien, daban la impresión de que sus padres los hubieran sacado de la cama a rastras.

Fiona se sintió como una clienta misteriosa, a punto de dar una valoración pésima a la sede central de la empresa. Pero antes de que pudiera pensar en qué diría, se abrió una puerta al fondo y apareció un hombre de unos cincuenta años, cuyas pesadas pisadas retumbaron en el suelo de linóleo. Fiona supo de inmediato que él era el encargado. No por su edad, sino por su porte y la expresión de asco que se le dibujó en el rostro al recorrer con la mirada a sus empleados. Se detuvo un instante en el centro de la tienda, con las manos en las caderas, observando a su equipo. Nadie le hizo caso.

Mascullando algo entre dientes, dirigió su atención a Fiona.

—¿Hay algo en lo que pueda ayudarla hoy, señorita? —preguntó, adoptando su mejor voz de atención al cliente.

Fiona se mordisqueó la uña brevemente antes de responder. —Buscaba a Tom.

Él ladeó la cabeza. —Soy yo.

—Me lo imaginaba. —Bajó la voz—. Me llamo agente Singleton. Soy de la policía de Surrey. Me preguntaba si habría algún lugar donde pudiera hacerle unas preguntas.

Su rostro se contrajo en un gesto de confusión, como si se hubiera equivocado de persona.

—Es usted Tom Latchford, ¿verdad?

Él asintió.

—¿Que fue a St Jude's?

Otro asentimiento, más débil que el primero.

—Excelente. Entonces estoy en el lugar correcto. —Señaló hacia el fondo de la tienda—. ¿Vamos?

La expresión de Tom se volvió ausente. Se dio la vuelta y se dirigió hacia la oficina. Los empleados permanecieron pegados a sus móviles mientras pasaban. La puerta del fondo de la tienda daba a una escalera empinada, con los rodapiés rozados. Mensajes inspiradores adornaban las paredes, junto con gráficos de barras que mostraban el progreso de las ventas mensuales. Fiona subió detrás de Tom, el sonido de sus zapatos resonando en los escalones tras él.

Arriba, Tom abrió una puerta con una combinación de código y llave, y la hizo pasar al despacho de la planta superior. El aire allí era más cálido y bochornoso. Una hilera de ordenadores polvorientos ocupaba una pared bajo un enredo de cables y routers parpadeantes. Un archivador maltrecho estaba en la esquina, con los cajones ligeramente entreabiertos, y una caja fuerte de metal se acurrucaba a su lado, pintada del mismo gris que las paredes. Fiona acercó una de las sillas de oficina libres y se sentó, esperando a que Tom se hubiera desplomado en su propio asiento —uno con un desgarro en medio y ruedas chirriantes— antes de abrir su cuaderno.

—No tiene por qué estar tan alarmado —empezó ella—. No se ha metido en ningún lío. Estoy aquí en relación con dos personas que creemos que podría conocer.

Sus ojos se abrieron como platos, presas del pánico, mientras mil pensamientos distintos se sucedían tras ellos. —De acuerdo.

—Carlos Vazquez —dijo ella, sin rodeos—. Y Nigel Hadlow. ¿Le suenan estos nombres?

Tom se quedó paralizado, con la mirada fija en la pared que había detrás de ella y las manos apretadas en su regazo.

—Yo... sí. Sí, los conozco. Fuimos juntos al colegio. Estuvimos en el mismo curso. Incluso en el mismo internado durante un tiempo. Eran...

—¿Se consideraría amigo suyo?

—¡Ja! —exclamó, llenando la habitación—. En absoluto. Lo más alejado a un amigo del mundo. No aceptaría un millón de libras por decir eso. —Sacudió la cabeza con violencia—. Me hicieron la vida imposible.

—¿Cómo?

—Solían llamarme «Latch-on», como si fuera un parásito. Me cogían los libros y los empapaban en agua. Una vez, hasta se mearon en ellos en los baños. Tenía ataques de pánico todos los días antes de clase. No podía mirar a un profesor a los ojos, y mucho menos hacer amigos. Me sentía muy solo en ese sitio. Me destrozaron bastante bien. Mis padres pensaban que sería un gran académico; hasta soñaban con que fuera a Oxford a estudiar física. En cambio, he acabado aquí, endilgando contratos de telefonía a pensionistas que no me oyen hablar.

Le tembló la boca y apretó los puños, como si estuviera a punto de llorar o de darle un puñetazo a la pared. No hizo ninguna de las dos cosas.

—Me humillaron —continuó, rechinando la mandíbula—. Me hicieron sentir que no era nada. Y al final... me convertí en nada.

Fiona hizo una pausa.

Garabateó algunas notas. —Siento que pasara por eso. Supongo que no se mantuvieron en contacto, ¿no?

—¡Ja! Buena esa. Ah, que lo dice en serio. No, por supuesto que no. En cuanto nos graduamos, mi misión fue olvidarme de todo lo relacionado con ese lugar.

Otro garabato en su cuaderno. —No sé si ha oído las noticias últimamente, pero quería informarle de que ambos han muerto.

Tom parpadeó y su mandíbula se relajó, pero sus puños permanecieron apretados. —¿Qué?

Fiona le explicó las circunstancias de sus asesinatos mientras se mordisqueaba las uñas.

—Mierda —respondió Tom.

—Por decirlo de alguna manera.

—¿Piensa que... que alguien del colegio...?

—No lo sabemos. Por eso le pregunto: ¿dónde estaba usted las noches en cuestión?

Se rascó la mandíbula, pareciendo de repente muy pequeño.

—Vivo solo —dijo finalmente—. En un piso encima de la licorería, cerca de la estación. Hace años que no tengo pareja. Probablemente estaría viendo la tele o mirando el móvil. Yo... —Se encogió de hombros—. Pero no tuve nada que ver con lo que les pasó. No conduzco, así que no podría haber llegado hasta ellos...

Fiona le sostuvo la mirada. Él no se inmutó.

—¿Puede alguien confirmarlo?

—No, a menos que mi tetera haya aprendido a testificar.

Ella asintió secamente y lo anotó. —Se lo agradezco. Estamos hablando con mucha gente. Es una rutina, ese tipo de cosas. —Se mordió otro trozo de uña, dándose cuenta de que necesitaba desesperadamente un cigarrillo, algo en lo que no había pensado en mucho tiempo—. ¿Ha mantenido el contacto con otras personas de su colegio?

Tom negó con la cabeza sin dudarlo. —Como he dicho, una vez que salí de allí, todos los demás salieron de mi vida. Pero seré sincero, no puedo culpar a quienquiera que haya hecho esto. Eran personas asquerosas, malvadas. Y dudo que mejoraran con la edad. Los acosadores siguen siendo acosadores, no cambian. Así que no me sorprende que al final les haya pasado algo así. —Una sonrisa fina se dibujó en sus labios—. La justicia es una cabrona. —Sacó un pequeño collar con una cruz y lo frotó entre sus dedos.

Fiona dejó que el silencio se prolongara un momento, con la mirada puesta en el colgante que él tenía en la mano.

—Es usted religioso, ¿no?

La pregunta lo hizo detenerse. Miró el collar y luego lo ocultó, como si acabara de traicionarlo.

—Sí —dijo finalmente—. Lo soy.

—¿Siempre lo ha sido?

Negó con la cabeza. —No. Encontré a Dios más tarde. Después del colegio. Después de... todo aquello.

—¿Por lo que pasó?

—A pesar de ello, quizás. Estuve en un muy mal momento durante mucho tiempo. No conseguía mantener un trabajo. Bebía más de la cuenta. La terapia ayudó un poco, pero fue la fe la que me dio algo sólido. —Dudó, y luego añadió—: Me dio una razón para levantarme por la mañana. Y una razón para dejar de culparme.

Fiona asintió lentamente. Dejó de mordisquearse un trozo de uña. —¿Y qué hay de ellos? De Carlos y Nigel. ¿Usted... los perdona?

El rostro de Tom se endureció.

—Eso es lo que se supone que debo hacer, ¿no? —dijo al fin—. Poner la otra mejilla. Dejar el juicio al Señor. Eso es lo que dice.

—¿Pero? —lo animó Fiona suavemente.

—Pero aún no he llegado a ese punto. Rezo para tener fuerza, y pido paz, y la mayoría de los días puedo seguir con mi vida sin más. Pero cuando pienso en lo que me hicieron... en la forma en que me quitaron algo que nunca he recuperado... me cuesta. De verdad que me cuesta. —Su voz se quebró ligeramente—. La gente siempre habla del perdón como si fuera un interruptor que pulsas. Como si un día decidieras dejar de sufrir. Pero no es así. Es un trabajo. Y yo todavía estoy en ello. Rezo todas las noches. Y sé que está mal, pero algunas noches... en aquel entonces, rezaba para que recibieran su merecido.

CAPÍTULO
TREINTA Y OCHO

Lo primero que la golpeó fue el calor. Instantáneo. Sofocante. Un muro de calor que le oprimía el pecho, le abrasaba la piel y le bajaba por la garganta.

Stephanie estaba al final del camino de entrada, descalza y en pijama, con la mirada fija en el infierno que una vez había sido el hogar de su infancia. Brillantes llamas naranjas y amarillas lamían los cristales de las ventanas, resquebrajando el vidrio y derritiendo los marcos de plástico. El humo salía a borbotones del tejado y se enroscaba hacia el cielo. El olor a material carbonizado impregnaba el aire. A lo lejos, le pareció oír sirenas, pero estaban demasiado lejos. Para cuando llegaran, sería demasiado tarde.

Su madre y su hermana estaban en la ventana, atrapadas en el dormitorio de arriba, golpeando el cristal, aporreándolo con los puños, las dos gritando en busca de ayuda. Pero ella no podía hacer nada; estaba clavada en el sitio, con las piernas negándose a moverse.

—Mamá... —la llamó—. ¡Kim!

Pero su voz era débil, ahogada por el rugido de las llamas.

Entonces la puerta principal se abrió de golpe y su padre salió tambaleándose, con todo el cuerpo en llamas. La piel se le llenaba de ampollas, la ropa se le derretía sobre la carne. Como sacado de una película de catástrofes. Sus gritos resonaron por toda la calle. El cuerpo de ella se quedó helado de miedo. Su padre avanzó tambaleándose unos pasos hacia ella, con los brazos extendidos, pero no pudo seguir. Se desplomó en el suelo mientras el fuego lo consumía.

—*Stepphhyyyy..., por favooor...*

El sonido de su voz, justo al borde de la muerte, le recorrió la espina dorsal con un escalofrío. Mantuvo los ojos fijos en el cuerpo humeante que, momentos antes, había sido su padre. Yacía boca abajo, con la piel convertida en un mosaico de carne ampollada y hueso expuesto. El fuego aún crepitaba bajo su torso, seguía consumiéndolo. Su brazo se crispó una vez. Luego, nada. Se quedó inmóvil.

Y por un breve segundo, Stephanie no sintió nada.

Ni pena.

Ni lástima.

Recordó que tenía ocho años, que estaba en la cocina con aquella bata verde tan fea que tenía ranas. Él le había dicho que era una débil, que tenía que espabilar. Luego había cogido la punta metálica del mechero y se la había apretado en el antebrazo hasta que ella gritó.

Ahora era víctima de su propio método de maltrato.

—¡Stephanie!

El grito la sacó de su ensimismamiento.

Venía del piso de arriba. Su madre y Kimberley, todavía golpeando el cristal, todavía necesitando desesperadamente que las rescataran. El humo de la habitación cubría rápidamente sus rostros. Pronto dejaría de verlas.

Pronto dejaría de oírlas.

Se giró para correr, para hacer algo, pero tenía las piernas de piedra, los pulmones oprimidos y los brazos le temblaban. Entonces, un borrón de movimiento pasó a toda velocidad a su lado.

Una figura. Un hombre. Lo reconoció al instante. Jordan. Su hermanastro. Corría hacia el fuego sin pensárselo dos veces, sin la menor pizca de preocupación por sí mismo. El héroe, que venía a salvar el día y a rescatar a las damiselas en apuros. Stephanie le gritó, pero ya era demasiado tarde. Estaba dentro, engullido por el humo.

A Stephanie se le hizo un nudo en la boca del estómago.

No. No, él no podía ser el único.

Aquella era *su* familia. *Su* madre. *Su* hermana.

No la suya.

No podía llegar y ser él a quien veneraran y celebraran. No podía ser él quien las sacara a un lugar seguro y reescribiera la historia.

Stephanie dio un paso adelante. Las llamas rugieron con más fuerza. La casa crujió. Y el grito de su madre volvió a rasgar el aire.

Sin embargo, por encima de eso, todavía podía oír a Jordan dentro. Tosiendo. Gritando. Viniendo al rescate.

A Stephanie se le hizo un nudo en la garganta, los pulmones le ardían incluso antes de que el fuego la tocara. Una voz en su cabeza le decía que no lo hiciera. Le decía que moriría si entraba. Pero otra voz gritó más fuerte.

Él no puede ser quien las salve. Tienes que ser tú.

Corrió.

Directa hacia el infierno.

Pero antes de que pudiera llegar a la puerta principal, su padre volvió a la vida y, con ojos malvados y demoníacos y una mueca de desprecio en el rostro, la agarró por el tobillo y la tiró al suelo.

Y entonces, la oscuridad.

Stephanie se incorporó de golpe en la cama. El pecho le subía y le bajaba con sacudidas bruscas e irregulares. Le temblaban las manos. Tenía la cara y el pelo empapados en sudor, y sentía calor, como si estuviera ardiendo, como si estuviera entre las llamas de su pesadilla.

Arañó las sábanas y las apartó de una manotada, esperando casi que humearan en sus manos. Sentía un cosquilleo en la piel, cada terminación nerviosa le gritaba. Se levantó de la cama a trompicones, los pies descalzos golpeando la moqueta, el corazón martilleándole en el pecho como una sirena. Respiraba rápida y superficialmente. No podía llenar los pulmones. No podía pensar. No podía detener el pánico que iba en aumento.

Todavía lo tengo encima.

Entró de bruces en el cuarto de baño, abrió el grifo del agua fría de la ducha a tope y se metió dentro sin quitarse siquiera el pijama.

El agua helada la golpeó como una bofetada.

Jadeó y retrocedió tambaleándose, pero se obligó a meterse

debajo de nuevo. Apoyó las manos en la pared de azulejos, con la cabeza gacha, mientras el agua le caía a chorros, empapándole el pelo y la ropa.

Por favor, que deje de quemar...

Se giró lentamente, dejando que el agua recorriera cada centímetro de su cuerpo, esperando casi ver salir humo de su piel. Se quedó allí, tiritando, con los dientes empezando a castañetear. Al final, apoyó la espalda en la pared de azulejos y se deslizó hasta quedar en cuclillas, con los brazos fuertemente apretados alrededor de las rodillas.

El sueño había parecido real. Demasiado real.

Y no solo el fuego.

Los celos.

El odio.

Esa necesidad de ser ella quien las salvara.

Cerró los ojos con fuerza.

¿En qué clase de persona se estaba convirtiendo?

¿Qué clase de persona preferiría arder viva antes que dejar que otro fuera el héroe?

No estaba segura.

Pero en ese momento, empapada y temblando en el suelo de la ducha, no estaba segura de querer saberlo.

CAPÍTULO
TREINTA Y NUEVE

La lluvia caía a mares; perdigones fríos y punzantes que se colaban de lado entre los árboles. Stephanie pedaleó con más fuerza, avanzando temerariamente por el sendero del bosque. El barro le salpicaba las pantorrillas y le manchaba los muslos. Sus neumáticos abrían surcos profundos en el camino empapado, lanzando escombros y tierra en todas direcciones.

El viento aullaba entre las ramas sobre su cabeza, tirando de su chaqueta y amenazando con desequilibrarla. Pero ella se inclinó hacia delante, negándose a ceder. Pedaleó con más ímpetu, impulsada por los recuerdos del sueño, las llamas y el rostro de Jordan mientras desaparecía en el fuego.

Le ardían los pulmones, pero agradeció el dolor. Era real. Tangible. *Merecido*.

Las hojas le abofeteaban las mejillas, las ramitas le arañaban los antebrazos y la bicicleta se sacudió bajo ella al chocar con un nudo de raíces expuestas. Se agarró con más fuerza, con los músculos en tensión. Delante se alzaba una pendiente pronunciada, resbaladiza por el barro y las piedras sueltas. No redujo la velocidad; al contrario, la acometió con rabia, con los muslos ardiéndole y la espalda encorvada como un depredador. El bosque a su alrededor se volvió borroso mientras respiraba con dificultad contra el frío, cada exhalación explotando en una nube de vaho.

Sin sirenas.

Sin llamas.

Sin gritos.

Justo como a ella le gustaba.

Finalmente, llegó a la cima de la pendiente y salió a un largo tramo llano.

Entonces apretó los frenos con los dedos, detuvo la bicicleta de un derrape y lanzó un pegote de barro por los aires. Algo a lo lejos, a varios cientos de metros, le llamó la atención; una pequeña mancha negra y chamuscada en el océano de exuberantes campos de un verde intenso que se extendía más abajo. El granero donde, apenas unas noches antes, Nigel Hadlow había perdido la vida. Un escalofrío de pena le recorrió el cuerpo y se le formó un nudo en la garganta. Acudieron a su mente imágenes de cómo debió de ser el incendio: el fuego, el calor, el dolor inmenso e inconmensurable. ¿Habría estado consciente antes de que las llamas lo alcanzaran? ¿Habría sabido lo que se le venía encima? ¿Habría sido el asesino lo bastante amable como para asegurarse de que no, o se habría cerciorado de que sufriera el máximo dolor posible?

Sospechaba que lo segundo. A estas alturas tenía claro que el asesino había buscado vengarse de Nigel Hadlow y Carlos Vazquez, que tenía una lista de enemigos que consideraba dignos de justicia. Estaba segura de que había hecho todo lo que estaba en su mano para garantizar que las víctimas fueran conscientes de su inminente destino.

Estaba segura de que Nigel Hadlow y Carlos Vazquez habían estado despiertos, conscientes, respirando, *al corriente* del fuego que los consumiría lentamente, hasta el mismo instante en que les arrebató la vida.

La lluvia seguía cayendo en horizontal, desdibujando el granero a lo lejos. Gruesas gotas le resbalaban del pelo a los ojos. Intentó apartarlas parpadeando, pero no sirvió de nada.

Allí de pie, con una pierna plantada en el suelo mientras la otra descansaba en el pedal, se quitó la bolsa impermeable del hombro y sacó el móvil. Era su día libre. O eso se suponía. Tiempo que debería haber pasado recuperándose, relajándose, mental y físicamente. Pero, como de costumbre, tenía otros planes.

Desbloqueó el dispositivo y se desplazó hasta la agenda,

mientras las gotas de lluvia repiqueteaban en la pantalla. Encontró el nombre de Olivia y lo pulsó varias veces. Tras varios intentos, la llamada por fin conectó.

—¿Steph?

—Buenos días.

—¿Por qué llamas? ¿No se supone que es tu día libre?

Antes de que pudiera responder, una ráfaga de viento la golpeó de lado.

—¿Dónde estás? —preguntó Olivia.

—Por ahí. Viendo el paisaje.

—Suenas como si estuvieras en el paso de Drake.

Stephanie fingió saber lo que eso significaba y respondió con un gruñido. —Es solo un poco de viento. Y lluvia. Muchísima lluvia. —Se llevó la mano a la oreja, tratando de proteger el teléfono de los elementos—. Solo quería saber cuál era la agenda de todos para hoy.

—¿Microgestionando?

—¿Qué? ¡No es...! ¡No estoy...!

—A mí me lo parece, jefa. ¿Quieres que te informemos también de cuándo vamos al baño? ¿Te gustaría saber cuántos cafés nos estamos tomando?

—Wellard...

—Lo tenemos todo bajo control —dijo Olivia—. Es tu día libre. Así que relájate. Si surge algo urgente, seremos los primeros en avisarte. ¿Vale?

—Solo quería...

—Y te lo agradecemos, pero no lo necesitamos. Todo está en buenas manos. Me gustaría que te tomaras un día libre de verdad, por favor.

La mirada de Stephanie se desvió del granero a lo lejos hacia una pequeña hilera de árboles.

—¿Por qué siento que me estás echando la bronca?

—Porque te la estoy echando.

—¿Es así como les hablas a tus hijos?

—Oh, no. A ellos les cae una buena, mucho peor que esto. Deberías estar agradecida; estoy siendo buena contigo.

Stephanie soltó una risita. —Lo aprecio.

—Disfruta del día, jefa. No espero saber de ti hasta mañana. Ah, y ten cuidado por ahí. Está todo mojado y lleno de barro.

La sonrisa en el rostro de Stephanie se ensanchó. —Sí, *mamá*.

Mientras colgaba el teléfono, el viento y la lluvia amainaron, y apareció un fino claro entre las nubes. Era pequeño, pero Stephanie lo interpretó como una señal, una señal para dar un paso atrás y disfrutar del poco tiempo libre que tenía para sí misma.

Primero, tendría que darle la espalda al granero y marcharse de allí lo más rápido posible. Con el optimismo de que el día podría llegar a ser bueno y con un plan que empezaba a formarse en su mente, se guardó el móvil en el bolsillo, colocó ambos pies en los pedales y se impulsó, levantando barro y suciedad.

CAPÍTULO
CUARENTA

La lluvia azotaba el parabrisas mientras Olivia se desviaba de la carretera principal para tomar el carril estrecho y sinuoso que llevaba al bungaló a las afueras de Weybridge. Los limpiaparabrisas libraban una batalla perdida contra el aguacero y la calefacción zumbaba en voz baja, calentándole los pies y los muslos, pero ella tenía la cabeza en otra parte, preocupada por Stephanie y su incapacidad para desconectar.

La inspectora la preocupaba a veces. No era sana la cantidad de horas que trabajaba, la forma en que el trabajo consumía cada momento del día. No era bueno para ella, ni creía que lo fuera para su bulimia. Olivia recordó el momento en que descubrió por casualidad el secreto de Stephanie. La oficina estaba vacía; era de noche y todos se habían marchado después de tomarse un par de copas en el pub. Stephanie había sido la única que se había quedado y, entonces, Olivia había oído las arcadas, el chapoteo en la taza, seguido del sonido de la cisterna. Habían acordado no hablar de ello —Stephanie le había asegurado que lo tenía todo bajo control—, pero la preocupación por su superiora aún le rondaba por la cabeza. La mujer se mataba a trabajar, llevando su mente y su cuerpo al límite, y Olivia se preguntaba cuánto tiempo más podría aguantar. Si no tenía cuidado, algo acabaría por romperse.

O su cordura o su cuerpo.

Antes de que pudiera dejar que ese pensamiento cobrara más

fuerza, la voz automática del navegador anunció que había llegado a su destino. David Reece vivía en un bungaló achaparrado y gris, el único en una hilera de casas unifamiliares de dos plantas. El antiguo alumno del St Jude's había aparecido como uno de los nombres asociados a las víctimas de acoso de Nigel Hadlow y Carlos Vazquez y, tras una exhaustiva investigación, Fiona y ella por fin lo habían localizado.

Olivia entró en el camino de la casa y apagó el motor. A través del cristal empañado de su ventanilla, vio el resplandor de un monitor tras la cortina del salón. Cogió el abrigo del asiento del copiloto, se lo puso y corrió hacia la puerta principal, saltando los charcos.

Llamó al timbre y esperó, echándose la capucha hacia atrás. Pasaron unos instantes antes de que la puerta se abriera con un chirrido y revelara a un hombre de unos cincuenta y pocos años, pálido y sin afeitar, que vestía una camisa de cuadros y unos chinos. Sostenía unos auriculares en las manos. La única referencia que tenía de su aspecto era la foto del anuario del colegio de hacía cuarenta años. El rostro se le había suavizado con el tiempo y los ángulos de la juventud se habían redondeado con la edad, pero el parecido seguía ahí, bajo el desgaste de cuatro décadas difíciles. Le clareaba el pelo; en la foto lo tenía espeso y oscuro, con las puntas rizadas. La versión adolescente de él lucía una sonrisa enérgica y exuberante. La versión adulta ni se molestaba en sonreír.

—¿Sí...? —dijo él, parpadeando bajo la llovizna con voz ronca—. ¿Puedo ayudarla?

Olivia le enseñó su placa. —Esperaba poder hablar con usted sobre su época en el St Jude's.

Su expresión se endureció. Por un momento, ella pensó que podría cerrarle la puerta en las narices.

—¿Llevará mucho tiempo?

—Solo unos minutos.

—Estoy en mitad del trabajo —dijo él, medio disculpándose—, pero puedo dedicarle unos minutos.

—Gracias —respondió Olivia, cruzando el umbral. Lo siguió hasta un salón convertido en despacho, donde dos monitores mostraban una bandeja de entrada y una presentación de PowerPoint.

Él le indicó que se sentara en el sillón y se acomodó en el borde del sofá, jugueteando con los auriculares en las manos. —Bueno —dijo, sonando como si ya quisiera dar por zanjada la conversación—, ¿de qué se trata?

—De Carlos Vazquez y Nigel Hadlow.

Un leve atisbo de reconocimiento cruzó su rostro. —¿Qué pasa con ellos?

—Ambos están muertos —dijo Olivia con delicadeza—. Fueron asesinados.

David parpadeó lentamente. Una vez. Dos. Luego dejó los auriculares sobre la mesita de centro.

—Joder.

Dejó que el silencio se prolongara un momento antes de continuar. —Hemos estado investigando sus pasados. Su nombre apareció, junto con algunos otros. —Sacó la libreta del bolsillo del abrigo—. Por lo que hemos averiguado, no eran precisamente alumnos modélicos.

David se echó hacia atrás, cruzándose de brazos. —Y que lo diga.

Olivia asintió con la cabeza, con el bolígrafo preparado. —¿Puede contarme su experiencia con ellos en el St Jude's?

Él soltó una risita. —Creía que había dicho que solo llevaría unos minutos.

—La versión resumida, entonces.

David dejó escapar un largo suspiro, se frotó la mandíbula con una mano y luego se masajeó el resto de la cara como si se preparara para revivir el trauma. A continuación, le ofreció una versión condensada de los abusos que había sufrido por parte de Nigel, Carlos y los demás responsables. Mientras lo escuchaba, Olivia pensó que le restaba importancia a parte del trauma y a su reacción. Daba la impresión de que no le había afectado, de que había sido valiente frente al maltrato. Sin embargo, había inflexiones en su tono y tics en sus movimientos que sugerían que había sido todo lo contrario.

—Siento que tuviera que pasar por eso —dijo Olivia cuando él terminó—. Los críos pueden ser unos cabrones.

Se acordó de los suyos: de lo difíciles que se habían vuelto; de cómo le preocupaba cada día que corrieran la misma suerte que David Reece, Tom Latchford y Jonathan Hale.

Y rezaba para que no hubieran decidido seguir los mismos pasos que Nigel Hadlow y Carlos Vazquez.

David se encogió de hombros. —Es lo que hay. Ya no se puede hacer nada al respecto.

Olivia terminó de tomar una nota en su libreta y presionó dos veces el pulsador del bolígrafo. —¿Y las noches de los asesinatos? ¿Estaba usted aquí?

Él soltó una risa seca. —Sí. Trabajando hasta tarde. Soy *freelance*. Presentaciones de diseño, material de formación. Sobre todo para empresas que no quieren pagarle a alguien a jornada completa. —Señaló la pantalla que tenía detrás—. Puede comprobar los inicios de sesión, las marcas de tiempo, lo que quiera. No salí de casa.

—Se lo agradezco. Tendremos que corroborarlo, pero nos sirve de contexto.

Él asintió a medias. —¿De verdad cree que alguien los mató por lo que hicieron en el colegio?

—Mantenemos todas las posibilidades abiertas. Pero usted no es la única persona con la que hemos hablado que tuvo una experiencia similar con ellos en el colegio.

—Se dedicaban en cuerpo y alma a arruinarle la vida a la gente.

Olivia pasó a una página nueva. —¿Ha mantenido el contacto con alguien más de aquella época? ¿Otros alumnos que pudieran haber tenido experiencias parecidas?

David negó con la cabeza. —La verdad es que no. De vez en cuando sale algo en Facebook, pero no lo miro. No me apetece tener ningún tipo de contacto con ellos.

Olivia asintió, dudó y luego preguntó: —¿Y Jonathan Hale? Hemos intentado localizarlo, pero no hemos tenido suerte. ¿Sabe dónde podría estar ahora?

La expresión de David se ensombreció. Apartó la mirada, con la mandíbula tensa.

—¿Qué ocurre?

Dejó escapar un lento suspiro. —Hay una razón para ello: se suicidó. Unos años después de que termináramos la universidad. Se tomó un par de pastillas, buscó un puente y luego decidió asegurarse de que el trabajo quedaba hecho.

El aire pareció enrarecerse en la habitación.

Olivia abrió y cerró la boca, sin palabras. Al final, lo único que pudo decir fue: —Lo siento.

David asintió, con el rostro como una piedra. —Lo destrozaron. Igual que intentaron destrozarnos a todos nosotros. Y si quiere mi opinión, recibieron su merecido. Todos merecen sufrir.

CAPÍTULO
CUARENTA Y UNO

En lugar de encargarse de hablar con más víctimas del acoso de Carlos y Nigel, a Devon le habían mandado a entrevistar a sus cómplices, a una de las personas responsables de arruinar infancias. Le había tocado la china. Literalmente. El equipo había escrito los nombres de las víctimas, los testigos y los posibles sospechosos en trozos de papel y los había echado en un bote. Como resultado, fue el único que sacó el nombre de uno de los cómplices de Carlos y Nigel.

Anthony Shore. Un hombre que, tras dejar St Jude's con unas notas mediocres y lo que muchos de sus compañeros y profesores describieron como un ego desmedido, había acabado en la venta de coches y ascendido rápidamente hasta dirigir su propio concesionario en Addlestone, con sus llamativas banderolas y precios inflados. Vivía en una casa de nueva construcción con su segunda mujer y rara vez veía a los hijos de su primer matrimonio.

A Devon lo habían enviado en parte para advertirle y en parte para interrogarle.

Aparcó frente a Shore Motors, con el parabrisas salpicado por la llovizna. A través del cristal, pudo ver hileras de coches de segunda mano relucientes, con los capós inclinados para resultar atractivos y los precios garabateados con rotulador grueso en carteles colocados en los parabrisas. La sala de exposición estaba iluminada desde dentro y Devon pudo distinguir a un hombre delgado que se paseaba tras el cristal con el teléfono pegado a la oreja.

Devon apagó el motor, salió y se puso la capucha para protegerse el pelo de la lluvia. Al llegar a la puerta de la oficina, la empujó y entró. El calor lo envolvió de inmediato. El hombre que estaba detrás del escritorio levantó la vista y terminó la llamada a toda prisa: —Sí, sí, ya te llamo. Un segundo. —Se puso en pie, se alisó la parte delantera de su traje barato y le ofreció a Devon una sonrisa más ensayada que una obra del West End.

Devon parpadeó. *¿Este* era Anthony Shore?

Se había esperado a alguien más corpulento, más ruidoso. El tipo de hombre que rezumaba testosterona y aires de suficiencia. Pero la figura que tenía ante él era delgada, nervuda y de hombros estrechos. Tenía las mejillas sonrosadas y picadas de viruela, y el pelo era una cortinilla de mechones rubios y ralos peinados sobre un cuero cabelludo rosado. Unas gafas gruesas le agrandaban los ojos azul pálido, dándole el aspecto de alguien que había sido objeto de bromas crueles en lugar de ser quien las gastaba. Parecía más bien de los que elegían últimos en los deportes de equipo, no de los que habían mandado en el patio del colegio.

—Buenas tardes —dijo Anthony, con una voz más aguda de lo que su aspecto sugería—. ¿Ha venido a ver algo en particular?

Devon sacó su placa. —Quería hablar un momento con usted.

La sonrisa de Anthony vaciló. —¿La policía?

—Solo un par de preguntas rutinarias. Sobre un par de personas que quizá conociera. Del colegio.

El rostro de Anthony se crispó, luego soltó una risa nerviosa y se hizo a un lado, señalando las sillas de cuero en la esquina de la oficina. —Me parece que ha pasado una eternidad. ¿De qué se trata?

Devon se sentó. —¿Carlos Vazquez y Nigel Hadlow. ¿Le suenan?

Ese tic regresó, esta vez más oscuro. —Sí. Claro. Íbamos al mismo curso. Hace mucho que no oía esos nombres.

—Están muertos —dijo Devon sin rodeos—. Asesinados.

Anthony se detuvo a medio camino hacia la tetera. —¿Los dos?

Devon asintió.

Anthony soltó un silbido lento. —Joder.

—No parece usted especialmente sorprendido.

Anthony se rascó la nuca. —A ver... no es que fuéramos amigos del alma ni nada de eso. No desde el colegio. Pero aun así... joder. ¿Dice que asesinados?

—Lo estamos investigando. Ahora mismo estamos investigando a personas que tenían vínculos con ambas víctimas. Eso incluye a viejos amigos, compañeros de clase, enemigos. Cualquiera con una posible conexión. —Devon se inclinó ligeramente hacia delante—. Eso le incluye a usted, señor Shore.

Anthony soltó una risa nerviosa. —Claro. Por supuesto. Aunque hace años que no veo a ninguno de los dos. Se lo juro por Dios.

—Aun así, tendré que hacerle algunas preguntas.

Anthony asintió, se sentó detrás de su escritorio y juntó las manos. Devon notó que le temblaban ligeramente. Fuera el tipo de acosador que fuese en aquel entonces, ya no era ese hombre.

Al menos... no en apariencia.

—¿Por qué lo hacía?

—¿Perdón?

—El acoso. ¿Por qué lo hacía?

Anthony jugueteó con los dedos. —Fue hace mucho tiempo. Éramos... éramos jóvenes. Ya sabe cómo son las cosas. Te dejas llevar.

—¿Es usted un hombre inteligente, señor Shore?

La pregunta pareció confundirlo. —Sí...

—¿Sabe distinguir el bien del mal?

—Sí...

—Entonces sabe que acosar a la gente está mal.

—Era un crío. No pensaba que lo que hacíamos fuera a afectar tanto a la gente.

—Entonces *no* es usted una persona inteligente.

Anthony dejó de juguetear con los dedos. Antes de que pudiera responder, la puerta de la sala de exposición se abrió. Él se levantó de la silla y gritó: —¡Perdone, pero he tenido que cerrar una media hora más o menos. ¿Le importaría volver luego?

El hombre gruñó, se detuvo y luego se dio la vuelta por donde había venido.

Cuando Anthony volvió a centrar su atención en Devon, dijo:

—¿Ha venido solo a echarme la bronca o a hacerme preguntas sobre Nigel y Carlos?

—Un poco de ambas cosas, imagino. No me gusta que los delitos queden impunes.

—Ser un acosador no es un delito.

—Lo es cuando eres responsable de que alguien se quite la vida.

Anthony se quedó helado. El color desapareció de sus mejillas, dejando su piel de un blanco enfermizo. Parpadeó una, dos veces, y luego se dejó caer en la silla como si le hubieran fallado las rodillas. La boca se le abrió ligeramente, pero no emitió ningún sonido. Solo el suave repiqueteo de la lluvia contra las ventanas.

Devon dejó que el silencio se prolongara. No tenía prisa por salvarlo de él.

Cuando Anthony finalmente habló, su voz era más baja, hueca. —¿Quién?

—Johnathan Hale.

Anthony tardó un momento en responder. —No lo sabía. Quiero decir... —Se cubrió la cara con las manos—. Me siento fatal.

Bien. Deberías.

No tenía tiempo para los acosadores, ni paciencia con la gente empeñada en hacer la vida de los demás más difícil de lo que ya era. Pensó en su propia época escolar. En los bocadillos robados, las puertas de las taquillas cerradas de golpe sobre sus dedos y los apodos «inofensivos» que se quedaban mucho después de que dejaran de tener gracia. Nunca le había contado a nadie lo peor, ni siquiera a su madre.

—Yo... —continuó Anthony—. No sé qué decir. Estoy... estoy en shock. Y Nigel y Carlos también... ¿Qué está pasando?

—Creemos que alguien del colegio los está persiguiendo.

—Y con «los», ¿se refiere también a mí?

Devon no respondió. En su lugar, sacó una foto del bolsillo interior de su chaqueta: una de las páginas del anuario escolar que Olivia había desenterrado. Anthony, Carlos y Nigel, junto con un grupo de otros chicos, sonreían y posaban como si fueran los mejores amigos.

La deslizó sobre el escritorio. —¿Sigue hablando con alguien de esta foto?

Anthony la miró fijamente, sus ojos recorriendo cada rostro familiar. Sacudió la cabeza lentamente. —La verdad es que no. Mantuvimos el contacto un tiempo, pero todos se fueron a la universidad y yo fui el único que se puso a trabajar. —Anthony inspiró profundamente y luego empezó a juguetear con los dedos de nuevo. Cuando abrió la boca, la puerta de la sala de exposición se abrió una vez más. Esta vez, la ignoró.

—Detective, no creerá que yo soy el siguiente, ¿verdad?

Devon tragó saliva. Con dificultad. —¿No ha visto nada sospechoso últimamente? ¿Caras conocidas, viejos amigos?

Anthony negó con la cabeza, aunque no parecía convencido.

Devon se metió la mano en el bolsillo y sacó la foto del chico que habían encontrado en la escena del crimen de Carlos.

—¿Y tampoco reconoce al chico de esta foto?

Anthony estudió la foto y luego negó con la cabeza. —La verdad es que no. Me suena, pero no sabría decirle su nombre.

—Entonces estoy seguro de que no le pasará nada —dijo Devon, metiendo la mano en otro bolsillo para sacar una tarjeta de visita—. Aquí tiene mis datos. Si ve u oye algo, llámeme. —Miró al cliente que acababa de entrar en la tienda—. Tiene a alguien esperando. Tiene un negocio que atender. Yo me voy. Gracias por su ayuda.

CAPÍTULO
CUARENTA Y DOS

Stephanie esperó en la puerta lo que le pareció una eternidad, mirando el reloj una y otra vez mientras su hermana se tomaba su tiempo para abrir. Debería haber sido un poco más comprensiva con Kimberley; al fin y al cabo, su hermana estaba en un estado de gestación muy avanzado y la movilidad empezaba a ser un problema para ella. Pero, aun así, Stephanie estaba deseando verla.

La sonrisa no se le borró de la cara cuando Kimberley abrió la puerta con cautela, apenas una rendija que dejaba ver solo un trozo de su rostro, tal y como Stephanie le había enseñado, tratando a todo el mundo con recelo, sobre todo cuando llegaban visitas inesperadas.

—¿Steph?

Kimberley la miró dos veces, abriendo la puerta con cuidado, como si alguien le estuviera apuntando a la cabeza con una pistola. Si Stephanie no conociera mejor a su hermana, habría pensado que la había despertado de la siesta.

—Soy yo.

—¿Qué haces aquí?

—¡Sorpresa!

Sin embargo, el factor sorpresa de su visita inesperada no pareció reflejarse en el rostro de Kimberley. No abrió los ojos como platos, ni mostró desconcierto ni emoción, como haría alguien que no ha visto a un ser querido en varias semanas. Ningún abrazo cálido, solo la mirada fría, apagada y ligeramente confusa de alguien que acaba de despertar.

Stephanie empujó la puerta y entró.

—Tenía el día libre, así que he pensado en pasar a ver cómo estabas.

—¿Qué? —la miró Kimberley como si le hablara en otro idioma.

—Mi equipo me ha dicho que me relaje, así que eso es lo que estoy haciendo.

—Deberías haber avisado. Yo... habría recogido un poco. Habría preparado algo de beber. Habría limpiado.

Stephanie entró en el pasillo y se quitó los zapatos de una patada. —Bah. Hemos compartido habitación, Kim. Te he visto de todas las maneras posibles... y en más de un sentido. Creo que puedo soportar un poco de desorden.

Kimberley cerró la puerta a su espalda y se envolvió el cuerpo con una rebeca. —¿Podría haber llamado a Jordan.

—Y es precisamente por eso por lo que *no* te he avisado —le espetó Stephanie, señalándola con el dedo—. Porque sabía que harías algo así. No me interesa verle a él, Kim. Me interesa verte a ti, a *mi hermana*.

—Steph...

—Kim... Podemos pasarnos así todo el día. Pero como se te ocurra llamarlo o mandarle un mensaje para que venga, me marcho por esa puerta y me voy.

Kimberley sacó el móvil del bolsillo y lo volvió a guardar rápidamente. Soltó un profundo suspiro y se dirigió a la cocina sin decir nada. Cuando Stephanie la siguió, se dio cuenta de que no tenía ni idea de a qué se refería su hermana. La limpieza era una palabra que existía en el diccionario de ambas, pero tenían definiciones muy distintas. A Kimberley le preocupaban una cuchara y una taza que había dejado junto al fregadero, secándose con la luz del día que entraba por la ventana, mientras que la definición de Stephanie abarcaba ropa sucia en el suelo, cajas de comida para llevar apiladas en la encimera y pruebas de un estilo de vida ajetreado esparcidas por todas partes. Para Stephanie, la cocina de Kimberley estaba impecable.

—¿Un té? —El asco en la voz de Kimberley era evidente.

—Si no le vas a escupir dentro, sí, claro...

Kimberley guardó silencio, preparando el té entre una serie de gruñidos y profundos suspiros. Mientras el hervidor calentaba el agua, se apoyó en la encimera y se puso la mano en la barriga de embarazada. —Es que sigo sin entenderlo. *Sigo* sin hacerlo.

—¿El qué?

—Por qué no quieres verlo.

—Ya hemos hablado de esto, Kim. No quiero tener la misma discusión una y otra vez. Pensaba que podía venir, que podíamos tener una conversación agradable y civilizada, ponernos al día sobre cómo os van las cosas a ti y al bebé. Pensé que podría desestresarme un poco del trabajo, pero supongo que no va a ser posible. Por favor, ¿podemos no hablar de Jordan ni por un minuto? Si estoy preparada para verlo y cuando lo esté, lo haré. Pero ni un momento antes. Tiene que ser en mis términos; de lo contrario, nunca sucederá. Y no me importa si estoy siendo irrazonable. Creo que tengo todo el derecho a comportarme así. Así que, *por favor*, deja el tema.

Kimberley removió el té en silencio, con el rostro tenso. Le entregó a Stephanie una taza sin mediar palabra, luego se arrastró hasta el sofá y se dejó caer en él con la gracia de una mujer que carga con mucho más que un bebé. Stephanie la siguió, agarrando la taza entre las palmas de las manos para absorber el calor. La siguiente hora transcurrió en una especie de tregua silenciosa. Hablaron del trabajo (siendo Stephanie la que más hablaba) y de Jason, quien, según Kimberley, ahora vetaba todas las sugerencias de nombres para el bebé que se le ocurrían a ella.

—Quiere llamarlo «Dex» —dijo Kimberley, poniendo los ojos en blanco de forma teatral—. Como *Dexter*. ¿Quién llama a un bebé Dexter a menos que quieras que se convierta en un asesino en serie?

—A mí me gusta el nombre —replicó Stephanie—. Me recuerda a Daniel por alguna razón. Daniel el Travieso. Dexter el embaucador.

—Lo último que quiero es un pequeño cabroncete.

Stephanie se rio entre dientes, se levantó, cogió las dos tazas vacías y fue a la cocina a fregarlas. Abrió el grifo y empezó a frotar sin mucho entusiasmo, dejando que el chorro de agua caliente le corriera por las manos, con la mirada perdida en la nada. Entonces, los faros de un coche destellaron sobre los azulejos de la cocina.

Le dio un vuelco el estómago.

Un coche había parado al final del camino de entrada.

Stephanie se quedó helada, apretando la esponja con los dedos. Miró por entre las persianas. Un pequeño utilitario rojo. Se giró, sintiendo que un calor le subía rápidamente por el cuello.

—No lo has hecho.

Kimberley apareció en el umbral, con ambas manos apoyadas protectoramente sobre su vientre. —¿El qué?

—¡No lo has hecho! —espetó Stephanie, y la taza se le escurrió de la mano y cayó en el fregadero con un fuerte chasquido—. Lo has invitado, ¿verdad?

Y entonces sonó el timbre. A Stephanie se le subió el corazón a la garganta. Salió furiosa de la cocina, cogió los zapatos y se dirigió a la puerta, lista para salir disparada.

—Steph, ¿de qué estás hablando? Yo no he...

Kimberley abrió la puerta principal y una corriente de aire frío se coló en el pasillo. Pero allí no había nada, solo un pequeño paquete marrón de Amazon. Kimberley se agachó con dificultad para recogerlo y luego cerró la puerta a su espalda.

Stephanie sintió que se le formaba un nudo en la garganta.

—Idiota —dijo Kimberley—. Era solo un repartidor. No me puedo creer que pensaras que lo había llamado. ¿Cuándo? ¿Cuándo lo habría hecho? Llevamos hablando una hora.

Stephanie se quedó mirando la puerta de entrada con la vista perdida.

—Cuando has ido al baño.

—Tenía el móvil en el sofá —gruñó Kimberley, sacudió la cabeza y regresó a la cocina, donde dejó el paquete de un golpe sobre la encimera.

—Kim... —siguió a su hermana a la cocina—. Lo siento, no quería... He reaccionado de forma exagerada.

Kimberley se giró para mirarla, con el fuego y la furia grabados en su expresión. Sus ojos echaban chispas, y su pecho subía y bajaba con respiraciones cortas y superficiales.

—Tienes que arreglarlo —empezó—. Tienes que controlarte.

Stephanie abrió la boca, pero no le salieron las palabras.

—Fui al hospital el otro día. Pensé que algo iba mal... muy mal. —Kimberley se puso las manos en la barriga—. A ti te llamé primero. Dos veces. Directamente al buzón de voz. Jason tampoco respondió.

—Kim, yo...

—Y entonces llamé a Jordan —dijo, en voz baja y con sencillez —. Fue el único que cogió el teléfono.

Stephanie cerró los ojos por un momento. La vergüenza le recorrió la espalda como una quemadura de hielo.

—Se reunió conmigo allí. Se sentó en la sala de espera conmigo. No hizo preguntas, no me presionó, simplemente... me cogió la mano mientras yo lloraba y pensaba que le iba a pasar algo terrible al bebé. Estuvo ahí para mí. Lo llamé y respondió.

Un silencio pesado e incómodo se instaló entre ellas.

—¿Crees que no entiendo lo que él representa para ti? —dijo Kimberley, con la voz congestionada—. Pero sigue siendo mi hermano. *Nuestro* hermano. Y tenemos que recuperar los últimos treinta años. No voy a dejar que lo que pasó en el pasado arruine lo que puede pasar en el futuro. Me encantaría que tú pudieras hacer lo mismo.

Stephanie no podía mirarla. No podía enfrentarse al peso de esas palabras. En lo único que podía pensar era en la pesadilla que había tenido la otra noche. El fuego. La casa de su infancia. Su madre y su hermana atrapadas en la ventana del dormitorio, muriendo quemadas. Y luego su heroico medio hermano corriendo a su rescate, llegando en el último momento para salvarlas.

—Lo... lo siento mucho, Kim. Yo... no tenía ni idea. Tú... deberías haber seguido intentándolo, haber dejado un mensaje de voz, algo. Tienes el número del trabajo por si alguna vez no puedes localizarme. Pero eso no es excusa. —Le tendió la mano a Kimberley —. Debería haber estado ahí para ti, y no lo estuve. Por eso, lo siento.

CAPÍTULO
CUARENTA Y TRES

Olivia tenía la tensión por las nubes. Otro problema en el instituto. Otro incidente en el que estaban implicados Josh y su amigo de malas influencias. Esta vez, al parecer, habían pensado que sería divertido encerrar a un alumno de primero de la ESO en el armario de la limpieza y dejarlo allí durante la hora de comer. Un profesor de apoyo había encontrado al pobre chaval llorando y apenas capaz de explicar lo que había pasado.

Y ahora, por segunda vez en un mes, Olivia había recibido una llamada del subdirector solicitando una reunión para hablar sobre el comportamiento de su hijo.

Agarró el volante con más fuerza mientras el navegador anunciaba las instrucciones por encima del sonido de los limpiaparabrisas. La carretera que tenía por delante era estrecha y estaba resbaladiza por la lluvia de la tarde. Su mirada saltó al velocímetro y, después, al reloj del salpicadero.

No podía dejar de pensar en ello.

Josh. Su niño. Su niño dulce y sensible que solía dormir con la luz del pasillo encendida y que lloró cuando se le murió el hámster. El mismo niño que ahora mascullaba cosas por lo bajo, ponía los ojos en blanco cuando le preguntaba por el instituto y daba pisotones por la casa como si fuera el dueño.

La pubertad era parte de ello, claro. Lo sabía. Pero había algo más, algo que acechaba bajo la superficie. ¿Ira? ¿Inseguridad? ¿Malas influencias?

Odiaba al amigo que se había echado. Alfie. Nunca le había gustado ese pequeño capullo. Desde el principio, desde su primer encuentro cuando vino a casa un fin de semana, supo que era un elemento. Esa actitud. Su forma de hablar.

Y ahora, allí estaba, de camino a hablar con otro de los viejos matones de St Jude's. Otro hombre hecho y derecho que una vez había disfrutado humillando a los demás.

Intentó no compararlos.

Pero mientras los limpiaparabrisas barrían el cielo gris, sus pensamientos entraron en barrena.

¿Y si Josh acababa siendo como el hombre al que estaba a punto de conocer? ¿Y si, dentro de veinte años, alguien como ella se detenía frente a su negocio o su casa para hacerle preguntas sobre el crío al que una vez acosó?

¿Y si ya era demasiado tarde?

Se detuvo a un lado y apagó el motor. La casa de campo estaba apartada de la carretera, un edificio bajo de ladrillo con un camino de grava y pintura desconchada en los marcos de las ventanas. Delante había aparcado un Land Rover destartalado. Un carrillón tintineaba con la brisa.

Se tomó un momento para respirar. Y luego otro.

Hora de conocer al matón número cuatro.

Le abrió la puerta un hombre con el pelo ralo y rubio ceniza y un rostro cansado que parecía más oscuro en la penumbra del atardecer. Llevaba vaqueros y una sudadera con capucha y los puños deshilachados, y tenía los hombros ligeramente encorvados.

—¿Es usted la agente de policía? —preguntó.

Olivia le enseñó la placa con una sonrisa forzada. —La misma. ¿Puedo pasar?

A regañadientes, Darren Fairhurst se hizo a un lado y la dejó entrar, como si le acabara de pedir que pusiera la casa en venta. El interior de la vivienda estaba en penumbra y desordenado. Un montón de zapatos abarrotaba el recibidor, y un ligero aroma a tabaco rancio flotaba bajo el olor más reciente a judías con tomate y tostadas. Un perro pequeño ladró una vez desde una habitación del fondo de la casa y luego se calló.

—Por aquí —masculló Darren, guiándola a un salón estrecho que también hacía las veces de comedor. Sobre la mesa de centro había una lata de cerveza vacía.

Le hizo un gesto hacia el sillón más cercano. —Siéntese si quiere. Perdone el desorden.

Olivia se sentó y sacó el bolígrafo y el bloc de notas. —Como le he comentado antes por teléfono, estamos investigando los asesinatos de Nigel Hadlow y Carlos Vazquez.

Darren asintió despacio, sentándose en el borde del sofá como si no estuviera seguro de poder ponerse cómodo.

Olivia hizo clic con el bolígrafo. —¿Cuándo fue la última vez que habló con alguno de ellos?

Él se frotó la mandíbula; el rascar de la barba de un par de días sonó con fuerza en el silencio. —Pues... hace unos meses. Carlos me mandó un mensaje de la nada, invitándome a pasar una tarde jugando al golf con ellos.

—¿Y fue usted?

—Sí. Pensé: «¿Y por qué no?». Ya no somos unos críos.

—¿Y qué tal? ¿Ponerse al día?

Darren se encogió de hombros. —Estuvo bien. Un poco raro al principio. Hacía décadas que no hablábamos en condiciones. Pero una vez superada la incomodidad inicial, fue como si no hubiera pasado el tiempo. Carlos seguía teniendo esa risa de suficiencia. Nigel seguía presumiendo de saberlo todo.

—¿Mencionaron a alguien más del instituto? ¿Alguien con quien hubieran estado en contacto?

Él negó con la cabeza. —La verdad es que no. Tuvieron una conversación ligera. Viejas historias, sobre todo. «¿Te acuerdas de fulanito?». Ese tipo de cosas. Después del golf, fuimos al Red Fox, el pub que hay al final de la calle, a tomar unas copas. Nada del otro mundo.

—¿Se les unió alguien más?

—No. Solo nosotros tres.

—¿Notó algo extraño en el pub? ¿Alguien que los observara? ¿Algún otro compañero de la época del instituto por allí?

Darren hizo una pausa, mordiéndose el interior de la mejilla. —Nadie a quien yo reconociera. El local estaba lleno. Era la gente que va a ver el fútbol el sábado por la tarde. Mucho ruido, gente con camisetas de fútbol y críos con iPads.

Olivia golpeó la página con el bolígrafo. —¿Y la conversación? ¿Surgió algo inusual? ¿Algo que le llamara la atención?

Darren soltó una risita, pero sin pizca de humor. —Fueron sobre todo chorradas. Hasta que Nigel sacó el tema de la excursión del colegio.

Aquello hizo que ella levantara la vista. —¿Qué excursión?

—La de tercero de la ESO. A un sitio de multiaventura en New Forest. Ya sabe cómo son: nosotros escalando paredes y tirándonos por tirolinas mientras los profesores, con sus impermeables, deseaban estar en las Bahamas o en las Maldivas.

Olivia asintió lentamente. No lo interrumpió.

Darren se removió en su asiento. —Éramos unos cabrones en aquel entonces. Unos auténticos cabrones. Y había un chaval... Ray, o algo así. ¿Roy? No sé. Su nombre empezaba por R. Un niño raro y muy religioso. El caso es que lo llamábamos Ratón porque apenas hablaba.

—¿Qué pasó con él? —preguntó ella con cuidado.

Soltó un largo y pesado suspiro. —Se suponía que era una broma. Una prueba de valentía o alguna soplapollez que le había dicho Carlos. Una noche, salimos a escondidas de nuestras cabañas, lo sacamos de su litera y nos lo llevamos al bosque. Lo dejamos en calzoncillos y lo atamos a un árbol.

—¿Que hicieron qué?

—Nos pareció divertido. Le dijimos que tenía que quedarse allí toda la noche. Que si aguantaba hasta la mañana, podría unirse a nuestro grupo. Ser parte de la pandilla. —Darren se frotó la cara—. Se meó encima. Lloró. Gritó. Y aun así lo dejamos allí.

Olivia lo miró fijamente. —¿Y qué pasó?

—Creo que uno de los profesores lo encontró poco después del amanecer. Todavía atado, cubierto de picaduras, temblando tanto que pensaron que estaba sufriendo un ataque. Dijeron que era hipotermia. Casi lo mata.

Un largo silencio se instaló entre ellos.

—¿No se metieron en líos?

—Fingimos que no habíamos tenido nada que ver. Y él no se chivó —lo cual nos dejó absolutamente alucinados—, así que la cosa no fue a más. Y de todas formas, sus padres lo sacaron del instituto unas semanas después, así que no teníamos de qué preocuparnos.

La mente de Olivia iba a toda velocidad. Un niño de trece años, semidesnudo, atado a un árbol en medio del bosque, abandonado para que muriera de frío mientras sus torturadores dormían plácidamente en sus literas. No era solo acoso. Era crueldad. Ritualista y humillante. Y ahora, dos de los responsables estaban muertos. Quemados.

—¿Cuál era su nombre completo? —preguntó.

Darren frunció el ceño, escarbando en viejos recuerdos. —Raymond... algo raro. No era inglés. ¿Quizá checo o polaco? ¿Radoslav? ¿Radan? No sé.

Olivia escribió el apodo lentamente.

—No creerá que es él, ¿verdad? —preguntó Darren—. ¿Que ha vuelto a por nosotros después de tantos años?

Ella no respondió de inmediato. Pero la idea ya había echado raíces en su mente.

—Creo que quienquiera que esté haciendo esto sabe lo que le pasó a ese chico —dijo—. Y creo que debe tener mucho cuidado, señor Fairhurst.

CAPÍTULO
CUARENTA Y CUATRO

Aquella noche, Darren Fairhurst estaba de pie junto a los fogones, removiendo una cacerola de pasta con la misma cuchara de madera manchada que llevaba años usando, mientras el televisor murmuraba de fondo. Un concurso nuevo al que no le prestaba mucha atención, pero que generaba el ruido suficiente para que se sintiera acompañado. Sobre todo después de la conversación que había tenido antes. No había dejado de pensar en lo que ella le había dicho.

Aquella poli —una tal Olivia— le había traído recuerdos en los que no quería pensar desde hacía años: el bosque, el frío, los lloros y Mouse, o como se llamara. Pequeño y tembloroso, atado. Una broma pesada que, a toro pasado, no había tenido ni pizca de gracia. Darren no lo había visto así entonces; ninguno de ellos lo había hecho. Pero ahora, con dos de la antigua pandilla hechos cenizas, era imposible no reflexionar sobre aquello.

Negó con la cabeza y apagó el fuego.

No había nada que temer, se tranquilizó. Solo una extraña y retorcida coincidencia. Nada más.

Sirvió las albóndigas y la pasta en un plato, cogió una cerveza de la nevera y se arrastró hasta la mesa del comedor, desde la que se veía el salón. Su perrito, Max, ladró una vez en un rincón antes de volver a acurrucarse en su cesta.

Entonces sonó el timbre.

Darren se quedó helado, a medio sentar.

Un timbrazo. Luego, el silencio.

Frunció el ceño y dejó el plato en la mesa, limpiándose las palmas de las manos en la sudadera. Nadie le visitaba tan tarde, y menos con ese tiempo. Echó un vistazo al reloj: las 21:13.

Max volvió a ladrar, esta vez más fuerte y con más insistencia.

—Ya voy, ya voy —masculló Darren mientras se dirigía por el pasillo.

A través del cristal esmerilado, pudo distinguir una silueta difusa: alta e inmóvil.

Con cautela, quitó el pestillo y la entreabrió.

—¿Sí?

Y entonces la vio: la figura. Un rostro que no había visto en años, un rostro que le provocó una oleada de miedo, sonriendo.

—¿Qué...? ¿Tú...?

Antes de que pudiera terminar, algo se abalanzó hacia él. Rápido.

Darren apenas tuvo tiempo de levantar un brazo para defenderse antes de que el golpe le alcanzara en un lado de la cabeza. Un crujido nauseabundo, como el de un garrote al golpear cuero mojado, resonó en las paredes del pasillo. Le flaquearon las piernas y sus rodillas se estrellaron contra el suelo.

La visión se le nubló. El pasillo se estiró y se deformó. Un pitido agudo le llenó los oídos.

La figura dio un paso adelante, engullendo la poca luz que quedaba del salón. Unas manos enguantadas lo agarraron por el cuello de la sudadera y tiraron de él para meterlo del todo dentro antes de cerrar la puerta de una patada.

Darren intentó hablar, intentó gritar, pero otro golpe seco le alcanzó en la mandíbula y todo se volvió blanco.

Max ladraba furiosamente desde el salón, con las garras arañando el parqué, pero no se acercó. Perro inútil.

Lo último que vio Darren antes de que la oscuridad lo envolviera fue aquella sonrisa inconfundible, la misma que solía llevar un fantasma del pasado.

CAPÍTULO
CUARENTA Y CINCO

Un profundo presentimiento se le anudó en la boca del estómago a Stephanie cuando detuvo el coche frente a la casa de Darren Fairhurst, a las afueras de Cranleigh.

Otro incendio. Otro incidente que implicaba a alguien relacionado con Nigel Hadlow y Carlos Vazquez. Stephanie no albergaba ninguna duda de que estaban conectados y de que el asesino había elegido a Darren Fairhurst como su siguiente víctima. El único problema era que Stephanie no sabía hasta qué punto podría acercarse al lugar del crimen.

Las imágenes del incendio de la casa de su infancia seguían atormentándola. Kimberley. Su madre. Gritando para salvar sus vidas. Ni siquiera había llegado todavía y ya se las imaginaba atrapadas dentro, con sus gritos resonando en sus oídos.

Y entonces sus rostros fueron reemplazados por el de Darren, un hombre al que no conocía de nada. Los gritos agudos de su hermana y su madre se transformaron en alaridos más profundos y guturales mientras las llamas lo envolvían.

Los ruidos eran tan abrumadores que no pudo oír al presentador de la radio dar la noticia.

Esta mañana se ha informado de otro incendio en la zona de Surrey. Este se suma a una serie de incidentes relacionados con incendios que la policía está investigando activamente.

Alguien ya se había enterado y había pasado la información a sus superiores. La prensa nacional...

Mientras continuaba por la sinuosa carretera rural, protegida por árboles y setos que parecían sin vida, su teléfono sonó en el salpicadero. Miró la pantalla, esperando un mensaje de su hermana. Pero, por supuesto, no lo era. Kimberley era demasiado orgullosa y terca para dar el primer paso y disculparse.

Y Stephanie, también.

Kimberley había puesto a su hermanastro en un pedestal. Algo que ella no podía —ni quería— superar tan fácilmente.

En su lugar, la notificación era un correo electrónico. Sin importancia. Algo para más tarde.

Entonces, la casa de Darren Fairhurst apareció a la vista: una casa de campo victoriana en medio de la nada, rodeada por una gran parcela de cuatro acres. Lo primero que Stephanie notó fue el olor. Espeso y denso, se colaba por las rejillas de ventilación y persistía en el habitáculo. Se intensificó cuando se detuvo y salió del coche. Algo biológico. Piel quemada. Pelo quemado. Un cuerpo quemado.

Se le revolvió el estómago.

Se obligó a caminar, aunque cada paso hacia la casa era como avanzar a través de cemento. La casa se alzaba delante, agrietada y ampollada por el fuego. Docenas de periodistas se agolpaban junto al cordón exterior, con las cámaras colgadas al hombro y los micrófonos pegados a los labios. Ella los ignoró, mantuvo la cabeza gacha y se movió con determinación. En el cordón interior, se registró, se puso un mono de protección y se agachó para pasar por debajo.

Y entonces lo vio.

A Elias.

Estaba de pie junto a los restos esqueléticos de lo que una vez fue una celosía de jardín, con su equipo ignífugo protegiéndolo del viento racheado. Su rostro lleno de cicatrices estaba vuelto hacia los escombros, pero la miró mientras se acercaba. Stephanie mantuvo la vista baja, tratando de evitar mirar el exterior de la casa.

Los gritos de su hermana resonaban en su mente. La idea de que su hermana perdiera la vida, perdiera al bebé en el incendio que nunca había ocurrido...

Se le nubló la vista.

Le flaquearon ligeramente las rodillas.

El suelo se tambaleó bajo sus pies.

—¿Stephanie...? —Elias estuvo a su lado en un instante, y sus fuertes brazos la sujetaron antes de que le fallaran las piernas—. Eh, eh. Siéntate. Estás bien. Todo está bien.

No discutió. No podía. No había comido nada en casi veinticuatro horas; sentía todo el cuerpo débil. Elias la guio hasta un murete de jardín que había sobrevivido al incendio y la ayudó a sentarse. La fría piedra la ancló ligeramente a la realidad, y el aire fresco entró en sus pulmones en ráfagas entrecortadas.

Él se agachó frente a ella.

—Inspira contando hasta cuatro. Mantén la respiración contando hasta cuatro. Espira contando hasta cuatro. Se llama respiración cuadrada.

Ella asintió, apenas, e intentó seguir su cuenta. Uno. Dos. Tres. Cuatro...

No fue inmediato, pero los violentos latidos de su pecho comenzaron a calmarse. El sudor de la nuca empezó a enfriarse. Su garganta, que había sentido como si se estuviera cerrando, se relajó lo suficiente para permitirle respirar con más claridad.

Elias permaneció donde estaba, con los ojos fijos en ella.

—¿Estás bien? —preguntó.

—No —graznó ella—. Pero lo estaré.

—¿Te ves con fuerzas para echar un vistazo a lo que hemos encontrado?

Ella vaciló.

—Está claro que no. No pasa nada. Podemos quedarnos aquí. —Elias se sentó a su lado—. Hemos encontrado un cuerpo en la cocina. Igual que la otra vez, así que te ahorraré los detalles espeluznantes. Pero parece que podría haber estado preparando la cena cuando empezó el fuego.

—¿Podría ser accidental?

—Posiblemente. Pero, dado todo lo que ha pasado, mi instinto me dice que no.

Stephanie se quedó mirando el pavimento. Para entonces, su respiración estaba bajo control y la niebla de su mente se había disipado. Se puso en pie. Mientras se sacudía el mono, una agente de la policía científica se acercó apresuradamente.

—Inspectora —dijo ella—. Disculpe que la interrumpa, pero he pensado que debería ver esto. Es otra lata.

Stephanie se volvió hacia la agente.

—¿Otra lata?

—Estaba en la chimenea, escondida muy arriba en el tiro. Sigue intacta.

Las piernas de Stephanie se volvieron más firmes. Más fiables.

—¿Qué había dentro?

La agente de la científica abrió ligeramente la bolsa de pruebas para que Stephanie pudiera mirar dentro.

Dentro había otra pequeña y descolorida fotografía de un niño pequeño, sonriendo a la cámara. De la misma edad que todos los demás. El mismo estilo. Recortada de la misma fotografía más grande.

Y debajo de la foto, arañadas en la lata, estaban las palabras:

Pues lo que uno siembre, eso cosechará. —Gálatas 6:7

Stephanie se quedó mirándola, con la boca seca. Otra nota religiosa. Esta vez sobre la justicia, sobre recibir el merecido. Recordó lo que Olivia había mencionado brevemente el día anterior: las víctimas habían estado involucradas en un incidente relacionado con un niño y un árbol.

¿Era *él* el asesino? ¿Se estaba asegurando de que aquellos chicos pagaran por lo que hicieron, uno por uno?

Volvió a mirar la casa en ruinas, y su voz se redujo a un susurro.

—¿Cuántos más están implicados?

CAPÍTULO
CUARENTA Y SEIS

El imán se adhirió a la pizarra blanca con un chasquido audible. La mirada de Stephanie se demoró en la foto del tercer chico antes de apartarla. Un silencio tenso se había apoderado de la oficina, y el equipo parecía tan preocupado como ella se sentía.

—Ha vuelto a pasar —dijo sin rodeos, soltando un profundo suspiro por la nariz—. Esta foto se encontró en un domicilio perteneciente a Darren Fairhurst. —Se volvió hacia Olivia—. Fuiste la última que habló con él, Wellard. ¿Qué puedes contarnos? ¿Qué dijo?

Los ojos de Olivia estaban rojos e hinchados, como si hubiera estado llorando y martirizándose por algo. —Yo... yo debería haber sabido que esto iba a pasar.

—¿A qué te refieres?

—Me preguntó si yo creía que el asesino iría a por él. Si tenía algo de qué preocuparse. Y yo... no supe qué decir. Le di la excusa de rigor de que tuviera cuidado. No lo ayudé.

Stephanie sintió una punzada de compasión por la agente. En los últimos días se le había cargado con mucho trabajo y responsabilidad, además de todo con lo que estaba lidiando en casa. Estaba claro que le costaba mantenerse a flote.

—No puedes culparte —dijo Stephanie—. No sabíamos con certeza que él sería el siguiente.

—Yo sí.

—¿Cómo?

—El incidente con el chico del colegio. La excursión escolar. La persona a la que llamaban Ratón, a quien sacaron de su habitación con engaños, ataron a un árbol y dejaron allí toda la noche.

Stephanie asintió. —¿Sabemos dónde está ahora ese tal Ratón?

Olivia negó con la cabeza. —No tuve ocasión de investigarlo.

—De acuerdo. Quiero todo lo que podamos encontrar sobre esa persona. Quiero saber dónde vive, dónde come, dónde trabaja, incluido su nombre. Y quiero traerlo para averiguar qué estaba haciendo anoche y las noches de las otras muertes. Esto es grave. Ya ha pasado tres veces. No podemos permitirnos que esa cifra aumente.

—Seguro que no quedan muchas más víctimas por venir —terció Giles—. ¿Cuántos matones había en ese colegio?

Antes de que pudiera responder, Devon intervino. —Cuatro. Anthony, con quien hablé ayer, es el último. Dijo que hace años que no habla con Nigel ni con Carlos.

Stephanie se giró hacia la pizarra y buscó el nombre del hombre en la lista. —Da igual, va a estar arriba en la lista. Así que quiero que lo aseguren y protejan. Quiero que alguien vaya a su casa o a su lugar de trabajo, le informe de la gravedad de la situación y le aconseje que esté alerta e informe de cualquier cosa sospechosa. Mientras tanto, a ver si podemos apostar un coche patrulla frente a su casa. Por si acaso.

Esa sería una conversación interesante con el inspector jefe McGowan. Sin embargo, si creía que había una amenaza creíble para la vida de una persona, y podía demostrarlo, entonces él tendría poco que objetar. Volvió a centrar su atención en Olivia. Un pensamiento le vino a la cabeza. —Wellard, ¿cuándo fue la última vez que Darren Fairhurst se vio con Nigel o Carlos?

—El otro día, inspectora. Fueron a jugar al golf juntos.

—¿Cuándo?

—Hace unas seis semanas.

—Entonces no es el otro día.

Olivia bajó la cabeza. —Lo siento. Es que... lo digo para todo. Hace dos años. Seis meses. Ayer.

—Pues no lo hagas. Confunde. Sé precisa.

No pretendía pagarlo con Olivia, sobre todo después de lo mucho que la agente la había ayudado, pero estaba cansada, hambrienta e irritable, y sentía el peso de la investigación sobre sus hombros.

—Devon, ¿cuándo fue la última vez que Anthony Shore vio a Nigel y a Carlos? —preguntó Stephanie.

—Hace años —respondió Devon—. Como acabo de decir.

—Sé específico. ¿Cuántos años?

Él se encogió de hombros. —No lo sé.

—Averígualo. Mientras tanto, si Darren Fairhurst estuvo con ellos en el club de golf...

—Y en el pub después —añadió Olivia.

—...y en el pub después, entonces tenemos que interrogar a todos los que estuvieron en el club o en el pub ese día. Es posible que el asesino los viera a todos juntos y eso es lo que inspiró esta pequeña masacre. Y ya que estáis, quiero que alguien averigüe la última vez que todos los matones estuvieron juntos, incluido Anthony. Si el asesino los vio hace poco, eso podría haber sido el catalizador.

—¿Por qué ahora, inspectora? ¿Por qué después de tanto tiempo? —preguntó Fiona.

Se detuvo a pensar. —Quizá estaban todos en el campo de golf y se toparon con el asesino. Tal vez sea alguien a quien solían acosar, una de esas personas en cuyas vidas influyeron con las que aún no hemos hablado o de las que no sabemos nada. Quizá el asesino trabajaba de camarero y no lo reconocieron, o quizá sí y siguieron tratándolo como una mierda, todavía, después de todo este tiempo. El acoso escolar deja huella. La gente alberga un resentimiento profundo. Algo —un proverbial colmo— debe de haber colmado la paciencia del asesino, y ahora busca vengarse de nuestras víctimas. Tenemos que encontrar a Ratón y traerlo lo antes posible. Mientras, vamos a recopilar las grabaciones de las cámaras de seguridad y a hacer interrogatorios puerta a puerta. Ya sé que sus vecinos están a casi un kilómetro, pero puede que alguien viera algo. Además, elaborad una cronología de su asesinato. ¿A qué hora empezó el incendio? ¿Alguien vio algo antes o después? Comprobad el sistema de reconocimiento de matrículas. Todo lo de siempre, los detalles aburridos y minuciososos que nos ayudarán a encontrar a este asesino. —Hizo una pausa, examinando sus rostros—. ¿Alguna pregunta?

No hubo ninguna.

—Bien. Pues poneos a ello.

CAPÍTULO
CUARENTA Y SIETE

El sargento detective Noah Mackenzie estaba sentado incómodamente en un sillón de estampado floral. El cojín prácticamente había desaparecido tras décadas de uso, lo que hacía que se hundiera en el armazón de madera, que se le clavaba en los músculos. El salón estaba impregnado del olor rancio a moqueta vieja, mezclado con un toque de bizcocho de jengibre recién hecho que se enfriaba en la mesa situada entre ellos. La señora Fairhurst, frágil y menuda como un pájaro, se movía despacio y con sumo cuidado. La rebeca le colgaba holgadamente de los hombros y las manos le temblaban visiblemente mientras dejaba una taza de té en la mesita auxiliar.

—Es bizcocho de jengibre —dijo ella con voz débil—. A Darren siempre le ha gustado. He preparado uno para su visita de este fin de semana.

El señor Fairhurst, calvo, de mejillas hundidas y ojos nublados, estaba sentado en un sillón reclinable enfrente. Su respiración era superficial y dificultosa, y tenía las manos venosas y con manchas de la edad.

—Gracias —dijo Noah amablemente, aceptando el té, pero dejándolo a un lado sin tocarlo. Se aclaró la garganta y se puso el bloc de notas en el regazo—. Les agradezco que me reciban hoy. Sé que esto no es fácil y siento mucho su pérdida. Preferiría no tener que dar este tipo de noticias, y mucho menos en persona, pero... es necesario.

Ninguno de los dos respondió.

—A su hijo, Darren, lo encontraron esta mañana en su propiedad cerca de Cranleigh. Su casa quedó destruida en un incendio. Me temo... que no ha sobrevivido.

La señora Fairhurst se llevó una mano a la boca, mientras que el señor Fairhurst parpadeó con fuerza, pero no dijo nada. Solo el tictac del reloj de pie del rincón rompía el silencio.

—Estamos tratando el incendio como sospechoso —prosiguió Noah—. Hay... elementos que lo conectan con otras dos muertes recientes. Un tal Nigel Hadlow y un tal Carlos Vazquez. ¿Les suenan de algo esos nombres?

—Me suenan —dijo la señora Fairhurst—, pero no sabría decir de qué.

Noah les explicó la conexión. —Eran todos compañeros de colegio, fueron juntos al St Jude en los años ochenta.

El señor Fairhurst asintió con lentitud.

—Encontramos algo en una de las anteriores escenas del crimen. Una fotografía —dijo Noah. Abrió una funda de plástico y sacó con cuidado una copia impresa de la foto hallada en la escena del crimen de Carlos Vazquez. El segundo chico que, a juzgar por el primero, pertenecería a Darren Fairhurst.

Se la entregó a la señora Fairhurst, que se ajustó las gafas de leer y la examinó, moviendo los labios mientras estudiaba la imagen. Luego se la pasó a su marido con mano temblorosa.

—Es Darren —dijo ella con un hilo de voz—. Es él, sin duda.

—¿Está segura?

El señor Fairhurst entrecerró los ojos. —Se le nota por las orejas.

—¿Saben cuándo o dónde pudo haberse tomado esta foto?

El señor Fairhurst negó suavemente con la cabeza. —No parece que fuera en el colegio.

—No —dijo la señora Fairhurst—. En el colegio, seguro que no.

—¿Quizá en una excursión escolar? —sugirió Noah.

Pero la señora Fairhurst negó con la cabeza. —Lo dudo.

Noah sacó una segunda foto de su carpeta. —Esta la

encontramos en el lugar de la muerte de Darren. Mismo formato. Mismo estilo. ¿Reconocen al individuo de esta fotografía?

Se la pasó. Ambos Fairhurst se quedaron mirando.

Entonces el señor Fairhurst gruñó en voz baja. —Ni idea. Fue hace tanto tiempo... Apenas recuerdo qué aspecto tienen sus amigos de ahora, como para acordarme de los de entonces.

—¿Podría ser alguien del colegio? —insistió Noah.

La señora Fairhurst cogió la foto para inspeccionarla más de cerca y luego la devolvió. —Sinceramente, no tengo ni idea. Lo siento.

—¿Y los nombres Mouse o Ray? ¿Les dicen algo?

La señora Fairhurst se estremeció ligeramente, pero solo frunció el ceño. —¿Mouse? ¿Como el animal?

—Es un apodo que ha surgido varias veces en nuestras indagaciones.

Ambos negaron con la cabeza.

Noah se inclinó ligeramente hacia delante y dejó escapar un resoplido de aire caliente y derrotado por la nariz.

—¿Cree que el chico de esa fotografía podría haber sido la persona que nos arrebató a nuestro hijo?

Noah devolvió la foto a su funda. —Al contrario. Creemos que es la próxima víctima del asesino. Por eso necesitamos identificarlo lo antes posible. La dejaré aquí con ustedes por si les refresca la memoria. Entiendo que esto es difícil, pero si se les ocurre cualquier cosa, lo que sea, algo inusual de la época de Darren en el colegio, alguna excursión en particular que mencionara, o incidentes, o gente con la que pudiera no llevarse bien, por favor, avísennos. Hasta el más mínimo detalle podría ayudarnos a hacerle justicia.

La voz de la señora Fairhurst se quebró al decir: —Era un chico difícil, inspector. Pero seguía siendo nuestro chico.

Noah asintió con solemnidad. —Lo entiendo. Gracias.

Cuando se marchó, el té y el bizcocho de jengibre seguían intactos sobre la mesa.

CAPÍTULO
CUARENTA Y OCHO

A estas alturas, todos los chicos empezaban a parecer iguales. Tenían los mismos ojos, la misma nariz, los mismos rasgos pueriles y pubescentes, la misma sonrisa fina y desganada, y ese mismo aspecto desvaído que sugería que ninguno de ellos quería estar allí. Por no hablar de que casi todos llevaban el mismo corte de pelo. De vez en cuando, aparecía una excepción con alguien que lucía un mullet o un tupé, pero en su mayor parte era como buscar una aguja en un pajar. Al poco tiempo, Giles perdió la cuenta. ¿Cuántas páginas del anuario del St Jude's de 1983 había pasado desde que se le nubló la vista? ¿Cuántas víctimas potenciales había pasado por alto?

Un bostezo profundo escapó de sus labios mientras cogía el café de su escritorio. Un café con leche. De esos que te dejan aliento a café y te obligan a mantener las distancias con todo el mundo al hablar. Le habían encargado la tarea de identificar al cuarto chico del anuario y llevaba más de una hora en ello. Hasta entonces, había examinado minuciosamente tres años de fotos de anuarios, empezando por el primer curso y avanzando hasta tercero. Con otros dos años por delante antes de que todos los chicos de la promoción del 86 se graduaran y se fueran a la universidad o se adentraran en el mundo laboral, el tiempo apremiaba.

En opinión de Giles, los chicos de las fotografías no aparentaban más de trece años, los de tercero. Eso significaba que, si el chico aparecía en alguno de los anuarios, Giles ya debería haberlo localizado y haberle puesto nombre a la cara. Pero en su estado de fatiga, no había encontrado nada. O estaba demasiado cansado, o el chico simplemente no salía en las fotos. Por supuesto, era posible que la siguiente víctima se hubiera perdido el día de la foto del anuario, y Giles no podía culparlo por ello. Recordaba el suplicio de los días de sus propias fotos: su madre peinándolo meticulosamente, solo para que el peinado acabara destrozado para cuando le tocaba la sesión después de comer; los profesores asegurándose de que su uniforme estuviera impecable antes de entrar, solo para que se descolocara en el momento en que se sentaba de un salto en el taburete. La única parte buena de aquella experiencia era la de hacer cola durante diez o quince minutos, perdiéndose parte de la clase. Como ventaja adicional, si no recordaba mal, siempre era durante su asignatura menos favorita: Ciencias.

Pasó otra página.

Más filas de chicos idénticos. Poses rígidas, expresiones vacías y una mancha borrosa de peinados marrones e insulsos. Giles se frotó los ojos y luego parpadeó con fuerza, intentando enfocar. Se inclinó, examinando la barbilla de un chico, luego las orejas de otro, luego la mandíbula de un tercero; buscando algo, cualquier cosa, que coincidiera con el rostro de la caja de hojalata.

Nada.

Suspiró y pasó a la siguiente doble página.

Más fotos de grupo. El equipo de fútbol. El club de ciencias. La sociedad de teatro. Se detuvo en una: una foto borrosa de una excursión a la Región de los Lagos. Chicos sentados en las rocas, entrecerrando los ojos bajo la luz del sol. Vagamente parecía que podría pertenecer a la época correcta. Giles ladeó la cabeza, observando cada cara por turno. Seguía sin haber ninguna coincidencia. Seguía sin haber nada.

Se pasó una mano por el pelo.

—Esto es imposible —masculló.

—¿Cómo va eso?

Giles se giró y vio a Stephanie junto a él, con los brazos cruzados sin apretar y el rostro pálido bajo la dura luz fluorescente.

—No pareces mucho mayor que ellos —dijo ella, señalando con la cabeza la página abierta frente a él—. Algunos incluso tienen más barba que tú.

Giles se masajeó, cohibido, la barba incipiente de la cara, que se negaba tozudamente a crecer más allá de su estado actual.

—Tú bromeas —dijo él, echando la silla un poco hacia atrás—, pero a este paso me veo presentándome otra vez al examen de matemáticas del instituto.

Stephanie sonrió levemente.

—¿Algo?

Él negó con la cabeza.

—Ni rastro.

—¿No? Sigue buscando. Tiene que estar ahí en alguna parte. —Dudó, y luego posó una mano en el respaldo de su silla—. Tómate un descanso si lo necesitas. No podemos permitirnos que se te caigan los ojos ahora.

—¿Estás diciendo que soy útil? —preguntó, fingiendo estar ofendido.

—No te pases, Giles.

Ella se alejó, y Giles se hizo crujir los nudillos, pasó otra página y continuó.

CAPÍTULO
CUARENTA Y NUEVE

Stephanie estaba de pie ante el despacho de Clive McGowan, con la mano suspendida justo sobre el pomo. La luz tras el cristal esmerilado estaba encendida y podía oír el leve rasguido de un bolígrafo o un subrayador al moverse por el papel.

Llamó a la puerta con suavidad.

—Entre —dijo la voz, teñida de autoridad.

Empujó la puerta y entró. El despacho era pequeño pero estaba ordenado. Las paredes estaban cubiertas de archivadores y mapas plastificados de Surrey sujetos con imanes. Una pizarra blanca tras el escritorio mostraba un calendario anual lleno de una mezcla de citas profesionales y personales garabateadas en las casillas.

El inspector jefe, vestido con el uniforme completo, levantó la vista de los documentos que tenía delante. Sostenía un subrayador en una mano y una taza en la otra. Entrecerró ligeramente los ojos al dejar ambos objetos sobre la mesa.

—Cierre la puerta, Stephanie. Siéntese.

Ella obedeció y se hundió en la silla que estaba frente a él.

Él la estudió durante un instante; el silencio se prolongó lo suficiente como para que se le revolviera el estómago. La había convocado mediante un correo electrónico que había aparecido inesperadamente en su bandeja de entrada. No tenía ni idea de a qué se debía la reunión.

—¿Cómo se encuentra? —preguntó él finalmente.

—Bien, señor —respondió ella rápidamente—. Trabajando duro.

Él soltó una pequeña risa y se recostó en la silla. —Qué curioso. Porque la gente que está «bien» no está a punto de desmayarse en el escenario de un crimen.

Stephanie no dijo nada, y en su lugar se puso a juguetear con el collar que llevaba apretado al cuello. —No me desmayé, señor.

Él la escrutó. —¿Le gustaría contarme qué ha pasado?

—No es tan grave como suena, señor. De verdad. De todas formas, ¿dónde se ha enterado?

—Por una llamada de Louis, que a su vez recibió una llamada de uno de sus reporteros. Por suerte, nadie más se ha enterado, y él ha prometido que no lo publicará. Parece que la está protegiendo —explicó Clive—. Y me alegro de que lo haya hecho; si no, dudo que usted hubiera venido a contármelo, ¿verdad?

Ella lo miró sin expresión. Como no dijo nada, él abrió mucho los ojos, como si esperara una respuesta.

—Pensaba que era una pregunta retórica, señor. Por supuesto que habría venido a contárselo. Es mi deber.

—Claro, y mi deber es asegurarme de que mi personal está en forma y sano y tiene acceso a todos los recursos que necesita. —Entrelazó los dedos y respiró hondo—. Le pregunto de nuevo: ¿qué ha pasado?

—Me mareé un poco y solo necesité sentarme un momento, eso fue todo.

—¿Mareada? ¿Usted había...? —Se detuvo, sopesando la mejor manera de formular la pregunta que tenía en la punta de la lengua.

Stephanie sabía exactamente lo que quería preguntar. Era un terreno delicado, así que decidió ayudarle.

—No es *eso* —mintió, soltando el collar—. He estado bien. Manteniéndolo bajo control.

No quería mencionar que se había saltado una comida o dos por haber estado trabajando hasta tan tarde.

—Me alegro de oírlo. Es solo que... tenía que preguntar. Pero no crea que no me he dado cuenta de lo mucho que ha estado trabajando estos últimos meses. Ha pasado por mucho, y es comprensible que le esté pasando factura. Pero si ocurre algo, necesito saberlo.

Stephanie vaciló, con los dedos fuertemente apretados en su regazo.

—No es nada de eso. Sé lo que hago. Sé cuidarme sola. Espero haberlo demostrado. Además, he pasado por cosas mucho peores. —Dudó—. Fue... el fuego.

Él frunció el ceño. —¿Qué quiere decir?

—Parece que le tengo miedo al fuego, y el incendio en la casa de los Fairhurst... activó algo. No es la primera vez. Simplemente ha ido empeorando progresivamente a medida que ha avanzado esta investigación.

El inspector jefe asintió lentamente, su expresión se suavizó mientras se recostaba en su silla. Exhaló por la nariz y se frotó la barbilla; el rasposo sonido de la barba incipiente retumbó en la silenciosa oficina.

—De acuerdo —dijo—. Gracias por decírmelo. No es fácil, y se lo agradezco.

Stephanie se encogió de hombros con un gesto pequeño, casi imperceptible, como si no tuviera importancia.

—¿Ha probado alguna vez las técnicas de anclaje? —preguntó él al cabo de un momento—. ¿Ejercicios de respiración? ¿Verificación de los cinco sentidos?

Stephanie parpadeó. —¿Qué?

—Es algo básico. Cuando algo la activa, encuentre cinco cosas que pueda ver, cuatro que pueda tocar, tres que pueda oír... ya se hace una idea. Ralentiza todo y la trae de vuelta al momento presente.

Ella enarcó una ceja. —No lo imaginaba aficionado al *mindfulness*, señor.

Él esbozó una sonrisa seca. —No lo soy. Pero hice un curso sobre traumas hace unos quince años, y supongo que algo se me quedó. Podría valer la pena que lo investigara. No lo arreglará todo de la noche a la mañana, pero le da algo a lo que aferrarse cuando las cosas empiezan a descontrolarse.

Stephanie asintió débilmente, sin comprometerse con la idea ni descartarla.

Clive tamborileó los dedos una vez sobre el escritorio. —¿Y la ayuda profesional?

Stephanie buscó de nuevo su collar y le lanzó una mirada recelosa. —Empieza a sonar como Elias.

—¿Elias?

—El jefe de guardia que nos ayuda en esta operación.

McGowan sonrió. —Parece un hombre inteligente.

Ella suspiró y se frotó la cara con las manos. —No quiero que me quiten de este caso.

—No lo haré. A no ser que me dé una razón de peso para ello. ¿Sigue usted en condiciones de dirigir esta investigación?

—Sí.

—Entonces eso es todo lo que necesitaba oír. Mientras no se me agote, todo bien.

Ella sonrió de medio lado. —Perdone el juego de palabras.

—Sin intención, se lo juro.

Stephanie se permitió una breve sonrisa, pero se desvaneció casi tan rápido como apareció. Sus hombros permanecieron tensos bajo la camisa.

—Mire —dijo Clive, bajando el tono a algo casi paternal. Era un tono que ella no había oído en años, ni había creído que volvería a oír—. Llevo bastante tiempo en esto como para saber cuándo alguien está en la cuerda floja. No necesita ser una heroína, Steph.

Ella asintió, tragando el nudo que tenía en la garganta. —Tomó nota.

—Bien. Ahora vaya a tomarse un descanso antes de lanzarse a otro infierno, literal o no.

Se puso de pie, alisando arrugas imaginarias de sus pantalones. —Estoy bien, señor.

—Si lo dice suficientes veces, quizá uno de estos días llegue a creérmelo.

Stephanie se giró hacia la puerta, puso la mano en el pomo y se detuvo. —Gracias por no... hacer de esto algo más importante de lo que es.

Clive hizo un gesto con la mano. —Como he dicho, no sea una heroína. ¿Y, Steph?

Ella miró por encima del hombro.

—Hable con el terapeuta. O con cualquiera, en realidad. Le prometo que le hará más bien de lo que cree.

Stephanie asintió una vez más. —Lo pensaré.

Luego salió y cerró la puerta tras de sí.

CAPÍTULO
CINCUENTA

Stephanie ni siquiera había vuelto a su mesa cuando Fiona la interceptó en el pasillo, fuera de la sala de crisis, con una carpeta apretada contra el pecho y una expresión que le provocó un nudo en el estómago a Stephanie.

—Steph —dijo Fiona apresuradamente—. ¿Tienes un segundo?

Stephanie aflojó el paso, resopló y se giró para mirarla. —¿Qué pasa?

—No lo encontramos.

Stephanie parpadeó. —¿A quién?

—A Mouse. Ray... Como se llame.

Stephanie entrecerró los ojos. —¿Qué quieres decir con que no lo encontráis?

—Solo tenemos un nombre *parcial*. Un apodo. No es suficiente para seguir tirando del hilo. Hemos revisado los expedientes académicos del St Jude's, los hemos cruzado con los registros de las excursiones, las autorizaciones paternas e incluso nos hemos salido de lo habitual probando con posibles apodos. Hemos comprobado los datos del censo, los registros del NHS, las bases de datos policiales. Nada. Nadie cumple los requisitos.

Stephanie se frotó la frente; la tensión le atenazaba detrás de los ojos. —¿Entonces me estás diciendo que esa persona no existe?

—Digo que, o nos han dado un nombre equivocado, o alguien

se tomó muchas molestias para desaparecer después de esa excursión.

Stephanie miró por encima de su hombro hacia la sala de crisis, donde Giles estaba encorvado sobre su portátil y la silla vacía de Noah descansaba junto a una mesa manchada de cercos.

A Stephanie se le tensó la mandíbula. Inspiró hondo para calmarse y se volvió hacia Fiona. —Vale. Reúne a todo el mundo en la sala de crisis. Ahora.

Fiona no dudó. Se dio la vuelta y desapareció por la puerta; su voz se alzó por encima de las conversaciones del interior. —Reunión de equipo. Cinco minutos.

Pocos minutos después, estaban todos reunidos en la sección de la oficina designada para investigaciones de gran envergadura. Stephanie se paseaba de un lado a otro, como si estuviera en plena misión.

—Bien —dijo sin rodeos, con las manos en las jarras—. ¿Cómo vamos?

Nadie respondió. Todos se miraron unos a otros, eludiendo la responsabilidad. Finalmente, Stephanie designó a Giles para que empezara. El agente se aclaró la garganta y se alisó la corbata antes de comenzar.

—Yo... Bueno, en realidad no hay mucho que informar, inspectora. He hablado con un puñado de vecinos del barrio de Darren Fairhurst y nadie ha dicho haber visto nada. Todos tienen entre sesenta y setenta años. A la mayoría no les cabía en la cabeza que algo así pudiera ocurrir en su calle. Un par de ellos tenían problemas de audición, así que eso fue un callejón sin salida.

—¿Cámaras de seguridad?

Giles respondió encogiéndose ligeramente de hombros. —Algunos tienen cámaras en el timbre y otros sistemas de seguridad más avanzados, pero muchos están mal instalados o solo apuntan directamente a la puerta de casa o a la entrada del garaje, lo que significa que la mayor parte de la calle y los alrededores quedan fuera de plano —Giles hizo una pausa como si recordara algo y luego se apresuró a volver a su mesa. Inició sesión en su ordenador, pulsó unas cuantas teclas y corrió a la impresora. Regresó con una hoja en la mano y la pegó en el tablón de la investigación—. Conseguí revisar las grabaciones de seguridad de un vecino —una pareja de setenta y tantos años a la que su hijo se lo había instalado— y encontré este fotograma de un coche que pasaba más o menos a la hora en que pudo empezar el incendio.

—¿Sabemos cuándo empezó?

Giles asintió. —Estaba en el informe de Elias. Calcula que fue entre las cinco de la tarde y la medianoche. El único problema es que... —Giles señaló el borrón en la esquina superior derecha de la imagen— no tengo ni idea de qué marca y modelo es. Así que sí, tenemos *algo*. Lo que pasa es que este algo vale menos que el papel en el que está impreso.

Stephanie le dio las gracias y luego lo llamó de nuevo.

—A ver si encuentra algo que coincida con esa... *forma* en las cámaras de seguridad de los alrededores —le ordenó al agente—. Y compruebe también si aparece en alguna de las escenas del crimen anteriores —Stephanie recorrió lentamente la sala con la mirada para elegir a su siguiente víctima. Señaló a Devon—. ¿Qué tiene para mí?

Devon dejó de estar despatarrado en la silla y se enderezó. Cruzando una pierna sobre la otra, dijo: —Desde esta mañana, he estado revisando los registros financieros de Fairhurst y no he visto nada que pudiera ser motivo de preocupación. Pensé que podría haber una conexión entre Darren, Nigel Hadlow y el hombre que le dio dinero a Nigel, Terry Houghton.

—¿Por qué? —espetó ella.

—Por si la vía del colegio no funciona, inspectora. Pensé que debíamos mantener abiertas todas las opciones.

No le gustaba la idea de perder el tiempo, pero entendía su punto de vista y admitió que tenía sentido. Si centraban todo su tiempo, energía y esfuerzo en las víctimas de acoso escolar y no llegaban a nada sin un plan B, volverían a la casilla de salida, un lugar en el que no quería estar.

—Muy bien —dijo asintiendo secamente—. ¿Algún otro caso en el que nuestras víctimas puedan estar relacionadas?

Devon la miró con los ojos como platos, como un conejo

deslumbrado por los faros de un coche. —No que yo haya visto hasta ahora. Pero... seguiré buscando.

—Genial —se dirigió de nuevo a Giles—. ¿Qué hay del chico de la fotografía?

—Lo he intentado, inspectora, pero no tengo ni la más remota idea de quién es este crío.

—¿Sigue sin nada?

—La foto es de mala calidad, tiene cuarenta años; la persona que aparece podría tener un aspecto completamente distinto ahora.

—No quiero oír excusas —replicó ella, perdiendo la paciencia—. ¿Le ha enseñado usted la foto a Anthony Shore o a sus padres para ver si *él* es la persona de la fotografía? Noah sigue de vigilancia y tendremos un equipo observándolo toda la noche. Todo esto habrá sido una pérdida de tiempo y dinero si no es el chico de la fotografía.

El rostro de Giles se demudó por la incredulidad, como si acabara de descubrir el fuego.

—No había pensado en eso. ¡Suena de maravilla!

—Haciéndole su trabajo —dijo ella—. Mientras tanto, tenemos que encontrar a Mouse como prioridad. Fiona, sé que has estado trabajando en ello, pero quiero que Olivia eche una mano, y quiero que hagáis todo lo posible para encontrar a este individuo. Hablad con todo el mundo. De momento, es nuestro mayor sospechoso.

CAPÍTULO
CINCUENTA Y UNO

Tras varias horas de investigar, llamar, colgar, esperar, tachar nombres de la lista y contactar con gente por diversos medios, Fiona por fin descubrió el nombre de una persona que había asistido a la excursión escolar de los chicos a New Forest.

Un profesor de apoyo llamado Michael Glover había sido convocado en el último momento después de que otro miembro del personal se diera de baja, lo que provocó que su nombre se omitiera en varios documentos. Al final, Fiona tuvo que fiarse del vago y borroso recuerdo de un antiguo alumno para conseguirlo.

De todos los miembros del personal que habían ido a la excursión, Michael era el único que seguía vivo. Ahora, con sesenta y tantos años, era uno de los asistentes más jóvenes, pues acababa de salir de la universidad cuando regresó al lugar donde todo empezó para él: St Jude's.

La casa de Michael Glover era una casita de campo achaparrada de dos plantas, con un tejado inclinado cubierto de musgo y hiedra trepando por la fachada de ladrillo. Su nombre apenas se leía en un cartel de madera cubierto de liquen y hojas. Uno de los cristales de la ventana de arriba tenía una grieta finísima que la recorría como una vena, y la pintura de los alféizares se estaba desconchando. Las ortigas y las malas hierbas habían invadido la mayoría de los arriates del jardín delantero, y una maceta de terracota volcada yacía junto a un gnomo agrietado cuyos colores se habían desvaído hacía mucho tiempo.

Fiona se quedó de pie en el umbral del salón, intentando no respirar muy hondo. El aire estaba cargado del hedor a tabaco rancio, que se le pegaba a la garganta. La moqueta bajo sus pies era del color del té aguado, y veía dónde los muebles habían dejado surcos permanentes en ella. El lugar tenía toda la pinta de ser el hogar de alguien que había vivido solo, sin rastro de una esposa o pareja, ni siquiera de alguien que lo visitara con frecuencia.

Michael se dejó caer en el sillón con la soltura de alguien que se ha pasado la vida moviéndose y tomando pastillas de aceite de hígado de bacalao.

—Tiene usted una casa encantadora —dijo ella.

—Era de mis padres. La heredé cuando fallecieron. Era más bonita que el sitio donde vivía, así que pensé en mudarme.

Eso explicaba los muebles. Fiona buscó en el bolso y sacó unos documentos.

—Me ha costado un poco encontrarlo, pero tengo entendido que dio clases en St Jude's, ¿es correcto?

—Yo nunca di clases. Era profesor de apoyo. Mi padre era profesor allí. Él me consiguió el puesto.

Así que eras un enchufado.

El término se refería a alguien cuyo éxito profesional se atribuía a tener padres famosos o con buenos contactos. En el caso de Michael, fue su padre quien le aseguró el puesto en el colegio, quizá en detrimento de otros candidatos más cualificados.

—¿Cuánto tiempo estuvo en el colegio? —preguntó ella.

—Unos diez años.

—¿Y siguió siendo profesor de apoyo durante todo ese tiempo?

Él asintió. —Nunca vi la necesidad de cambiar. Ganaba buen dinero, no tenía mucho estrés y le caía bien al director.

Claro que sí. De lo contrario, papá podría haber tenido algo que decir al respecto.

—¿Qué hizo después de dejar el colegio?

—Papá decidió jubilarse, y yo decidí que ya no quería estar allí sin él, así que me fui a trabajar a una oficina en la ciudad.

Fiona tomó una nota. —¿Qué puede contarme de su época en el colegio?

Michael se aclaró la garganta. —La mayor parte del tiempo nos lo pasábamos muy bien. Yo solo era unos años mayor que algunos de los chicos, así que me veían como un hermano mayor. Un par de veces me pidieron que les consiguiera cigarrillos y alcohol cuando eran menores de edad. Casi siempre me negaba, pero hubo un par de ocasiones en las que los ayudé, solo porque sabía que, si no lo hacía, acabarían metiéndose en líos por robarlos.

Fiona no dijo nada, se limitó a escuchar y a esperar a que continuara.

—El resto del tiempo, estábamos siempre de cachondeo. Creo que, en cierto modo, ayudé a servir de puente entre ellos y los profesores. Muchos de ellos me confiaban cosas personales, secretos, ese tipo de cosas.

Fiona cambió ligeramente el peso de su cuerpo. —¿Alguno de esos secretos tenía que ver con la excursión a New Forest?

Michael titubeó. Ella notó el cambio en su respiración. Más superficial. Sus dedos se cerraron con más fuerza alrededor de la taza que tenía en el regazo.

—¿Qué excursión? —preguntó él finalmente.

—La de 1983. Lo llamaron en el último momento para ayudar a supervisar.

Otro silencio, este más largo.

—La recuerdo —dijo—. Vaya tiempo de perros hizo esa semana. Llovió todas las noches. Las tiendas de campaña se vinieron abajo dos veces. A uno de los chicos le picó algo en el tobillo y no paró de llorar durante horas.

—¿Y qué hay del incidente que involucró a un grupo de chicos y a alguien llamado Ratón?

Michael no se inmutó al oír el nombre, pero ella vio cómo se le dilataban ligeramente las fosas nasales. Miró más allá de ella, hacia la ventana.

—¿Se ha enterado de eso?

—Sí. Y me gustaría que me diera su versión de esa noche, por favor. ¿Cómo se llamaba?

—Rami Krüger. Inmigrante de segunda generación de Alemania. Un crío rarito —dijo Michael al fin—. Siempre solo. Siempre garabateando en un cuaderno o hablando consigo mismo. Un poco solitario. Un bicho raro, si le soy sincero. Pero siempre andaba con esos chicos. Estaba pegado a ellos como una lapa. O eso intentaba, al menos. Creo que deseaba tanto formar parte de su pandilla que estaba dispuesto a hacer cualquier cosa. Así que una noche, se lo llevaron, lo ataron a un árbol, lo dejaron en calzoncillos y lo abandonaron. A Nigel, Carlos, Darren y Anthony (los chicos responsables) les pareció divertidísimo. Dijeron que era una novatada. Una broma. Algo de lo que se suponía que el resto también debíamos reírnos. Pero cuando salí a correr a la mañana siguiente y lo vi...

Michael se interrumpió, con un ligero rictus en la boca, como si el recuerdo le dejara un sabor desagradable.

—Estaba temblando. Con los brazos sobre la cabeza y las muñecas atadas con una cuerda que habían robado de una de nuestras actividades ese mismo día. Los ojos, muy abiertos y llorosos. La boca, manchada de tierra. Como un animal atrapado en una trampa. Cuando lo encontré, estaba llorando a lágrima viva.

A Fiona se le hizo un nudo en la garganta. Esperó.

Michael se recostó en la silla, suspirando. —Lo desaté. Le dije que todo iba a salir bien. Que lo llevaría de vuelta al campamento para que entrara en calor.

—¿Cómo supo que los responsables eran Nigel y sus amigos?

—Me lo dijo Rami. Pero solo porque lo obligué a hacerlo.

—Según otras personas con las que hemos hablado, nadie tuvo que rendir cuentas por el incidente. A los chicos se les permitió irse de rositas. ¿Por qué?

Michael fingió mirar algo que se le había metido en las uñas. —Hay dos razones para eso —dijo—. La primera es... bueno, Rami me suplicó que no le dijera nada a nadie. Dijo que deseaba tanto ser aceptado por Nigel y los demás que estaba dispuesto a llevárselo a la tumba. Y la otra razón no me enorgullece tanto. —Hizo una pausa—. En el fondo, me pareció divertidísimo. Chiquilladas. Una simple novatada. Nada grave.

—¿No cree que ese tipo de humillación pudo haberle marcado? —preguntó Fiona en voz baja. Su voz era serena, pero sus manos se habían cerrado en puños a ambos lados de su cuerpo—. ¿Pudo haberlo formado?

Michael finalmente la miró, esta vez de forma más cortante.

—No tengo ni idea de qué fue de él después de aquello —dijo—. Dejó St Jude's y no volví a verlo nunca más.

Fiona tomó una nota. Ahora que tenían un nombre confirmado, podrían tener más suerte para rastrear el paradero de Rami Krüger. Buscó en su bolso y sacó la fotografía que se había encontrado en la escena del crimen de Darren Fairhurst. Se la pasó.

—¿Reconoce al chico de esta imagen?

Michael estudió los rasgos del chico durante un tiempo considerable, examinando cada píxel. Fiona lo observó, analizando su reacción en busca del más mínimo indicio de reconocimiento. Pero no lo hubo. Al final, él negó con la cabeza y le devolvió la imagen.

—No me suena de nada —dijo—. ¿De cuándo es?

—No lo sabemos. Pero sospechamos que es de una época similar a cuando Darren, Nigel y Carlos estaban juntos en el colegio.

Michael se cruzó de brazos. —No me suena de nada. Lo siento.

Fiona guardó sus cosas en el bolso para marcharse, pero entonces se le ocurrió algo.

—Lamento informarle —empezó—, de que Nigel, Darren y Carlos están muertos. En cada una de las escenas del crimen, hemos encontrado latas que contenían mensajes religiosos inscritos en su interior. Ahora bien, según tengo entendido, St Jude's no era un colegio particularmente religioso, ¿verdad?

Michael negó con la cabeza. —No sé cómo será ahora, pero no lo era cuando yo estaba allí.

—¿Alguno de los chicos era religioso?

Se encogió de hombros. —Claro. Tenían todo tipo de creencias.

—¿Sabe qué creían Danny, Carlos y Nigel, si es que creían en algo?

Michael lo sopesó durante un largo momento, y luego negó con la cabeza. —Nunca oí que mencionaran nada explícitamente. No era el tipo de cosa de la que hablábamos. —Chasqueó los dedos—. Excepto el pequeño Rami. Siempre estaba leyendo cosas de la Biblia o hablando de ella. Se sabía largos pasajes al pie de la letra, y siempre encontraba la manera de reconducir cualquier tema de conversación hacia Dios y Jesús. La mayoría de las veces, lo ignoraba, pero sé que pasaba mucho tiempo yendo a la iglesia.

CAPÍTULO
CINCUENTA Y DOS

A Noah no le entusiasmaba especialmente la nueva idea que Devon había presentado al equipo. La de asignar tareas al azar sacando pajitas. No le hacía ninguna gracia, sobre todo porque le había tocado la segunda pajita más corta del día. Como resultado, se encontraba aparcado frente a la modesta casa pareada de Anthony Shore en Addlestone, cual ángel de la guarda, vigilando la propiedad y la calle para asegurarse de que el hombre permaneciera a salvo de cualquier posible daño. Un ángel de la guarda que solo estaría allí un rato más, hasta que se produjera el cambio de turno y lo sustituyera un agente uniformado encargado del turno de noche. Durante las últimas tres horas, había estado condenado a los confines del coche de servicio, acompañado únicamente por un par de botellas de agua, un puñado de aperitivos y una libreta. Aparte de la paloma ocasional que cruzaba la carretera contoneándose, no había habido absolutamente nada que reseñar. Anthony había estado en casa toda la tarde y nadie se había aventurado a acercarse a la propiedad. Fuera, hacía tiempo que había anochecido, y la única luz que tenía para combatir la oscuridad era el débil resplandor de una farola a mitad de la calle.

Noah miró el reloj por quinta vez en menos de un minuto y, cada vez, se sintió tan decepcionado como la anterior al ver que seguían siendo las 18:55.

—A la mierda —masculló, estirando los brazos con un bostezo todo lo que pudo dentro del estrecho vehículo—. Hora de cenar.

Cogió la última media barrita de KitKat del asiento del copiloto y se la metió en la boca. La cena de los campeones.

Entonces, le vibró el móvil.

Rachel. Su mujer.

Sonrió levemente y contestó:

—Hola.

—Hola, ¿estás muy liado?

Echó un vistazo hacia la casa.

—Hasta arriba de trabajo. Se acaba de posar un pájaro en el tejado, así que tengo que vigilarlo de cerca, no vaya a ser que se cague en el patio.

Rachel se rio entre dientes.

—Las niñas quieren darte las buenas noches. Tienes treinta segundos antes de que exploten.

A Noah se le ablandó el corazón.

—Pónmelas.

Oyó el roce del teléfono al cambiar de manos.

—¡Papáaaa! —corearon dos vocecitas a través del altavoz.

—Hola, mis monstruos —dijo él, con la voz llena de calidez—. ¿Os estáis lavando los dientes? ¿O estáis volviendo a esconder chocolate debajo de la almohada?

Siguieron más risitas.

—Mamá dice que estás apagando fuegos —dijo la mayor, Amelia.

—No los estoy apagando. Solo vigilo casas para asegurarme de que no se incendien.

—¿La nuestra se va a incendiar, papi?

—No, cariño. Ya he comprobado nuestra casa para asegurarme de que no lo haga.

—¿Cuándo vienes a casa? —preguntó Trinity.

—Pronto, peque. Estaréis dormidas, pero os veré por la mañana.

Las niñas gruñeron con decepción, y entonces intervino Rachel, pidiéndoles que terminaran de lavarse los dientes y la esperaran en la habitación. Ellas se despidieron a gritos antes de desaparecer.

—Te aviso cuando vaya para casa —le dijo a Rachel antes de colgar.

Al dejar el móvil en su regazo, un par de faros barrieron el parabrisas. Un coche camuflado había aparcado detrás de él, con una agente uniformada al volante.

Por fin.

La agente Grace Patel se bajó y se acercó contoneándose a su ventanilla.

—¿Ha sido un turno tranquilo? —preguntó.

—Más seco que el Sáhara —respondió Noah, impávido.

—Qué suerte la suya. Aunque eso es mejor que estar atrapada en un atasco cerca de Guildford con un perro que no paraba de vomitar antes.

—Usted gana. Y dicho esto, me largo. Es todo suyo. Que lo disfrute.

—Gracias.

Mientras Patel volvía a su coche, Noah arrancó el motor y se marchó. Al mirar la casa por última vez, una sensación de inquietud le recorrió la nuca.

Puede que Anthony estuviera a salvo por ahora.

Pero ¿por cuánto tiempo?

CAPÍTULO
CINCUENTA Y TRES

Stephanie estaba sentada a la mesa de la cocina, con una pierna encogida debajo y la otra rebotando sin cesar contra la pata de la silla. La luz azul de la pantalla de su portátil arrojaba un suave resplandor sobre la copa de vino medio vacía que tenía al lado.

Ya había leído el correo electrónico tres veces, había esbozado una respuesta varias más y había borrado rápidamente cada una de ellas.

Estimada Sra. Broadbent:

Le escribimos para informarle de un retraso en la venta de la propiedad de su difunto padre. Durante las comprobaciones finales, ha salido a la luz que la escritura original incluye una cláusula restrictiva que data de 1973, la cual limita ciertos usos del terreno. Los abogados de los compradores lo han planteado como un problema y, como resultado, el proceso de transmisión de la propiedad se ha paralizado hasta que podamos negociar una escritura de modificación u obtener un seguro de indemnización legal.

Comprendemos lo frustrante que esto puede ser, sobre todo en esta fase, pero estamos trabajando para resolver el problema con la mayor celeridad posible.

Atentamente,
HG & Hijos

Stephanie apretó la mandíbula.

Cláusula restrictiva. Apenas sabía lo que significaba, pero sonaba a puras pamplinas para retrasarlo todo y mantenerla atrapada en el limbo. La casa ya debería estar vendida. Kimberley y ella habían vaciado las habitaciones, se habían encargado del fantasma de su padre y la habían puesto en el mercado. Ahora era problema de la inmobiliaria. Se suponía que la venta pondría punto final a su padre y a todo lo relacionado con él. Un cierre. Y, sin embargo, ahí estaba él, encontrando una manera de ponerle las cosas difíciles, de meterse en su vida de alguna forma. Una polvorienta línea en una escritura de hacía décadas tenía ahora su vida secuestrada.

Soltó una risa amarga y cogió el vino.

—Te encantaría esto, ¿a que sí? —masculló al silencio—. Seguir jodiendo las cosas desde la tumba.

Le rugieron las tripas; una sensación familiar e inoportuna empezaba a formarse en el fondo de su mente. Reconocía las señales de advertencia y los detonantes.

Y no iba a ceder ante ellos. Necesitaba aire, necesitaba espacio.

Stephanie miró el portátil un segundo más antes de cerrarlo de un portazo y apartarlo.

Era hora de salir de allí.

Se cambió rápidamente y se puso unas mallas, un sujetador deportivo, una camiseta y una sudadera con capucha. Sus zapatillas de deporte ya estaban junto a la puerta, embarradas de la última vez que había intentado salir a correr y lo había dejado a medias. Se recogió el pelo, se puso los auriculares y salió de casa sin mirar atrás.

Fuera, el aire era fino y más frío de lo que esperaba. Pero lo ignoró y corrió sin pensar, dejando que la memoria muscular la guiara mientras se dirigía hacia el campus de la Universidad de Surrey. No sabía por qué, pero algo la había llevado de vuelta allí. Al lugar donde había comenzado su regreso a la policía de Surrey. Al lugar donde cuatro estudiantes habían perdido la vida.

El campus estaba tranquilo a esa hora. Los inicios del invierno se habían asentado sobre el césped y en las calles, convenciendo a los estudiantes de que era mejor quedarse en casa que arrostrar la incomodidad de una noche de frío. Sus zapatillas golpeaban rítmicamente el asfalto mientras atajaba por la entrada sur, pasaba la biblioteca y se desviaba a la derecha, hacia el lago.

La golpeó cerca de las escaleras del centro de estudiantes.

Maya Corcoran. La tercera víctima del plan maestro de venganza de su padre, el muñeco de vudú encontrado en una caja colocada a su espalda.

A Stephanie se le cortó la respiración y, por un momento, redujo la marcha hasta ponerse a caminar. Miró el estanque donde se había encontrado el cuerpo de Maya. Apenas unas horas antes de que la encontraran, Stephanie había estado forcejeando con ella en el suelo durante su entrenamiento de jiu-jitsu. Desde entonces, no había vuelto a practicar ese deporte, como si hubiera quedado mancillado por el recuerdo de lo que le había pasado a Maya.

Con los pensamientos de aquella noche arremolinándose en su mente, Stephanie siguió adelante, cruzando la explanada y pasando al trote por los lugares donde se habían descubierto los otros cuerpos: apuñaladas, asfixiadas, quemadas vivas. Cuatro víctimas solo en el campus. Cuatro familias destrozadas. Y su padre, el hombre que la había criado, lo había orquestado todo desde el sillón de su residencia.

Stephanie dejó de correr. Se inclinó hacia delante, con las manos en las rodillas y la respiración entrecortada y acelerada. El sudor le perlaba el cuello.

Ya no corría solo para despejar la mente. Corría porque una parte de ella la había traído de vuelta a ese lugar. No por ejercicio. No por distracción. Sino para un ajuste de cuentas.

Incluso después de todo, su padre todavía la tenía dando vueltas sobre el mismo terreno, atrapada en la atracción gravitatoria del horror que él había dejado atrás, incapaz de perdonarse por el trauma y los problemas que había causado.

Se enderezó lentamente, echando los hombros hacia atrás y pasándose la manga por la frente.

Pero ya había tenido suficiente. Durante demasiado tiempo, él se había aferrado a sus pensamientos como una enfermedad. Pero ya no. Había acabado con él.

—No soy tuya —susurró al oscuro campus que la rodeaba—. Ya no.

Luego, volvió a echar a correr, esta vez con un ritmo más firme, en dirección a la puerta trasera y alejándose del corazón de la universidad.

Algo la había llevado de vuelta allí esa noche.

Pero esa sería la última vez.

CAPÍTULO
CINCUENTA Y CUATRO

No quería estar allí. No solo se sentía cada vez más cansada y agotada por la falta de sueño y el estrés de la investigación, sino que además creía no tener ningún motivo para estar allí. Sin embargo, le había prometido a Clive que iría. Se lo había prometido solo para tranquilizarlo y quitárselo de encima.

La terapia siempre había sido un tema tabú en su mundo. El estigma que la rodeaba la hacía sentirse débil, como si fuera un ser humano inferior, así que la había evitado a toda costa. Sabía que tenía problemas —claro que los tenía, no era estúpida—, pero había tenido sus propios métodos para afrontarlos y procesarlos. Aunque puede que esos métodos no hubieran sido los ideales, en general le habían funcionado.

¿Cómo era el dicho? *Si algo funciona, no lo toques...*

Se removió en la silla, tirando de la manga de su jersey como si la fina tela pudiera protegerla de la propia habitación. Se sentía incómoda, incluso claustrofóbica, como si las paredes se estuvieran cerrando a su alrededor y el ambiente cargado le estuviera sorbiendo el oxígeno de los pulmones. Bajó la mirada a su regazo y jugueteó con los dedos, esperando. No quería inspeccionar el resto de la habitación; se conformaba con los pensamientos debilitantes que repiqueteaban en su mente mientras esperaba que una desconocida despedazara su pasado como un buitre desgarra un cadáver; lo que quedaba de él, al menos.

En cualquier momento, la terapeuta entraría y ella tendría que levantar la vista, hacer algún comentario cortés y quizá incluso responder a una o dos preguntas.

Entonces empezarían a hablar. Volvería a revivir su infancia.

Se vería obligada a quedarse sentada escuchando los consejos de la terapeuta, oyendo cosas que ya sabía.

Stephanie ya notaba un calor punzante en la nuca. No provenía del radiador que tenía detrás, sino de los recuerdos, la angustia, la ansiedad, la paranoia, la sensación que había tenido en su sueño.

La tenue cicatriz de su antebrazo, donde su padre le había acercado un mechero, de repente se encendió con un dolor ardiente que se extendió por su cuerpo. Se le revolvió ligeramente el estómago y se le aceleró la respiración. Lo ignoró, pellizcándose la piel de los muslos para distraerse de la sensación.

Solo un poco más y esto habría terminado.

Entonces, la puerta se abrió con un suave clic.

Entró una mujer de unos cincuenta y tantos años, con una rebeca discreta y el pelo bien peinado. Sonrió y cruzó la habitación como si tuviera todo el tiempo del mundo.

—¿Stephanie? —dijo con voz suave, casi vacilante.

Stephanie levantó la vista y forzó una expresión de aparente neutralidad.

—Esa soy yo.

—Gracias por venir.

Stephanie asintió de forma rápida, casi imperceptible. —Solo estoy aquí por Clive. Dijo que sería bueno hablar de algunas cosas. —Se aclaró la garganta y se enderezó—. Bien, ¿acabamos con esto de una vez? Tengo un día muy ajetreado por delante.

CAPÍTULO
CINCUENTA Y CINCO

No había mejor sensación que la de experimentar un gran avance, sobre todo cuando eras tú la responsable. El inmenso orgullo, la admiración y la sensación de satisfacción que te invadía al hacer el descubrimiento antes que tus compañeros; era algo incomparable y un sentimiento al que no estaba acostumbrada.

Olivia no estaba muy segura de cómo lo había conseguido, pero tras varios intentos fallidos, había localizado al hombre que creía que era Mouse. El hombre que, después de su terrible experiencia en el New Forest con la pandilla de chicos, había dejado St Jude's, se había marchado de Surrey con su familia y se había cambiado el nombre. El único problema era que ahora vivía en Norfolk, a tres horas en coche. Un viaje que la mantendría fuera de casa mucho tiempo y, posiblemente, toda la noche.

Levantó la mano para llamar a la puerta de Stephanie, pero se detuvo al oír voces dentro. Cuando cesaron, llamó.

—Pase... —la voz de Stephanie sonó apagada, casi ausente.

Olivia abrió la puerta con cuidado y entró.

—Lo he encontrado.

Stephanie levantó la vista de su escritorio, confusa. —¿A quién?

—A Rami Krüger. A Mouse. —Olivia se adentró más en el despacho, dejando la puerta abierta—. Solo que ahora se llama Felix Krüger. Se cambió el nombre legalmente hace años. Vive en un pueblo a las afueras de Norwich. Lo he comprobado una y mil veces... Es él, es él sin duda. Cien por cien.

Stephanie se enderezó, y los engranajes de su cerebro empezaron a girar. —¿Estás segura?

—*Segurísima*.

—Fantástico. Pues prepárate, vamos para allá ahora mismo. —Stephanie empezó a levantarse de la silla.

—No puedo ir —se apresuró a responder Olivia—. No puedo dejar a los niños. Está demasiado lejos y no puedo permitirme dejarlos solos por la noche. A saber qué le harían a la casa.

Stephanie se mordió el labio, sopesando ya las posibilidades en su cabeza. —Tienes razón. Perdona, debería haberlo recordado. Alguien más... —Miró hacia las persianas venecianas que bloqueaban la luz del exterior—. ¿Fiona?

—¿Alguien me llamaba?

Ambas mujeres se giraron y vieron a Fiona de pie en el umbral, con el pelo ligeramente alborotado y una ceja enarcada, como si hubiera estado escuchando más tiempo del que creían.

A Stephanie se le escapó una leve risa. —Hablando del rey de Roma.

Fiona sonrió con suficiencia y entró. —Por la puerta asoma. Y bien, ¿a quién perseguimos hasta Norfolk?

—¿Has estado ahí todo este tiempo?

—Soy mujer. Nací con un oído muy fino.

Fiona se había ofrecido a conducir diciendo que no tenía ocasión de hacerlo a menudo y que le encantaban los viajes largos en coche.

—Mi padre era un loco de los coches —contó mientras salían de la A3 para incorporarse a la M25—. Tuvo como quince coches distintos mientras crecía: BMW, Audi, Mercedes, Alfa Romeo, de ese tipo. Compraba la mayoría de segunda mano, hechos polvo, y luego los arreglaba en su garaje. Un auténtico piloto de carreras callejeras, siempre yendo a quedadas ilegales y corriendo por la calle.

—¿En Surrey? ¿De verdad? No sabía que ese mundillo se moviera tanto por aquí. Siempre pensé que esto iba más de presumir de quién tiene la escopeta más grande y quién caza más en la cacería local del zorro.

Fiona soltó un pequeño bufido.

—En Essex tuvimos muchos problemas con ese tipo de cosas —dijo Stephanie—. Un mes sí y otro también, había órdenes de dispersión para la gente que bloqueaba las carreteras. Sobre todo por la zona de Southend.

—Mi padre habría sido uno de ellos —dijo—. Conociéndolo, seguro que era él quien lo organizaba. No sé qué tenían, pero le encantaban los coches. Recuerdo que siempre veíamos *Top Gear* juntos los domingos. —Su rostro se iluminó con el atisbo de un recuerdo—. A mi hermano no le interesaba; siempre estaba ocupado con sus cosas en la PlayStation.

—Estabas muy unida a tu padre, ¿no?

El velocímetro superó los ciento diez kilómetros por hora.

—Éramos uña y carne —respondió Fiona—. Inseparables. Aprendí mucho de coches con él. Siempre andábamos justos de dinero y no siempre podíamos irnos de viaje. Él nunca podía permitirse cogerse vacaciones, así que yo pasaba las vacaciones del colegio con él, aprendiendo para qué servían las distintas piezas, cómo funcionaba todo y cómo encajaba, y luego salíamos a dar una vuelta en coche.

—Seguro que arrasaste en las prácticas de conducción de Hendon —bromeó Stephanie.

—Sin querer echarme flores, pues sí. Se me dio bastante bien.

Y se notaba. Normalmente, a Stephanie le incomodaba pasar de cien, como mucho ciento cinco, sin empezar a sudar. Y, sin embargo, allí estaban, superando el límite de velocidad nacional, y se sentía extrañamente tranquila, relajada y segura. Era contradictorio, pero presentía que Fiona era una conductora excelente; ya había montado en el coche con Giles y con Olivia y había temido por su vida con ambos. Pero no con Fiona. Con Fiona se sentía segura. Como si pudieran alcanzar los ciento sesenta kilómetros por hora y su ritmo cardíaco se mantuviera estable.

Miró de reojo a la agente, posando la mirada en los brazos delgados y ligeramente bronceados de Fiona, en sus muslos musculosos y en sus uñas cortas y mordidas.

—Tengo que admitir que nunca te imaginé como una aficionada a los coches —dijo Stephanie.

—¿Lo dices por mi físico atlético? No dejes que las apariencias te engañen, Steph. Soy tan negada para el deporte como para aparcar en paralelo.

Un breve silencio se instaló entre ellas mientras adelantaban a toda velocidad a un coche en el carril central.

—¿Tú estabas muy unida a tu padre? —preguntó Fiona, y al instante se dio cuenta de su error—. Perdona. No sé por qué he preguntado eso... No estaba pensando. Lo siento. Debería haberlo sabido...

Stephanie se rio. —No pasa nada. A ver, quizá hubo unos días cuando era un bebé de los que no me acuerdo, pero en general, no.

—¿Cómo lo llevas?

—Tengo días buenos y días malos. Sobre todo, me alegro de que esté fuera de mi vida para poder seguir adelante con ella.

Los pensamientos sobre el correo electrónico que había recibido la noche anterior y su conversación con la terapeuta de esa mañana resonaron en su cabeza, y se dio cuenta de que él nunca estaría completamente fuera de su vida, que siempre tendría que vivir con ello, pero que tendría que aceptarlo de una manera diferente.

—Me... me alegro —respondió Fiona, a la que la conversación claramente la incomodaba.

Stephanie sonrió cortésmente y luego volvió a centrar su atención en el velocímetro: ciento treinta kilómetros por hora.

—A este ritmo, llegaremos para la hora de comer.

—Ese es el plan. Y volver a tiempo para ver *The Chase* a las cinco.

Antes de que Stephanie pudiera responder, su móvil vibró en el bolsillo. Lo sacó y miró la pantalla. Elias. Contestó a la llamada.

—¿Puedes hablar? —preguntó él.

—Ahora mismo estoy en la M25, temiendo por mi vida, así que puede que no me quede mucho tiempo. Dispara.

—Mi equipo y yo hemos completado el informe de la escena del crimen de Darren Fairhurst —explicó Elias, con la voz más grave y misteriosa de lo habitual—. En resumen, no hay mucho que decir. Solo que el fuego se originó en la cocina y se extendió rápidamente, como pensé al principio. El cuerpo de Darren fue encontrado en la misma habitación, en una posición similar a la del resto de las víctimas. Aunque sí que nos dimos cuenta de que había lo que parecía un plato lleno de comida en la mesa del comedor.

Stephanie le dio vueltas a eso un momento.

—¿Parecía un montaje? —preguntó.

—No lo sé —dijo él, sin comprometerse—. Yo solo sé los hechos, y eso es lo que hemos averiguado hasta ahora.

—Te lo agradezco. Gracias.

Una pausa.

—¿Cómo te encuentras después de lo del otro día?

—Bien.

—Sabes, podrías probar a caminar sobre brasas.

Se le cortó la respiración. —¿Estás loco?

—Te ayudará. A mí me ayudó a enfrentarme a mi miedo hace mucho tiempo —dijo él—. Además, no es tan terrible como podrías pensar. Es más una cuestión de lo que pasa en la cabeza que en los pies. Una vez que controles lo que pasa en tu mente, no tendrás ningún problema.

Ella se rio entre dientes. —Si pudiera hacer eso, Elias, para empezar no necesitaría caminar sobre brasas.

—Es verdad. Pero la oferta sigue en pie. Si te interesa, dímelo, y veré si podemos organizar algo en la estación.

—Bajo supervisión de un experto, espero.

—Me aseguraré de que esté a cargo otra persona.

—Una conversación incómoda que me ahorro.

Le dio las gracias por la información y colgó. Mientras dejaba el teléfono en su regazo, Fiona la miró.

—¿Elias? ¿Otra vez? ¿Llamándote directamente al móvil?

Stephanie sabía por dónde iba la conversación.

—Ni empieces. No hay nada entre nosotros, ni lo habrá. Ahora presta atención a la carretera y llévanos de una pieza, por *favor*.

CAPÍTULO
CINCUENTA Y SEIS

Gracias a la conducción poco convencional, y probablemente ilegal, de Fiona, llegaron a la casa de Felix Krüger, en Norfolk, al cabo de dos horas y media; treinta minutos antes de lo previsto.

—No sabía que se pudiera ganar tanto tiempo —dijo Stephanie mientras salía del coche, con un subidón de adrenalina que le hizo temblar las rodillas.

Una ráfaga de viento la golpeó, casi haciéndola perder el equilibrio y echándole gruesos mechones de pelo a la cara.

—Pero ¿a que no te has muerto?

Stephanie se tocó el pecho y el abdomen en broma y luego se recogió el pelo en una coleta. —A juzgar por mi ritmo cardíaco, no creo que me quede mucho.

Felix Krüger vivía en una pequeña casa de campo en la costa de Norfolk, del tipo que parecería sacada de una comedia romántica protagonizada por Jude Law y Kate Winslet. Sus paredes de ladrillo, cubiertas de liquen, parecían llevar allí cientos de años, habiendo sobrevivido a los elementos. El aire olía a algas, un olor tan intenso que picaba en la nariz, y en algún lugar más allá de las dunas llegaba el estruendo ahogado de las olas al romper contra la orilla, trayendo consigo mensajes del otro lado del mar del Norte. Una gaviota sobrevolaba en círculos, soltando un largo graznido lastimero antes de desaparecer en el almohadón gris de las nubes. Fiona levantó la vista y olisqueó el aire.

—Huele a que nos vamos a calar —masculló.

Stephanie llamó al timbre. Su leve tintineo sonó desde las profundidades de la casa de campo, rápidamente engullido por el sonido del mar.

Unos instantes después, la puerta se abrió una rendija antes de abrirse del todo y revelar a un hombre de unos cincuenta y pocos años con el pelo cuidado y ralo y unas gafas que reflejaban la luz. Llevaba una rebeca malva con la cremallera subida hasta el cuello y una sonrisa encantadora. Era bajo y no tenía en absoluto pinta de asesino en serie.

—Qué rápido han llegado —dijo con voz suave. Abrió más la puerta.

—Había sorprendentemente poco tráfico —dijo Stephanie, lanzándole una rápida mirada a Fiona.

Felix les indicó con un gesto que entraran. El interior de la casa estaba ordenado y despejado, con un sitio para cada cosa y cada cosa en su sitio. Stephanie tuvo la impresión de que Felix creía que un hogar ordenado equivalía a una mente ordenada, y viceversa. Señaló el salón al final del pasillo y luego les ofreció té y café.

Stephanie entró en el salón y tuvo que parpadear, sorprendida de lo luminoso que resultaba para ser una tarde de noviembre. Una alfombra estampada se extendía sobre el suelo de tarima pulida, bajo un par de sillones de color crema colocados en ángulo hacia una pequeña chimenea donde un único leño ardía en silencio. En medio había una mesita de café baja de roble, con libros apilados ordenadamente. El aire olía ligeramente a mar y a la sal de la costa. En la pared, un reloj hacía tictac y una acuarela de un faro colgaba sobre la repisa de la chimenea.

La mirada de Stephanie recorrió una estantería en la esquina. Libros, libros y más libros. Una cornucopia de estudios religiosos, libros de texto, novela negra, fantasía y romántica. La prueba de una vida vivida en soledad. Stephanie se imaginó a sí misma sentada allí en una tarde de invierno, disfrutando del calor del fuego y de un buen libro, ignorando el viento que aporreaba las ventanas. Entonces se dio cuenta de lo improbable que era, de lo inverosímil que sería que su mente dejara por fin de funcionar y le permitiera desconectar.

—Qué casa tan bonita —dijo cuando Felix regresó de la cocina. Repartió las bebidas, luego sacó un pequeño reposapiés y se sentó en él.

—Le sorprendería saber cuánto trabajo da un lugar tan pequeño como este. La tengo desde hace años y no me imagino viviendo en ningún otro sitio —explicó.

Stephanie y Fiona se acomodaron en los sillones, hundiéndose profundamente en los cojines gastados.

—¿Cuánto tiempo lleva viviendo aquí? —preguntó Stephanie.

Antes de responder, Felix se dio una palmada en la frente con el dorso de la mano. —¿Qué despiste el mío! ¡Pastel! Se me olvidó ofrecerles pastel y galletas. ¿Les apetece?

—No, no es necesario.

—Tonterías. —Se levantó del sillón de un salto—. Es la hora de comer y han venido desde muy lejos. Tengo pastel de limón, *red velvet*, de chocolate y algunas galletas. Todo casero, excepto las galletas; son compradas.Stephanie y Fiona intercambiaron una mirada. La oferta era tentadora, pero la idea de comer alimentos poco saludables puso en marcha a toda máquina las conexiones neuronales de Stephanie. Sin embargo, era demasiado educada para rechazar la oferta. Le dijeron lo que querían y él regresó unos instantes después, arrastrando los pies por el suelo, con la orgullosa sonrisa de un anfitrión.

—¿Por qué tiene tantos pasteles por ahí? —preguntó Fiona, masticando ya un bocado de su pastel *red velvet*—. No se me ofenda, no me quejo. Es solo que no recuerdo la última vez que hice *un* pastel, y mucho menos three.

—Recibo muchas visitas —explicó—. He descubierto que el pastel suele ayudar a la gente a hablar de sus problemas.

—¿Qué tipo de problemas suelen ser? —preguntó Stephanie.

Felix enderezó la espalda y se colocó las manos en el regazo. Las observó comer como una madre orgullosa que espera a que sus hijos abran los regalos de Navidad. —Oh, ya sabe, sus problemas con la vida, las relaciones, el trabajo.

—¿Es usted terapeuta?

—¡Oh, cielos, no! Soy sacerdote. Les transmito el mensaje de Dios, aconsejándoles que al final todo saldrá bien.

—¿Un sacerdote? —repitió Stephanie, bajando su trozo de pastel de chocolate al plato. Todavía no lo había probado.

—Sí. Debería de haber bastantes en Surrey. —Soltó una risita.Stephanie se tomó un momento para asimilarlo. Un sacerdote asesino, quemando gente viva como actos de retribución y justicia. ¿Era posible? Una gran semilla de duda se deslizó en su mente, comenzando a echar raíces cada vez más profundas.

—¿Cuánto tiempo lleva siéndolo? —preguntó Fiona.

Felix frunció los labios, inclinando ligeramente la cabeza como si contara hacia atrás. —Treinta y dos años, más o menos. Empecé joven, en una pequeña parroquia de Cambridgeshire. Pensé que pasaría allí toda mi vida, pero Dios —esbozó una pequeña sonrisa, casi secreta—, Dios tiene una forma de moverte como si fueras una pieza en un tablero de ajedrez. Acabé aquí, y aquí he estado desde entonces.—Y cuando dice que «transmite el mensaje de Dios» —dijo Stephanie, todavía con el tenedor en la mano—, ¿cómo funciona eso exactamente? Quiero decir..., ¿cómo lo oye?

—Oh, no lo oigo como oiría a un amigo en la habitación de al lado —respondió Felix—. Es más bien una... presencia. Una sensación. Estoy leyendo la Biblia o paseando por la playa, y un pensamiento se asienta en mi mente. Es entonces cuando sé que es Él. Mi trabajo es escuchar, y luego ayudar a otros a escucharse a sí mismos.

—Así que nunca es como... —Fiona agitó el tenedor vagamente en el aire— ¿una voz atronadora desde las nubes?Él se rio, negando con la cabeza. —Si lo fuera, la mitad de la congregación saldría por piernas.Stephanie respiró hondo y lentamente. El pastel seguía intacto frente a ella. —Le agradecemos que se haya tomado el tiempo de hablar con nosotras —dijo despacio—. ¿Mi compañera le explicó el motivo de nuestra visita?La expresión de Felix decayó ligeramente. —Unos viejos... *amigos* míos.

—¿Usted los llamaría amigos?—No exactamente. Conocidos, entonces.Una ráfaga de viento golpeó la ventana justo cuando lo dijo. Las nubes grises adquirieron un tono más oscuro y la habitación se vio envuelta en él.

—Hemos hablado con varios de sus antiguos amigos y compañeros de colegio, y tenemos entendido que Nigel, Darren y Carlos eran... muy buenos asegurándose de no tener muchos amigos fuera de su propio grupo —dijo Stephanie.—Esa es una forma de verlo.—Y tenemos entendido que hubo un incidente en el que usted y los chicos en cuestión estuvieron implicados. Un incidente que tuvo que ver con usted y una excursión escolar.La mirada de Felix se desvió por un momento hacia la alfombra, y cuando volvió a levantarla, el color avellana acuoso de sus ojos parecía más penetrante. —Es correcto. ¿Qué les gustaría saber?—Su versión de los hechos.Y así les contó cómo habían llamado a su puerta en mitad de la noche, cómo lo habían convencido para que les dejara atarlo al árbol y cómo le habían prometido que formaría parte del grupo una vez que sobreviviera a la noche.—Siento mucho que pasara por eso —dijo Fiona—. ¿Cómo le hizo sentirle eso con respecto a ellos?—Enfadado al principio. Resentido. Como si quisiera vengarme de ellos. Pero luego hablé con Dios, y Él me ayudó a sanar y a perdonarlos.—Se mudó poco después del incidente...—Eso fue cosa de mi madre. No quería que estuviera en un lugar donde me fueran a acosar cada vez que saliera de casa.—Se cambió el nombre...

—Eso fue cosa mía. Cuando fui mayor de edad, decidí intensificar mi fe y hacerme sacerdote, pero sentía que mi antiguo nombre me frenaba. Así que decidí cambiarlo, para dejar atrás esa parte de mi pasado. Además, es el nombre de mi abuelo, así que es un pequeño homenaje a él.Fiona lamió el plato hasta dejarlo limpio de migas de pastel, luego se inclinó ligeramente hacia delante, apoyando los codos en las rodillas. —¿Cuándo fue la última vez que vio a Darren, Nigel o Carlos?Felix arrugó la frente como si la pregunta fuera comparable a intentar recordar el nombre del gato de un vecino de la infancia. —Oh... hace mucho, mucho tiempo. Años. Décadas, en realidad. Me sería imposible decir cuándo exactamente. Creo que fue cuando dejé el colegio.Stephanie intercambió una mirada con Fiona, luego metió la mano en el bolso y sacó la copia impresa de una fotografía. Era la imagen del cuarto chico encontrado en la escena del crimen de Darren, aquel cuya identidad se había negado obstinadamente a salir a la luz. La dejó con cuidado sobre la mesita de café, entre ellos.—¿Lo reconoce? —preguntó Fiona.Felix cogió unas gafas de la mesita de café y examinó la imagen, sosteniéndola a distancia. Juntó los labios y luego los separó en un pequeño suspiro. —No... lo siento. No tengo ni idea de quién es. —Sonaba genuinamente arrepentido, aunque Stephanie no supo decir si era por el chico o por no poder ayudar.Ella asintió, volviendo a meter la foto en su carpeta. Luego sacó otra: una hoja con imágenes en alta resolución de los mensajes religiosos que se habían encontrado dentro de las latas descubiertas en las escenas de los crímenes.La empujó hacia él. —Estos se encontraron en las escenas. Nos interesa su interpretación.Felix no tocó el papel al principio. Se quedó muy quieto, como si sopesara si debía hacerlo. Luego, finalmente, se inclinó hacia delante, y sus pálidos dedos rozaron el borde de la hoja. Sus ojos recorrieron las palabras lentamente, como un hombre que lee un texto sagrado.—Esto es... inquietante —murmuró—. Los reconozco. Hablan de retribución y de tiempos difíciles. Y... quienquiera que los escribiera tiene la intención de buscar justicia, y rezo por ese niño de la fotografía —que supongo que ahora es un adulto hecho y derecho con una vida y un futuro— para que no la consiga.Nosotras también, pensó Stephanie.

—¿Estaba al tanto de alguna creencia religiosa entre Darren, Nigel y Carlos? —preguntó.

Felix lo pensó un momento. —Siempre tuve la sensación de que esos chicos eran *algo* religiosos. Que tenían conocimientos de la Biblia, pero no que necesariamente supieran tanto sobre ella como yo, ¿me entiende? Pero sin duda me dio la impresión de que eran religiosos, pero no devotos. Pasaba lo mismo con muchos de los chicos que iban a ese colegio.

CAPÍTULO
CINCUENTA Y SIETE

Kimberley apretó el móvil con tanta fuerza que temió poder romperlo. En ese momento, no deseaba otra cosa que partirlo en dos, lanzarlo contra la pared y pisotear los añicos hasta que se hicieran mil pedazos.

Stephanie no contestaba, otra vez; sus llamadas saltaban directamente al buzón de voz. Su hermana, la que le había prometido estar ahí para cada llamada y cada urgencia, no aparecía por ninguna parte. Kimberley había querido creerla, había querido darle a Stephanie el beneficio de la duda. Comprendía que su hermana tenía un trabajo exigente que requería muchas horas y viajes frecuentes. Pero era la segunda vez que Stephanie la decepcionaba, y Kimberley no estaba segura de cuántas oportunidades más estaba dispuesta a darle.

Una parte de ella todavía le guardaba rencor a Stephanie por mentir sobre sus padres y su infancia, mientras que otra parte comprendía y apreciaba sus justificaciones. Estaba inmersa en una lucha interna, con las dos opiniones batallando por imponerse. En ese momento, no tenía ni idea de qué lado iba a ganar.

Para colmo, Jordan tampoco contestaba al teléfono.

Y de poco servía intentar localizar a su marido. Estaba en la ciudad, en el trabajo. Para cuando por fin contestara a la llamada o leyera sus mensajes y luego hiciera el viaje de vuelta a casa, ella ya habría visto al médico.

¿Ya no podía confiar en nadie de su familia? ¿Habían decidido todos traicionarla y crearse una vida secreta entre ellos?

Aflojó la presión sobre el móvil, lo desbloqueó y abrió la aplicación Buscar. Se desplazó hasta la sección de amigos, en la parte inferior de la pantalla, y vio un mapa del país con las fotos de perfil de Stephanie, Jordan y Jason. Primero, pulsó la cara de Stephanie, que reveló que estaba en Norfolk.

—¿Qué hace ahí? No me ha dicho nada de que fuera a ir a Norfolk...

Trabajo. Lo achacó al trabajo. O eso, o había perdido el móvil, o quizá la habían secuestrado, o se había reunido con otro familiar del que Kimberley no sabía nada.

Antes de que pudiera alterarse más, pulsó la foto de su hermanastro.

Él también estaba en un lugar inusual: Salisbury.

De nuevo, no había habido mención ni motivo de su presencia allí.

Y entonces comprobó la ubicación de su marido, que fue la más preocupante. Esa mañana, le había dicho que estaba en Watford en una reunión con un cliente que duraría todo el día. Sin embargo, al mirar, su icono mostraba Romford, Essex.

—Ese cabrón mentir-

Antes de que pudiera terminar el pensamiento, un dolor agudo le estalló en el abdomen. Se lo sujetó con una mano y se agarró a la silla del hospital con la otra, reprimiendo un gemido que amenazaba con escapársele de los labios. A su alrededor había un pequeño ejército de enfermos y heridos, cada uno preocupado por su propio dolor y situación, ajenos a su angustia.

Había vuelto a sangrar. Más que la última vez.

El dolor repentino desapareció casi tan rápido como había llegado. No tenía ni idea de lo que le pasaba a su cuerpo, a su bebé, ni de por qué su familia la había abandonado cuando más los necesitaba.

La habían abandonado todos, menos uno.

Durante un largo rato, se quedó mirando la pantalla. ¿De verdad iba a hacerlo? ¿Podía?

Sus ojos se detuvieron en el icono del Teléfono de la pantalla de inicio. Con cautela, como si hacerlo demasiado rápido pudiera hacer que el dispositivo explotara, tocó la aplicación y fue al buzón de voz. Allí, dominando la lista, había varios mensajes de su padre, que abarcaban desde antes, durante y después de su demencia. Se había mantenido en contacto con regularidad, llamándola a todas horas del día para charlar. Recordaba aquellas llamadas con gran cariño; habían hablado del trabajo, de los estudios, de Jason e incluso de Stephanie. Había sido dulce y agradable.

Antes de que todo se torciera.

Su padre había sido el único hombre que no la había decepcionado; al menos, en su relación. Habían compartido un vínculo y, durante un tiempo, había parecido genuino. Pero, por supuesto, todo había sido una mentira, una farsa.

Y, a pesar de eso, sus recuerdos de él eran cálidos, dulces y felices.

Y eso era lo que necesitaba ahora mismo.

Apartando los pensamientos sobre su hermana y lo que sin duda diría, Kimberley pulsó la primera entrada del registro del buzón de voz.

—*¿Qué pasa, Kimbo? Soy yo, tu viejo. Siento no haberte pillado. Supongo que estarás en el trabajo o algo así, así que no hace falta que me devuelvas la llamada.* —Una pausa—. *Ha estado lloviendo a cántaros. Pero bueno, que le viene bien al césped, aunque solo haya sido durante unos treinta y dos segundos. Tendré que cortarlo en un par de días, cuando crezca un poco. Bueno, hablamos. Te quiero, enana.*

El cuerpo de Kimberley se llenó de calidez y de la imagen de su padre mirando por la ventana, observando el césped del jardín trasero. Parte de la tensión de sus hombros se desvaneció.

Escuchó otro mensaje. Y otro. Y otro.

Con cada uno, recordaba el momento en que había reproducido el mensaje por primera vez, las emociones que había sentido, sabiendo que un día, después de que la demencia se apoderara de él para siempre, no volvería a oír su voz.

Sin darse cuenta, habían pasado treinta minutos. Ni siquiera oyó a la enfermera decir su nombre desde el otro lado de la sala de espera.

—¿Kimberley Taylor? El médico está listo para recibirla. Si es tan amable de seguirme...

Con un gruñido, Kimberley se levantó de la silla con dificultad y caminó como un pato detrás de la enfermera, sujetándose la barriga con una mano y el móvil con la otra, con una amplia sonrisa en la cara.

CAPÍTULO
CINCUENTA Y OCHO

Carole, la madre de Anthony Shore, vivía a pocos kilómetros al sur de su hijo, en East Clandon. Ya octogenaria, necesitaba un andador para moverse por la casa. Pero, a pesar de sus dolencias físicas, Giles no tardó en darse cuenta de que no se le escapaba una y de que aún conservaba el encanto y el ingenio que la habían caracterizado toda su vida.

Cerró la puerta del comedor a su espalda y la ayudó a sentarse.

—No tenía por qué hacerlo —dijo ella—. Pero no le voy a decir que no a un mozo tan fornido como usted.

Giles soltó una risita nerviosa. —Cuidado, señora Shore, si sigue hablando así, me tendrá aquí todos los días para hacer el trabajo pesado.

Ella le lanzó una mirada de soslayo, y sus labios se curvaron en una media sonrisa. —Se aburriría de mí en una semana. En menos que canta un gallo lo tendría limpiando los rodapiés y sacando brillo a la plata.

—Imagínese lo que pensarían los vecinos —bromeó Giles, sacando su bloc de notas—. Pero, por hoy, me temo que no he venido a hacer de limpiador. Quería hablar sobre su hijo, Anthony.

—¿Anthony? ¿Qué ha hecho ahora?

—¿Ha hablado con su hijo últimamente?

—Hace un par de semanas que no. ¿Por qué?

—¿No le ha mencionado nada sobre una situación relacionada con algunos de sus antiguos compañeros de colegio?

Ella negó con la cabeza. —No somos de los que se cuentan las cosas. Lo heredó de su padre, y su padre, del suyo. Pero... ¿por qué? ¿Qué ocurre?

—Actualmente tenemos a su hijo bajo vigilancia porque creemos que existe una amenaza creíble contra su vida.

—¿Perdón?

—Una amenaza creíble. Significa que...

—Sí, sí. Sé lo que significa. ¿Qué demonios tiene que ver eso con mi hijo?

—Ha habido una serie de asesinatos que creemos que podrían estar relacionados con Anthony. ¿Le suenan los nombres de Nigel Hadlow, Carlos Vazquez y Darren Fairhurst?

No tardó mucho en reconocer los nombres. —¿Del St Jude's?

Giles asintió.

—Estaban en su grupo de amigos —continuó ella—. Eran todos uña y carne. Solían ir a casa de los otros después del colegio y los fines de semana. ¿Qué les ha pasado?

Giles le explicó cómo habían muerto y la posible conexión entre ellos. La reacción de Carole fue de horror, por varias razones.

—¿Qué quiere decir con que mi hijo era un matón? —preguntó —. ¿Qué quiere decir con que les hizo esas cosas horribles a esa pobre gente? ¿Y qué quiere decir con que ahora alguien está matando a los de su grupo de amigos?

Giles abrió la boca para responder, pero Carole dejó escapar un gemido agudo. —Perdóneme. Yo... —Empezó a jadear con fuerza, llevándose la mano al pecho—. Es demasiada información para mí. Yo...

—¿Le traigo algo de beber?

—Agua —resolló.

Giles se levantó de la mesa y corrió a la cocina. Dentro, rebuscó en varios armarios, abriéndolos de golpe hasta que por fin encontró un vaso. Mientras lo llenaba de agua, lo invadió un pánico terrible; lo último que quería era que a esa pobre mujer le fallara el corazón delante de él.

Cuando el vaso estuvo lleno, regresó a toda prisa al comedor y se lo entregó. Ella le dio las gracias y bebió un sorbo delicado.

—Debería haber pedido algo más fuerte —dijo, con algo de vida de vuelta en la voz—. Hay una botella de vodka que lleva veinte años en un mueble.

—¿Solo o doble?

Carole soltó una risita, que se convirtió en un ataque de tos mientras se llevaba el vaso a los labios y sorbía.

Giles le dio unos instantes, permitiendo que el color volviera a sus mejillas. Cuando pareció lo bastante estable, metió la mano en el bolsillo interior de la chaqueta y sacó el pequeño sobre que había traído. —Sé que es mucho que asimilar ahora mismo, pero estamos protegiendo a su hijo. Podemos asegurarnos de que no le ocurra nada. Pero, primero, necesitamos confirmar que la amenaza contra él es real.

—Amenaza real. ¿Qué significa eso? Creía que usted...

—Me gustaría que le echara un vistazo a esta fotografía.

Deslizó la imagen sobre la mesa.

—¿Reconoce al chico de esta fotografía?

—Es Nigel Hadlow —dijo ella sin dudar.

—¿Está segura?

—Sí. Lo reconozco de cuando iban al colegio. Nigel siempre estaba aquí, jugando en el jardín con Ant.

Giles le pasó otra fotografía.

—¿Y a este?

—Carlos Vazquez.

Dos de dos.

Otra fotografía.

—¿Y a este?

—Darren.

Era el momento de la cuarta fotografía. La que sospechaban que era de su hijo. La que confirmaba quién sería la siguiente víctima.

Deslizó la fotografía sobre la mesa con el mismo cuidado y atención que había puesto en las demás. Esta vez, Carole la observó por encima del borde de sus gafas. Su expresión no cambió de inmediato, pero Giles notó cómo entrecerraba ligeramente los ojos y ladeaba la cabeza.

—¿Reconoce al chico de *esta* foto? —preguntó Giles, con el corazón desbocado y las palmas de las manos sudorosas.

Ella levantó la vista y luego negó con la cabeza. —No.

Las palabras fueron como un puñetazo en el estómago.

—¿No? —preguntó él, de repente tan sin aliento como lo había estado ella momentos antes—. ¿Está... está segura?

—Sé qué aspecto tiene mi hijo, inspector. No ha cambiado nada desde que era un bebé. Y le aseguro que ese no es él.

CAPÍTULO
CINCUENTA Y NUEVE

El viaje de ida, que había sido rápido aunque aterrador, fue todo lo contrario al de vuelta. Un accidente en la A12, seguido de un atasco de más de seis kilómetros en la M25 a la altura del túnel de Dartford por la avería de un camión, había frustrado sus esperanzas de volver pronto. Cuando regresaron a la comisaría, pasaban las siete de la tarde, y Stephanie se sentía agotada, lista para meterse en la cama y disfrutar de un sueño reparador bajo su edredón recién lavado y con su oso de peluche, Bart, para consolarse.

Pero no había tiempo para eso.

Giles le había soltado una bomba informativa que ella había pasado todo el viaje intentando asimilar. Su siguiente víctima, la persona que ella y el resto del equipo creían que estaba a punto de morir en un infierno de llamas —basándose en las pruebas que habían reunido hasta el momento—, era, en realidad, la persona equivocada. Anthony Shore, el vendedor de coches de Addlestone, no era el niño de la foto.

Si no era él, entonces, ¿quién era?

Stephanie fue la primera en entrar en la oficina, seguida de cerca por Fiona. A esa hora, la oficina estaba tranquila; solo quedaban Giles y Devon, con los ojos pegados a la pantalla del ordenador, sentados en silencio. Cuando entraron de golpe, ambos se sobresaltaron por el ruido, con el pánico reflejado en sus rostros.

—¡Joder! —exclamó Devon, llevándose la mano al pecho—. Casi me da un infarto.

—Creo que se me acaba de escapar un poquito de caca —añadió Giles.

Stephanie no se rio. Sin decir una palabra, soltó sus cosas en su despacho y se dirigió a grandes zancadas a la sala de operaciones. Convocó al equipo chasqueando los dedos y haciéndoles un gesto para que se acercaran.

Como si estuvieran evacuando sus casas, los miembros del equipo se apresuraron a acercarse, cogiendo lo que podían y tirando bolígrafos sobre los escritorios y hojas de papel al suelo.

Cuando por fin se acomodaron, Stephanie señaló a Giles.

—Necesito tu conversación con Carole Shore. Palabra por palabra.

—¿Palabra por palabra?

—Significa literalmente.

—Ya..., ya sé lo que significa. Es que no la tengo palabra por palabra.

—Pues lo más parecido posible. Si Anthony Shore no es nuestro hombre, tenemos que estar absoluta, cien por cien, inequívocamente seguros. ¿Qué dijo?

Giles se metió un chicle en la boca, como si intentara calmarse los nervios. —El chico de la fotografía no era su hijo. Reconoció a todos los demás chicos así. —Chasqueó los dedos—. Sin dudarlo. Pero a la hora de identificar a su propio hijo, nada. No lo reconoció.

—¿Y estás seguro?

Giles asintió, con una expresión perpleja, como si ella acabara de hacer una pregunta estúpida. —Teniendo en cuenta que reconoció a completos desconocidos de hace cuarenta años con una precisión increíble, me preocuparía un poco que no pudiera reconocer a su propio hijo. Así que sí, estoy seguro.

A Stephanie no le gustó su tono, pero admitió que tenía razón.

—¿Dio alguna pista sobre quién podría ser?

Giles dejó de mascar el chicle, frunció los labios y negó con la cabeza. —No consiguió ubicarlo.

—Mierda. —Stephanie se puso las manos en las caderas y se volvió hacia el tablón de la investigación. Por primera vez en mucho tiempo se sintió perdida, superada por la situación. Cogió la silla más cercana y se dejó caer en ella, exasperada, con la vista fija en el tablón. Letras, fotografías, informes de periódicos y mapas le devolvían la mirada. La culminación de toda su investigación hasta el momento. Y estaba segura de que había un vínculo ahí, una conexión que habían pasado por alto, algo que conectaba a los cuatro chicos. Pero se le escapaba, oculto a la vista, anidado entre los detalles.

Hasta ahora, el asesino siempre había ido un paso por delante: era calculador, organizado, seleccionaba a sus víctimas y planeaba sus acciones y su huida con antelación.

La mirada de Stephanie se posó en una pequeña sección del tablón que contenía las fotos de infancia de las víctimas. Tres fotografías, tres víctimas, con una cuarta por venir. Una lista que existía en la mente del asesino, conocida solo por él, que detallaba cuántas víctimas más podría haber. Mientras tanto, ellos solo podían ir a remolque, siguiendo las migas de pan que dejaba tras de sí en cada escena del crimen.

¿Era posible adelantarse de alguna manera? ¿Ir un paso por delante? No lo creía.

—Tenemos que encontrar a la próxima víctima —dijo sin rodeos—. Y tenemos que hacerlo antes de que el asesino llegue a él. Fijándonos en el patrón, el asesino ha actuado cada dos días, lo que significa que no tenemos mucho tiempo. —Miró su reloj—. De hecho, no tenemos absolutamente nada de tiempo. —Se levantó de un salto de la silla—. Revisad todo lo que tenemos. Buscad más conexiones entre Nigel, Carlos y Darren. ¿Hemos pasado por alto a alguien del colegio? ¿Alguien que se nos haya escapado? ¿Alguien del club de golf? ¿Alguien del trabajo de Nigel o del ayuntamiento? ¿Cualquiera que creáis que pudo tener algo que ver con los tres? Cavad, cavad y volved a cavar. Tenemos que descubrir cada aspecto de la vida de estos hombres antes de que sea demasiado tarde.

CAPÍTULO
SESENTA

Olivia estaba sentada con las piernas cruzadas en el sofá, con la mesita de centro de delante sepultada bajo archivadores de anillas, documentos impresos y hojas sueltas apiladas en montones desordenados junto a varias latas de Coca-Cola Light. Llevaba dos minutos leyendo la misma página, pero las palabras bailaban ante sus ojos, negándose a unirse y cobrar sentido. Desde el piso de arriba llegaba el vaivén de las voces de sus hijos: uno reía tan fuerte que soltaba un jadeo sibilante y el otro gritaba algo sobre «campear en el punto de reaparición». Era un coro familiar al que se había acostumbrado por las noches, el golpeteo de pasos sobre su cabeza y el estallido amortiguado de disparos digitales que se filtraba de vez en cuando desde sus consolas. Adoraba ese momento de la noche, cuando estaban felices, ocupados, en casa y, por una vez, no en guerra el uno con el otro.

Durante las siguientes horas, tendría paz. O, al menos, una apariencia de ella.

Cogió la siguiente hoja de papel de la parte superior del montón. Contenía los mensajes religiosos encontrados en los escenarios de los crímenes. Los márgenes de las páginas estaban llenos de anotaciones sacadas de internet, notas y garabatos de sus pensamientos e ideas. Llevaban días incordiándola discretamente, como un picor en la nuca que no había podido rascarse por todo lo que había estado ocurriendo. A primera vista, los mensajes parecían simples declaraciones sobre el pecado, la justicia y el castigo. Pero había algo más, algo que iba más allá de un simple guiño a las antiguas fechorías de las víctimas por su acoso y su comportamiento atroz.

No creía que el asesino tuviera nada que ver con el negocio inmobiliario de Nigel Hadlow ni que estuviera afiliado de ninguna manera al campo de golf.

Era algo relacionado con las notas religiosas.

Sacó su portátil de debajo del montón, inició sesión y abrió el HOLMES 2. Su dominio. Había sido la responsable de su mantenimiento desde que se unió al equipo, así que conocía el programa como la palma de su mano. A veces, sentía que entendía sus entresijos mejor que a sus hijos.

En el sistema, encontró una entrada de Fiona: la transcripción y las notas de su conversación y la de Stephanie con Felix Krüger, el sacerdote. Olivia la abrió y leyó, repasando por encima el educado preámbulo hasta que sus ojos se posaron en una sola línea enterrada hacia el final:

—Siempre tuve la sensación de que esos chicos eran algo religiosos. Que entendían la Biblia, pero no necesariamente que supieran tanto sobre ella como yo. Me dio la impresión de que eran religiosos, pero no devotos.

Le dio vueltas a la frase en la cabeza. *Algo religiosos.* Cerró el archivo, realizó una búsqueda rápida y encontró una transcripción más antigua con la que no se había topado antes.

Esta era de la entrevista que Noah le había hecho a la madre de Carlos Vazquez. Se desplazó hacia abajo, pasando la información biográfica básica y adentrándose en la sección conversacional de las notas.

Allí estaba.

—Oh, Carlos solía ir al catecismo. Todas las semanas durante años. En St Joseph. Aunque dejó de ir sobre los catorce, cuando las chicas y el fútbol se interpusieron.

Olivia sintió un cosquilleo en la nuca. Pasó a las entradas que se habían subido del St Jude. Entre el diluvio de informes escolares, justificantes médicos, resultados de exámenes y todo lo demás que el colegio había archivado de sus alumnos, Olivia lo encontró: una mención al catecismo en los perfiles personales de los tres chicos. En un momento dado, sus padres habían considerado que era lo bastante importante como para mencionárselo a sus profesores, que a su vez lo habían registrado.

Olivia se recostó, dejando que la conexión se asentara, mientras las risas y las bromas de sus hijos desde el piso de arriba ahogaban el ruido dentro de su cabeza.

Esto no era solo por su comportamiento en el colegio. Era por su comportamiento ante Dios. Y sus asesinatos servían como recordatorio de una fechoría pasada, de una antigua traición. Y alguien ahí fuera no había olvidado lo que había sucedido.

CAPÍTULO
SESENTA Y UNO

Cuando Stephanie se despertó a la mañana siguiente, sintió una mezcla de emociones: alivio, duda y alegría.

Alivio porque no había habido informes durante la noche de otro incendio, otro infierno, otra víctima.

Duda porque el asesino seguía ahí fuera, esperando a que apareciera la siguiente víctima.

Alegría por el hecho de que Olivia hubiera desenterrado una nueva y tangible conexión entre los tres chicos. Una conexión que los vinculaba a los mensajes religiosos.

—Te habría comido a besos cuando he visto tu correo esta mañana —dijo Stephanie mientras cruzaba el aparcamiento de la iglesia.

—Te quiero mucho y todo lo que tú quieras, jefa —respondió Olivia, cerrando la puerta de su coche de un portazo—, pero eso quizá ya sea pasarse.

Se encontraron en mitad del aparcamiento, sobre cuyo asfalto había hojas esparcidas, empapadas y pesadas por la persistente lluvia de la noche. Sobre sus cabezas, un manto de nubes grises aplacaba el ánimo. Ante ellas se erigía la iglesia de St Joseph, en Guildford. Su estructura original databa de 1860, pero la remodelación más reciente era de los años ochenta, y se alzaba sobre unos pilares de hormigón que la hacían parecer suspendida sobre el aparcamiento.

Subieron los escalones y se acercaron a la entrada. Empujaron la pesada puerta de madera, que gimió en señal de protesta. El aire del interior era más fresco y olía ligeramente a cera de vela. Ante ellas se extendían hileras de bancos vacíos, con la madera pulida y suavizada por décadas de uso. La luz natural se filtraba por unas ventanas triangulares, mientras que unas pocas velas y lámparas iluminaban los rincones más oscuros a los que no llegaban los rayos de sol.

Mientras avanzaban por el pasillo central, sus pasos hacían eco en la nave. Cuando se dirigían hacia el altar, se abrió una puerta a un lado del presbiterio y de ella salió un hombre, alto y ligeramente encorvado, cuya camisa clerical negra y alzacuellos contrastaban con su chaqueta de tweed gris. Llevaba el pelo ralo, pulcramente peinado hacia atrás, y sostenía un juego de llaves en una mano y una fina carpeta bajo el otro brazo. Se quedó helado en cuanto las vio. Stephanie calculó que rondaría los setenta, pero su complexión atlética y su ancha espalda sugerían que podría ser unos años más joven.

—¿Puedo ayudarlas en algo?

—Perdone que le molestemos —dijo Stephanie, mostrándole su placa—. Esta es mi compañera, Olivia. Hemos venido para hacer un seguimiento de un asunto relacionado con unos individuos que creemos que formaron parte de esta parroquia en el pasado.

—Yo... Por supuesto. —Dejó los objetos sobre una superficie cercana, entrelazó los dedos y dejó descansar las manos delante del cuerpo—. Lo que necesiten. Estaré encantado de ayudarlas.

—¿Y su nombre es...?

—Reverendo John Ellery —respondió con frialdad.

—Padre —empezó Stephanie—, estamos investigando a tres individuos: Darren Fairhurst, Nigel Hadlow y Carlos Vazquez. Por lo que hemos podido reconstruir, asistieron a la catequesis aquí cuando eran niños. Esperábamos que pudiera contarnos algo más sobre ello.

El cura frunció el ceño. —¿La catequesis...? —Cambió ligeramente el peso de un pie a otro, y sus zapatos lustrados chirriaron contra las losas—. ¿Cuándo fue eso?

—De principios a mediados de los ochenta —dijo Olivia—. Posiblemente entre 1983 y 1985.

Una leve sonrisa de cortés disculpa asomó a sus labios. —Eso debió de ser antes de que yo llegara. Vine a St Joseph a principios de los noventa, así que me temo que no los habría conocido personalmente si es que vinieron.

Olivia le lanzó una mirada a Stephanie, y el destello de decepción fue evidente en su rostro.

—¿Tiene esto que ver con el asunto de los incendios? —preguntó él.

Olivia asintió.

—Oh, Dios. Qué terrible. Sencillamente terrible. He estado rezando por ellos.

—¿Por qué? —Stephanie se inclinó hacia delante—. ¿Qué le ha hecho decir eso?

—Era lo único que se me ocurría que pudiera explicar por qué están aquí. Lo hemos visto mucho en las noticias últimamente. A mí, y al resto de la comunidad, nos han conmovido sus trágicas muertes. —Su mirada era sincera y su voz se suavizó con una genuina compasión, lo que atenuó ligeramente las sospechas de Stephanie.

—¿Tienen algún tipo de archivo de ese periodo? —preguntó Olivia—. ¿Listas de feligreses, registros de catequesis, fotografías?

—Sí —respondió el padre Ellery—. Pero no mucho. Aquí todo está en papel y boli. Aún no nos hemos pasado a la era digital, así que es posible que mucho se haya borrado con los años. Pero si tienen tiempo, estaré encantado de llevarlas a la sala de archivos. No está lejos, justo por aquí.

Las condujo por un estrecho pasillo lateral, donde sus pasos resonaban débilmente sobre la piedra. Las paredes estaban cubiertas de fotografías descoloridas de antiguos eventos parroquiales —mercadillos, fiestas de la cosecha, alguna que otra foto de boda borrosa—, todas enmarcadas en maderas de distintos tonos.

La sala de archivos era un espacio modesto en la parte trasera de la iglesia. Una pequeña ventana arrojaba un fino haz de luz sobre una pared de archivadores de acero, cada uno con una etiqueta escrita en rotulador descolorido. El reverendo abrió uno con llave y empezó a revolver las carpetas, dejando sobre el escritorio unos cuantos archivadores abultados para que los examinaran.

Stephanie y Olivia no perdieron tiempo en revisar su contenido:

hojas de asistencia, notas de sermones, partidas de bautismo y viejos boletines, desvaídos por años de olvido. Pero no encontraron nada relevante ni relacionado con el caso. Ni rastro de los tres chicos, ni una foto de un grupo de catequesis del periodo que investigaban.

—Parece que hay un vacío —murmuró Olivia en voz baja—. Los registros saltan del 83 al 87.

—Eso pasa a veces —dijo Ellery, sin acritud—. El papeleo se pierde. Los voluntarios van y vienen. Por no hablar de que parte podría haberse perdido en las numerosas limpiezas que hemos hecho a lo largo de los años. Hacemos lo que podemos para mantener las cosas en orden, pero es difícil llevar la cuenta de *todo*.

Stephanie cerró la última carpeta con un poco más de fuerza de la necesaria. —¿Sabe quién se encargaba de este lugar antes de que usted tomara el relevo, padre?

—Por supuesto. Trabajé bajo su tutela durante años, y mantenemos el contacto.

—¿Sigue vivo?

—Sí —respondió Ellery—. Sin embargo, puede que les resulte difícil. Actualmente está en una residencia y padece demencia.

CAPÍTULO
SESENTA Y DOS

Su cuerpo temblaba ante la perspectiva de entrar en otra residencia de ancianos, y eso que aún no había salido de la iglesia.

Mientras volvían hacia las puertas de la iglesia, algo le llamó la atención: un pequeño tablón de corcho colgado en la pared, cerca de la entrada. Un objeto en particular la detuvo: una fotografía moderna de una docena de niños sonrientes en pleno salto en un castillo hinchable de colores vivos, con el pelo alborotado.

Se acercó. —¿Qué es esto? —preguntó, dando unos golpecitos en el cristal que cubría la foto.

El reverendo siguió su mirada. —Ah, eso es de nuestro club extraescolar de entre semana. Lo gestionamos desde hace..., vaya, casi cincuenta años ya. Uno de los más antiguos del país, si no me falla la memoria. Los martes y jueves para los menores de trece años, los miércoles para los menores de once. Es solo un lugar para que los críos se desfoguen después del colegio: juegos, meriendas, manualidades y, más recientemente, videojuegos. Los mantiene alejados de las calles.

—¿Lo gestiona la iglesia?

Él asintió. —Con voluntarios, en su mayoría. Padres, feligreses. Usamos el salón parroquial y, a veces, el jardín de atrás en verano, cuando el tiempo acompaña.

Stephanie frunció el ceño. —¿Y está abierto a todo el mundo o solo a las familias de la iglesia?

—Abierto a todo el mundo —respondió el reverendo sin dudarlo—. Siempre lo ha estado y siempre lo estará. La gente de la comunidad lo considera algo bueno.

Stephanie volvió a mirar la fotografía. Aquellos rostros no significaban nada para ella, congelados en esa fracción de segundo de alegría, pero no pudo evitar imaginarse a Darren, Nigel y Carlos allí, dando volteretas y riendo en el mismo lugar.

Se preguntó si sería ese el tipo de fotografía más amplia de la que habían recortado sus caras.

Volvió a sentir las mismas emociones.

Alegría, por haber conseguido una nueva pista en la residencia, aunque significara enfrentarse a sus demonios de frente, y duda, porque esta revelación no había hecho más que ampliar la red de posibles sospechosos, alejándolos cada vez más de la verdad. Si el asesino era un miembro de las tardes sociales para menores de trece años, pero no tenía ninguna relación con la iglesia y era un ciudadano de a pie, volverían a estar en la casilla de salida.

CAPÍTULO
SESENTA Y TRES

Llegaron, y cada fibra del ser de Stephanie deseó no haberlo hecho, deseó estar en cualquier otro lugar. Saltando a una piscina infestada de serpientes. Lo que fuera.

Se le tensó todo el cuerpo. Tenía un nudo en el estómago. Se dijo a sí misma que respirara lenta y suavemente, que practicara la respiración en caja que Elias le había enseñado, pero no conseguía encontrar el ritmo. En lugar de eso, sus respiraciones eran cortas, bruscas y entrecortadas. El olor ya le inundaba la cabeza. El olor a podredumbre, a muerte y al lento paso del tiempo. Un hedor que ningún desinfectante o ambientador podía enmascarar.

No había vuelto a poner un pie en un lugar como ese desde el incidente con su padre, y esperaba no tener que hacerlo nunca más. Pero la vida tiene una extraña manera de obligarte a hacer cosas que no quieres. Y una manera aún más extraña de hacer leña del árbol caído.

Stephanie se quedó sentada un momento, reviviendo los sucesos de aquel día con su padre: el descubrimiento del muñeco de vudú, el forcejeo con Wayne, su cuidador, la persecución y la repentina detención en el camino de entrada, la horrible revelación de que su padre había orquestado una serie de brutales asesinatos, seguida de la espantosa comprensión de que se había escapado.

Parpadeó con fuerza y agarró el volante con más fuerza, con los nudillos blancos.

Olivia la miró desde el asiento del copiloto.

—¿Estás bien?

Stephanie asintió levemente, con un nudo en la garganta que le impedía hablar.

—¿Quieres que me encargue yo de esto?

—Tiene sentido —respondió Stephanie—. Te vendrá bien como experiencia.

Olivia esbozó una sonrisa de complicidad y luego salió del coche. Con cuidado, Stephanie la siguió hasta la residencia de ancianos; sentía las piernas como si fueran de plomo. Las puertas de la entrada se abrieron al acercarse, liberando una ráfaga de aire denso y cálido. Se toparon con unas visitas que se hicieron a un lado para dejarlas pasar. Dentro, el zumbido de una aspiradora se mezclaba con el tintineo de tazas y el murmullo de conversaciones en algún lugar del pasillo. A Stephanie se le oprimió el pecho y un sudor frío le recorrió el cuerpo. Intentó tomar aire con una bocanada.

Un ataque de pánico. Repentino y arrollador.

Pero se acabó tan rápido como había empezado cuando Olivia le puso una mano en el brazo, sacándola de sus pensamientos.

—¿Seguro que estás bien?

—Sí. Mejor que nunca.

Otra mentira. Pero la ayudaba a seguir adelante.

No está aquí, se dijo. *No lo estará nunca. Ya no está.*

Antes de que pudieran adentrarse más en el edificio, una mujer de unos cincuenta y tantos salió de detrás del mostrador de recepción. Su uniforme, una blusa lila pálido y un pantalón azul marino, estaba impecable, aunque sus ojos cansados sugerían que llevaba horas de pie. Una chapa en el bolsillo del pecho ponía Sharon Gallagher.

—¿Puedo ayudarlas? —preguntó, ofreciendo una sonrisa educada pero ensayada.

Olivia le devolvió el gesto y le explicó quiénes eran y a quién venían a ver.

—No habrá hecho lo que creo que ha hecho, ¿verdad? —preguntó la recepcionista.

—¿Como qué?

Ella miró hacia el pasillo.

—Bueno, ya sabe... se oyen historias sobre curas y niños todo el tiempo. Solo supuse...

—No —replicó Olivia, zanjando la conversación—. Nada de eso. Solo esperamos que pueda recordar algunas caras por nosotras, eso es todo.

Sharon bufó.

—Está de broma, ¿no? Tiene una demencia bastante avanzada. Apenas habla. No creo que le vayan a sacar mucho.

—No lo sabremos si no lo intentamos —dijo Stephanie, empezando a caminar ya en dirección al pasillo. No le había gustado la actitud de la mujer.

—Nos arriesgaremos —añadió Olivia más educadamente.

—Por cierto, va por el lado equivocado. Es por aquí.

Stephanie se detuvo, giró sobre sus talones y siguió a Sharon en dirección contraria, por un pasillo vacío. Pasaron junto a puertas abiertas, vislumbrando camas pulcramente hechas, andadores aparcados junto a sillones y las siluetas encorvadas de los residentes que dormitaban bajo las mantas. En algún lugar, un televisor retransmitía a todo volumen un programa de viajes diurno.

Sharon se paró ante una puerta entreabierta. Llamó suavemente, aunque no esperó una respuesta antes de abrirla.

—¿George? Tiene visita.

El hombre del interior estaba sentado en un sillón junto a la ventana, con la mirada perdida en las ramas esqueléticas que se mecían con el viento. Tenía las manos apoyadas sin fuerza en su regazo, con los largos dedos moviéndose de vez en cuando, como si tocaran una melodía contra su pierna. Su rostro era inexpresivo, con una mirada vacía, como si hubiera estado así durante años.

Stephanie sintió que algo se removía en el fondo de su estómago. Estaba sentado como su padre había fingido estarlo, de la manera en que la había convencido a ella y a su hermana de que estaba enfermo, de que tenía todo el derecho a estar allí. Estaba convencida de que el hombre que tenía delante estaba representando el mismo numerito, y que en cualquier momento volvería a la vida.

—George, es la policía. Han venido a hacerle unas preguntas. ¿Va a ayudarlos, George?

Ninguna respuesta. Ni el más mínimo atisbo de reconocimiento en su rostro.

—¿Sabe que estamos aquí? —preguntó Olivia.

Sharon se encogió de hombros.

—Algunos días sí. Otros, como hoy, no realmente.

—¿Puede hablar?

—Lo mismo, algunos días sí. Otros, no.

Stephanie ya había oído suficiente. Le dio las gracias a Sharon por su tiempo y le pidió que se fuera. En cuanto la mujer cerró la puerta tras de sí, se agacharon a cada lado del hombre. Olivia sacó las fotografías de los chicos mientras Stephanie estudiaba a George Grant. Su cuerpo era frágil, estaba desnutrido, y la ropa le colgaba como si fuera un niño con ropa de adulto. Parecía como si no hubiera comido en condiciones en meses. La piel de su cara y brazos colgaba flácida, y una fina capa de lágrimas perlaba sus ojos, reflejando los últimos rayos de vida.

—Hola, George —empezó Olivia—. Me llamo Olivia. Y esta es mi amiga Stephanie. No nos conoce, pero trabajamos para la policía. Vamos a enseñarle unas fotos ahora, y nos preguntábamos si podría decirnos quiénes podrían ser. Un poco como al *Quién es quién*.

Stephanie enarcó una ceja hacia Olivia; la mujer se encogió de hombros, como diciendo: «Ha sido lo único que se me ha ocurrido».

—¿Entiende, George? —preguntó Olivia.

El hombre levantó la cabeza un ápice, un atisbo de algo brilló tras sus ojos. Stephanie lo tomó como una señal prometedora.

—Vamos, acabemos con esto. Enséñale la primera.

—Esta es la primera foto —dijo Olivia mientras colocaba el documento en el campo de visión de George—. ¿Reconoce al chico de esta foto?

Ninguna respuesta.

—Se llama Nigel Hadlow. Creemos que fue a la misma iglesia que usted en los ochenta. Fue hace mucho tiempo, pero ¿se acuerda de él? —Olivia le enseñó a George una foto reciente de Hadlow—. Este era él hace un par de semanas. Este es su aspecto ahora.

Esperaron y esperaron mientras los ojos vacíos de George repasaban las fotografías, sin resultado alguno. Al final, Olivia retiró las fotografías y colocó imágenes de Carlos Vazquez en su regazo.

—¿Y este? ¿Le resulta familiar este chico? Su nombre era Carlos...

Seguía sin haber nada.

Stephanie dejó escapar un suspiro silencioso por la nariz. Sentía cómo los minutos se desvanecían en la nada, convirtiéndose cada segundo en una pérdida de tiempo.

—Probemos con el tercero —dijo Olivia, con voz todavía suave. Puso la foto de Darren Fairhurst encima de las demás—. Este. Darren. ¿Se acuerda de él?

Los dedos de George se movieron contra su pierna, pero su mirada no se agudizó. Simplemente miraba al frente, con los ojos fijos en algún punto de la foto.

Olivia lo intentó de nuevo.

—Tendría unos doce o trece años entonces. Como todos los demás chicos.

Nada. Ni el más mínimo atisbo de reconocimiento.

Stephanie se giró hacia la puerta.

—Vamos. Esto es inútil. No vamos a conseguir...

Pero antes de que pudiera terminar, Olivia dijo:

—Uno más.

Stephanie se detuvo a medio camino hacia la puerta, pero no se dio la vuelta. Oyó el suave roce del papel cuando Olivia deslizó la última foto en el campo de visión de George: la imagen granulada del cuarto chico.

La respiración de George cambió. Solo ligeramente. Una inhalación brusca, seguida de una exhalación lenta.

Y entonces lo dijo.

Un nombre.

Fue tan suave que Stephanie casi pensó que se lo había imaginado. Se giró para ver los ojos de Olivia alzarse hacia los suyos, abiertos de par en par por la sorpresa.

—¿Qué ha dicho, George? —preguntó Olivia amablemente, inclinándose.

Sus labios temblaron, el sonido apenas audible.

—Kenny...

Stephanie se quedó helada. El nombre fue como un fragmento de hielo deslizándose por su espina dorsal. Kenny. Kenny. ¿Quién demonios era Kenny?

Su mente se aceleró, el sonido de los latidos de su propio corazón retumbando en sus oídos. Dio un paso adelante, de vuelta de repente en la habitación.

—¿Cuál era su apellido, George? —exigió, incapaz de ocultar la urgencia en su voz—. ¿Kenny qué?

Pero era demasiado tarde. Cualquier ventana que se hubiera abierto en la mente de George se había cerrado. Sus ojos se nublaron de nuevo, y su mirada cayó sobre su regazo, con una expresión tan vacía como el reverso del papel que Olivia le había puesto delante.

Lo habían perdido.

CAPÍTULO
SESENTA Y CUATRO

En el momento en que entraron en la sala de operaciones, Stephanie cogió el rotulador del borde de la pizarra y garabateó el nombre «KENNY» en gruesas letras negras. Lo subrayó una, dos y hasta tres veces, y el chirrido del rotulador resonó en el silencio.

En cuestión de segundos, el equipo se había reunido a su alrededor.

—¿Quién ha matado a Kenny? —preguntó Devon, con una ligera sonrisa asomándole en la comisura de los labios.

Stephanie le fulminó con la mirada. Ignorando la referencia a *South Park*, dijo:

—No es momento para bromas, Giles.

Él levantó ambas manos en señal de rendición, pero ella pudo ver que los demás sonreían con disimulo a sus espaldas.

—Sí, reíos, reíos, pero como no descubramos quién es este Kenny —señaló el nombre con el rotulador—, puede que Kenny acabe muerto, y seguiremos sin tener ni idea de quién lo ha matado.

—¿Es nuestra cuarta víctima? —preguntó Fiona.

—Eso creemos.

—¿Cómo lo habéis encontrado?

Stephanie miró rápidamente a Olivia.

—Es una pista muy débil, pero nos la ha dado un antiguo sacerdote octogenario con demencia.

Devon resopló.

—Genial. Una fuente de lo más fiable, vamos. ¿Qué será lo siguiente, preguntarle a la bruja Lola?

Stephanie tapó el rotulador con un chasquido seco.

—Es todo lo que tenemos. Así que, a menos que alguno de vosotros tenga una varita mágica escondida por ahí, vamos a exprimirlo hasta la última gota.

Las sonrisitas se desvanecieron y el equipo salió rápidamente para volver a sus mesas. Stephanie se quedó delante de la pizarra, mirando el nombre como si fuera una bola de cristal.

—Revisad los expedientes del colegio St Jude —les dijo en voz alta al equipo—. Buscad a cualquiera, antiguo o actual, con ese nombre. Hablad con los profesores y alumnos del colegio. Si eso no funciona, hablad con los padres de las víctimas, a ver si recuerdan que sus hijos salieran con alguien llamado Kenny. Removed cielo y tierra, seguid todas las pistas. Si alguien paseó alguna vez un perro llamado Kenny por delante de la casa de una de las víctimas, quiero saberlo.

Olivia ya estaba sacando archivos de una pila.

—Tendremos que comprobar si hay alguien en la vida actual de Darren, Nigel o Carlos que se llame Kenny. Alguien del club de golf, por ejemplo.

—Bien —dijo Stephanie, con la vista todavía fija en el garabato negro—. Hasta que no sepamos quién es, no podremos protegerlo. Y si no podemos protegerlo...

No necesitó terminar la frase. Todos en la sala sabían cómo acababa.

Stephanie cerró la puerta a su espalda, apoyándose en ella y dejando que el aire escapara de sus pulmones. El silencio de su despacho la envolvió, reconfortante, como un cálido abrazo. Aún podía ver el rostro inexpresivo y flácido de George Grant, pero no eran sus rasgos lo que persistía en su memoria, sino los de su padre. La misma postura, los mismos ojos vidriosos que pretendían estar vacíos cuando, en realidad, algo bullía en su interior. Calculando. Esperando.

Sus dedos se cerraron en puños antes de que se diera cuenta de que lo estaba haciendo. Se sentó en su escritorio, se frotó las sienes doloridas y se dijo a sí misma que dejara de rememorar la escena.

Justo en ese momento, sonó su teléfono móvil, haciéndola dar un respingo. Lo miró fijamente un instante antes de contestar.

—¿Dígame?

—Hola. Soy yo.

Elias.

—¿A qué debo el placer? —preguntó ella.

—¿Dónde te has metido? He intentado llamarte a la oficina un par de veces.

—Haciendo mi trabajo —replicó.

—¿Has mirado el correo?

—Todavía no. ¿Qué quieres?

—Te he enviado los detalles de lo de caminar sobre el fuego que te comenté.

Un sofoco recorrió el cuerpo de Stephanie.

—¿Caminar sobre el fuego?

—No te hagas la tonta ahora, Steph. He hablado con un par de compañeros de aquí y estaban encantados de organizártelo.

Ella tragó saliva, vaciló y se puso a tamborilear con el dedo sobre la mesa.

—¿Tengo elección?

—Claro que sí. Uno de los chicos ha invitado a su mujer, porque siempre ha querido hacerlo, así que no será una pérdida de tiempo si no vienes.

Una sensación de alivio la invadió. Justo cuando iba a responder, su teléfono sonó, iluminando la pantalla. Un mensaje de su hermana. Leyó el mensaje antes de que la vista previa se cortara.

Necesito hablar contigo. ¿Estás libre para venir esta tard...

—Steph, ¿estás ahí? —preguntó Elias.

—Perdona. ¿Qué decías?

—Me preguntaba si vas a poder venir.

Stephanie volvió a mirar la pantalla.

—Yo... yo... ¿Te puedo contestar luego? Acaba de surgirme otra cosa.

CAPÍTULO
SESENTA Y CINCO

Durante los últimos treinta y seis años, Stephanie había priorizado a su hermana por encima de todo. O, al menos, tanto como le había sido posible.

Las últimas semanas habían sido un bache en su historia. Pero, en general, Stephanie se consideraba una buena hermana. Había cuidado de Kimberley, la había mantenido durante el tiempo que pasaron en casas de acogida, la había defendido, se había asegurado de que a Kimberley no le faltara de nada, incluso a expensas de sus propios deseos. Lo había sacrificado todo para darle a su hermana una apariencia de vida normal.

Odiaba cuando discutían. Odiaba el silencio que venía después o la forma en que se ignoraban mutuamente. Claro que se habían peleado de adolescentes, con Stephanie actuando como una madre preocupada y sobreprotectora, pero nada se había comparado con esta brecha. Sentía que su familia estaba rota y Stephanie no sabía cómo recomponerla. Ella siempre había sido la que arreglaba las cosas, la que sostenía el pegamento y apretaba las grietas hasta que desaparecían. Pero ahora, con Jordan en sus vidas, era como si las piezas ya no encajaran.

Quería que fueran solo ellas dos. Rebobinar, volver a los días en que se acurrucaban en su dormitorio con una manta, veían telebasura y comentaban los anuncios, comiendo palomitas de una bolsa que compartían.

Pero mientras recorría el pasillo de Kimberley y entraba en el salón, no había ni rastro de palomitas, ni indicios de un armisticio temporal. El aire de la habitación era gélido, a pesar de que la calefacción central luchaba contra el frío de noviembre.

Stephanie dejó escapar un profundo suspiro de alivio.

—¿Qué? —preguntó Kimberley mientras se acomodaba en el sofá.

—Nada.

—Pensabas que iba a estar aquí, ¿verdad?

Stephanie se sentó en el otro sofá, frente a su hermana. —Se me había pasado por la cabeza. ¿Dónde está Jason?

—Arriba, trabajando —respondió Kimberley con la resignación de alguien cansado de quedar en segundo lugar—. Dice que tiene algo importante que terminar y que, por lo visto, no quiere molestarnos.

—Eso significa que tenemos más tiempo para chicas. ¿Bebemos algo?

—Ah, sí. ¿Qué quieres? Yo lo cojo.

Kimberley empezó a levantarse del sofá, pero Stephanie la detuvo con delicadeza. —Ya voy yo. Sé dónde está todo. Seguro que puedo servirme una copa.

—Una Coca-Cola para mí, por favor. Están en la nevera.

—Marchando.

Stephanie fue a la cocina, sirvió dos Coca-Colas en vasos grandes y regresó. Kimberley le dio las gracias por la bebida mientras Stephanie se sentaba. Un momento de tensión se instaló entre ellas; ninguna de las dos sabía qué decir ni quería ser la primera en romper el silencio.

—¿Me odias? —preguntó Kimberley de repente.

—¿Qué?

—¿Que si me odias?

—¿Cómo puedes decir eso? Eres mi hermana. Te quiero más que a nada. Jamás podría odiarte.

—A veces parece que sí.

¿A qué venía esto?

—Ser hermanas consiste en eso —dijo Stephanie—. Se supone

que tenemos que pelearnos y discutir, pero al final del todo, siempre nos tendremos la una a la otra.

Kimberley no podía sostenerle la mirada y hacía girar el vaso con los dedos.

—¿Me odias por querer tener una relación con Jordan?

Stephanie abrió la boca, pero se detuvo, reconsiderando su respuesta. —No. Yo... creo que... si tú crees que es lo correcto para ti, entonces no voy a interferir. Solo... solo me gustaría que respetaras mis límites, igual que yo estoy haciendo contigo. No te estoy obligando a que dejes de verle, así que te agradecería que dejaras de intentar forzar una relación entre él y yo.

Kimberley bajó la cabeza en lo que Stephanie supuso que era un asentimiento.

—Fui al hospital otra vez la otra noche.

Aquellas palabras fueron como fragmentos de cristal que atravesaron las entrañas de Stephanie. —¿Cuándo...? —Los ojos de Stephanie se posaron en el bebé.

—Cuando estabas en Norfolk. Intenté llamarte, pero luego vi dónde estabas.

Stephanie cruzó el salón para sentarse junto a su hermana y le puso una mano en el vientre.

—¿Estabas sola?

Los ojos de Kimberley se llenaron de lágrimas. —Jason estaba fuera por trabajo y Jordan estaba en algún lugar de Salisbury.

—Ay, Kim. No tenía cobertura y no vi ninguna de las llamadas perdidas. Si no, sabes que te habría llamado... ¿Qué hiciste? ¿Llegaste bien al hospital?

Un asentimiento. Más lágrimas. —Fui en coche yo sola y me senté allí sola. Yo... escuché la voz de papá.

—¿Cómo?

—Mensajes del buzón de voz. Tengo algunos de cuando estaba en la residencia. Yo... solo necesitaba oír a alguien familiar. Lo necesitaba a mi lado como último recurso.

Stephanie retiró la mano del vientre de su hermana. El movimiento fue apenas perceptible, minúsculo, pero Kimberley se dio cuenta.

—*Sí* que me odias.

Para evitar que su hermana rompiera a llorar, Stephanie la rodeó con los brazos, atrayéndola hacia su pecho. Pero fue inútil; las compuertas se abrieron. Stephanie la consoló con palabras vacías y tópicos, mientras por dentro ardía de rabia contra su hermana por recurrir a su padre como último recurso. ¿Cómo podía invocar el recuerdo de ese hombre mientras pasaba por un trance como aquel?

Antes de que Stephanie pudiera preguntar cuál había sido el veredicto del hospital, sonó el timbre.

—Yo abro —dijo Stephanie instintivamente, levantándose del sofá.

Cruzó la alfombra, recorrió el suelo de madera del pasillo y abrió la puerta. Se quedó helada y apretó el pomo con más fuerza. Ante ella, vestido con una camisa elegante y unos pantalones, estaba Jordan.

Pero lo único que veía era a su padre. Sus ojos, sus mejillas, su nariz. Como si Jordan le hubiera arrancado la cara a su padre y la llevara como máscara.

—¿Qué haces *tú* aquí? —preguntó Stephanie en voz baja.

Y entonces se dio cuenta.

¿Me odias?

Por supuesto, la pregunta tenía doble intención. Por supuesto que había sido más que una simple petición de aprobación sobre la relación de Kimberley con Jordan.

—Hola, hermanita —dijo él con un saludo a medias.

—No tienes derecho a llamarme así. —Stephanie le dio un portazo en la cara, le dio la espalda y se puso los zapatos. Cogió el abrigo y el bolso, abrió la puerta de golpe y pasó a su lado empujándolo.

—Steph, espera...

—No me hables —siseó mientras se dirigía a su coche al final del camino de entrada.

Jordan corrió tras ella y, justo cuando iba a cerrar la puerta del coche, él la sujetó. Stephanie resopló y su cuerpo se tensó con la adrenalina.

—Quita las manos de mi puerta. ¡Ahora!

—Solo quiero explicarme, Steph. *Por favor*, yo...

Apretando la mandíbula, dijo: —Le doy tres segundos para que quite la mano de mi puerta. Si no, lo voy a tumbar en el suelo. Me da igual que sea supuestamente mi medio hermano o un desconocido. No lo conozco y no quiero conocerlo. Lo haré de todas formas. Venga, tres...

El rostro de Jordan se contrajo por la indecisión.

—Dos...

Justo cuando llegó a uno, él la soltó. Stephanie arrancó el motor, metió primera y se marchó a toda velocidad, con los neumáticos chirriando y el motor rugiendo. No le echó un vistazo por el retrovisor, plantado allí como un niño perdido.

CAPÍTULO
SESENTA Y SEIS

Stephanie apenas recordaba el trayecto en coche. Los faros de los otros coches, las farolas y el sonido de los cláxones pasaban como un espejismo, como si estuviera sentada en un tren de alta velocidad. Iba tan rápido que ni siquiera había visto el coche que salía de la rotonda, ese contra el que casi se estrella al entrar en uno de los centros de entrenamiento del cuerpo de bomberos de Surrey. Elias le había enviado la ubicación por mensaje esa misma tarde, con la esperanza de persuadirla para que acudiera. Él estaba en el otro extremo del aparcamiento, esperándola. Detrás de él se alzaba una gran estructura: el esqueleto de un almacén olvidado hacía mucho tiempo, con su armazón de metal chamuscado y deformado en algunas partes por los repetidos incendios. A la izquierda, un autobús de dos pisos descansaba a la sombra del edificio principal, con las ventanillas hechas añicos y la pintura desconchándose en grandes trozos. Una escalera de mano estaba apoyada en un costado y un leve olor a chamusquina se adhería a su exterior. A su lado, otros dos vehículos —una furgoneta y una berlina— estaban apoyados sobre bloques de hormigón, con las puertas colgando abiertas como si los hubieran abandonado tras un accidente. Más atrás, pasada la valla, la cola de un viejo avión de pasajeros sobresalía de una zona de entrenamiento aparte, ahora acribillada a marcas de quemaduras y abolladuras. Parecía como si lo hubieran arrancado de los restos de algún desastre y lo hubieran colocado allí para revivirlo una y otra vez.

Y entonces, en el centro de todo, estaba el pequeño montaje de Elias: una franja de brasas incandescentes sobre la que el calor titilaba visiblemente.

—Parece que acabas de escaparte de la policía —dijo él mientras ella se acercaba.

—Tal como me siento, estoy por hacerlo.

La mirada de Stephanie se posó en las brasas incandescentes, desenfocándose mientras se perdía en el carbón y el humo. A pesar de sí misma, a pesar de sus recientes reacciones al fuego, no sintió miedo; no se sintió asustada. Estaba tan furiosa y cargada de adrenalina que sentía que, en lugar de eso, podría correr a través de uno de los circuitos de entrenamiento.

Kimberley y Jordan...

Jordan y Kimberley...

¿Me odias?

La pregunta resonaba en su mente.

Y también la respuesta: sí. Sí, la odiaba.

—¿Dónde está la otra persona que se suponía que iba a venir? —preguntó.

—Ha tenido que cancelar —dijo él, poco convincente—. Una emergencia familiar.

Ella se giró lentamente hacia él, y una sonrisa burlona asomó a su rostro. A esa luz tenue, las sombras de sus cicatrices le daban un aspecto diferente. —¿Nunca hubo otra persona, verdad?

Él bajó la mirada y luego negó con la cabeza. —Pensé que si sabías que venía alguien más, te sentirías más cómoda.

—Te la has jugado bastante.

—Pero ha salido bien, ¿no?

¿Estaba intentando algo? ¿Era esa su forma de ligar y ella había malinterpretado por completo las señales? Llevaba tanto tiempo fuera de juego —tanto, que en realidad nunca había estado en él— que había olvidado cómo era el arte de ligar y el cortejo hoy en día. ¿Acaso le interesaba?

—Vas a tener que enseñarme qué hacer —dijo ella.

—*¿Enseñarte?*

—Eres un líder. La gente te admira. Así que deberías predicar con el ejemplo.

—Haz lo que yo hago, no lo que yo digo... ¿algo así?

—Bingo —dijo ella, mientras una pequeña ráfaga de viento levantaba el calor de las brasas, calentándole las mejillas y la barbilla.

Observó con silenciosa aprensión cómo Elias se acercaba al borde del camino de brasas, se quitaba los zapatos y se arremangaba los vaqueros hasta las espinillas, revelando una serie de cicatrices más profundas y espantosas en sus piernas. De una manera perversa y extrañamente sexual, se preguntó qué aspecto tendría el resto de su cuerpo. Cuán dañado y roto estaba.

Cómo sus heridas estaban por fuera, y las de ella por dentro.

—Quítate los zapatos —dijo él—, si no, el ejercicio pierde todo el sentido. Arremángate los pantalones y luego ponte de pie con los pies juntos.

Colocó las manos en las caderas, hinchó el pecho y miró hacia el horizonte.

—Todo está en la mente —dijo, señalándose la cabeza—. Mantén la cabeza alta, la respiración tranquila y la mente despejada. Y entonces, camina...

Sin decir una palabra más, Elias dio un paso al frente. Un pie descalzo, luego el otro, presionando sobre el sendero incandescente. Las brasas sisearon y se movieron bajo su peso, con pequeñas explosiones anaranjadas que brillaban con más intensidad alrededor de sus pasos. No se apresuró. Cada paso era deliberado y firme, como si no tuviera otro lugar al que ir que no fuera allí, en ese momento. Cuando llegó al final, se volvió hacia ella, con expresión serena.

—Ya está —dijo simplemente—. Si mantienes la mente donde tiene que estar, los pies te seguirán.

Ahora era su turno. Su turno para enfrentarse a su miedo y tocar el fuego por primera vez desde que su padre la había obligado a ello.

Tímidamente, con un nudo formándosele en el estómago y una fina película de sudor cubriéndole los antebrazos y la zona lumbar, se acercó al sendero, situándose en el mismo espacio que Elias había ocupado momentos antes. Se quitó los zapatos y los calcetines, los dejó a su lado y luego relajó los brazos a los costados. Allí, el calor era intenso; podía sentirlo alrededor de los pies, chamuscándole los pelos de los dedos, antes de subir lentamente por sus piernas hasta el resto del cuerpo.

—Recuerda, despeja la mente —le gritó él desde el otro extremo —. Si necesitas parar, solo tienes que dar un paso grande hacia cualquiera de los lados. Estaré preparado con un poco de agua si la necesitas.

Pero no la necesitaría, se dijo a sí misma. Mientras él hablaba, algo hizo clic en su mente. Si Elias podía hacerlo —con todas sus cicatrices, la historia de sus heridas y su dolor grabada en la piel— y mirar al fuego a la cara como lo hacía a diario, entonces ella también podía. Todo estaba en su cabeza. La mente domina a la materia.

Además, había pasado por cosas peores que caminar sobre una franja de brasas ardientes.

Mucho peores.

Dio un paso al frente.

El primer contacto con la brasa fue un sobresalto, un escozor agudo seguido de una oleada de calor. Lo ignoró, concentrándose en su respiración —lenta, constante, uno, dos, tres, cuatro—, manteniendo la mirada fija al frente.

Otro paso. Y otro.

El dolor estaba ahí, inconfundible e inevitable, pero lo ignoró, obligándose a mantenerse fuerte.

¿Me odias?, resonaron las palabras de su hermana. En lugar de echar más leña al fuego que, literalmente, tenía bajo sus pies, aquello avivó su determinación, guiándola a través de las brasas.

Antes de darse cuenta, llegó al otro lado, con el pulso martilleándole en los oídos.

Tan pronto como sintió la tierra fría bajo sus pies, se puso a dar saltos, gritando emocionada.

—¡Lo he conseguido! ¡Lo he conseguido!

—Felicidades —dijo Elias al acercarse—. Ahora solo te falta saltar a una hoguera y estarás curada del todo —añadió con sarcasmo.

CAPÍTULO
SESENTA Y SIETE

Su cuerpo hormigueaba de euforia durante el trayecto a casa. Se sentía imparable. Como si pudiera correr una maratón. Como si pudiera escalar una montaña. ¿Y lo mejor de todo? Ni siquiera le dolían los pies; no sentía absolutamente nada. La oscuridad y el espejismo que había experimentado en el viaje de ida se habían desvanecido, y el mundo cobró una nueva luz, un nuevo brillo. Cada semáforo parecía más brillante, cada sonido más nítido. Podía oír la melodía de los neumáticos sobre el asfalto como si fuera una canción.

Stephanie vio su reflejo en el retrovisor. Tenía las mejillas sonrojadas y los ojos muy abiertos, llenos de vida. La adrenalina hacía que su pie pesara más sobre el acelerador, y tuvo que levantarlo conscientemente, obligándose a respirar. Las dudas, los miedos, la sombra de su padre... todo había desaparecido. No sabía de qué había tenido miedo todo este tiempo.

Durante demasiado tiempo, había dejado que el miedo la controlara y la consumiera. Ya no más.

Sin embargo, su desbordante euforia se dio de bruces con la realidad cuando entró en el camino de entrada de su casa.

Vio el coche unos metros más abajo y reconoció la matrícula de inmediato. Deseó que no fuera él. Deseó poder salir del coche y entrar en casa más rápido de lo que él pudiera llegar.

Pero era demasiado tarde. Para cuando apagó el motor y abrió la puerta del coche, Jordan ya se acercaba a toda prisa.

—Steph, oye...

—Lárgate de aquí —espetó ella—. No quiero hablar contigo.

Cerró la puerta del coche de un portazo y empezó a cruzar el camino de entrada.

—Steph, solo quiero que...

Se detuvo en seco, dándose la vuelta, con una máscara de furia en el rostro. —¿Qué haces aquí, Jordan? Esta es mi casa. No puedes aparecer en mi casa sin avisar. No eres bienvenido aquí. No eres bienvenido en ningún sitio. No eres bienvenido en esta familia. Por algo tus padres te entregaron a Elliot. No te querían. Y yo tampoco. Así que... simplemente, vete.

Jordan se quedó helado, como si le hubiera abofeteado.

Por un momento, su boca permaneció entreabierta, como si las palabras que iba a decir se le hubieran atragantado. La luz de seguridad le iluminó un lado de la cara, revelando un destello de angustia antes de que apretara la mandíbula con tanta fuerza que ella pudo ver el músculo palpitar en su mejilla.

—De acuerdo. Lo he pillado —dijo con voz grave—. Pensé que podríamos haber tenido una relación. Algo para compensar los últimos treinta años, pero está claro que no es así. Por si te sirve de algo, esto tampoco ha sido fácil para mí, ¿vale? Yo no pedí esto, igual que tú tampoco. No pedí nacer en medio de este lío. No pedí que me pasaran de mano en mano. Pero pensé... —se le quebró la voz—, pensé que quizá contigo sería diferente. Que podríamos coger toda la mierda por la que hemos pasado y..., no sé, construir algo a partir de ella. —Negó con la cabeza, sus ojos brillaban en la penumbra—. Pero, en lugar de eso, has dejado claro que no quieres saber nada de mí. Nadie me ha querido en toda mi vida. Estoy acostumbrado. Pero no soy una mala persona. No soy como ninguno de ellos. Soy diferente. Soy yo. Y pensé que podría demostrártelo. Pensé que podría enseñártelo.

—¿Acosándome? ¿Enviándome cartas? ¿Acechándome fuera de mi casa? Ese no es un comportamiento normal, Jordan. Así es exactamente cómo se habrían comportado *ellos*, así que me cuesta creerte cuando me dices que no te pareces en nada a ellos. Porque, por las pruebas que he visto hasta ahora, sencillamente no es verdad. Ahora, te doy treinta segundos para que te largues del camino de entrada antes de que te ponga de bruces en él.

Jordan se dio la vuelta bruscamente, el crujido de sus zapatos sobre el asfalto, y se dirigió a grandes zancadas hacia su coche sin decir una palabra más. El portazo de la puerta retumbó en la silenciosa calle, seguido por el rugido del motor que se desvanecía en la noche.

Stephanie se quedó inmóvil en el camino de entrada, mientras un atisbo de una sensación de ardor comenzaba a calentarle las plantas de los pies.

CAPÍTULO
SESENTA Y OCHO

Los pañuelos de papel sobre el sofá, a su lado, fueron aumentando hasta formar una pequeña montaña. No había dejado de llorar desde que Stephanie se había ido, sentada en el sofá, sollozando con la cabeza hundida en el pecho mientras la televisión seguía encendida de fondo. Jason seguía trabajando arriba, completamente ajeno al enfrentamiento que había tenido lugar en la puerta de casa.

Ni siquiera había bajado a ver cómo estaba o a qué se debía tanto alboroto. Probablemente estaría escondido arriba, manteniéndose lo más lejos posible del drama. A veces, sentía que su vida era un episodio de *Real Housewives*, y lo odiaba. Odiaba a Jason. Odiaba a Stephanie. E incluso odiaba a Jordan.

¿Cómo había sabido él que Stephanie estaba allí? No habían quedado. Debía de haber visto que Stephanie no estaba en casa y se habría pasado por si acaso estaba aquí. Ahora, Stephanie seguramente pensaría que Kimberley la había traicionado, pero no era así.

¿Cuándo se había torcido todo tanto en su familia?

Antes de meterse en esa espiral, oyó movimiento en el piso de arriba. El sonido de unos pasos sobre el parqué se fue acercando lentamente a las escaleras. Jason apareció al pie de la escalera unos segundos después, todavía con el móvil en la mano y con el ceño fruncido, y entró en el salón.

—¿Kim? ¿Qué pasa? —preguntó, fijándose en la montaña de pañuelos, en las manchas rojas de sus mejillas y en cómo se había hundido en el sofá.

Sorbió por la nariz y cogió otro pañuelo. —Hemos discutido.

—¿Era por eso tanto griterío?

Se sentó en el cojín de al lado, que se hundió bajo su peso.

—¿Así que nos has oído?

—Sí.

—¿Pero no se te ha ocurrido bajar?

—Estaba al teléfono. —Jason se frotó la nuca, como si ocultara algo.

—¿Estabas hablando con la persona con la que te viste en Romford el otro día?

Abrió los ojos como platos, aunque intentó disimularlo con una mueca de asco. —¿Romford? ¿De qué estás hablando?

—Oh, no te hagas el tonto —espetó ella—. Estuviste en Romford el otro día. Me mentiste.

—¿Que te mentí?

—Dijiste que tenías una reunión en Watford, pero cuando miré tu ubicación, estabas en Romford.

Su boca se abrió y se cerró mientras se esforzaba por encontrar las palabras adecuadas. —¿Estabas espiando mi ubicación?

—Estaba en el hospital, Jase. Te necesitaba. Pensé que a lo mejor podías volver a casa y ayudarme, pero entonces vi dónde estabas. —Hizo una pausa para recuperar el aliento, a punto de hiperventilar—. Y luego, cuando te pregunté qué tal el trabajo, dijiste que bien. Incluso te pregunté qué tal Watford, y dijiste que «normal». Pensé que quizá me había equivocado, pero ahora creo que no. ¿Qué hacías en Romford? ¿Por qué estabas allí y por qué no me lo dijiste?

—¿Por qué estabas en el hospital? —preguntó él.

Pero ella no estaba preparada para hablar de eso. No merecía saber lo que le pasaba a su cuerpo, lo que estaba sucediendo con su hijo.

—No cambies de tema, Jason. Contéstame. ¿Qué hacías en Romford?

—Era... trabajo. La reunión se cambió a otro sitio.

No le creyó. Y, por su tono, estaba claro que ni él mismo se creía.

—¿Y esperas que te crea?

La mandíbula de Jason se tensó. —No tengo por qué darte explicaciones de cada uno de mis movimientos.

—Me mentiste, Jason. Y ahora estás ahí sentado, mirándome a los ojos, y lo estás volviendo a hacer.

—No estoy...

—No —le cortó bruscamente—. Ni se te ocurra intentar hacerme luz de gas para que crea que me estoy imaginando cosas. Tengo las pruebas, Jase. Tu ubicación. La hora. El día. Estabas en Romford.

Las aletas de su nariz se ensancharon. —Quizá si no me estuvieras rastreando como si fuera un delincuente, no estaríamos teniendo esta conversación.

—Ah, claro —replicó Kimberley, inclinándose hacia delante, con los ojos encendidos—. Porque el problema aquí es que yo compruebe tu ubicación, no que tú mientas sobre dónde has estado. Ni que desaparezcas cuando te necesito. Ni que te escondas arriba esta noche mientras yo me estaba derrumbando aquí abajo.

Jason se levantó bruscamente, y el cojín del sofá recuperó su forma en su ausencia. —Siempre le das la vuelta a todo para que yo parezca el malo.

—Será porque lo eres —respondió ella, con voz baja y firme, pronunciando cada palabra deliberadamente.

Jason apretó el móvil con más fuerza. —No voy a seguir con esto ahora —masculló, dándose la vuelta hacia el pasillo. Se dirigió a grandes zancadas hacia el aparador, cogió las llaves del coche y no miró atrás. Al tintineo del metal le siguió el chasquido seco de la cerradura de la puerta principal al abrirse y, después, un portazo violento que hizo que el marco del cuadro que colgaba sobre el sofá se tambaleara.

Kimberley se quedó inmóvil un instante, escuchando el rugido lejano de su coche al arrancar y alejarse, hasta que se desvaneció en la distancia, dejándola en el pesado y opresivo silencio de la casa.

Se levantó, secándose la cara con el dorso de la manga.

Entonces se quedó helada.

Notaba una sensación cálida y húmeda extendiéndose por sus muslos.

Bajó la mirada.

Sangre.

Un chorro oscuro y espeso que le corría por las piernas y goteaba sobre la moqueta clara. La visión la golpeó más fuerte que cualquiera de las palabras de Jason. Instintivamente, se llevó las manos al vientre y su respiración se aceleró en jadeos cortos y aterrados.

—Oh, Dios. Oh, Dios, no...

Su móvil estaba en el brazo del sofá. Lo agarró, con las manos temblándole tanto que casi se le cae, y pulsó el botón de llamada junto al nombre de Jason.

El tono de llamada en su oído pareció durar una eternidad.

—¡Cógelo... cógelo!

Un clic.

Pero no era la voz de Jason.

—¿Diga?

Volvió a quedarse paralizada. —¿*Jordan*?

—Sí... ¿Kim? Me has llamado tú. —Su voz sonaba cautelosa, confusa.

Las rodillas casi le fallaron. —Yo... Oh, Dios, no quería... Intentaba llamar a Jason.

—Vale... bueno, pues me has pillado a mí. ¿Qué pasa?

—Es sangre, Jordan. Mucha sangre. Es... —Se le quebró la voz—. ¡Es el bebé!

Silencio. Luego, la voz de Jordan se volvió más grave y urgente. —¿Dónde estás ahora mismo?

—En casa. Sola. Jason se ha ido.

—No te muevas de donde estás. Voy para allá.

CAPÍTULO
SESENTA Y NUEVE

Los restos del curry de Kenny Musgrave se enfriaban, cuajándose, en su bandeja de aluminio sobre la mesa de centro. Solo con verlo le dieron más ganas de vomitar de las que ya sentía. Apartó la vista y la dirigió de nuevo al televisor, donde siguió pasando canales. Resúmenes de fútbol. Las noticias. Un concurso. Algún drama americano con gente gritando en un juzgado. No merecía la pena ver nada de aquello, nada era digno de su tiempo. Por no mencionar que le costaba concentrarse después de haberse metido semejante atracón.

Los párpados empezaron a pesarle mientras se sumía en la modorra. Se repantigó más en el sofá, con una mano sobre su hinchado estómago y la otra agarrando el mando a distancia. Justo cuando estaba a punto de rendirse a la somnolencia que tiraba de él, llamaron a la puerta.

Un único y deliberado golpe.

Dio un respingo y se enderezó; el mando se le resbaló de la mano y cayó al suelo con estrépito. Lo primero que pensó fue que se había equivocado, que lo había oído mal. Pero entonces algo se apoderó de él —una premonición, una intuición— que lo convenció de lo contrario.

Sonó otro golpe. Esta vez, inconfundible.

Se inclinó hacia delante, aguzando el oído. Nada, solo el siseo de la calefacción central y la lluvia contra el cristal de la ventana.

Kenny se aclaró la garganta.

—¿Quién es?

Nadie respondió.

Se levantó despacio, con las rodillas protestando. Las tablas del suelo crujieron bajo su peso mientras caminaba con dificultad hacia el pasillo, deteniéndose a medio camino. Sopesó la idea de ignorarlo, volver al sofá y fingir que no había pasado nada.

Entonces sonó un tercer golpe. Más fuerte. Más seco.

A Kenny se le encogió el pecho. Se frotó la cara, deseando no haber comido tanto, deseando que su cuerpo no se sintiera tan pesado y torpe. Vacilaba junto al umbral del salón, mirando por el pasillo hacia la puerta de entrada, cuando una vibración sonó contra el brazo del sofá a su espalda. Un zumbido corto y agudo rasgó el silencio.

Kenny se quedó helado y luego giró la cabeza. Su móvil estaba donde lo había dejado, con la pantalla encendida. Volvió sobre sus pasos arrastrando los pies, lo cogió y deslizó el pulgar por la notificación, emborronando el cristal.

Un mensaje nuevo de un número desconocido.

Soy Bovo. Te necesito fuera, colega. ¡No me hagas esperar!

Kenny frunció el ceño, con la lengua pegada al paladar. ¿Qué querría Bovo a estas horas de la noche? ¿Y por qué le había enviado un mensaje en lugar de llamar?

Otro zumbido.

Date prisa, colega, que aquí fuera está cayendo la del pulpo.

Kenny suspiró.

—Vale, vale, ya voy. ¡Relaja la raja!

Se dirigió a la puerta de entrada sin pensárselo dos veces. Giró el pomo y tiró. La puerta se abrió un par de centímetros con un crujido, luego más, dejando entrar una ráfaga de aire húmedo y nocturno que le provocó un escalofrío. El hombre que estaba fuera se le echó encima antes de que pudiera reaccionar. Una figura alta e imponente, mucho más atlética que él, que no parecía acabarse de comer una cena para dos.

Lo siguiente que supo Kenny fue que estaba en el suelo, aturdido, mirando al techo, intentando comprender lo que acababa de ocurrir.

Entonces la figura se sentó a horcajadas sobre él, encima de su estómago, que sintió que iba a reventar.

Kenny gimió de dolor, pero en cuanto reconoció al hombre que tenía delante, se contuvo. En ese momento, nada más importaba. No había dolor, ni malestar. Solo conmoción y puro, absoluto terror.

—Hola, Kenny, viejo amigo —gruñó el hombre, mirándolo desde arriba. Le pellizcó las mejillas a Kenny y se las zarandeó de un lado a otro—. Parece que has engordado un poco desde la última vez que te vi. Me pregunto a qué olerá eso cuando empieces a arder.

CAPÍTULO
SETENTA

Los pies de Stephanie martilleaban el suelo mientras corría a toda velocidad por los pasillos del Hospital Universitario Royal Surrey. Le temblaba el cuerpo por la adrenalina y el pánico. Era abrumador. La consumía por completo. Su respiración era una sucesión de jadeos fuertes y entrecortados, y el corazón le latía desbocado en el pecho. Había recibido la llamada de Jordan desde el teléfono de Kimberley, informándola de la situación, y lo había dejado todo al instante.

Sus ojos saltaban de una habitación a otra, de una cama de hospital a otra, en busca de su hermana. Finalmente, encontró la habitación asignada donde habían instalado a Kimberley. Entró de golpe, y la puerta se abrió con violencia. Allí, en el centro de la habitación, acurrucada en posición fetal en la cama y de espaldas a Stephanie, estaba Kimberley. Sentado en una silla a su lado, con el teléfono en la mano, estaba Jordan.

—Kim... —dijo Stephanie en voz baja, con la voz quebrada.

Ignorando a Jordan, corrió al lado de su hermana. Llegó hasta la cama y se agachó para poder verle la cara. Kimberley giró la cabeza ligeramente, con lentitud y desgana. Tenía los ojos hinchados y la piel de alrededor en carne viva de tanto llorar y frotárselos. Pero ya no le quedaban lágrimas. Tenía la tez del color de la tiza, los labios pálidos y secos, como si le hubieran arrebatado el color, la vida y la vitalidad.

Stephanie le cogió la mano a Kimberley. Estaba fría, lacia entre las suyas.

—Oh, Kim. Lo siento tanto —dijo mientras se le empezaban a formar lágrimas en los ojos—. Lo siento muchísimo. Ojalá hubiera estado allí. Debería haber estado a tu lado.

Kimberley no dijo nada; siguió con la mirada perdida en el vacío, como si estuviera viendo algo lejano que nadie más podía ver. Stephanie le apretó la mano con más fuerza, sabiendo que sus palabras no eran consuelo alguno. Nada de lo que nadie pudiera decir compensaría el dolor y el sufrimiento por los que estaba pasando Kimberley. Pero sintió la necesidad de seguir hablando.

—Vas a superar esto —dijo mientras una lágrima le resbalaba por la mejilla—. Todo va a salir bien. Tú...

Su voz se apagó mientras sus pensamientos se dirigían a su madre. Imaginó lo que su madre habría dicho en esta situación, cómo habría consolado a Kimberley como era debido y lo habría arreglado todo.

Pero su madre no estaba allí. Durante los últimos treinta años, Stephanie había desempeñado los papeles de madre y hermana, entrelazados como dos piezas de metal fundidas. Ahora tocaba hacerlo de nuevo.

Soltó la mano de Kimberley, retiró la sábana y se metió en la cama con ella, apoyando la cabeza de su hermana en su pecho. Pero Kimberley no se movió, no se inmutó, no se acercó más. En ese momento, se limitaba a existir.

Stephanie empezó a acariciarle el pelo, igual que hacía cuando se escondían de su padre en el armario o debajo de la cama, para tranquilizarla, calmarla y decirle que no hiciera caso de los ruidos.

—¿Te acuerdas —murmuró, con voz queda, como si le hablara a una niña— de aquella vez que mamá nos encontró escondidas en el armario de la ropa blanca después de que papá la liara y se marchara dando un portazo? Creíamos que estábamos siendo muy listas, susurrando en la oscuridad. Y, de repente, la puerta se abrió de par en par y allí estaba ella con aquel ridículo plumero, fingiendo ser una especie de bruja que venía a echarnos una maldición. —Dejó escapar una risa ahogada a través del nudo que tenía en la garganta—. Tú gritaste, y luego grité yo, y mamá..., se empezó a reír tanto que no podía mantenerse en pie. Y dijo... —La voz de Stephanie flaqueó, pero continuó—. Dijo: «Si el mundo a veces da miedo, ríete de él. Así no podrá hacerte daño».

Sus dedos se deslizaron suavemente por el pelo de Kimberley, deshaciendo un enredo de nudos. —Se le daba bien protegernos, asegurarse de que estuviéramos a salvo. Sé que nos está cuidando, que te está cuidando a *ti*, asegurándose de que estés a salvo, de que yo esté a salvo. De que todos estemos a salvo y de que vayamos a estar bien.

Kimberley no respondió. Su cabeza permanecía pesada sobre el pecho de Stephanie.

Jordan se movió en la silla. El sonido fue leve pero agudo en la silenciosa habitación, pillando a Stephanie por sorpresa. Le echó un vistazo a su expresión incómoda; parecía más pequeño, como si la noticia les hubiera arrebatado la vida a los tres.

—¿Dónde está Jason?

Agitando el teléfono en el aire, Jordan dijo: —No contesta. Lo he intentado sin descanso, pero ha desaparecido sin dejar rastro.

—¿Desaparecido sin dejar rastro? ¿Por qué?

—Nos peleamos —dijo Kimberley, con una voz que era apenas un susurro.

—¿Os peleasteis? —repitió Stephanie.

—Lo acusé de mentirme, no lo negó y se fue dando un portazo. Y entonces..., entonces ocurrió. —Kimberley tragó saliva.

—¿Él lo *sabe*?

Jordan negó con la cabeza.

—No quiero que lo sepa. No me importa. Él es el responsable de esto. Él es la razón por la que he perdido a mi bebé.

CAPÍTULO
SETENTA Y UNO

Stephanie se despertó con una rigidez pertinaz en el cuello y los hombros, resultado de haber estado doblada en una postura incómoda durante demasiado tiempo. Apenas era consciente de que Kimberley seguía echada sobre ella, con el pecho subiendo y bajando suavemente y la cabeza pesándole en el brazo. Recordó vagamente haberse quedado dormida poco después de llegar; el estrés y la agitación de la noche los habían agotado a todos. Stephanie le acarició con ternura la espalda a su hermana mientras dirigía su atención a su hermanastro.

Jordan estaba desplomado en la silla junto a ella, con el cuerpo retorcido sobre los reposabrazos y las piernas despatarradas en ángulos extraños. Una noche de sueño incómodo para todos. Pero Stephanie no lo habría querido de otra manera; renunciaba felizmente a la comodidad de una cama y un cálido edredón de invierno por Kimberley.

Finalmente, Stephanie se movió para aliviar el dolor sordo en la parte baja de la espalda y dejó que su mirada vagara, en parte para inspeccionar la habitación y en parte para calentar los músculos del cuello, que le estaban causando una molestia considerable. La habitación era austera, las paredes desnudas, el mobiliario estéril. Stephanie sabía que estaban diseñadas así, pero ¿habría costado mucho poner un cuadro o una planta de plástico, cualquier cosa para que el espacio no pareciera tanto una visita al despacho de Leanna Moore?

Y entonces sus ojos se posaron en la puerta. Ni rastro de Jason. ¿Se habría enterado de alguna manera y se negaba a atender a su esposa doliente? ¿O seguía desaparecido en combate?

Antes de que pudiera darle más vueltas, su móvil empezó a vibrar.

Olivia.

Silenció la vibración antes de que pudiera despertar a los demás y miró a Kimberley. Su piel parecía casi traslúcida bajo la tenue luz. Por un momento, la mano de Stephanie se demoró en la espalda de su hermana, sintiendo el leve calor que desprendía. Luego, con delicadeza, liberó su brazo de debajo de la cabeza de Kimberley. El movimiento hizo que su hermana se moviera y murmurara algo ininteligible, pero no se despertó. Stephanie la ayudó entonces a acomodarse los últimos centímetros sobre la almohada, arreglando la manta para cubrirla bien.

El ronquido de Jordan rompió el silencio y Stephanie lo observó un instante, fijándose en el ángulo de su cabeza que le pasaría factura más tarde.

Se levantó despacio, con las articulaciones quejándose, y estiró los brazos por encima de la cabeza; su columna vertebral crujió sonoramente. Luego rodeó la cama y salió de la habitación sin mirar atrás, dejando que la puerta se cerrara lentamente a su espalda.

Justo cuando iba a contestar la llamada, se cortó. Marcó el número de Olivia y la agente respondió de inmediato.

—Inspectora —dijo—. Perdone que la llame tan temprano, pero acabo de hablar por teléfono con la Central. Tienen otro. Ha habido otro incendio.

Stephanie contuvo el aliento; su mente, aletargada y cansada, empezó a acelerarse.

—No puedo —dijo, girándose lentamente hacia la puerta—. Tengo... Tengo una emergencia familiar. No voy a poder ir a trabajar. Tendrá que ir usted o algún otro. Lo siento.

Olivia no respondió de inmediato. —¿Está todo bien?

—No, la verdad. Mi hermana acaba de perder a su bebé. Necesito estar aquí ahora mismo.

—Si necesita cualquier cosa, ya sabe dónde estamos.

Stephanie se lo agradeció y añadió: —No dude en mantenerme al tanto. Leeré los correos que lleguen si tengo un momento.

—Por supuesto, inspectora. Entendido. Déjelo en mis manos.

Stephanie colgó y estaba a punto de volver a la habitación cuando alguien la llamó por su nombre.

—¡Steph!

Jason corría hacia ella. Parecía que no había dormido ni se había cambiado de ropa en las últimas veinticuatro horas.

—Steph, ¿qué demonios pasa? —Se detuvo a su lado—. Tengo un montón de llamadas perdidas de Jordan y Kim. ¿Qué es eso del bebé?

—¿Dónde has estado? —le preguntó Stephanie.

—Estaba fuera... en casa de un amigo.

—¿Por qué no cogías el teléfono?

—Estaba... Estaba bebiendo. Me quedé dormido.

Stephanie no se creyó ni una palabra.

—Dime qué ha pasado. ¿Qué le ha pasado a Kim? ¿Y al bebé?

Stephanie no respondió; su reacción lo dijo todo.

El rostro de Jason se desencajó.

—No... —La palabra le salió ronca, casi inaudible. Retrocedió un paso tambaleándose hasta que su mano chocó con la pared que tenía detrás, con los dedos extendidos contra la pintura blanca. Por un instante, se quedó allí, balanceándose ligeramente, y luego le fallaron las rodillas. Se puso en cuclillas, con las palmas de las manos apoyadas en la pared para estabilizarse, y un sonido gutural y desgarrado brotó de él. Enterró la cara en el hueco del brazo, con los hombros sacudidos por cada sollozo, y el sonido resonó en el silencioso pasillo.

Stephanie se quedó rígida, con el móvil todavía aferrado en la mano.

Antes de que pudiera consolarlo, la puerta se abrió y Jordan salió, cansado y confuso, frotándose el cuello.

—¿Qué pasa?

Jason no perdió el tiempo. Apartó a Jordan de un empujón y entró corriendo en la habitación.

Kimberley se despertó sobresaltada, parpadeando ante la luz

cruda. Levantó la cabeza de la almohada, aturdida, y entrecerró los ojos con confusión hasta que se posaron en Jason. Por una fracción de segundo, se quedó mirándolo como si no acabara de reconocerlo, y entonces su expresión se desmoronó.

—Kim... —La voz de Jason se quebró. Ya estaba a su lado, cayendo de rodillas junto a la cama, buscando sus manos—. Lo siento mucho. No estaba aquí. Debería haber estado aquí. Por favor...

Al principio ella retrocedió ligeramente, como si el sonido de su voz fuera demasiado. Luego se derrumbó y nuevas lágrimas corrieron por sus mejillas.

Stephanie se quedó paralizada en el umbral, con Jordan justo detrás. Podía sentir el calor de su presencia junto a su hombro; ambos eran extraños en aquel momento entre marido y mujer.

Entonces Kimberley giró la cabeza y los miró a los dos.

—¿Podéis... podéis dejarnos solos? —dijo con voz áspera, que se le quebró en la última palabra—. Necesitamos un rato a solas.

Stephanie asintió. Sin decir nada, cogió el brazo de Jordan y lo guio de vuelta al pasillo. Cerró la puerta suavemente tras ellos, pero el sonido ahogado del dolor de Jason seguía filtrándose a través de ella.

CAPÍTULO
SETENTA Y DOS

Kenny Musgrave vivía en un pequeño pueblo llamado Dunsfold, donde se encuentra el aeródromo de Dunsfold, que se hizo famoso gracias al programa de la BBC *Top Gear*. Durante todo el trayecto con Devon, Olivia no pudo quitarse a Stephanie de la cabeza. Tenía el instinto maternal a flor de piel y su preocupación por la inspectora era mayor que nunca. No por el trauma que rodeaba a la familia de Stephanie —que ya era bastante significativo de por sí—, sino por el posible impacto que pudiera tener en la bulimia de esta. Olivia había estado observando discretamente a Stephanie en las últimas semanas y, después de todo por lo que había pasado, se alegró de ver que la inspectora tenía mejor aspecto. Parecía más feliz, menos cansada, más presente y, por lo que Olivia podía deducir, comía adecuadamente. Stephanie había conseguido mantener a raya a sus demonios.

Al menos, por el momento.

Los pensamientos de Olivia se vieron interrumpidos cuando llegaron a la escena del crimen. Otro edificio ennegrecido, calcinado y reducido a cenizas, que contrastaba enormemente con los de sus vecinos. Su cuarta escena del crimen en menos de dos semanas. La cosa se estaba poniendo seria y Olivia empezaba a sentir la presión. Oficialmente, no era la inspectora jefa de la investigación, pero con el nivel de responsabilidad y el trabajo extra que se le había encomendado, el peso de atrapar al asesino recaía sobre sus hombros.

El fracaso no era una opción.

Devon apagó el motor y ambos salieron al aire frío. La casa era un cascarón vacío, con el tejado parcialmente derrumbado. Un hervidero de uniformes, chaquetas de alta visibilidad de los bomberos y monos blancos de la científica entraba y salía de la propiedad. La cinta policial ondeaba al viento, acordonando la calle donde los vecinos y un pequeño ejército de periodistas se agrupaban, cuchicheando entre ellos.

Olivia examinó la escena desde el otro lado del cordón, buscando a Elias. Nada.

Se volvió hacia Devon.

—¿Dónde está Elias?

Él se encogió de hombros.

—Apagando fuegos en otra parte, quizá.

Antes de que pudiera responder, se les acercó un hombre con un mono de trabajo y el casco bajo el brazo. Tenía la barba canosa y una mancha de hollín en una mejilla.

—¿Son ustedes del MIT?

—Sí —respondieron al unísono.

—Soy Trevor Hart. —Saludó con una breve inclinación de cabeza—. El jefe de guardia de esta escena del crimen.

—¿Dónde está Elias?

—Lo han destinado a otro incidente, así que me tienen a mí en su lugar.

—¿Le han informado de lo que ha estado ocurriendo últimamente? —preguntó Olivia, a la defensiva sobre con quién estaba hablando.

—He estado en todos —respondió Trevor.

Ella tragó saliva.

—De acuerdo. Me vale. ¿Qué tenemos?

Trevor se giró rápidamente hacia la escena del crimen antes de volver a mirar a Olivia y a Devon.

—La casa pertenece a un hombre llamado Kenny Musgrave. Recibimos el aviso del incendio sobre las diez de la noche. Conseguimos apagarlo en una hora más o menos. Por desgracia, encontramos un cuerpo en el sofá. Tuvimos que esperar a que se hiciera de día para poder empezar a investigar.

Olivia se tomó un momento para procesarlo. Kenny Musgrave. El chico de la cuarta fotografía.

—¿Algún indicio de que forzaran la entrada? —preguntó Devon cuando Olivia no dijo nada.

—Aún no. La puerta principal está tostada, *literalmente*, así que no podemos decirlo con certeza. Sin embargo, las puertas traseras parecen intactas, pero las bisagras se han deformado por el calor, así que es difícil saberlo.

Olivia miró a Devon a los ojos antes de volverse de nuevo hacia Trevor. Nada de eso era importante en ese momento. Había algo mucho más apremiante.

—¿Ha encontrado otra lata?

Su expresión se ensombreció. Asintió.

—Lo primero que hemos visto.

A Olivia se le encogió el pecho.

—¿Dónde está?

—Por aquí. —Les indicó que lo siguieran. Se pusieron los trajes de protección, pasaron por debajo de la cinta y sortearon con cuidado las mangueras y el equipo esparcido hasta una mesa plegable instalada en la entrada del garaje. Trevor cogió una bolsa de pruebas que había a un lado.

Dentro, manchada de hollín pero por lo demás intacta, había una pequeña lata de metal abollada. Trevor la dejó con cuidado sobre la mesa y abrió la cremallera de la bolsa.

—Estaba a punto de abrirla cuando han llegado ustedes —dijo mientras levantaba la tapa con una mano enguantada.

Olivia se inclinó. Dentro había una fotografía del mismo estilo que las que ya había visto tres veces. Solo que esta vez era diferente. Esta vez contenía los retratos de las caras de dos chicos en lugar de uno. Ambos le devolvían una leve sonrisa, con expresiones inocentes que contrastaban enormemente con las circunstancias en las que habían encontrado la foto. Los chicos llevaban el mismo pelo —un corte de pelo popular en la época—, pero ahí acababan las similitudes. Le quedó claro que no eran hermanos, como había supuesto al principio. Cuando nacieron sus hijos, no vio el parecido entre ellos, pero a medida que crecían, se dio cuenta de lo inquietantemente parecidos que eran. No le dio la misma impresión con estos chicos.

—¿Dos? —preguntó Devon, inclinándose para inspeccionar la foto—. ¿Por qué hay dos?

—Era una pregunta retórica, ¿verdad? —replicó Olivia.

Devon fingió que no lo era.

—Ya sé lo que significa, pero explícame qué crees tú que significa.

Ella sonrió con ironía.

—Si no le ponemos fin a esto, la próxima vez que acudamos a algo así, tendremos dos cadáveres.

CAPÍTULO
SETENTA Y TRES

Olivia caminaba de un lado a otro, rodeando el coche poco a poco. El sonido agudo del teléfono le taladraba los oídos, amplificado por los nervios y la ansiedad que no tardaban en atenazarle el estómago.

Nadie respondía.

Volvió a intentarlo, esta vez moviéndose en sentido contrario a las agujas del reloj alrededor del coche, como si eso fuera a cambiar algo.

La cosa pintaba mal. El asesino demostraba constantemente que les llevaba un paso de ventaja. El día anterior, siguiendo la pista que les había proporcionado el sacerdote, George Grant —quien solo les había dado un nombre: Kenny—, Olivia y el equipo habían descubierto la identidad de Kenny. Kenny Musgrave había asistido a la misma iglesia y a las mismas reuniones sociales entre semana que Nigel, Darren y Carlos en los años ochenta. El único problema era que no habían sido capaces de dar con él.

Hasta ahora, que el asesino les había mostrado dónde encontrarlo.

Cuando llegaba a la puerta del conductor, Stephanie respondió a la llamada. Su voz pilló a Olivia por sorpresa e hizo que se golpeara con el retrovisor.

—¡Joder!

—¿Va todo bien? —preguntó Stephanie, con tono serio.

Olivia se frotó la cadera. Un golpe doloroso que seguramente le dejaría un moratón y le dolería el resto del día.

—Estoy bien. Lo siento..., lamento volver a molestarla, señora...

—¿Es importante, Olivia? Todavía estoy en el hospital. Necesito estar con mi hermana y no puedo permitirme alejarme de ella mucho tiempo.

—No. Claro que no. Lo entiendo. Yo...

Había sido un error. No debería haber llamado. Debería haber confiado en sí misma y en Devon para encargarse del asunto.

Echó un vistazo a la escena del crimen, donde Devon y Trevor comentaban el incidente entre ellos.

—Hemos encontrado otra lata —dijo finalmente.

Silencio. Por un momento, Olivia pensó que se había cortado la llamada.

Entonces, un suspiro resonó a través del micrófono.

—Mentiría si dijera que me sorprende —respondió Stephanie.

—Se sorprenderá cuando le diga que había dos fotografías en lugar de una.

Una pausa. Una inhalación brusca.

—¿*Dos*?

—Dos chicos en la misma fotografía, abrazados.

Otra pausa, esta más larga y reveladora.

—Gracias por decírmelo —dijo ella finalmente, con un deje de resignación en la voz—. Me encantaría estar ahí, pero no puedo dejar a mi hermana. Tú..., tú, Devon y el resto del equipo vais a tener que arreglároslas hasta que yo vuelva.

—¿Cuándo...?

—No lo sé. Pero pronto. Quizá mañana. Tú y el equipo tendréis que encargaros de esto sin mí.

—De acuerdo... —Ahora era Olivia la que sonaba resignada.

—Empezad por identificar a los chicos de la fotografía. Hablad con todos a los que ya hemos entrevistado, especialmente con la madre de Anthony Shore y con George Grant en la residencia. Puede que reconozcan a los chicos y nos den algunos nombres. Si eso no funciona, investigad la iglesia y el club extraescolar. Encontrad una conexión entre las víctimas. Determinad el vínculo entre las dos posibles víctimas. ¿Por qué están en la misma fotografía? Debe de haber una razón. Averiguad cuál es, y hacedlo lo más rápido que podáis. Tenéis todo lo que necesitáis. Pero llámame si necesitas cualquier cosa. Os ayudaré en lo que pueda y cuando pueda.

—Gracias, Steph. Nos pondremos a ello de inmediato.

Olivia colgó, se guardó el móvil en el bolsillo, inspiró hondo y sacó pecho, sintiendo de repente una renovada sensación de determinación y confianza.

CAPÍTULO
SETENTA Y CUATRO

La máquina expendedora cobró vida con un zumbido, el muelle giró y la bolsa de patatas fritas avanzó un poco, para luego quedarse atascada a medio camino, colgando justo fuera de su alcance como si se burlara de ella.

—Puñetera máquina —masculló entre dientes, aporreando de nuevo el botón.

Nada.

Lo aporreó repetidamente con la esperanza de que funcionara, pero fue inútil. A continuación, golpeó el cristal con el puño. Seguía sin pasar nada. Luego, le dio un golpe al lateral de la máquina con el talón de la mano. La bolsa de patatas siguió en su sitio, inmóvil.

Se agachó y miró por la estrecha ranura, como si fulminarla con la mirada fuera a asustarla y hacer que soltara a su rehén. El estómago le rugió a modo de respuesta.

Otro golpe, más fuerte esta vez. La máquina tembló, pero se negó a rendirse. Enganchó los dedos en la trampilla y estiró el brazo hasta que los nudillos le rozaron el protector de plástico. La bolsa estaba demasiado lejos, justo fuera de su alcance.

A su espalda, una voz rasposa dijo:

—Una vez se me quedó la mano atrapada en una de esas.

Stephanie se irguió y se dio la vuelta de golpe para ver a Jordan apoyado en el marco de la puerta, con el pelo de punta por un lado.

—Supervergonzoso —continuó él mientras entraba—. Los dueños de la tienda tuvieron que venir a sacarme la mano... con la ayuda de los bomberos y un poco de lubricante. Para cuando acabaron, había una multitud enorme animándome.

Stephanie enarcó una ceja.

—Parece que ganó la máquina.

—No ganó —dijo él, fingiendo estar ofendido—. Al final conseguí mi bolsa de patatas.

—Después de hacer el ridículo delante de medio pueblo.

—Unas veces se gana y otras se pierde. —Se puso a su lado, mirando la máquina—. ¿Por qué te estás peleando, en realidad? ¿Cóctel de gambas? Sabes que eso es básicamente un crimen de guerra, ¿no?

—Son las únicas que quedan que no son de queso y cebolla —replicó ella, ofendida—. Y me muero de hambre. Ahora mismo me comería cualquier cosa.

Jordan chasqueó la lengua, le hizo un gesto para que se apartara y luego colocó ambas manos a cada lado de la máquina.

—El truco está en darle una buena sacudida —dijo—. Como si la pillaras por sorpresa. Aquí es donde entra en juego la delicadeza.

—¿A eso lo llamas delicadeza?

—Todos mis años de experiencia me han llevado a este momento.

Con un gruñido y un quejido, balanceó la máquina expendedora de izquierda a derecha, hasta que pareció que estaba a punto de volcar. Tras unos cuantos meneos, la bolsa de patatas, junto con un paquetito de Skittles abandonado por un comprador anterior, cayó por el hueco.

Jordan metió la mano en la bandeja y se los entregó.

—Rescatados de las fauces del capitalismo.

Stephanie los cogió, aunque se aseguró de no parecer demasiado impresionada.

—Has tocado techo en la vida —dijo.

—Es lo mejor que me va a pasar. Menos mal que he llegado cuando lo he hecho; si no, a lo mejor habrías tenido que llamar a los bomberos.

Una leve risa asomó por la comisura de sus labios, e hizo todo lo posible por ocultarla. Se había dado cuenta, en cuanto lo vio en el hospital, de que tendría que ser amable, ser civilizada, mantener una tregua tácita entre ellos. No necesitaba hablar con él, pero cuando lo hiciera, sería de forma cordial y amistosa. Por el bien de Kimberley.

Jordan se apoyó en la máquina, con las manos en los bolsillos, observándola atentamente, ansioso por decir algo.

—Que sepas que Kimberley no quería llamarme, por cierto —dijo tras una pausa—. Fue un accidente. Quería llamar a Jason, pero pulsó el primer nombre que vio con una jota y la llamada me llegó a mí.

Stephanie se quedó helada a medio bocado. No sabía qué se suponía que debía responder a eso. Agradecía su sinceridad, pero sus barreras estaban levantadas, y haría falta mucho más que eso para derribarlas.

—Me alegro de que al menos localizara a uno de nosotros —dijo con frialdad—. No quiero ni imaginar lo que habría pasado si no lo hubiera hecho.

—Ya. Estaba... bueno, ya sabes. No estaba nada bien. —Miró al suelo un instante antes de volver a mirarla—. Pero sé a ciencia cierta que habría preferido que estuvieras tú allí antes que yo o Jason.

Stephanie permaneció en silencio, tragándose el nudo que se le estaba formando en la garganta.

—Pero no estuve —dijo—. La decepcioné.

—Tú nunca podrías decepcionarla, Steph. Te adora. Te idolatra. Siempre me está diciendo que siempre has estado ahí para ella. Que no habría superado la mitad de las mierdas de su vida sin ti. —Su voz se suavizó—. Está orgullosa de ti, Steph. Siempre habla de los casos que has resuelto, de las horas que echas, de que la apoyas pase lo que pase. Eres básicamente su heroína.

A Stephanie se le formó un nudo inesperado en la garganta. No se esperaba esta reacción de él, ni tampoco la había previsto en sí misma. Sus barreras comenzaban a derribarse lentamente.

Bajó la vista hacia la bolsa de patatas arrugada que tenía en las manos, sin saber de repente qué hacer con los dedos.

—Es mi hermana. Haría cualquier cosa por ella. Es solo que... ojalá me dijera a mí algunas de esas cosas.

—A lo mejor cree que ya lo sabes —dijo Jordan con dulzura—.

Siempre es más fácil decir estas cosas a otras personas que a la persona directamente. Pero sé que lo dice de corazón.

Stephanie dejó escapar un largo suspiro.

—Quizás tengas razón. Gracias —dijo en voz baja, sorprendiéndose de lo mucho que lo sentía.

Jordan se encogió de hombros ligeramente, como para decir que no era nada.

—Tenías derecho a saberlo. Sé que las cosas han estado bastante turbulentas entre vosotros dos últimamente.

Ella dudó y luego se giró para mirarlo de frente.

—Mira... Sé que me he portado como una cabrona estas últimas semanas, pero... pero ha sido raro, difícil. No ha sido fácil para mí saber que, de alguna manera, somos familia. No quería creer que fuera real —y una parte de mí todavía no se lo cree—, pero has estado ahí para Kimberley siempre que yo no lo he estado, y por eso te estoy agradecida. Así que supongo que lo que intento decir es que lo siento, y que quizás debería hacerme a la idea de que eres parte de nuestra familia, me guste o no. Por el bien de Kimberley, y por el mío. —Se aclaró la garganta—. No se me dan muy bien estas sensiblerías, por si no te habías dado cuenta.

—Pues me tenías engañado —respondió él con una risita.

Stephanie se permitió la más mínima de las sonrisas.

—No te acostumbres.

La sonrisa de Jordan se suavizó hasta convertirse en algo más tranquilo, más cálido.

—No busco que te caiga bien, Steph. Aunque quizá algún día espero que lo hagas. Solo quiero que Kimberley nos tenga a los dos en su vida. Eso es todo. Nos necesita ahora mismo. A los dos.

Menuda verdad.

Entonces se encontró con su mirada, de verdad, y durante un largo momento, ninguno de los dos habló. No tenía sentido fingir que no veía la verdad en sus ojos.

Le tendió el paquete de Skittles.

—¿Ofrenda de paz?

Su expresión parpadeó con sorpresa antes de que los cogiera.

—Supongo que me conformaré con lo que pueda conseguir. Gracias.

CAPÍTULO
SETENTA Y CINCO

Cuando Stephanie abrió la puerta de su casa varias horas después, la recibieron un silencio y una quietud sofocantes. El lugar había estado vacío durante más de veinticuatro horas, pero el ambiente era diferente. Era como si una densa nube de pena y culpa se cerniera sobre el edificio, filtrándose por las paredes e impregnando el aire. A cada paso que daba, Stephanie la inspiraba.

Se quedó allí unos instantes, tras quitarse los zapatos y dejar sus cosas en la encimera de la cocina, antes de dirigirse directamente al cuarto de baño de arriba. No se había aseado; se sentía sudorosa, olía mal y necesitaba limpiarse de los horrores del día.

Con la mente en piloto automático, abrió la ducha, se desnudó y se metió dentro.

El agua le golpeó la piel, caliente e implacable, azotándole los hombros, un castigo adecuado para lo que sentía que merecía. Al principio, se centró en la sensación —el vapor que le envolvía el rostro, el escozor donde el agua golpeaba con demasiada fuerza—, cualquier cosa para distraerla de los pensamientos que empezaban a aflorar en su mente.

Pero se colaron de todos modos.

Imágenes que antes no había querido visualizar aparecían ahora de todas formas: el puñito de un recién nacido cerrándose alrededor de su dedo; Kimberley sonriendo de una forma que no le había visto en años; el orgullo de anunciar que iba a ser tía.

Y entonces la imagen se hizo añicos. Un dolor sordo se le formó en las entrañas, extendiéndose y haciéndose cada vez más pesado hasta que ya no pudo tenerse en pie. Sus manos se deslizaron por la pared de azulejos mientras se acuclillaba allí, dejando que el chorro le golpeara la espalda. Con la frente apoyada en las rodillas y el pelo pegado a las mejillas, las lágrimas se mezclaban con el agua que le resbalaba por el cuerpo.

Durante un rato, se quedó así, con el sonido del agua ahogando el de su respiración entrecortada. Pensó en Kimberley en aquella cama de hospital, pálida e inmóvil. Reflexionó sobre todas las cosas que debería haber dicho, las veces que debería haber estado allí y los momentos en que había defraudado a su hermana.

No era solo la pérdida de un bebé; era la pérdida de lo que significaba para todos ellos. Los cumpleaños que nunca se celebrarían, las fotos de familia que nunca se harían y la fractura en el matrimonio de Kimberley que había surgido de todo aquello.

Quería mantenerse al margen de su relación —lo que ocurriera entre ellos era cosa suya—, pero era imposible no ver las señales. Las señales que se habían estado gestando durante semanas.

Cuando por fin levantó la cabeza, tenía la piel enrojecida y en carne viva, y aun así seguía sintiéndose sucia.

Cerró el grifo y se sentó en el repentino silencio, chorreando y vacía. En el fondo, sabía que tendría que levantarse, secarse y enfrentarse a lo que el futuro le deparara. Pero, por ahora, se quedó allí, permitiendo que las últimas gotas de agua le recorrieran la espalda y las últimas lágrimas se le secaran en las mejillas.

CAPÍTULO
SETENTA Y SEIS

Tenía los pies firmemente anclados al suelo una vez más, mientras el fuego ardía con furia frente a ella, las llamas devoraban los costados del edificio. El humo, denso y acre, inundaba el aire. Intensas oleadas de calor le azotaban la cara y los brazos, rizándole las puntas del pelo.

Poco después, le llegaron los gritos.

Pero esta vez era diferente. Solo gritaba una persona. Y había otro ruido; peor, agudo, mucho más devastador. El sonido de un bebé que lloraba, que gemía, que suplicaba por sobrevivir. Stephanie levantó la cabeza de golpe, sus ojos recorriendo las formas irregulares de las ventanas destrozadas hasta que encontró el origen del ruido.

Kimberley.

Estaba enmarcada por el humo, con un brazo acunaba un bulto que apretaba desesperadamente contra su pecho. Incluso desde la distancia, Stephanie podía ver cómo se movían los labios de su hermana, gritando algo que no podía oír por encima del rugido del fuego.

Sin embargo, los llantos del bebé se abrían paso a través del caos.

A Stephanie se le hizo un nudo en el estómago. Su hermana y su sobrino estaban dentro, desesperados, moribundos. No importaba que no tuviera formación oficial —una caminata sobre brasas no era precisamente lo mismo que saltar a un incendio—, pero sabía que tenía que moverse, que hacer algo. Proteger a su hermana como no había sido capaz de hacer tantas veces en el pasado reciente. Todos sus instintos le gritaban que hiciera algo. Derribar una puerta de una patada, trepar por un bajante, cualquier cosa para sacarlos de allí antes de que las llamas se cerraran sobre ellos.

Estaba a punto de moverse cuando apareció una figura, doblando la esquina de la casa de su infancia. El farsante. El intruso. La persona que no había formado parte de sus vidas, la persona que ni siquiera había entrado antes en la casa de su infancia. Jordan. No tenía ningún derecho a estar cerca de allí. Aquel era su hogar, su espacio. Pero eso no lo detuvo; sus ojos se clavaron en la misma ventana que ella, fijándose al instante en Kimberley y el niño. No hubo vacilación, ni pausa.

—Quédate atrás —ladró él por encima del estruendo, dirigiéndose ya hacia la puerta principal de la propiedad.

Pero ella no le hizo ni caso. Con los puños apretados, sus piernas se pusieron en marcha, casi por voluntad propia. Corrió a toda velocidad por la entrada para coches, adelantando a Jordan, y se detuvo junto a la puerta principal.

Se quedó paralizada. Ya podía sentir la intensidad y la ferocidad del calor que ardía en el interior.

Puedes hacerlo. Si puedes caminar sobre el fuego, puedes correr a través de él, se dijo.

Sin pensarlo, levantó la pierna y derribó la puerta de una patada. Una corriente de retorno le estalló en la cara, lanzándole una bola de fuego y arrojándola hacia atrás. Solo podía oler su pelo chamuscado. Continuó a pesar de todo, protegiéndose la cara con el brazo al entrar por la puerta principal. El lugar brillaba con un naranja intenso y oscuro, el techo cubierto por un humo negro y denso. La intensidad del fuego le arrebató el oxígeno de los pulmones. Al instante, empezó a comprender cómo se habían sentido Nigel Hadlow y las demás víctimas en sus últimos momentos, cuando el fuego y las llamas empezaban a apoderarse de sus cuerpos.

Una serie de gritos provenientes del piso de arriba la sacaron de su ensimismamiento. El acceso a la planta superior estaba despejado. Corrió hacia el primer escalón y empezó a subir, con cuidado de no tocar las paredes ni la barandilla, para no quemarse la piel de los dedos.

Para su sorpresa, el fuego aún no había afectado a la integridad estructural del edificio, y pudo subir las escaleras con facilidad. Por un momento, incluso creyó oír el familiar sonido de las tablas del suelo crujiendo bajo sus pies.

Cuando llegó al último escalón, todo se volvió inquietantemente silencioso, salvo por el sonido de su respiración y el eco lejano de Kimberley y su bebé en el dormitorio de sus padres. Stephanie se acercó. La puerta estaba cerrada con llave.

Antes, cuando se había topado con esa habitación, algo la había frenado, impidiéndole entrar. Esta vez no dudó; abrió la puerta de una patada, igual que había hecho abajo momentos antes, y se agachó, anticipando la llamarada que pasó por encima de su cabeza.

Con el antebrazo ardiéndole, se lanzó al dormitorio y fue directa hacia su hermana. Encontró a Kimberley acurrucada en un rincón, acunando al bebé contra su pecho.

Stephanie agarró a Kimberley por el brazo y la sacó de allí, protegiéndola con su cuerpo mientras avanzaban. Momentos después de que salieran del dormitorio de sus padres —el lugar que había sido testigo de tantos horrores a lo largo de los años—, el techo se derrumbó e implosionó en una bola de fuego.

Bajaron las escaleras con cuidado, conteniendo la respiración y cubriéndose la cara.

Al pie de la escalera, la luz empezó a filtrarse en el pasillo, anunciando la salida. Stephanie sintió crecer en su interior una renovada determinación. Ya estaba. El último empujón.

Atravesó la puerta violentamente y salieron disparadas a la luz del sol, tosiendo y farfullando, arrojando el contenido de sus pulmones sobre el asfalto de la entrada. Era incesante. Pero mientras los curiosos empezaban a rodearlas rápidamente, Stephanie se dio cuenta de que solo oía el ruido que hacía su hermana.

El llanto del bebé se había detenido.

Stephanie le quitó el bebé, pero lo sintió pesado y lacio en sus brazos.

No necesitó desenvolverlo para saber que había muerto, que

había sucumbido al fuego, que no había sido capaz de salvarlo; ni en la vida real ni siquiera en un sueño.

CAPÍTULO
SETENTA Y SIETE

Stephanie se aseguró de llegar a primera hora de la mañana siguiente para poder adelantar trabajo antes de que llegara el resto del equipo. Le habían enviado sus informes diarios a distintas horas durante la noche anterior, y ella los había estado ojeando desde las cinco de la mañana, intentando distraerse de la pesadilla que la había mantenido despierta.

Estaba a medio leer el informe de Devon cuando la primera persona entró en la oficina.

Olivia.

—Buenos días, jefa —saludó la agente, dejando las bolsas junto a su escritorio—. No esperaba verte hoy por aquí. ¿Está todo arreglado con lo del hospital?

—Dentro de lo que cabe —respondió Stephanie, saliendo de detrás de su escritorio. Se reunió con Olivia en la cocina, donde la cafetera empezó a funcionar con un traqueteo.

—¿Cuándo fue la última vez que dormiste? —preguntó Olivia.

—¿Dormir bien? Hacia 1995. ¿Últimamente? Hace unos días. Las camas de hospital no son ninguna maravilla.

—No creo que nadie en toda la historia del universo haya dicho jamás que prefiere dormir en una cama de hospital que en la suya.

Stephanie soltó una risita mientras pulsaba el botón del café con leche en la máquina y esperaba a que los engranajes se pusieran en marcha. Olivia se quedó junto a ella, como si quisiera decir algo.

—¿Fue...? ¿Estás...? ¿Cómo...? Lo siento mucho, Steph —dijo finalmente Olivia, posándole una mano con firmeza en el brazo. Fue un gesto pequeño, pero Stephanie lo agradeció igualmente.

—Estamos bien. Yo estoy bien. La mejor manera de procesarlo es hacer lo que hago con todo: esconder la cabeza como un avestruz y sumergirme en el trabajo para olvidarme.

—Eso no es sano.

—¿Desde cuándo es sano algo de lo que yo hago?

Olivia no supo qué responder. La cafetera terminó de preparar el café y Stephanie llevó su taza de vuelta a la oficina. Cuando entró, ya habían llegado todos excepto Giles, ataviados con chubasqueros y con el pelo húmedo por la persistente llovizna que había estado cayendo desde que se despertó.

—Buenos días a todos —dijo—. Me alegro de veros a todos tan temprano. Quiero que me pongáis al día, así que acomodaos y nos vemos en la sala de crisis en cinco minutos.

Poco más de cinco minutos después, el equipo estaba sentado frente a ella en la sala de crisis. Giles había entrado a toda prisa en el último momento, el único sin una bebida caliente para combatir el frío de la oficina.

—Disculpad por el caos de ayer —empezó—, pero os agradezco a todos la profesionalidad con la que manejasteis todo en mi ausencia. —Se giró hacia el panel de la investigación y observó que alguien había añadido el nombre, la fotografía y la ubicación de Kenny Musgrave. Sus ojos se posaron en la última fotografía de los dos chicos—. Esto no va a desaparecer, ni tampoco va a mejorar. Y ahora tenemos, potencialmente, dos víctimas más en camino. Pero primero: ¿en qué punto estamos con nuestra cuarta víctima? ¿Qué sabemos de él?

Devon fue el primero en hablar. —Se llamaba Kenny Musgrave. Cincuenta y tres años, igual que las otras víctimas. Vivía solo y trabajaba como auditor financiero. Tenía su propia empresa, registrada en el Registro Mercantil, pero solo estaba él.

—Hemos hablado con sus vecinos y lo han descrito como una persona afable —continuó Noah—. Amable. Nunca se metió en problemas con nadie y ayudó a un par de vecinos cuando estaban pasando por problemas económicos con el coche.

Stephanie asintió. —¿Y algo útil? ¿Conexiones con Nigel Hadlow, Carlos Vazquez y Darren Fairhurst?

—Hablé con el padre de Musgrave —dijo Fiona, hurgándose las uñas mientras hablaba—. Y, bueno, la verdad es que no fue de mucha ayuda. Por lo visto, no estuvo muy presente en la vida de Kenny, así que no reconoció a ninguno de los chicos de la última fotografía. Sin embargo, sí confirmó que Kenny fue a un colegio distinto que las otras víctimas y que de pequeño iba al club extraescolar de la iglesia entre semana. Se acuerda de eso porque tuvo que ir a recogerlo de allí un par de veces.

—¿Así que las cuatro víctimas, y potencialmente las dos siguientes, son del grupo extraescolar de la iglesia y no de St Jude's? —repitió Stephanie para sus adentros—. ¿Kenny era religioso?

—Su madre lo era — continuó Fiona—. Por eso iba al club extraescolar, y también fue parte de la razón por la que sus padres se separaron. Pero su padre no dijo si iba a la iglesia los fines de semana. Como he dicho, no se veían mucho.

—¿Hay algo que conecte a las cuatro víctimas más allá del club?

El silencio llenó la sala; solo rostros inexpresivos la miraban. Tampoco podía esperar demasiado de un solo día.

—Muy bien —dijo—. Devon y Noah, quiero que os pongáis con eso ahora. Buscad en historiales de mensajes, registros telefónicos y financieros. Cualquier cosa que sugiera que los cuatro pudieran haberse reunido en los últimos meses. —Se giró hacia el otro lado de la sala—. Giles, Fiona y Olivia, necesito que averigüéis quiénes son esos dos chicos. ¿Son hermanos? ¿Mejores amigos? ¿O es uno de ellos el asesino y el otro la próxima víctima? Esta es la prioridad. Hemos ido un paso por detrás de este cabrón durante toda la investigación. No podemos permitir que se cobre dos vidas más. No pode-...

De repente, una puerta al otro lado de la oficina se abrió. El inspector jefe McGowan apareció por el rabillo del ojo, lento y metódico, interrumpiéndola. Perdió el hilo de sus pensamientos al instante.

—Inspectora —dijo él con suavidad—. Cuando termine, ¿me permite un momento?

Lo dijo con tanta calma, tan en voz baja, que, sin embargo, ella sintió como si la hubieran llamado al despacho del director.

Después de que él desapareciera en su despacho, se volvió hacia el equipo. Tartamudeando y distraída, dijo: —Ya sabéis lo que tenéis que hacer. Ya sabéis dónde estoy si me necesitáis. Dadle caña.

CAPÍTULO
SETENTA Y OCHO

Stephanie declinó el ofrecimiento de sentarse.

—¿Está segura? —preguntó McGowan.

—Del todo, señor. He estado sentada casi veinticuatro horas. A mis lumbares les vendría bien un descanso.

Clive jugueteó con torpeza con unos papeles que había sobre su escritorio. —¿Cómo..., cómo va *todo*? —preguntó finalmente.

—Ha perdido al bebé.

A Clive se le cayeron los documentos y se quedó mirándola sin expresión. Para ser alguien con un cargo de responsabilidad y años de experiencia, por primera vez desde que lo conocía, parecía no saber qué decir.

—Qué horror —respondió—. Siento mucho oír eso. Por favor, dele el pésame a su hermana. Si necesitan cualquier cosa, estoy seguro de que..., de que podemos ayudar.

—Se lo agradezco, señor. Pero ahora mismo no creo que nada pueda llenar el enorme vacío que se ha instalado en sus vidas.

Y en su matrimonio.

—Por supuesto —dijo él en voz baja—. La oferta sigue en pie. —Hizo una pausa y volvió a centrar su atención en los papeles—. Seguro que es un momento difícil para su familia. Y seguro que también lo es para usted, Steph.

Stephanie se acercó rápidamente a la puerta. —No tenemos por qué hablar de esto, tengo que...

—Y sería una negligencia por mi parte no tener en cuenta cómo se siente usted con todo esto. Tengo el deber de cuidarla, tanto como a cualquier otro. Aunque la vea poner buena cara delante de todos, lo he visto suficientes veces y lo he vivido en carne propia como para saber cuándo alguien lo está pasando mal.

—Señor...

Él levantó una mano para acallarla. —No tiene que fingir que está bien cuando no lo está. Si..., si la situación la está superando, con su vida y la investigación, tiene que decírmelo.

—Señor —dijo ella con un resoplido—, con todos mis respetos, se lo agradezco, pero no. Sé cómo soy. Sé cómo lidiar con un trauma. He pasado por ello tantas veces que podría tener un máster en la materia. Pero, de verdad, estoy bien. Lo único que necesito es volver a centrarme en el caso y enfocar al equipo en esta investigación. Está muriendo demasiada gente bajo mi supervisión, y tenemos que asegurarnos de que no muera nadie más.

Entrelazó los dedos y se quedó mirándola fijamente. —¿Necesita apoyo?

—No. Confío plenamente en mi equipo y confío plenamente en esta investigación.

—¿Qué sospechosos tienen?

Abrió la boca, esperando una pregunta diferente que pudiera desviar rápidamente, pero no le salieron las palabras. No tenía respuesta. No había sospechosos. Solo más y más niños que habían crecido llevando vidas diferentes, todos conectados a algo de su pasado que ahora volvía para atormentarlos.

—Estamos trabajando en todas las líneas de investigación activas —respondió.

Él soltó un ligero bufido. —¿Sabe con quién está hablando, verdad? Esa frase quizá cuele con la gente de la calle, pero, lamentablemente, conmigo no. Ojalá lo hiciera, me haría la vida mucho más fácil.

Ella bajó la mirada al suelo. —Tiene razón. Lo siento, señor. Actualmente no tenemos ningún sospechoso.

—¿Y las identidades de los dos chicos de la última fotografía?

—Una de nuestras máximas prioridades —admitió—. Yo

misma dirigiré personalmente algunos de los interrogatorios con las personas necesarias.

Eso pareció aplacarlo momentáneamente. Ella se adelantó antes de que él pudiera responder.

—Con todos mis respetos, señor. Agradezco su preocupación. Pero no tengo tiempo para esto. Estoy bien y seguiré estándolo. Ahora mismo, necesito salir ahí fuera y hacer algo, porque hay dos vidas que dependen de mí.

Abrió la puerta y salió de la habitación sin darle la oportunidad de responder.

CAPÍTULO
SETENTA Y NUEVE

Esta vez, la residencia de ancianos no parecía tan imponente ni aterradora. Al contrario, parecía más pequeña, más sucia; más un edificio abandonado que un lugar para moribundos. La última vez que había cruzado aquellas puertas, se le había oprimido el pecho, las palmas de las manos le sudaban y su mente se había llenado de tormento. Ahora, mientras Stephanie aparcaba y salía del coche, no había nada de eso. Ni palpitaciones. Ni dificultad para respirar. Ni una voz en su cabeza instándola a dar media vuelta.

Atravesó la gravilla con paso decidido, con el abrigo bien ceñido y el pelo alborotado por el viento. Encontró a la recepcionista, Sharon Gallagher, detrás del mostrador y se presentó.

—Vengo a ver a George Grant —explicó Stephanie mientras firmaba en el registro.

Sharon no perdió el tiempo y rodeó el mostrador para guiarla por el pasillo. En lugar de seguir la ruta anterior, la recepcionista la llevó por otro largo corredor. Pasaron junto a dormitorios de los que salía el sonido metálico de televisores baratos y el hedor a aerosol antiséptico que luchaba contra un abrumador olor a orina.

El lugar apestaba a muerte y a descomposición. Y Stephanie ya había visto lo suficiente en su vida como para saber que no quería acabar en un sitio como aquel, consumiéndose hasta quedar en los huesos. Una muerte rápida e indolora era la forma en que ella quería irse. Con el menor sufrimiento posible para sus seres queridos.

Unos instantes después, entraron en la sala de estar común. En la cabecera de la sala, una gran pantalla de televisión emitía un inofensivo programa de día que ayudaba a ahogar el silencio. Alrededor del perímetro había una fila de sillas acolchadas de respaldo alto. El espacio estaba ocupado predominantemente por mujeres, que superaban en número a los hombres casi diez a uno. Stephanie les dedicó a todas una cálida sonrisa y las saludó con la mano mientras ellas la miraban con la vista perdida, con sus mentes tratando de descifrar quién era y si la conocían. A pesar de lo lúgubre de la sala, los pacientes parecían estar de buen humor. Las que podían hablar —una habilidad que el alzhéimer aún no se había cobrado— conversaban, mientras que las que estaban lo bastante lúcidas como para devolver el saludo lo hacían.

Al fondo de la sala, en un rincón, estaba sentado George Grant, encorvado y con la mirada fija en el suelo. Una paciente le mascullaba algo, pero él la ignoraba. A medida que se acercaban, se volvió más consciente y levantó ligeramente la cabeza.

—George, tienes una visita, cariño. Se llama Stephanie. Tiene algo que enseñarte.

George parpadeó lentamente; tenía los ojos ribeteados de rojo y las mejillas hundidas. Parecía más pequeño y frágil de lo que ella recordaba, como si el peso de su propio cuerpo se estuviera hundiendo. Sin embargo, todavía había algo en su mirada, algo oculto tras sus ojos, que sugería que no estaba *ni de lejos* tan ido como los demás.

Stephanie se agachó un poco para ponerse a su altura. La recepcionista le echó un vistazo rápido antes de retirarse a un extremo de la sala para darles privacidad, aunque sin dejar de observar.

—Hola, George —dijo Stephanie con amabilidad—. ¿Se acuerda de mí?

Sus labios se movieron, pero no revelaron nada.

—Tengo algo que me gustaría que viera.

Metió la mano en el bolsillo del abrigo y sus dedos rozaron el borde de una funda de plástico. Cuando la sacó, la foto que había dentro reflejó la luz. La sostuvo en alto para que pudiera verla.

—¿Reconoce a los chicos de esta foto? —preguntó, serena y contenida. Se dio cuenta de que necesitaba ejercer un cierto nivel de paciencia, algo mucho más fácil de decir que de hacer sin que Olivia estuviera allí para encargarse.

Los ojos de George se posaron en la fotografía. Por un segundo, no hubo nada. Solo la misma mirada distante y nublada que les había dedicado la última vez. Pero cuanto más miraba, más cambiaba su expresión. Se le dilataron las pupilas, se le abrieron los ojos y le temblaron los labios antes de curvarse hacia arriba.

—Son muy guapos.

Al principio, no lo oyó bien. Pero cuando la mujer que estaba al lado de George lo repitió, se dio cuenta de lo que había pasado. La mujer a la derecha de George se había inclinado sobre él para coger la bolsa de pruebas.

—Son unos niños muy monos —repitió la mujer.

Antes de que Stephanie pudiera responder, George asintió. —Sí —susurró él, con voz áspera y quebradiza—. Muy guapos, sí. Siempre me gustaron a esa edad.

A Stephanie se le erizó la piel. La forma en que lo dijo no fue inocente. La luz tras sus ojos no iluminaba el recuerdo de coros infantiles o juegos de la parroquia. Había algo más. Algo más oscuro.

No se permitió reaccionar, aunque cada fibra de su ser quería retroceder. En lugar de eso, mantuvo el tono neutro, profesional y distante. —¿Le gustaban a esa edad?

Los ojos de George no se apartaron de la fotografía. Su respiración se había vuelto superficial e irregular, como si las imágenes lo hubieran sacado de la niebla más que cualquier medicamento. —Tan suaves, tan confiados —murmuró—. Era la mejor época. Antes de que el mundo y la pubertad los echaran a perder.

Stephanie sintió que la bilis le subía por la garganta. Volvió a meter la mano en el bolsillo y sacó una segunda funda. Otra fotografía. Otra víctima. La sostuvo en alto, observándolo con atención.

La reacción de George fue inmediata. Sus labios se curvaron de nuevo hacia arriba. —Sí. Guapo. Ese también me gustaba.

Otra foto. La de Nigel Hadlow. De nuevo, las mismas palabras. —Guapo. Justo la edad perfecta.

El pulso le martilleaba en los oídos, pero ella continuó, con las manos firmes aunque se le revolvían las tripas. Una a una, fue colocando las fotos sobre sus rodillas, y cada imagen de una víctima provocaba la misma respuesta en él.

Y entonces deslizó la última foto. Kenny Musgrave.

Por primera vez, la mano de George se crispó y avanzó sigilosamente, temblando al presionar el plástico. Ahora había una luz en sus ojos. Una chispa. Sus labios agrietados se separaron y su voz emergió con una claridad sorprendente.

—Ese —dijo, con palabras casi reverenciales. Su dedo golpeó el plástico—. Kenny. Ese era mi favorito.

La habitación pareció inclinarse alrededor de Stephanie. Se obligó a respirar, a mantenerse clavada en el sitio, aunque todos sus instintos le gritaban que arrebatara las fotos y se marchara. Tragó saliva con dificultad, manteniendo la voz neutra.

—Dígame por qué, George.

Él sonrió y se reclinó en la silla como si se hundiera en un recuerdo. —Porque cantaba para mí —susurró—. Tenía la voz más bonita. Y la boca.

CAPÍTULO
OCHENTA

El teléfono le pesaba en las manos, como si estuviera lastrado por la información que Stephanie acababa de darle.

—¿Qué te ha contado? —preguntó Fiona.

Unos segundos después, Olivia reaccionó. —Cree que podría haber algún tipo de conexión sexual entre los chicos.

—¿Que se acostaban entre ellos? ¡Si tenían trece años!

Olivia negó con la cabeza al darse cuenta de su error. —No, no, no. Me refería a los chicos y los curas del club extraescolar. Le ha enseñado las fotos a George Grant y él ha dicho que eran guapos.

—¿*Guapos*?

Olivia asintió. —Pero, por la forma en que lo dijo, sonaba...

—¿Turbio?

Otro asentimiento. —¿No creerás que les hicieron algo a los chicos, verdad?

—¿Una persona influyente que abusa de su posición de poder y de confianza? Es una historia tan vieja como el mundo —dijo Fiona, mordiéndose con ganas la uña del meñique—. Pero no veo qué relación puede tener eso con estos asesinatos. Si uno de los chicos sufrió abusos, lo lógico sería que se vengara de quienes se los infligieron, es decir, de los curas, y no de la gente con la que iba al club.

La mirada de Olivia cayó sobre el asfalto. Luego la alzó hacia la iglesia que tenían delante.

—A no ser que Nigel, Carlos y los demás le presentaran el asesino a los curas, y ahora se esté vengando de *ellos* por eso —sugirió.

Un momento de solemne silencio revoloteó entre ellas, mecido por la brisa. Intercambiaron miradas incómodas. Como madre de dos adolescentes, Olivia sintió que aquel pensamiento se le enroscaba en el pecho como un alambre de espino. Siempre había estado alerta ante los peligros que acechaban a plena vista, en particular los riesgos del abuso y la pederastia. Era una preocupación que nunca la abandonaba, especialmente en su trabajo.

—¿Tú qué crees? —preguntó Fiona.

Olivia no lo sabía. Pero, desde luego, aquello cambiaba el cariz de la conversación que estaban a punto de tener.

Con aquella carga que de repente les pesaba más sobre los hombros, cruzaron el aparcamiento en dirección a la iglesia de San José. Cuando Olivia empujó la pesada puerta de madera, una corriente de frío las envolvió, más gélida que el aire del exterior. Dentro, encontraron a John Ellery con una pila de devocionarios en los brazos.

El sonido lo alertó, y las llamó: —¿Ya de vuelta?

—Por desgracia —respondió Olivia—. ¿Podríamos hacerle algunas preguntas más sobre el asunto que tratamos anteriormente, padre?

—Por supuesto, por supuesto —John dejó los libros y les hizo un gesto para que lo siguieran a la sala de archivos. Allí se estaba más tranquilo y era un lugar más apartado y, pensó Olivia con cinismo, lejos de los oídos indiscretos de Dios.

—He visto que anoche hubo otro incendio —dijo—. ¿Va a decirme que la víctima también pertenecía a la iglesia?

—Sí —respondió Fiona sin rodeos—. Por desgracia. Se llamaba Kenny Musgrave. Creemos que formaba parte del mismo grupo de amigos que las otras víctimas que mi compañera le mencionó el otro día. —Se metió la mano en el bolsillo, sacó el móvil y le enseñó una fotografía reciente de Kenny que habían sacado de sus perfiles en redes sociales—. ¿Lo reconoce?

Ellery le echó un breve vistazo a la imagen. —Diría que no. Y eso que suelo ser bastante bueno con las caras.

Olivia se inclinó un poco hacia delante. —Mencionó usted antes que George Grant había estado muy implicado en los grupos infantiles. Ya hemos hablado con él. Al mostrarle las mismas fotografías que le hemos enseñado a usted, los describió como «guapos».

El cura frunció el ceño y soltó una risa seca. —George es un hombre mayor. Su mente ya no es lo que era. Yo no le daría mucha importancia a las palabras de alguien en su estado.

—Quizá —dijo Olivia, con un tono deliberadamente suave—. Pero cuando insistimos, dijo que le gustaban «a esa edad» y que uno de los chicos tenía una boca preciosa.

El cura levantó la cabeza al oír aquello. —Lo siento, inspectora, pero debo oponerme. George ha dedicado su vida a esta iglesia. Ha bautizado niños, ha enterrado a sus abuelos y ha dado consejo en tiempos de crisis. Es un sacerdote, un siervo de Dios, y no voy a quedarme de brazos cruzados mientras su reputación es arrastrada por el fango con insinuaciones.

—No estamos insinuando nada —intervino Fiona—. Estamos investigando. Y si alguna vez hubo un incidente que involucrara a George y a los chicos, necesitamos saberlo.

Ellery negó con la cabeza enérgicamente, como si intentara espantar la sugerencia como a una mosca. —No hubo ningún «incidente», ni lo ha habido nunca. Créame, en los años que llevo de servicio, he oído rumores sobre otras parroquias, otros curas. Pero no sobre George. Sobre George, nunca. Era una persona de confianza, respetada y querida. Les haya dicho lo que les haya dicho, están ustedes tergiversando las palabras de un hombre confuso. Si han venido aquí esperando que confirme algún escándalo, me temo que se irán decepcionadas. Los chicos por los que preguntan eran, sin duda, buenos muchachos. George los guio. Los animó. Nunca les hizo daño. Y si están sugiriendo lo contrario, solo puedo suponer que la desesperación les está nublando el juicio.

Fiona se cruzó de brazos, dejando que el silencio se prolongara. Olivia lo estudió con atención.

—No estamos desesperadas, padre —dijo Olivia finalmente—.

Somos meticulosas. Si no hubo nada, pues no hubo nada. Pero si lo hubo... saldrá a la luz.

Los labios de Ellery se apretaron hasta formar una delgada línea. —Entonces les sugiero que busquen en otra parte. Porque aquí no encontrarán sus respuestas.

Olivia le tomó la palabra y examinó la habitación. Había montones de papeles y archivos esparcidos por la mesa junto a la pared, al lado de un puñado de fotografías antiguas. En una silla aparte, unas cajas rebosaban de boletines parroquiales y viejas hojas de firmas. Una de las pilas estaba atada con una cuerda, aunque un nudo se había soltado y un fajo de papeles se había desparramado, revelando rostros de hombres, mujeres y niños congelados en una sonrisa de hacía dos décadas.

Ladeó la cabeza. —Ha estado usted ocupado aquí.

Ellery siguió su mirada. —Sí, bueno —dijo, carraspeando—, después de su visita del otro día, me quedé pensando. La historia de la iglesia, los jóvenes con los que hemos trabajado a lo largo de los años... Pensé que podría ser útil poner las cosas en orden. Quizá incluso encontrar algo que les sirviera.

—Poner orden —dijo Olivia, acercándose a la mesa. Las yemas de sus dedos rozaron las fotografías sin llegar a tocarlas—. Es un detalle por su parte.

—Sí —respondió él rápidamente—. Quiero ayudar en todo lo que pueda. Si estos terribles incendios están relacionados con la iglesia, estaría faltando a mi deber si no hiciera algo para ayudar en su investigación.

Olivia apartó un par de papeles con los dedos. Sus ojos recorrieron boletines, un cuadrante mecanografiado de voluntarios dominicales y un cartel dibujado a mano para una fiesta parroquial. Entonces, a mitad de la pila, vislumbró el borde de algo diferente: papel de periódico, más grueso, descolorido.

Lo sacó con cuidado.

Era un pliego a doble página del *Surrey Advertiser*. El titular, medio oculto por el pliegue, decía: «La iglesia, elogiada por el enfoque comunitario de su grupo juvenil semanal». Debajo, una fotografía en blanco y negro se extendía por la doble página. Una docena de chicos, apenas adolescentes, vestidos con camisas y pantalones, estaban de pie en el salón parroquial; todos los rostros sonreían a la cámara con un orgullo algo torpe, con un castillo hinchable detrás de ellos. En el centro, con los brazos echados los unos sobre los otros, estaban los chicos que reconoció al instante: Nigel, Carlos, Darren... y Kenny.

A Olivia se le heló el pecho cuando sus ojos se posaron en la foto. Era la misma foto de la que se habían recortado las imágenes que habían dejado en cada una de las escenas del crimen. Su mano se cernió justo por encima de la página, como si temiera que el mero hecho de tocarla pudiera mancharla.

—¿De dónde ha sacado esto? —preguntó Olivia, con más brusquedad de la que pretendía.

Ellery se movió detrás de ella y se asomó. —Eso es del *Advertiser*. Solían venir mucho durante mis primeros años, y supongo que antes también, para escribir artículos sobre nosotros, para mostrarle a la comunidad lo que hacíamos. Un poco de relaciones públicas.

Ella levantó la página de la pila, pero no había nada más en el documento. Ni nombres. Ni edades. Ni entrevistas con ninguno de los chicos de la fotografía. Solo las caras de los que habían muerto quemados. Y en algún lugar entre ellos, pensó Olivia, estaba el asesino.

CAPÍTULO
OCHENTA Y UNO

Los limpiaparabrisas barrían con furia el cristal, de un lado a otro, luchando contra la incesante lluvia que había arreciado a medida que avanzaba la mañana. El móvil le vibró en el soporte del salpicadero. Era Olivia. Se inclinó hacia delante en el asiento, pulsó el botón y respondió a la llamada.

—¿Puedes hablar? —preguntó Olivia, casi sin aliento.

—Estoy conduciendo, pero adelante.

—Acabo de salir de St Joseph's y hemos encontrado la fotografía de los chicos. La original.

—¿La *original*?

—Es de una sesión de fotos del club extraescolar que el *Surrey Advertiser* hizo en el ochenta y tres. Están todos: Nigel, Carlos, Darren, Kenny.

Stephanie se distrajo y no vio frenar al coche que iba delante de ella. Pisó el freno a fondo, evitando por muy poco la colisión.

—¿Y las dos nuevas víctimas?

—También están. Al fondo del grupo.

El sonido del viento y la lluvia se colaba por el micrófono.

—¿Alguien más?

—Unos cuantos más —explicó Olivia—. Hay una docena de chicos en total, junto con tres adultos.

—¿Quiénes son los adultos?

—No lo sabemos. Sospechamos que uno de ellos es George,

pero el padre Ellery no reconoció al resto. Mencionó que podrían haber sido miembros de la iglesia que se ofrecían como voluntarios, quizás padres.

—¿Hay algún texto en el artículo?

—Lo *hay* —dijo Olivia—. Pero no en la versión que hemos encontrado. Solo tenemos la fotografía.

El coche de delante arrancó, pero Stephanie se quedó donde estaba, distraída. No se movió hasta que el coche de detrás tocó el claxon.

—Inspectora, ¿sigue ahí? —preguntó Olivia.

—Aquí estoy. Estoy pensando —hizo una pausa mientras pasaba un semáforo—. ¿Cuál fue el resultado de la hipótesis de los abusos?

—Fiona y yo tenemos opiniones distintas al respecto —respondió Olivia.

—Adelante.

Olivia se aclaró la garganta antes de continuar. —Ella cree que si hubiera habido un escándalo de abusos, el asesino estaría atacando a los abusadores, no a los chicos. En cambio, yo no estoy de acuerdo. Creo que todos los abusadores probablemente lleven mucho tiempo muertos, a excepción de George, y que ahora el asesino busca vengarse de los chicos que lo introdujeron en el círculo de abusos. Que, quizás, las víctimas quemadas vivas son los críos que convencieron al asesino para que se uniera al club y, por consiguiente, sufriera los abusos.

Stephanie se metió en una tranquila zona residencial y se detuvo en el arcén. La temperatura dentro del coche se había vuelto de repente agobiante, así que bajó la ventanilla, mientras los engranajes de su cerebro giraban a toda velocidad. Le dio vueltas a la información, sopesando los pros y los contras de cada argumento. Por un lado, profundizaba la conexión entre las víctimas. Si todos habían sido objeto de abusos y agresiones infantiles, sus lazos serían más profundos que cualquier otra cosa en la vida. Pero ¿por qué uno de ellos se volvería de repente contra los demás y los mataría? ¿Por qué no canalizarían su ira hacia los responsables del trauma y las pesadillas?

Para Stephanie, eso no tenía sentido.

Y entonces se le ocurrió una idea: los incendios.

Creía que la forma de la muerte, junto con las citas religiosas dejadas en las escenas del crimen, era simbólica. Demasiado obvia para ignorarla.

¿Acaso quemar viva a la gente era una forma de justicia o retribución por haber sido introducido en una red de pederastas y abusadores de menores?

Su instinto le decía que no.

—No descartemos ninguna opción —dijo—. Puede que haya otra pieza en este puzle. Déjame llamar a Louis a ver si puede ayudarnos con el artículo.

Stephanie terminó la llamada con Olivia e inmediatamente buscó en sus contactos. Su pulgar se detuvo un instante y luego pulsó el de Louis Brown. La línea sonó dos veces antes de que una voz enérgica respondiera.

—Stephanie. Vaya, qué grata sorpresa. ¿Qué puedo hacer por la policía de Surrey en esta espléndida mañana de sábado?

—Louis, necesito tu ayuda. Es sobre esta investigación. Hemos encontrado la foto original de todos los chicos que han sido asesinados, y es de una sesión de fotos de un antiguo número del *Surrey Advertiser*. Parece que formaba parte de un reportaje más amplio que el periódico publicó en su momento.

Louis gruñó. —¿Y qué?

—Creemos que es importante. Necesitamos acceder a vuestros archivos: originales, artículos, cualquier editorial que lo acompañara. Creemos que en algún sitio podrían estar los nombres de las víctimas y también de los otros miembros del grupo.

—Por supuesto —dijo Louis—. Sí, podéis acceder. Guardamos los archivos físicos en el sótano, todo lo que está digitalizado es a partir del noventa y seis. Pero si es de mediados de los ochenta, necesitaréis las copias impresas. Hoy no estoy allí, pero puedo hacer que alguien os reciba en recepción.

—Bien. Estaremos allí esta tarde.

CAPÍTULO
OCHENTA Y DOS

Poco después del mediodía, Stephanie, Giles, Olivia y Fiona se instalaron en una pequeña sala de la redacción del *Surrey Live*. El espacio apenas era lo bastante grande para dos personas, no digamos ya para cuatro, sobre todo con el goteo constante de cajas que traían los empleados subalternos y los becarios del periódico. Las décadas de historia de Guildford estaban justo delante de ellos, esperando a ser desveladas. Tardaron casi veinte minutos en reunirlo todo en un mismo lugar y, después de que Stephanie volviera del M&S de la zona con una selección de sándwiches preparados, aperitivos y bebidas, estuvieron listos para empezar. Tenían todo lo que necesitaban para las siguientes horas de tediosa y abrumadora búsqueda.

—Esto va a ser la mar de divertido —masculló Giles, mientras examinaba con la vista las torres de cajas de cartón apiladas contra la pared. Luego, su mirada se posó en la comida y la bebida—. ¿No tenían nada más fuerte en la sección de menús para llevar?

Stephanie, de pie a la cabecera de la mesa y con las manos en jarras, observaba a Giles con una ceja arqueada. —Me temo que no. Eso vendrá después, siempre que des con algo importante.

—Desafío aceptado.

—Bien —dijo—. Nos centramos en el ochenta y tres, pero quiero abarcar también un año por delante y por detrás. De mil novecientos ochenta y dos a mil novecientos ochenta y cuatro.

Necesitamos cualquier cosa que mencione la iglesia, los clubs extraescolares o incendios. Cualquier cosa que nos conecte con los chicos. Accidentes, vandalismo, lo que sea. Vamos a revisar hasta la última línea. No se nos puede escapar nada.

Fiona soltó un silbido sordo, cogió un fajo de periódicos y lo extendió sobre la mesa. —Esto son miles de páginas.

—Pues más vale que empecemos —dijo Stephanie con severidad. Sabía que era un trabajo pesado y monótono, pero también sabía que ahí era donde estarían enterradas las respuestas. En algún lugar de aquellas interminables columnas se encontraba el hilo del que necesitaban tirar.

Al poco rato, la sala se sumió en un ritmo monótono: el sonido de las páginas al pasar, el crujido del papel y el rasgueo de los bolígrafos. De vez en cuando, uno de ellos resoplaba o mascullaba algo entre dientes. Afuera, la emoción y el fervor de un periódico local bullían al otro lado de la puerta.

—Parece que ellos se lo están pasando en grande —comentó Giles—. Esto es peor que prepararme los exámenes del instituto.

—Tú no te preparaste los exámenes del instituto —replicó Fiona sin levantar la vista—. No mientas.

Stephanie se permitió una pequeña sonrisa, pero no apartó la vista de la página que tenía delante. Fiestas locales, disputas municipales, esquelas, alertas por inundación... Nada. Cogió otra página.

La primera media hora transcurrió en silencio, salvo por el susurro del papel de periódico y el ocasional crujido de una bolsa de patatas fritas. Stephanie se había colocado junto a la puerta, con las piernas cruzadas y un montón de ejemplares de marzo de 1983. Giles trabajaba en la pared opuesta, mientras que Olivia y Fiona se habían apretujado juntas junto a la ventana; la luz del día se derramaba sobre sus hombros mientras se inclinaban sobre las páginas.

—Aquí hay uno sobre un vicario que organiza una feria de verano —dijo Olivia al cabo de un rato—. Del ochenta y tres, en julio. Una gran rifa, un mercadillo de segunda mano, juegos para niños. No dice mucho más.

—No sirve —masculló Giles.

A continuación, le tocó a Fiona aportar algo. —Ese año se habla mucho de robos. Alguien estaba atracando las tiendas de barrio. Aunque puede que no sea relevante.

—Ponle una nota —dijo Stephanie—. Cualquier cosa que parezca un disturbio en esa zona podría ser importante.

—¿Y qué tal un incendio provocado en un almacén de Woking, con tres heridos? —preguntó Fiona, recorriendo con la vista la pequeña columna—. No parece que tenga nada que ver con la iglesia, eso sí.

—Guárdalo —dijo Stephanie.

Las siguientes horas se fundieron en un bucle: encontrar algo, leerlo en voz alta, negar con la cabeza, seguir adelante. Cada vez que un titular parecía prometedor, se diluía en nada más que delitos menores o el escándalo ocasional sobre los presupuestos municipales y algunos de sus concejales. A las dos en punto, con los restos de los sándwiches desaparecidos hacía tiempo, la moral estaba por los suelos. Todo lo que Stephanie había leído eran líneas y más líneas de texto irrelevante que se desdibujaban: accidentes de coche, robos y casi media docena de artículos sobre la apertura de un nuevo Sainsbury's.

—Colisión de dos coches en la A3. Tres muertos —anunció Giles.

Stephanie levantó la vista. —No.

Un rato después, Olivia frunció el ceño. —Este es sobre un castillo de fuegos artificiales en un colegio. Dos niños con quemaduras, pero nada mortal.

—¿Dónde?

—En Dorking.

—No es eso —dijo Stephanie.

El silencio regresó, roto únicamente por el constante pasar de las páginas. Entonces, la inspiración súbita y sonora de Olivia rasgó la quietud.

—Steph... creo que lo he encontrado.

Todos se giraron mientras ella aplanaba con cuidado la quebradiza hoja sobre la mesa. *Surrey Advertiser*, 19 de abril de 1983. En mitad de la portada, en la parte inferior de la página.

· · ·

UNOS ADOLESCENTES ESCAPAN DEL INCENDIO DE UNA CASA EN GUILDFORD

Unos amigos de un club extraescolar sobreviven a un incendio nocturno

Un incendio declarado a última hora de la noche en una casa abandonada a las afueras de Guildford dejó a varios niños conmocionados, pero ilesos, el martes por la noche. El fuego, que se originó poco después de las 21:00, arrasó la ruinosa propiedad donde se había reunido un grupo de amigos de un club extraescolar local.

Todos los chicos lograron escapar antes de que el edificio fuera consumido por completo por las llamas. Algunos sufrieron una leve inhalación de humo, pero ninguno requirió tratamiento hospitalario.

La causa del incendio está bajo investigación, aunque los primeros informes sugieren que pudo haberse iniciado accidentalmente después de que los niños encendieran velas dentro de la propiedad abandonada.

«Fue como sacado de una pesadilla», dijo la señora Anne Whittaker, una vecina de la zona. «El sitio entero ardió en llamas rapidísimo. Oía gritar a los niños. Tienen suerte de haber salido todos».

Los testigos describieron frenéticos intentos de ayuda. «Rompimos una ventana para sacar a algunos de ellos», afirmó el señor Peter Clarkson. «El humo nos estaba asfixiando a todos. Podría haber sido mucho peor».

Personal voluntario del club extraescolar confirmó que el grupo se había reunido esa misma tarde antes de dirigirse a la casa. «Eran inseparables», contó un voluntario. «Siempre hacían reír a la gente. Nos alivia que estén a salvo».

Desde entonces, los padres han pedido medidas más contundentes para evitar que los niños accedan a edificios abandonados en la zona. El Servicio de Bomberos de Surrey ha confirmado que está en marcha una investigación exhaustiva sobre el incendio.

Stephanie se obligó a hablar, con voz baja pero firme. No quería precipitarse. —¿Nombra a alguno de los chicos implicados?

Olivia siguió leyendo, recorriendo la página con la mirada. Abrió la boca y volvió a cerrarla, como si se hubiera quedado sin aire en los pulmones. —Nigel... Carlos... Darren... y Kenny Musgrave... los nombran a todos porque concedieron entrevistas al periódico.

—Esa es la conexión —dijo Stephanie finalmente—. De eso va todo este asunto...

CAPÍTULO
OCHENTA Y TRES

Fuego. Ese había sido el nexo de unión entre las víctimas.

Una experiencia traumática que los había unido. Podía sentirlo en los huesos. Pero su intuición le decía que había algo más que el hecho de que los cuatro chicos estuvieran implicados en el incendio de una casa.

El problema era que todas las personas a las que querían preguntar, las que sabían la verdad, estaban muertas.

Stephanie daba vueltas por la pequeña habitación, aunque en aquel espacio tan reducido, más bien parecía que se limitaba a cambiar el peso de un pie a otro.

—Tenemos que averiguar quiénes son estas dos personas —dijo, mordiéndose el labio inferior—. Creo que alguien pudo morir en ese incendio y que los que estaban allí saben exactamente lo que pasó. Nigel, Carlos y Darren ya han demostrado que pueden mentir y guardarse secretos entre ellos; miren lo que pasó con Felix Krüger. —Se volvió hacia Olivia—. ¿El artículo menciona algo más sobre el incidente?

La agente negó con la cabeza.

—¿Menciona algún otro nombre?

Volvió a negar con la cabeza.

Stephanie se volvió hacia Giles y Fiona. —Por favor, revisen los informes de los meses posteriores a la fecha del periódico de Olivia.

Si hubo una investigación policial o de los bomberos, puede que sus informes se publicaran.

Asintiendo, Giles y Fiona empezaron la búsqueda, cogiendo montones de periódicos y poniéndoselos en el regazo. Los ojearon en silencio, cribando la información con cuidado, pasando las páginas con especial atención, como si ahora tuvieran un nuevo peso y significado.

Mientras tanto, Stephanie sacó el móvil y llamó a la oficina. Noah respondió a los pocos tonos.

—Control de tierra a mayor Tom —dijo con ligereza—. Habla Noah.

—¿Siempre contestas al teléfono así? —preguntó ella.

—Solo cuando sé que eres tú, jefa.

—¿Y cómo podías saberlo?

Él vaciló. —¿Un golpe de suerte? En fin, ¿en qué puedo ayudarte?

—Necesito que dejes lo que estés haciendo —dijo, y a continuación le explicó la conexión del incendio entre todas las víctimas—. Suponemos que se abrió una investigación policial junto con la de los bomberos. Necesito que compruebes si interrogaron a los chicos en algún momento. Busca también declaraciones de testigos clave de cualquiera que estuviera relacionado con la iglesia y el club extraescolar. Podrían ser nuestras próximas víctimas, o uno de ellos podría ser el asesino.

Pasaron unos instantes de silencio.

—¿Noah? —preguntó—. ¿Noah, estás ahí?

—Culpa mía. Perdona, estaba apuntando lo que decías y mi cerebro masculino no me permite hacer varias cosas a la vez.

Le entraron ganas de reír, pero no era el momento. —Además, busca denuncias por desaparición de esa época. No se informó de que nadie pereciera en el incendio, pero eso no quiere decir que no hubiera nadie más allí. Puede que denunciaran su desaparición después del suceso.

—A la orden, mi capitán. Tus deseos son órdenes para mí. Te llamo en cuanto sepa algo.

CAPÍTULO
OCHENTA Y CUATRO

Isaac se había convencido de que Portsmouth estaba lo suficientemente lejos. De que pasar tres días encerrado en la estrecha casa adosada victoriana de Sarah, sobreviviendo a base de café instantáneo y las conservas que ella hubiera dejado antes de irse de vacaciones, era mejor solución que quedarse en casa, donde no estaba a salvo. Había visto las noticias, las había seguido desde el principio. Había creído ingenuamente que no era posible; que esa parte de sus vidas que todos habían intentado dejar atrás no podía haber vuelto para atormentarlos. Pero ahora todos sus amigos de aquella época —Nigel, Carlos, Darren y Kenny— estaban muertos; los habían matado, asesinado. No fue hasta que vio la noticia de la muerte de Kenny que la certeza se le instaló pesadamente en el pecho: él era el siguiente.

No le cabía la menor duda.

El asesino venía a por *él*.

Pero era imposible. No podía ser...

¿Debería haber ido a la policía? Sí. Pero, por alguna razón, la química de su cerebro le había dicho que huyera, que corriera y no mirara atrás. Era un hombre que se conformaba con poco. No necesitaba mucho: solo una cama, algo de calor, comida y agua. El resto eran lujos de los que podía prescindir. Además, ¿cómo podría haber ayudado a la policía a identificar a un niño muerto que no estaba muerto y que ahora se había convertido en un adulto? No estaba a salvo, ni lo estaría hasta que se alejara de Surrey tanto como fuera posible.

Isaac estaba rebuscando en los armarios vacíos de la cocina de su hermana cuando sonó el golpe.

Tres golpes secos en la puerta principal. A Isaac se le cayó la lata de alubias, y el metal resonó contra las baldosas de la cocina con un estrépito que pareció retumbar por toda la casa. Las manos empezaron a temblarle sin control mientras se aferraba al borde de la encimera, con los nudillos blancos contra la superficie.

Podría ser cualquiera. El cartero. Un vecino. Alguien que buscara a Sarah.

O quizá se lo había imaginado. Quizá el estrés por fin le había pasado factura y su mente le estaba jugando una mala pasada. La casa crujió a su alrededor; el viejo radiador emitió un chasquido al enfriarse. A lo lejos se oyó el graznido de unas gaviotas y, en algún lugar de la calle, el portazo de un coche.

Volvieron a llamar a la puerta. E Isaac supo con absoluta certeza que su vida de fugitivo acababa de terminar. Se obligó a respirar, contando los segundos entre cada exhalación como le había enseñado su terapeuta hacía años. Un Misisipi. Dos Misisipis. Pero la técnica que una vez lo había ayudado a superar los ataques de pánico parecía inútil ahora.

El pulso le martilleaba en los oídos mientras se acercaba sigilosamente a la ventana delantera, con cuidado de no hacer ruido al aproximarse al cristal. Por una rendija de la cortina, pudo ver una sombra en el umbral.

—Sé que está ahí dentro, Isaac —dijo la voz a través del cristal, tranquila y coloquial, como si fueran viejos amigos que hubieran quedado para comer.

A Isaac se le fue el color de la cara. Las piernas se le convirtieron en gelatina mientras se alejaba de la ventana, con la mente repasando a toda velocidad rutas de escape imposibles. El jardín trasero era diminuto, cercado por vallas altas. Las ventanas de arriba estaban demasiado altas para saltar sin romperse el cuello.

—Venga ya —continuó la voz, acompañada por el suave roce de un zapato contra el cemento—. Ambos sabemos que esto siempre iba a acabar de una forma u otra. Los otros han pagado el precio por sus pecados. Ahora es su turno.

Isaac apoyó la espalda contra la pared junto a la ventana, respirando en jadeos cortos y desesperados. Cerró los ojos e intentó pensar, pero era inútil con el estruendo de los latidos de su corazón.

Entonces, su instinto de supervivencia se activó.

Isaac salió disparado hacia la parte trasera de la casa. Sus pies martillearon contra el suelo de madera mientras irrumpía en la cocina, haciendo que las sillas chirriaran al arrastrarse por las baldosas. Detrás de él, oyó traquetear el pomo de la puerta principal, seguido de un crujido seco cuando algo pesado golpeó la madera.

La puerta trasera estaba cerrada. Por supuesto que estaba cerrada. Sus dedos torpes buscaron a tientas la llave encajada en la cerradura mientras unas pisadas retumbaban por la casa detrás de él. La cerradura por fin cedió con un clic metálico, e Isaac salió al estrecho jardín, con el frío aire de Portsmouth golpeándole la cara como una bofetada.

El jardín era incluso más pequeño de lo que recordaba. Pero allí, en el rincón más alejado donde Sarah guardaba los cubos de basura, vio un hueco donde uno de los paneles de la valla se había podrido por la parte inferior.

Isaac se dejó caer a cuatro patas, forzándose a pasar por la abertura astillada justo cuando oyó que la puerta trasera se abría de golpe a su espalda. El hueco era más estrecho de lo que parecía. La madera irregular le rasgó la camisa, enganchándose en la tela. Empujó con más fuerza, la desesperación lo volvía temerario, pero sus hombros eran demasiado anchos para la abertura podrida.

Estaba atascado.

El pánico lo inundó mientras se retorcía contra la madera astillada, sintiendo cómo los trozos se le clavaban en la espalda. Detrás de él, unas pisadas se acercaron por el césped.

—Vaya, vaya, Isaac —la voz estaba más cerca ahora, a solo unos metros—. Eso parece bastante incómodo.

Unas manos fuertes le agarraron los tobillos, e Isaac sintió que lo arrastraban hacia atrás a través del hueco. La madera le raspó la piel, el panel de la valla crujió al sacar su cuerpo. Se revolvió frenéticamente, intentando dar patadas, pero el agarre era demasiado fuerte.

Lo pusieron en pie de un tirón y lo giraron para que encarara a su perseguidor por primera vez.

—Hola, viejo amigo.

Isaac abrió la boca para hablar, para suplicar, para rogar perdón, pero el golpe llegó rápido y preciso, apagando todas las luces del mundo.

CAPÍTULO
OCHENTA Y CINCO

Tenían un nombre.

Dos, en realidad.

El primero era el del niño que, la noche del incendio, había sido denunciado como desaparecido por sus padres. Noah lo había encontrado en el sistema poco después de su llamada, y Giles y el equipo habían descubierto recortes de periódico sobre su desaparición, fechados unos días después del incendio. Se llamaba Toby Ashworth, y el equipo pudo confirmar a grandes rasgos su identidad al cotejar una imagen suya del anuario del colegio St Jude con la foto de los dos niños encontrada en la cuarta escena del crimen. Tenían una coincidencia; conocían la identidad de uno de los niños. Sin embargo, el único problema era que el cuerpo de Toby Ashworth nunca fue recuperado, y la investigación sobre su desaparición se estancó rápidamente y al final se detuvo. Seguía sin estar claro si estuvo implicado en el incendio de la casa abandonada, ya que todos los chicos presentes sostuvieron que Toby no había estado con ellos.

Se creía que el segundo niño de la fotografía era Isaac Grove, de doce años, que también asistía al club extraescolar entre semana con los chicos, pero no iba a St Jude. Su nombre y su foto habían aparecido por primera vez en una pequeña sección de un texto editorial posterior al suceso, donde había hecho una breve declaración sobre el incendio, pidiendo disculpas por el desorden y el malestar causados.

Convencido de que era una víctima potencial —o potencialmente el asesino—, el equipo había localizado a Isaac Grove en una pequeña casa de tres dormitorios en Camberley, una ciudad situada justo en los límites de Hampshire y Berkshire.

Salieron de la carretera principal para entrar en una red de calles estrechas. Stephanie estaba sentada en el asiento del copiloto, viendo las casas pasar borrosas, con los pensamientos acelerados como las manchas. El navegador anunció el desvío y el coche redujo la velocidad. Giles puso el intermitente, y el motor retumbó mientras avanzaban por una calle flanqueada por casas casi idénticas.

—Ahí —masculló Giles, señalando con la cabeza una casa a mitad de la curva.

El convoy se detuvo unas cuantas puertas más allá. Delante de ellos, agentes uniformados salieron de la furgoneta antes de dirigirse a la puerta principal. A la zaga del grupo iba un agente alto y de hombros anchos que llevaba un pesado ariete. Giles apagó el motor y un denso silencio invadió rápidamente el coche. El corazón de Stephanie se aceleró y los nervios se le retorcieron en el estómago mientras observaba a los agentes reunirse.

Era el momento.

Dentro estaba su asesino o su próxima víctima.

Esperaba que fuera lo primero, pero hasta ahora el asesino les había llevado la delantera en todo momento, y mentiría si dijera que se sentía segura.

—¿Lista? —preguntó Giles, mientras echaba mano al tirador de la puerta.

Stephanie asintió con rigidez. Salió tras él, y el aire del final de la tarde le dio en la cara. Los uniformados se desplegaron, moviéndose con rapidez y una precisión natural. Un par de ellos se situaron en la puerta trasera, mientras que otros dos flanquearon la puerta principal. El sargento al mando asintió bruscamente.

El ariete se balanceó.

Un chasquido hueco reverberó por la calle cuando la cerradura cedió. La puerta se abrió de golpe y se estrelló contra la pared. Los agentes entraron en tropel, con las botas resonando en el suelo laminado y las voces en alto.

—¡Policía! ¡Salga!

—¡Policía! ¡Manifiéstese!

Stephanie se quedó al borde de la entrada de la casa, con el pulso acelerado y los ojos fijos en las sombras del interior.

Un instante después, la voz del sargento devolvió el eco: —¡Despejado!

Luego, otra llamada desde el piso de arriba: —¡Aquí arriba también está despejado!

Sintió que los hombros se le relajaban mientras avanzaba, pasando por encima del marco astillado de la puerta para entrar en la casa. Giles la siguió, rozando el marco de la puerta con la mano mientras examinaba el recibidor.

—No está aquí —dijo uno de los agentes cuando entraron.

—No puede llevar mucho tiempo fuera —replicó ella automáticamente.

Giles ladeó la cabeza. —¿Cómo lo sabes?

—Mira.

Señaló el perchero. Solo una percha estaba vacía. Se adentró más en la casa, observando la escena del salón: el lugar estaba limpio y ordenado, con todo en su sitio. En la cocina, una barra de pan de molde descansaba sobre la encimera, con el envoltorio medio abierto.

—A lo mejor se ha ido de vacaciones —sugirió Giles.

—Tendremos que consultarlo con las aerolíneas —dijo ella, abriendo la nevera. Dentro había un cartón de leche abierto—. Pero si sabes que te vas de vacaciones un tiempo, no dejas estas cosas abiertas para que se echen a perder para cuando vuelvas.

Cerró la puerta y subió al dormitorio de Isaac Grove, lo que confirmó su creencia: la puerta del armario estaba abierta, con varias perchas tiradas sobre el edredón a medio hacer. Y la confirmación final que necesitaba estaba en el baño: faltaban el cepillo y la pasta de dientes.

Se le hizo un nudo en la garganta.

—Ha hecho una maleta —dijo, irguiéndose—. Ropa, artículos de aseo... Parece que se ha ido con prisa.

Giles se apoyó en el marco de la puerta, con los brazos cruzados.

—¿Huyendo de nosotros?

—O de otra persona.

CAPÍTULO
OCHENTA Y SEIS

Stephanie estaba sentada a su escritorio, con los codos apoyados en la madera y la mirada fija en la fotografía que tenía delante. Era la misma imagen que llevaba estudiando la última hora, con la mirada perdida en cada píxel. Doce chicos, congelados en el tiempo, sonriéndole. Era media tarde, pero la oscuridad de fuera hacía que pareciera medianoche. La lámpara de su escritorio apenas iluminaba el resto de la habitación. A su lado, un táper de ensalada de pasta seguía cerrado, con el tenedor aún envuelto en la servilleta. Sabía que debía comer, pero la sola idea le revolvía el estómago y amenazaba con hacerla vomitar.

Unos repentinos golpes en la puerta la sacaron de su ensimismamiento.

—Adelante —dijo ella, sobresaltada.

La puerta se abrió despacio y Devon entró, aferrando un fino fajo de papeles.

—¿Tienes un minuto? —preguntó él.

Stephanie se echó hacia atrás, estirando la columna hasta que crujió. —¿Depende. ¿Son buenas noticias?

Soltó un resoplido. —Depende de cómo se mire, supongo. —Cerró la puerta tras de sí—. He investigado la hipótesis de los abusos, por si había algo más por ahí..., y es un callejón sin salida.

Stephanie frunció el ceño. —¿Un callejón sin salida? ¿En qué sentido?

—La policía llevó a cabo una investigación exhaustiva entre principios y finales de los ochenta. Dos hombres de la iglesia fueron implicados a raíz de una oleada de denuncias. A ambos se les imputaron cargos, fueron condenados y cumplieron su pena. Está todo registrado. —Dejó los papeles sobre el escritorio de ella y los golpeó una vez con el dedo—. Pero quienes lo denunciaron no eran nuestros chicos. Darren, Nigel, el resto..., todos fueron interrogados, pero afirmaron de forma inequívoca que a ellos nunca les había pasado nada y negaron tener conocimiento alguno de lo que ocurría.

Stephanie se frotó la sien, sintiendo el comienzo de un dolor de cabeza sordo detrás de los ojos. —Eran críos. Podrían haber mentido; ya tienen antecedentes en eso.

—Lo sé. Pero por alguna razón no creo que lo hicieran. Se les prometió el anonimato a los chicos y, según las notas del inspector jefe de la investigación de la época, dijo que eso les dio a cuatro de los cinco denunciantes la confianza para dar el paso. Matemáticamente, de los cuatro que han muerto, creo que al menos uno de ellos habría confesado si de eso se tratara.

Dejó que el silencio se alargara, con la mirada de nuevo en la foto. Finalmente, suspiró. —De acuerdo. Gracias, Devon. Al menos es algo que podemos descartar.

Él asintió y se quedó un momento más, como si dudara si decir algo, antes de retirarse. La puerta se cerró tras él, dejándola de nuevo a solas con la fotografía, la oscuridad y la comida sin abrir.

Stephanie exhaló por la nariz. Acababa de terminar de escribir una nota en su bloc cuando volvieron a llamar a la puerta. Apareció Olivia y se dejó caer en la silla de enfrente, con una expresión de consternación y preocupación grabada en cada poro de su piel.

—Creo que tengo algo, jefa —empezó, con la voz quebrada—. Y no sé si me estoy volviendo loca o si lo que veo es real. No quiero creerlo de ninguna de las maneras.

Stephanie se enderezó en la silla; la repentina seriedad en el tono de Olivia captó su atención. —¿Qué tienes?

Olivia abrió el expediente y extendió las páginas sobre el escritorio entre ambas, con los dedos temblándole ligeramente. —Quería examinar a fondo la investigación original del incendio. El del edificio del ochenta y tres. Pero... —Tragó saliva—. Los archivos han desaparecido.

Stephanie se inclinó hacia delante, entrecerrando los ojos. —¿Desaparecido?

—No es que estén mal archivados —dijo Olivia, negando con la cabeza—. Borrados. Declaraciones enteras de testigos. Entrevistas cruzadas con algunos de los chicos que lograron salir. Y... parece deliberado. He comprobado los registros de acceso digital de los archivos. —Golpeó una hoja en la que se había impreso una lista de entradas en una pulcra tinta negra. Cada línea contenía una marca de tiempo y un nombre de usuario.

Stephanie recorrió la columna con la mirada hasta que sus ojos se posaron en la entrada que Olivia había rodeado con un bolígrafo rojo.

Accedido: 02:14 - hace catorce días

Usuario: E. Thorne.

Se le encogió el estómago. Se recostó lentamente en la silla, sintiendo de repente el aire de la habitación más pesado. —Elias.

Olivia asintió despacio, con los ojos muy abiertos por el miedo. —Fue el último en acceder al archivo antes de que se borraran.

Stephanie se quedó mirando el nombre en la página. Su mente repasó las últimas conversaciones que había tenido con Elias. Su historia sobre el incendio. Un accidente de coche en su adolescencia. Las cicatrices de su cara. La forma en que se le iluminaban los ojos cuando veía el fuego o hablaba de él. La forma en que no había dejado que lo consumiera.

Volvió a mirar a Olivia. —¿Estás segura?

Un débil asentimiento. —Lo he comprobado con Informática. Nadie más ha tocado esos archivos en años. Fue él.

Por un momento, ninguna de las dos habló. Sus ojos se posaron de nuevo en la fotografía, en el chico de la imagen que creía que era Toby Ashworth. Por primera vez desde que la miraba, reconoció algo ahí. Vio el rostro de Elias en aquellos ojos, en aquellos rasgos.

Antes del incendio.

Antes de las cicatrices.

Antes del dolor.

CAPÍTULO
OCHENTA Y SIETE

Isaac Grove sentía la cabeza como si se la hubieran llenado de explosivos. Le zumbaban los oídos, con un dolor sordo y palpitante tras las sienes, como si cada latido le clavara un clavo al rojo vivo en el cráneo. El mundo a su alrededor estaba de lado y, cuando intentó moverse, su cuerpo dio un tirón contra algo áspero. Una cuerda. Se le clavaba en las muñecas y en el pecho, y sus bastas fibras ya le estaban rasgando la fina tela de la camisa.

Parpadeó con fuerza. Una vez. Dos. La visión se le fue aclarando poco a poco. El aire olía a humedad, cargado de moho. Estaba en una iglesia —eso pudo deducirlo—, pero en una que no había visto la luz ni una misa en meses. Las vidrieras estaban medio rotas, tapiadas con cartón y madera contrachapada. Habían volcado los bancos y los habían arrinconado a un lado, y las motas de polvo flotaban en la penumbra; la iglesia estaba desmantelada, lista para su demolición.

Entonces oyó un sonido. Una respiración. El raspar de unos zapatos sobre el suelo de piedra.

Isaac giró la cabeza con lentitud en esa dirección.

Una figura se movía entre las sombras, con paso firme y deliberado.

Toby.

Se movía con una extraña calma, los hombros relajados. En la mano, un pequeño bidón de metal se balanceaba con soltura, brillando bajo el parpadeo de una lámpara portátil que había apoyado en el suelo. Gasolina. Su olor dulzón era inconfundible.

—Por favor…, por favor, Toby. No tienes por qué…

El hombre al que solo conocía como Toby Ashworth se detuvo y se inclinó lo suficiente para que Isaac pudiera verle la cicatriz que le cruzaba la mandíbula. La respiración de Elias era sosegada, la personificación de la calma.

—Hace años que nadie me llama Toby. Tanto tiempo que casi se me olvida que ese fue mi nombre. Esta noche arderás —susurró Elias—. Tal y como me abandonaste a mí hace tantos años.

Se apartó de nuevo. Isaac tiró de las cuerdas, las patas de la silla rasparon la piedra, pero las ataduras resistieron. El pánico creció, asfixiándolo, mientras la cabeza le martilleaba con más fuerza con cada tirón frenético.

—Te he dejado para el final —continuó Elias, esta vez con la voz más alta, resonando en las paredes—. Tú y yo… se suponía que éramos hermanos de sangre, a muerte. ¿Te acuerdas? Dijimos que nunca nos abandonaríamos. Pero cuando todos los demás sugirieron lo del fuego y dejarme allí dentro, tú les seguiste la corriente. Ni siquiera miraste atrás.

Isaac negó con la cabeza, frenético, desesperado.

—Eso no es verdad. No pude…

Elias estrelló el bidón contra el banco más cercano, y la gasolina salpicó la madera. Isaac se encogió ante el repentino sonido.

—¡No te atrevas a mentirme! *Tú* provocaste el incendio, Isaac. Y *tú* me abandonaste para que muriera. —Su mano llena de cicatrices tembló mientras se subía la manga con la otra, revelando la red de quemaduras que le trepaba por el brazo—. Esto es lo que me costó tu lealtad.

Isaac sintió náuseas. —Toby, éramos críos. Fue un error. Nosotros…

—No te atrevas a escudarte en eso —siseó Elias, acercándose, con el rostro a centímetros del de Isaac. Sus ojos brillaban de furia —. Salí de aquel infierno arrastrándome, solo. Con la piel colgándome como cera derretida. Dijeron que no debería haber sobrevivido. Y quizá no debería. Porque lo que vino después…, los meses en el hospital, las miradas, los susurros…

Elias inspiró de forma entrecortada.

—Pensábamos que habías muerto.

—Mentisteis a los periódicos. Le dijisteis a todo el mundo que yo no estaba con vosotros cuando empezó el incendio. Mentisteis para protegeros.

—¿Cómo...? ¿Cómo sobreviviste?

—Cuando salí, corrí y corrí, hasta que no pude más. Y entonces alguien me encontró, en el bosque cercano. Me acogió, me cuidó. Me consiguió la atención médica que necesitaba, me ayudó a recomponerme. Pero sabía que no podía volver. Al menos, no como yo mismo. Ya no era Toby Ashworth. Estaba irreconocible. Todo el mundo creyó que había desaparecido, así que lo mantuve así. Me quedé con él, me recuperé, me cambié el nombre, me cambié la identidad. Dejé atrás a mi madre y a mi padre. Dejé atrás mi vida. Tardé años en recomponerme. Años viéndoos a todos libres, fingiendo que el pasado no existía. Como si no me hubierais abandonado para que muriera en aquella habitación.

Isaac volvió a forcejear contra las cuerdas, con las muñecas ya en carne viva. Aun así, no cedieron.

—Toby, escúchame. Fue un error. Hubo un problema con la cerradura. No pudimos abrirla. No podíamos hacer nada. Si hubiera sabido...

—¿Si hubieras sabido? —Elias soltó una carcajada, áspera y hueca. Se echó hacia atrás, recogiendo el bidón una vez más, balanceándolo despreocupadamente a su lado como si lo estuviera sopesando—. Si lo hubieras sabido, habrías salido corriendo de todos modos. Porque así eres tú, Isaac. Así erais todos vosotros. Cobardes. Matones. Solo mirabais por vosotros mismos.

Se agachó para que Isaac no pudiera evitar su mirada. El parpadeo de la lámpara proyectaba sombras demoníacas sobre las cicatrices de su cara y cuello.

—Pero esta vez no. Esta vez, no vas a poder escapar del fuego.

CAPÍTULO
OCHENTA Y OCHO

La oficina bullía de energía frenética. Stephanie, en medio de todo aquello, vigilaba, observaba y pensaba en Elias. En su sonrisa. En lo cerca que había estado de la investigación desde el principio. En cómo lo había tenido delante de sus narices y no lo había visto.

Encerró sus sentimientos por él en una caja bajo llave y se obligó a concentrarse. En ese momento, era una inspectora, y una vida pendía de un hilo.

—¿Algo de la casa de Elias? —preguntó en voz alta.

—Negativo —respondió Giles desde el otro lado de la sala, con el móvil pegado a la oreja—. El agente que está allí informa de que su coche no está. No hay ni rastro de él.

—¿Y su teléfono?

—Muerto —contestó Devon—. Apagado o destrozado.

Stephanie apretó la mandíbula, yendo de un lado a otro de la sala de operaciones. —¿E Isaac?

Olivia apareció por detrás de su monitor. —Lo hemos localizado en la dirección de su hermana Sarah, en Portsmouth. La policía de Hampshire ha ido, pero también dicen que no hay nadie en casa. Hay un coche en la entrada, pero ni rastro de nadie dentro. Aunque la puerta principal parece haber sufrido algún tipo de daño. Han hablado con un par de vecinos y han informado de que oyeron un forcejeo esa misma tarde, antes de que un coche se marchara a toda velocidad. Podrían ser ellos...

Un silencio pesado como el plomo se apoderó de la sala.

—Comprueben la matrícula del coche de Elias en el sistema de reconocimiento de matrículas y en las cámaras de seguridad —dijo Stephanie—. Averigüen adónde va y dónde ha estado. Y emitan una orden de búsqueda para su matrícula inmediatamente. Si alguien lo ve, tienen que darle el alto y detenerlo.

Fiona tecleaba furiosamente, asumiendo la responsabilidad. Un instante después, su silla chirrió al echarla hacia atrás. —Tenemos algo —dijo—. Hace unos diez minutos. En la A3, en dirección a Surrey. Pero eso es todo. Nada más.

Stephanie se quedó helada. Surrey. ¿Por qué Surrey? ¿Por qué volver allí cuando todas las carreteras podrían haber sido una vía de escape?

—¡La iglesia! —exclamó Olivia de repente.

Todos levantaron la cabeza de golpe.

—¡La de St Mary, en Shalford! —continuó Olivia sin aliento—. Aquella cuya reforma se paralizó después de que Nigel Hadlow recibiera aquellos mensajes.

—¡Sí! —exclamó Devon—. Es verdad. —Chasqueó los dedos repetidamente, como si intentara atrapar un recuerdo—. Investigué las finanzas de la empresa de Hadlow, ¿y adivinen quién fue el auditor de sus últimas cuentas presentadas al Registro Mercantil? Kenny. Exacto. ¿Y adivinan qué constructora recibió dinero de Hadlow? Exacto. La de Carlos. Estaban todos trabajando juntos en ello, haciéndose favores mutuamente. La única persona que no estaba afiliada al proyecto de la iglesia era Darren Fairhurst, pero, llegados a ese punto, si Elias es realmente Toby Ashworth, eso ya no importaría.

La sangre de Stephanie bulló con la revelación. La iglesia. El incendio. Una última oportunidad de hacer justicia por aquellos que lo abandonaron para que muriera antes de que demolieran el edificio. —Ahí es adonde lo lleva —dijo—. Están allí.

Sus palabras restallaron como un látigo y pusieron al equipo en acción.

—Giles, ponga en camino a las unidades de respuesta armada.

Devon, coordínese con los agentes de la zona; necesitaremos que corten las carreteras y despejen el tráfico. Olivia, saque los planos de la iglesia. Quiero tener todas las entradas localizadas antes de que lleguemos. Y necesitamos que los bomberos lleguen lo más rápido humanamente posible.

El equipo se dispersó, impulsado por su urgencia.

Stephanie apoyó las manos en el escritorio, con la foto de Elias Thorne e Isaac Grove devolviéndole la mirada. Y entonces se le ocurrió. La importancia de que ambos chicos estuvieran en la fotografía. Hasta ahora, el patrón había dictado que el chico de la fotografía sería el siguiente en morir.

Y no creía que Elias fuera a cambiarlo.

Lo que significaba que esa noche iba a poner fin a su cruzada de justicia y pecado.

Que iba a matarlos a los dos.

CAPÍTULO
OCHENTA Y NUEVE

Ninguno de los dos había dicho nada durante unos instantes. El único sonido que resonaba en la iglesia era la respiración pesada, dificultosa y presa del pánico de Isaac. Pronto empezó a sentirse mareado; la adrenalina de la situación comenzaba a hacerle mella.

Iba a morir. Era el fin. No había nada que pudiera hacer.

Iba a morir.

Y todo por un error cometido hacía cuarenta años. Una broma pesada. Una parte de su historia de la que se arrepentía profundamente y con la que había vivido desde entonces.

Una pesadilla recurrente que ahora se había materializado y resurgido después de todo este tiempo.

Se suponía que iba a ser una broma. Un poco de cachondeo. Una novatada sin malicia. Había sido idea de Nigel, en un principio: encerrar a Toby en el armario y luego prender fuego fuera de la puerta. Pero no iban a cerrar la puerta con llave de verdad. No iban a dejarlo allí de verdad; usarían el peso de sus cuerpos para mantener la puerta cerrada hasta el último momento. Pero el fuego se había extendido más rápido, con más fuerza y más brillo de lo que ninguno de ellos había esperado, y para cuando salieron corriendo de allí, había consumido la puerta del armario, dejando que Toby se quemara dentro. Los chicos habían tenido suerte de salir con vida.

Todos habían dado por hecho que Toby había perecido en las llamas. Y en ese momento, mientras estaban fuera de la casa, recuperando el aliento, se prometieron unos a otros, se juraron guardar el secreto, que nunca contarían la verdad, que nunca le dirían a nadie lo que había ocurrido esa noche, ni siquiera a la policía.

Y lo habían cumplido.

Habían seguido con sus vidas, habían crecido, desarrollado sus carreras, tenido familias, todo ello con la carga de su secreto cerniéndose sobre ellos. Cierto, cada vez era más fácil olvidarlo, superarlo, pero él nunca lo había olvidado de verdad. Los gritos de Toby habían resonado en sus pensamientos, en sus sueños, aflorando de vez en cuando como aullidos de lobo en la noche.

Y ahora aquel hombre estaba aquí. Un fantasma, regresado de entre los muertos.

Y ahora era el momento de oír los gritos de nuevo. Esta vez, los suyos.

Elias se movía con la calma y la precisión de un hombre que tenía el control. De un hombre que había planeado esto en su cabeza durante cuarenta años, cada uno de sus meticulosos aspectos. De un hombre que estaba tranquilo con su decisión, en paz con lo que estaba a punto de suceder.

Se movía con la calma y la precisión de un hombre que ya había hecho esto cuatro veces.

Los pasos de Elias resonaban sobre las losas mientras empezaba a arrastrar bancos desde las sombras. La vieja madera crujía, las patas arañaban la piedra como uñas en una pizarra mientras los colocaba en un gran círculo alrededor de la silla de Isaac, inclinándolos como si estuviera creando un público. Luego apiló sobre ellos objetos de madera más pequeños: atriles para los himnarios, reclinatorios y la rejilla rota de un confesionario que arrastró desde un rincón.

La respiración de Isaac se volvió dificultosa, corta y superficial, con agudas punzadas que le recorrían el pecho con cada inhalación.

—Toby..., por favor. No tiene que hacer esto...

El hombre de la cicatriz no se detuvo. Solo hizo una pausa para alzar la vista, con los ojos brillantes de gozo, y luego cogió el bidón. El hedor penetrante de la gasolina lo golpeó al instante, asfixiante.

Elias volcó el bidón sin dudarlo, y el líquido salpicó a borbotones la madera, oscureciéndola, empapando las fibras. Los vapores llenaron la garganta de Isaac y le provocaron un mareo. Lo último de la gasolina cayó sobre la piedra, formando finos riachuelos por el suelo hacia los zapatos de Isaac. Elias lo arrojó a un lado, y el estruendo metálico resonó como una campana de iglesia.

Isaac temblaba violentamente en la silla, las cuerdas clavándosele más profundamente en las muñecas. —Por favor, Toby. Se lo juro, nunca quisimos que...

—No os engañéis; Dios no puede ser burlado —dijo Elias, su voz baja y deliberada, cada palabra amplificándose al resonar en el espacio. Sacó una caja de cerillas del bolsillo y le dio la vuelta lentamente en la mano, sopesándola.

Los ojos de Isaac se abrieron de par en par, todo su cuerpo temblaba mientras Elias la abría con un movimiento del pulgar.

—Pues todo lo que el hombre sembrare, eso también segará.

Elias se agachó frente a él, tan cerca que Isaac podía ver los profundos surcos y crestas del tejido quemado de su rostro. Elias lo estudió con una calma inquietante y luego deslizó una sola cerilla fuera de la caja.

—Durante cuarenta años ha caminado libre. Cuarenta años de vida, de risas, de felicidad. La paga del pecado es muerte.

Encendió la cerilla.

El fogonazo floreció, pintándole la cara de una luz anaranjada. Las sombras saltaron a las paredes de la iglesia, como demonios conjurados por la llama. Elias la sostuvo con firmeza, su expresión ilegible mientras la luz danzaba en sus ojos.

Isaac gimoteó, forcejeando contra las cuerdas, con la cabeza temblando violentamente. —¡No, Toby, no! Por favor...

—Mía es la venganza, yo pagaré, dice el Señor. —Los ojos de Elias se fijaron en él, sin parpadear, hipnotizados por la pequeña llama que temblaba entre sus dedos.

La diminuta llama vaciló. Elias la inclinó, acercándola a la madera empapada en gasolina.

El grito de Isaac rasgó el aire de la iglesia, pero la voz de Elias se impuso, tranquila, firme, resuelta.

—Esta noche, Isaac, Él me ha elegido como Su mano. Y esta noche, usted pagará por sus pecados.

Elias bajó la llama.

CAPÍTULO
NOVENTA

Stephanie se aferró a la manija de la puerta mientras el coche tomaba la última curva y se detenía en seco frente a la iglesia. En la oscuridad, el humo salía a borbotones de las ventanas rotas, y densas columnas negras se enroscaban en el cielo vespertino.

En el momento en que abrió la puerta, el calor la recibió como un abrazo. El humo acre le arañó la garganta, obligándola a toser, pero se cubrió la boca con el cuello del jersey.

Por un instante, se quedó paralizada, inmóvil, mirándolo fijamente.

Apareció la imagen de su padre y su mechero. Seguida por la sensación de quemazón en el brazo y el olor a pelo chamuscado.

Y luego fue reemplazada por la imagen del hogar de su infancia en llamas, con su hermana y su madre atrapadas dentro, arañando las ventanas.

El olor, el sabor, el calor.

Parpadeó con fuerza, apartando la imagen de su mente, y fijó la vista en la tarea que tenía por delante.

Agentes uniformados merodeaban junto a las puertas del cementerio, y el resplandor anaranjado se reflejaba en las tiras reflectantes de sus chaquetas. Ninguno se atrevía a entrar; el fuego era demasiado intenso. El grito de un hombre rasgó la quietud, crudo y salvaje, seguido de un estruendo procedente de algún lugar del interior del edificio.

A Stephanie se le erizó el vello de los brazos mientras corría hacia los agentes uniformados. —¿Qué está pasando? —espetó—. ¿Dónde están los bomberos? ¿Por qué no hay nadie ahí dentro?

Fiona se apresuró a rodear la parte delantera de un coche y se colocó a su lado, con el teléfono pegado a la oreja. —Llegan con retraso, señora —dijo—. Dos de sus camiones han tenido un accidente de camino. El refuerzo más cercano está a al menos cinco minutos.

¿Cinco minutos? No tenían ni cinco segundos.

Otro grito estalló desde el interior, esta vez más agudo, desgarrado y desesperado.

El pulso de Stephanie retumbaba mientras contemplaba el edificio, siguiendo con la mirada el humo que ascendía hacia el cielo.

Pensó en el sueño, en el incendio de la casa de su infancia, en la vez que se había precipitado dentro y había salvado a su hermana.

Pensó en la caminata sobre el fuego que había completado bajo la supervisión de Elias. En cómo se había dado cuenta después de que todo estaba en su cabeza. Su miedo, su paranoia, su preocupación. Todo estaba en su cabeza.

Había dos personas ahí dentro, e iban a morir si nadie hacía algo.

Si podía caminar sobre fuego, podía salvarlos.

Si podía entrar en un edificio en llamas en su sueño, podía salvarlos.

Así que, sin decir nada, sin pensárselo más, se dirigió hacia St Mary's, recordándose a sí misma que todo estaba en su cabeza.

Stephanie se subió más el cuello vuelto para cubrirse la boca y la nariz, y se agachó mientras se abría paso a empujones por las puertas astilladas. Al instante, el mundo se la tragó por completo. El calor le tocó la piel, presionando desde todos los lados, sofocante, erizándole los brazos y el cuero cabelludo. El humo era más denso en el interior, una tormenta negra que le destrozaba y arañaba los pulmones con cada respiración. Los ojos se le anegaron de lágrimas, distorsionando las formas que la rodeaban.

Se obligó a agacharse más, casi en cuclillas, y avanzó a gatas por la iglesia. El aire vibraba con el sonido de la madera al doblarse y crujir. Y entonces lo oyó, tan cerca que le atravesó el pecho.

Isaac.

Lamentos rotos y roncos. Avanzó hacia el sonido, parpadeando a través de la neblina hasta que se perfiló el contorno de una silla. Estaba atado, con la cabeza colgando, los brazos y el pecho sujetos a la silla. Sus ojos se desorbitaron al verla.

—¡Ayuda! —Su voz se quebró en una tos, y su cuerpo se convulsionó mientras las llamas chasqueaban y mordisqueaban la pila de bancos que lo rodeaban.

—¡No te muevas! —graznó ella, encontrando un hueco entre los bancos para situarse a su lado. Sus dedos tantearon los nudos que le ataban las muñecas y el pecho, pero la cuerda estaba tensa, casi fusionada. Se le doblaron y partieron las uñas, pero fue inútil. Maldijo, gritó, se ahogó mientras tiraba con más fuerza, echando todo su peso. El calor era ahora insoportable, quemándole la espalda, escociéndole en la cara y los brazos. Cada respiración era una lucha; cada trago, como si tragase cristales. Oía el fuego trepar, consumiendo rápidamente todo a su paso.

El tiempo se agotaba.

—¡Por favor, tienes que ayudarme! —suplicó Isaac.

Stephanie apoyó la rodilla contra la silla, se sacó una navaja del bolsillo y empezó a cortar. Los músculos le dolían mientras las fibras iban cediendo, hebra por hebra, hasta que de repente el nudo se soltó. Las manos de Isaac cayeron libres, pero ella no esperó. Hizo lo mismo con las ataduras del pecho y lo liberó con un fuerte grito. Luego le pasó los brazos por debajo de las axilas y tiró de él, haciendo que la silla cayera hacia atrás, entre las llamas. A él le temblaron las piernas, apenas capaz de sostener su propio peso.

—¡Muévete! —gritó, aunque no estaba segura de si se lo decía a él o a sí misma—. ¡O vamos a morir los dos aquí dentro!

Isaac no necesitó que se lo dijeran dos veces. Juntos, se tambalearon a través del denso humo, cada segundo alargándose como una eternidad. St Mary's gimió de nuevo sobre ellos, como si su homónima santa gritara de dolor.

Un crujido ensordecedor estalló cuando parte del techo se

astilló y cayó en algún lugar detrás de ellos, provocando que las llamas se avivaran, más brillantes, más hambrientas.

Stephanie agachó la cabeza, con los ojos escociéndole, y arrastró a Isaac a través de la neblina en la vaga dirección de la puerta por la que había entrado.

Un paso más. Otro más. No te pares. No te atrevas a parar.

Si puedes entrar en el fuego, puedes salir de él.

El aire limpio de la noche la golpeó como una bendición mientras salía tambaleándose del humo, con un brazo aferrado bajo la axila de Isaac Grove. Su peso era muerto e inerte, y las piernas se le doblaban a cada arrastrada zancada.

—Sigue moviéndote... —se ahogó—. Unos pasos más. Vamos...

Se desplomaron a unos metros de la entrada, y la hierba húmeda bajo sus palmas le proporcionó cierto alivio a su piel inflamada y chamuscada. La iglesia a sus espaldas estaba viva por el fuego, bañando el área circundante en un bajo resplandor anaranjado que parpadeaba en las ventanillas de los coches. En algún lugar de las profundidades, las llamas rugían y crepitaban, con un sonido tan aterrador como hipnótico.

Isaac vomitó en el suelo, tosiendo hasta que pareció que iba a echar los pulmones sobre la hierba. Tenía la cara pringosa de sudor y hollín, los ojos llorosos, el pelo pegado a la frente. Ella le apretó el hombro para estabilizarlo.

—Isaac. —Su voz era ronca, urgente—. ¿Dónde está Elias? ¿Dónde está Toby? ¿Adónde ha ido?

Él negó con la cabeza débilmente, el blanco de sus ojos brillando a la luz del fuego. —No lo sé —graznó, apenas audible por encima del rugido de las llamas y los gritos de sus compañeros, que los rodeaban rápidamente—. Te lo juro, no lo sé. Simplemente... se fue en el momento en que entraste.

Antes de que Stephanie pudiera responder, llegó el equipo, apartándolos a ella y a Isaac a la fuerza del fuego. Le hablaron, preguntándole si estaba bien, pero no podía oírlos. Su mente estaba preocupada por Elias. Por cómo había escapado de un incendio de niño, y por cómo parecía dispuesto a hacer lo mismo de nuevo.

Pero entonces recordó la fotografía. Cómo se suponía que ambos iban a morir en las llamas. No creía que él fuera a encender la cerilla y simplemente marcharse. No era así como él quería que acabaran las cosas.

Stephanie se zafó del agarre de su equipo y luego se volvió hacia el fuego.

El calor le golpeó de lleno en la cara, abrasador, implacable. Se protegió los ojos con una manga mugrienta y avanzó a trompicones, ignorando los gritos a su espalda. Trozos de ceniza y escombros llovían, quemando agujeros en la tela de su ropa.

—¡Steph! ¡Para! —gritó Giles mientras intentaba alcanzarla. Su mano le agarró la chaqueta, pero ella se soltó, con los ojos fijos en el fuego.

—¡Todavía está ahí dentro! —graznó, señalando hacia las llamas, su voz más animal que humana—. Elias sigue dentro.

Otra explosión retumbó desde las profundidades, y el techo gimió bajo el peso del fuego. El equipo maldijo a su espalda, pero ninguno era lo suficientemente valiente —o estúpido— como para seguirla.

Aun así, Stephanie siguió adelante. Su cuerpo le gritaba, pero obligó a sus piernas a moverse. Al cruzar el umbral, una repentina ráfaga de calor y humo la hizo ponerse de rodillas. Se tapó la boca y la nariz con el cuello de la sudadera, forzando una respiración más en sus pulmones que protestaban, y se adentró tambaleándose.

La iglesia era un infierno. Los bancos estaban ennegrecidos y volcados en oleadas de chispas. El humo se arremolinaba sobre su cabeza en espesas y sofocantes volutas, consumiéndolo todo, privando al espacio de cualquier luz. Los ojos le lloraban. Cada respiración que tomaba le abrasaba la garganta peor que la anterior.

Y entonces lo oyó.

Un grito.

Elias.

Provenía de las profundidades de la nave, distorsionado por el crujido y el rugido de la madera en llamas. El grito crudo y gutural de un hombre engullido por el mismo elemento que había empuñado como arma.

Stephanie avanzó a trompicones hacia el sonido, luchando por mantener el equilibrio. Sentía las piernas pesadas y su cuerpo estaba a punto de desplomarse. Pero no podía parar. Ahora no.

El calor del fuego la presionaba como si unas manos intentaran reclamarla. No podía verlo, no podía ver nada. Tosió y se dobló, con puntos negros destellando en su visión. Las rodillas le flaquearon, y el humo se estrelló contra su pecho como un muro. Se arañó la garganta, intentó forzar a su cuerpo a tomar aire, pero no entró nada.

Los oídos le zumbaron con otro grito. Más largo, más profundo. Elias, quemándose vivo.

Intentó avanzar de nuevo. Pero su cuerpo la traicionó. No podía ver. No podía respirar. Su propio grito no fue más que un susurro, tragado por el fuego.

Y entonces lo sintió. Unas manos agarrándola por detrás. Manos fuertes y enguantadas. Al principio se resistió, pensando que Elias la había alcanzado de alguna manera e iba a reclamarla como su última víctima. Pero entonces vio el reflejo de un visor, la forma de un casco, y finalmente cedió el control. El bombero se la echó al hombro sin esfuerzo y la sacó de allí.

Al salir al exterior, el aire nocturno se precipitó en sus pulmones, y se desplomó una vez más sobre la hierba y la tierra húmeda, tosiendo hasta que todo su cuerpo se estremeció.

A su alrededor, los bomberos gritaban órdenes, con las voces ahogadas por el derrumbe de la iglesia. El techo emitió un gemido monstruoso y luego se hundió, lanzando chispas al cielo como fuegos artificiales.

Stephanie parpadeó con los ojos anegados, intentando mirar de nuevo hacia adentro. Los gritos de Elias habían cesado. Solo quedaba el fuego.

Y entonces, mientras seguía luchando por respirar, cerró los ojos y perdió el conocimiento, desplomándose sobre el frío y húmedo manto de hierba.

CAPÍTULO
NOVENTA Y UNO

Lo primero que notó al abrir los ojos y atisbar en la oscuridad fue que sentía la garganta como si se hubiera tragado carbones al rojo vivo y, después, un puñado de cuchillas de afeitar.

Luego, tras parpadear varias veces, el rostro de Kimberley acabó por distinguirse a su lado.

—¿Qué haces aquí? —preguntó Stephanie con un hilo de voz.

Kimberley dio un respingo. Le cogió la mano a Stephanie y la envolvió entre las suyas, apretándola con fuerza. —¿Podría decir lo mismo de ti —siseó—. ¿Qué hacías? ¿En qué estabas pensando? Te metiste en un edificio en llamas, Steph.

Stephanie abrió la boca para responder, pero Kimberley no la dejó.

—Ya he perdido un bebé. No puedo perder también a mi hermana.

Aquello la golpeó con fuerza. Y de lleno. Y, de repente, fue consciente de lo que había hecho. Creía que había estado en un sueño; que podía despertarse, reaparecer, y que todo estaría bien, perfecto, normal. Pero la realidad había sido otra. Había puesto su vida en peligro.

Apretó la mano de su hermana y sonrió con toda la calidez que pudo. —Lo siento, yo...

Fue todo lo que pudo decir antes de que la asaltara un ataque de tos. Unas dagas le estallaron en los pulmones y la garganta mientras carraspeaba.

—Los médicos han dicho que tienes suerte de estar aquí, por la cantidad de humo que inhalaste —explicó Kimberley—. Y que tuviste todavía más suerte de no sufrir quemaduras más graves.

Fue entonces cuando Stephanie se miró los brazos y se fijó en los vendajes por primera vez. No sentía dolor allí, solo una extraña sensación de incomodidad, como un picor que no podía rascarse.

—Creo que mamá te estaba cuidando —continuó Kimberley—. Han dicho que lo peor que has sufrido son quemaduras de segundo grado en los dedos y en las palmas. Casi te borras las huellas dactilares.

—Me espera una vida de delincuencia... —graznó Stephanie en broma, antes de que le diera otro ataque de tos.

—No hables. Por favor. Solo vas a empeorarlo.

Stephanie hizo lo que le decía y, por un momento, se quedaron sentadas en silencio. Había tantas cosas que Stephanie quería decir, por las que quería disculparse... Quería abrazar a su hermana y no soltarla nunca.

—Te quiero —dijo finalmente.

—Lo sé —respondió Kim—. Yo también te quiero. Y... y... —Inspiró hondo—. Jordan quería venir —continuó—. Pero no le pareció buena idea, así que se ha quedado en casa.

Kimberley se agachó y cogió un pequeño ramo de flores. Blancas. Bonitas.

—Te las ha comprado él.

Stephanie sonrió de medio lado. —Son preciosas. Dale las gracias de mi parte.

—¿Significa eso que no quieres que las tire a la basura?

Stephanie negó con la cabeza. —Me he dado cuenta de que no es tan malo. Supongo que podría llegar a conocerlo un poco mejor. Siempre y cuando deje de aparecer por mi casa...

A Kimberley se le abrieron los ojos como platos. —¿En serio?

Un asentimiento débil.

—Podemos ir a tomar un café un día, o a comer —respondió Stephanie—. Todos juntos.

Antes de que Kimberley pudiera responder, alguien llamó a la puerta, y la euforia del rostro de Kimberley se desvaneció. La puerta se abrió y el inspector jefe Clive McGowan entró, llenando la habitación con esa presencia suya, tranquila e inamovible.

—Disculpen la interrupción —dijo, cerrando la puerta tras de sí —. Venía a ver si estaba despierta.

—Casi —bromeó Stephanie—. Aunque no me vendría mal una siesta.

Kimberley se levantó de la silla y se dirigió hacia la salida. —Los dejaré para que se pongan al día.

Stephanie estaba a punto de protestar, pero su hermana salió rápidamente, inundando la habitación de un silencio incómodo.

—¿Por qué tengo la sensación de que me va a echar una bronca?

Clive rio entre dientes. —Todavía no. Cuando se haya recuperado del todo. O tal vez antes.

—Estaré deseando que llegue. —Se irguió en la cama, resoplando, mientras sus pulmones luchaban por conseguir aire.

—Tiene que tomárselo con calma —dijo Clive en voz baja—. Tiene suerte de estar viva.

—Eso me han dicho.

—Están todos preocupados por usted. Sobre todo Olivia. Así que se alegrarán al saber que está bien despierta y respirando... a duras penas.

Stephanie no dijo nada. Ya había hablado demasiado, y el dolor en el pecho y la garganta se estaba volviendo demasiado intenso.

—He pensado en pasarme a ponerla al día, para que se quede algo más tranquila.

Ella le sostuvo la mirada.

—El incendio de St Mary's ya está extinguido —dijo él—. Esta vez los bomberos han recuperado el cuerpo de Elias. No lo ha logrado.

Stephanie no dijo nada, no permitió que ninguna emoción se reflejara en su rostro.

—No han encontrado más latas, ni fotografías ni inscripciones —continuó—. Lo que me lleva a creer que se ha acabado. Lo ha encontrado.

—¿Y Isaac?

—También está vivo. Vivo y respirando. Por los pelos. Sus

quemaduras y niveles de inhalación de humo eran mucho más graves que los suyos, pero sobrevivirá. Gracias a usted, Steph. Le ha salvado la vida.

—Podría haber salvado otra.

Clive se acercó un poco más, negando con la cabeza. —Cuando encontraron el cuerpo de Elias, descubrieron que se había encerrado en una pequeña habitación y se había tragado la llave. Nunca iba a salir de allí con vida. Se aseguró de ello. No había nada más que usted pudiera haber hecho.

OTRAS OBRAS DE JACK PROBYN

OTRAS OBRAS DE JACK PROBYN

La serie de misterio y asesinato del DS Tomek Bowen:

LIBRO 1: LA JUSTICIA DE LA MUERTE

Southend-on-Sea, Essex: El detective sargento Tomek Bowen — dedicado, tenaz y atormentado por la muerte de su hermano— es llamado a una de las escenas del crimen más impactantes que jamás haya visto. Un hombre ha sido asesinado ritualmente y abandonado en un huerto cerca del aeropuerto local. Las primeras investigaciones indican que se trataba de un hombre con un pasado. Un pasado que le ganó muchos enemigos.

Descargar La Justicia de la Muerte

LIBRO 2: LAS GARRAS DE LA MUERTE

Annabelle Lake creyó reconocer el Ford Fiesta que esperaba fuera de su escuela, y al conductor. Se equivocó. Su cuerpo es descubierto algún tiempo después, colgando de un columpio en un parque infantil local en Canvey Island.

Descargar Las Garras de la Muerte

LIBRO 3: EL TOQUE DE LA MUERTE

Cuando la niebla se despeja una mañana de diciembre en Essex, se descubre el cuerpo de una adolescente tendido boca abajo en un campo. Como resultado, el caso rápidamente llega al escritorio del DS Tomek Bowen quien, mientras intenta compaginar su nueva vida como padre soltero de una hija de trece años, debe desentrañar la mortal secuencia de eventos y sacar la verdad a la luz.

Descargar El Toque de la Muerte

LIBRO 4: EL BESO DE LA MUERTE

Los secretos más oscuros nunca permanecen ocultos por mucho tiempo...

Cuando el cuerpo de un hombre sin hogar es descubierto en el paseo marítimo de Southend, encajado entre las casetas de playa de Thorpe Bay, la gente de Essex ni siquiera arquea una ceja.

Pero cuando la autopsia revela que la identidad es la del diputado local, Herbert Tucker, el pueblo comienza a prestar atención.

Descargar El Beso de la Muerte

LIBRO 5: EL SABOR DE LA MUERTE

Algunos secretos nunca se desvanecen...

En una mañana ventosa y gélida, Morgana Usyk, propietaria del Café Morgana, visita el puerto Mulberry a poco más de un kilómetro y medio mar adentro. Poco después, su cuerpo es encontrado en las aguas poco profundas, flotando junto al puerto.

Descargar El Sabor de la Muerte

LIBRO 6: EL ÁNGEL DE LA MUERTE

Cada ángel merece sus alas... Cuando la azafata Angelica Whitaker es reportada como desaparecida tras una noche en uno de los clubes nocturnos más populares de Southend, el caso es asignado al DS Tomek Bowen por primera vez en su carrera. Tan pronto como comienza la investigación, las sospechas recaen sobre el hombre con quien ella bailó en el club, pero cuando su cuerpo es encontrado posteriormente en una iglesia, colocado como un ángel, las mismas sospechas empiezan a apuntar hacia un asesino calculador, sereno y sádico.

Descargar El Ángel de la Muerte

LIBRO 7: EL SALVADOR DE LA MUERTE

Durante una fuerte tormenta, un DJ de radio local es brutalmente asesinado en su mansión de Essex. Cuando las nubes y la lluvia se disipan a la mañana siguiente, el DS Tomek Bowen y su equipo descubren una escena del crimen que parece sacada de los libros de historia.

Las pruebas sugieren que se trata de un asesinato aleatorio. Pero a medida que Tomek va desvelando las capas de la vida de la víctima, se da cuenta de que hay más en el DJ de lo que aparenta.

Descargar El Salvador de la Muerte

LIBRO 8: EL ALIENTO DE LA MUERTE

Isla de Mersea. Más de 2.500 acres de tierras de cultivo, marismas y varios parques de caravanas. Normalmente, alberga a 7.000 personas. Pero durante el fin de semana festivo de agosto, cuenta con dos residentes más: el DS Tomek Bowen y su hija, Kasia, que buscan aprovechar al máximo el final de las vacaciones escolares, el final del verano y el final del prolongado tiempo de Tomek fuera del trabajo.

Descargar El Aliento de la Muerte

DEJA UNA RESEÑA

Aquí estamos. Fin.

Bueno, digo "nosotros"... Me refiero a ustedes. Gracias.

Gracias por llegar hasta aquí y acompañarme mientras imagino estas historias tan disparatadas y extrañas en mi cabeza, y luego las traduzco al papel (o mejor dicho, a archivos digitales).

Amazon está repleto de millones de libros (literalmente, y no uso ese término a la ligera), por lo que a menudo es difícil encontrar tu próxima lectura. Solo quieres saber qué libro leer a continuación. Pero a veces no tienes tiempo para revisarlos todos, así que ¿qué haces?

Mira las reseñas, por supuesto.

Las usamos en todos los aspectos de nuestra vida. Restaurantes. Películas. Nuestro próximo televisor. Unos auriculares. Casi todo está regido por los pensamientos de otras personas.

Una locura, ¿verdad?

Pero ¿qué pasa cuando te encuentras con un libro sin reseñas? Puede que lo rechaces. Es difícil confiar en el libro.

Tu tiempo es oro. Tu tiempo es valioso. No quieres desperdiciarlo en historias decepcionantes. Nadie lo hace. Y yo no quiero eso para ti. A veces me preocupa que le pase lo mismo a esta historia. Pero hay una solución.

Una reseña es muy valiosa. Y me da la confianza para seguir dándole vueltas a las ideas locas que tengo en la cabeza. Si tienes un momento libre, te agradecería mucho que dejaras una reseña. No tiene que ser larga, solo unas palabras sobre tu opinión del libro.

Gracias.

Tu amable autor,

Jack Probyn

SOBRE EL AUTOR

Jack Probyn es un escritor británico de novela negra y autor de la serie de thrillers policíacos de Jake Tanner, ambientada en Londres.

Actualmente vive en Surrey con su pareja y su gato, y está trabajando en una nueva serie de misterio y asesinatos ambientada en su ciudad natal de Essex.

¿No deseas registrarte en otra lista de correo? Puedes mantenerte al día con los nuevos lanzamientos de Jack siguiendo alguna de las siguientes cuentas. Te enterarás cuando tenga un nuevo libro a punto de salir, sin la molestia de unirte a mi lista de correo.

Botón de "Seguir" en la página de autor de Amazon:

1. Haz clic en este enlace: https://geni.us/AuthorProfile

2. Debajo de mi foto de perfil hay un botón que dice "Seguir"

3. Haz clic en él y Amazon te enviará correos sobre nuevos lanzamientos y promociones.

Botón de "Seguir" en la página de autor de BookBub:

1. Similar al de Amazon, haz clic en este enlace: https://www.bookbub.com/authors/jack-probyn

2. Junto a mi foto de perfil hay un botón que dice "Seguir"

3. Haz clic en él y BookBub te notificará cuando tenga un nuevo lanzamiento

Si quieres información más actualizada sobre nuevos lanzamientos, mi proceso de escritura y todo lo demás, el mejor lugar para estar al tanto es mi página de Facebook. Tenemos una pequeña comunidad creciendo allí. ¿Por qué no formas parte de ella?